【臺灣現當代作家
研究資料彙編】17

潘人木

國立台灣文學館
出版

主委序

　　近年來，臺灣文學創作與出版的旺盛能量，可說是國內讀者與華人文化圈有目共睹的事實；然而，文學之花要開得繁麗燦爛，除了借助作家們豐沛文思的澆灌，亦需仰賴評論者的慧眼與文學史料的積累。是以，國立臺灣文學館「臺灣現當代作家研究資料彙編計畫」第二輯的出版，格外令人振奮。

　　為具體展現臺灣現當代文學的發展與既有研究成果，奠定詳實、深入的臺灣文學史料基礎，國立臺灣文學館於 2010 年規劃並執行「臺灣現當代作家研究資料彙編計畫」，秉持堅毅而勤懇的馬拉松精神，在卷帙繁浩的文獻史料中梳理 50 位臺灣現當代重要作家的生平資料、年表、評論文章，各自彙編成冊，以期呈現作家完整的存在樣貌、歷史地位與影響。此計畫首先在 2011 年完成第一階段，包括賴和等 15 位作家的研究資料彙編，歷經將近一年的悉心耕耘，在眾人引頸期盼中，於 2012 年春天再度推出 12 位臺灣文學前輩作家：張我軍、潘人木、周夢蝶、柏楊、陳千武、姚一葦、林亨泰、聶華苓、朱西甯、楊喚、鄭清文、李喬的研究資料彙編。

　　這群主要出生於 1920 年代的作家，雖然時間座標相近，然因歷史軌跡、時代局勢與身處地域的殊異，而演繹出不同的生命敘事；無論成長於日治時期的臺灣，或是在 1949 年前後由中國大陸渡海來臺者，他／她們窮畢生之力，筆耕不輟，在詩、散文、小說、戲劇、兒童文學、文學評論等方面作出貢獻，共同形塑出臺灣文學紛繁多姿的面貌。

　　由於有執行團隊地毯式蒐羅及嚴謹考證，加上多位專家學者的戮力協助，我們才能懷抱欣喜之情，向讀者推介這一套深具實用價值的臺灣文學工具書，提供國內外關心、研究臺灣文學發展者參考使用；我們期待以此為基礎，滋養臺灣文學綻放出更為璀璨亮麗的花朵。

行政院文化建設委員會主任委員　龍應台

館長序

　　作家是文學的創作主體，他在哪些主客觀因素的影響下，走上了寫作之路？寫出了什麼樣的作品？而這些作品，究竟對應著什麼樣的心靈狀態以及變動中的客觀環境？一般所說的作家研究，即是要解答這些問題。進一步說，他和同時代，或同世代的其他作家之所作，存有什麼樣的異同？和前行代的作家之所作，又有什麼樣的繼承與創新？這些則是有關文學史性質的討論。著名的、重要的作家，從其自身的文學表現，到文壇地位，到文學史的評價，是一個值得全方位開挖的寶庫。

　　現當代臺灣文學的討論，原本只在文壇發生，特別是在文藝性質的傳媒上，以書評、詩話、筆記、專訪等方式出現；隨著這個文學傳統形成且日愈豐厚，出版市場日漸活絡，媒體編輯也專業化了，於是我們看到了各種形式的作家專（特）輯，介紹、報導且評論他的人和文學，而如何介紹？如何報導？如何評論？所形成的諸多篇章形式，竟也逐漸規範化：包括小傳、年表、著譯書目（提要）；人和作品的總論、分期和分類的作品群論、單一作品集和個別獨立文本的個論；其他更有比較分析，或與他人合論等，都有相對比較嚴謹的學術要求。

　　將臺灣現當代作家的研究資料加以彙編，應是文壇及學界很多人的期待。2010 年，在《臺灣現當代作家評論資料目錄》（16 開，8冊）的基礎上，國立臺灣文學館再度委託臺灣文學發展基金會組成

顧問群及工作小組，進行《臺灣現當代作家研究資料彙編》的工作，準備出版 50 位作家的研究資料彙編（一人一冊），第一批計 15 冊於 2011 年 3 月出版，包含賴和、吳濁流、梁實秋、楊逵、楊熾昌、張文環、龍瑛宗、覃子豪、紀弦、呂赫若、鍾理和、琦君、林海音、鍾肇政、葉石濤。我仔細看過承辦單位的期中、期末報告書，從其中的工作手冊、顧問會議的紀錄等，可以看出承辦諸君是如何的敬謹任事。

現在，第二批 12 冊也將出版，他們是：張我軍、潘人木、周夢蝶、柏楊、陳千武、姚一葦、林亨泰、聶華苓、朱西甯、楊喚、鄭清文、李喬。由於有工作小組執行資料的蒐集整理，且又由對該作家嫻熟者主編，各書都相當完整，所選刊的評論文章皆極富參考價值；我個人特別喜歡包含影像、手稿、文物的輯一「圖片集」，以及輯三的「研究綜述」，前者頗有一些珍品，後者概括性強，值得參考。這是臺灣文學研究界的大事，相信有助於這個學科的擴大和深化。

國立臺灣文學館館長　李瑞騰

編序

◎封德屏

緣起

　　1995 年 10 月 25 日，在臺灣師範大學教育大樓的 201 室，一場以「面對臺灣文學」爲題的座談會，在座諸位學者分別就臺灣文學的定義、發展、研究，以及文學史的寫法等，提出宏文高論，而時任國家圖書館編纂張錦郎的「臺灣文學需要什麼樣的工具書」，輕鬆幽默的言詞，鞭辟入裡的思維，更贏得在座者的共鳴。

　　張先生以一個圖書館工作人員自謙，認真專業地爲臺灣這幾十年來究竟出版了多少有關臺灣文學的工具書，做地毯式的調查和多方面的訪問。同時條理分明地針對研究者、學生，列出了十項工具書的類型，哪些是現在亟需的，哪些是現在就可以做的，哪些是未來一步一步累積可以達成的，分別做了專業的建議及討論。

　　當時的文建會二處科長游淑靜，參與了整個座談會，會後她劍及履及的開始了文學工具書的委託工作，從 1996 年的《臺灣文學年鑑》起始，一年一本的編下去，一直到現在，保存延續了臺灣文學發展的基本樣貌。接著是《中華民國作家作品目錄》的新編，《臺灣文壇大事紀要》的續編，補助國家圖書館「當代文學史料影像全文系統」的建置，這些工具書、資料庫的接續完成，至少在當時對臺灣文學的研究，做到一些輔助的功能。

　　2003 年 10 月，籌備多年的「台灣文學館」正式開幕運轉。同年五月《文訊》改隸「財團法人台灣文學發展基金會」，爲了發揮更大的動能，開

始更積極、更有效率地將過去累積至今持續在做的文學史料整理出來，讓豐厚的文藝資源與更多人共享。

於是再次的請教張錦郎先生，張先生認爲文學書目、作家作品目錄、文學年鑑、文學辭典皆已完成或正在進行，現在重點應該放在有關「臺灣現當代作家評論資料目錄」的編輯工作上。

很幸運的，這個計畫的發想得到當時臺灣文學館林瑞明館長的支持，於是緊鑼密鼓的展開一切準備工作：籌組編輯團隊、召開顧問會議、擬定工作手冊、撰寫計畫書等等。

張錦郎先生花了許多時間編訂工作手冊，每一位作家的評論資料目錄分爲：

（一）生平資料：可分作者自述，旁人論述及訪談，文學獎的紀錄。

（二）作品評論資料：可分作品綜論，單行本作品評論，其他作品（包括單篇作品）評論，與其他作家比較等。

此外，對重要評論加以摘要解說，譬如專書、專輯、學術會議論文集或學位論文等，凡臺灣以外地區之報刊及出版社，於書名或報刊後加註，如中國大陸、香港、新加坡等。此外，資料蒐集範圍除臺灣外，也兼及中國大陸、香港、新加坡、日本、韓國及歐美等地資料，除利用國內蒐集管道外，同時委託當地學者或研究者，擔任資料蒐集工作。

清楚記得，時任顧問的學者專家們，都十分高興這個專案的啓動，但確定收錄哪些作家名單時，也有不同的思考及看法。經過充分的討論後，終於取得基本的共識：除以一般的「文學成就」爲觀察及考量作家的標準外，並以研究的迫切性與資料獲得之難易度爲綜合考量。譬如說，在第一階段時，作家的選擇除文學成就外，先考量迫切性及研究性，迫切性是指已故又是日治時期臺籍作家爲優先，研究性是指作品已出土或已譯成中文爲優先。若是作品不少而評論少，或作品評論皆少，可暫時不考慮。此外，還要稍微顧及文類的均衡等等。基本的共識達成後，顧問群共同挑選出 310 位作家，從鄭坤五、賴和、陳虛谷以降，一直到吳錦發、陳黎、蘇

偉貞，共分三個階段進行。

　　張錦郎先生修訂的編輯體例，從事學術研究的顧問們，一方面讚嘆「此目錄必然能成為類似文獻工作的範例」，但又深恐「費力耗時，恐拖延了結案時間」，要如何克服「有限時間，高度理想」的編輯方式，對工作團隊確實是一大挑戰。於是顧問們群策群力，除了每人依研究領域、研究專長認領部分作家外（可交叉認領），每個顧問亦推薦或召集研究生襄助，以期能在教學研究工作外，為此目錄盡一份心力。

　　「臺灣現當代作家評論資料目錄」專案計畫，自 2004 年 4 月開始，至 2009 年 10 月結束，分三個階段歷時五年六個月，共發現、搜尋、記錄了十餘萬筆作家評論資料。共經歷了三位專職研究助理，近三十位兼任研究助理。這些研究助理從開始熟悉體例，到學習如何尋找資料，是一條漫長卻實用的學習過程。

接續

　　「臺灣現當代作家評論資料目錄」的專案完成，當代重要作家的研究，更可以在這個基礎上，開出亮麗的花朵。於是就有了「臺灣現當代作家研究資料彙編暨資料庫建置計畫」的誕生。為了便於查詢與應用，資料庫的完成勢在必行，而除了資料庫的建置外，這個計畫再從 310 位作家中精選 50 位，每人彙編一本研究資料，內容有作家圖片集，包括生平重要影像、文學活動照片、手稿及文物，小傳、作品目錄及提要、文學年表。另外每本書分別聘請一位最適當的學者或研究者負責編選，除了負責撰寫五千至一萬字的作家研究綜述外，再從龐雜的評論資料中挑選具有代表性的評論文章，全文刊載，平均 12～14 萬字，最後再附該作家的評論資料目錄，以期完整呈現該作家的生平、創作、研究概況，其歷史地位與影響。

　　由於經費及時間因素，除了資料庫的建置，資料彙編方面，50 位作家分三個階段完成。第一階段出版了 15 位作家，此次第二階段出版了 12 位作家的資料彙編。體例訂出來，負責編選的學者專家名單也出爐了，於是

展開繁瑣綿密的編輯過程。一旦工作流程上手，才知比原本預估的難度要高上許多。

首先，必須掌握每位編選者進度這件事，就是極大的挑戰。於是編輯小組在等待編選者閱讀選文的同時，開始蒐集整理作家生平照片、手稿，重編作家年表，重寫作家小傳，尋找作家出版品的正確版本、版次，重新撰寫提要。這是一個極其複雜的工程。還好有認真負責的宇霈、雅嫻、崔婷，以及編輯老手秀卿幫忙，讓整個專案維持了不錯的品質及進度。

在智慧權威、老練成熟的學者專家面前，這些初生之犢的年輕助理展現了大無畏的精神，施展了編輯教戰手冊中的第一招——緊迫盯人。看他們如此生吞活剝地貫徹我所傳授的編輯要法，心裡確實七上八下，但礙於工作繁雜，實在無法事必躬親，也只好讓他們各顯身手了。

縱使這些新手使出了全部力氣，無奈工作的難度指數仍然偏高，雖有第一階段的經驗，但面對不同的編選者，不同的編選風格，進度仍然不很順利，再加上整個進度掌控者雅嫻遭逢車禍意外，臥病月逾，工作小組更是雪上加霜。此時就得靠意志力及精神鼓舞了。我對著年輕的同仁曉以大義，告訴他們正在光榮地參與一個重要的文學工程，絕對不可輕言放棄。

成果

雖然過程是如此艱辛，如此一言難盡，可是終究看到豐美的成果。每位編選者雖然忙碌，但面對自己負責的作家資料彙編，卻是一貫地認真堅持。他們每人必須面對上千或數百筆作家評論資料，挑選重要或關鍵性的評論文章，全面閱讀，然後依照編選原則，挑選評論文章。助理們此時不僅提供老師們所需要的支援，統計字數，最重要的是得找到各篇選文作者，取得同意轉載的授權。在第一階段進度流程初估時，我們錯估了此項工作的難度，因為許多評論文章，發表至今已有數十年的光景，部分作者行蹤難查，還得輾轉透過出版社、學校、服務單位，尋得蛛絲馬跡，再鍥而不捨地追蹤。有了第一階段的血淚教訓，第二階段關於授權方面，我們

更是如臨深淵、如履薄冰，希望不要重蹈覆轍。

　　除了挑選評論文章煞費苦心外，每個作家生平重要照片，我們也是採高標準的方式去蒐集，過世作家家屬、友人、研究者或是當初出版著作的出版社，都是我們徵詢的對象。認真誠懇而禮貌的態度，讓我們獲得許多從未出土的資料及照片，也贏得了許多珍貴的友誼。遠在中國大陸的張我軍的長子張光正；潘人木的女兒黨英台及在她身後一直持續整理她的遺作及資料的周慧珠；陳千武的長子陳明台、後輩友人吳櫻；姚一葦的女兒姚海星；林亨泰女兒林巾力、兒子林于竝；遠在美國的聶華苓、女兒王曉藍；朱西甯的夫人劉慕沙、女兒朱天文；住得很近卻常常被我們打擾的鄭清文、女兒鄭谷苑；在苗栗的李喬，以及幫了很多忙的許素蘭……，我們和他們一起回憶、欣賞他們或父祖、前輩，可敬可愛的文學人生。

　　研究綜述部分，許俊雅敘述在中研院臺史所楊雲萍數位典藏建置完成後，她才讀到一封 1946 年 5 月 12 日張我軍在上海給楊雲萍的一封信，不僅感受到一位離家 20 年的臺灣遊子，熱切盼望返鄉的心情，也印證了張我軍與楊雲萍早在 1920 年代相識，1943 年再度於京都相逢。林武憲在〈縱橫於小說創作與兒童文學之間〉一文中，對潘人木研究資料的謬誤提出細部的更正及檢討，對她小說創作、兒童文學的貢獻及價值再度給予肯定；曾進豐寫周夢蝶，已超越一個學者的研究論述，情動於中而發為文，情理交融，令人動容。

　　林淇瀁論柏楊，短短一萬字，對其豐富的創作類型、多樣的文風、浩瀚如海的研究概述，鞭辟入裡；阮美慧揭示陳千武一生的文學志業及作品精神樣貌，讓陳千武那種質樸、更貼近普羅大眾語言風格的特殊價值彰顯出來；王友輝將姚一葦的研究分為「人、文、理、育」四方面來檢視、探索的同時，也充分顯示姚一葦一生春風化雨、提攜後進，並專注尋找自己創作和研究上新出路的特質。

　　呂興昌在〈林亨泰研究綜論〉中，特別舉出劉紀蕙〈銀鈴會與林亨泰的日本超現實淵源與知性美學〉一文所言：紀弦為林亨泰提供延續銀鈴會

現代運動的管道，而林亨泰則成為紀弦發展現代派的支柱，此觀察「可謂機杼別出，言人之所未言」；應鳳凰將聶華苓研究的三個時期，與聶華苓文學事業的三個時期，相互呼應與比較，也凸顯了聶華苓研究領域幅員遼闊，有待來者；陳建忠開宗明義即謂「朱西甯及其文學在臺灣當代文學史上的定位，仍有待重估」，當抽絲剝繭的評析朱西甯研究不同的研究路徑後，期待「朱西甯研究的進展，也實在到了朝更有彈性而務實的方向轉變的時機」。

　　須文蔚在〈唱出土地與人們心聲的能言鳥——臺灣當代楊喚研究資料評述〉一開始，就將 24 歲楊喚遇難當天驚悚的故事錄下，從此許多年輕早慧的心靈中，在閱讀楊喚天才的、靈巧的詩篇同時，也都記得了詩人早夭與不幸的命運。楊喚留下的作品不多，須文蔚認為他的作品得以傳世，除了友人的幫忙與努力，楊喚真誠的創作與動人的人格，應該是另一項重要的原因；李進益寫鄭清文，一句「他所有作品都在寫臺灣」，道盡鄭清文一生創作，所描繪與建構的文學世界，正是來自他立足的臺灣；彭瑞金在細分李喬研究概述後，輕輕帶上一筆「欲知李喬文學究竟，得閱讀近千萬字文獻」，真實反映出李喬評論及創作的豐盛，但他最終希望選文能「掌握李喬創作脈絡，反映李喬各階段的重要作品成果」。

　　1987 年 7 月臺灣解嚴，臺灣文學研究的風潮日漸蓬勃。1990 年 4 月 23 日，《民眾日報》策劃「呂赫若專輯」，標題為〈呂赫若復出〉；1991 年前衛出版社林文欽出版「臺灣作家全集‧短篇小說卷‧日據時代」；1997 年自真理大學開始，臺灣文學系所紛紛成立，臺灣文學體制化的脈動，鼓舞了學院師生積極從事日治時期臺灣文學史料的蒐集。這股風潮正如陳萬益所言，不只是文獻的出土，也是一種心態的解嚴，許多日治時期作家及其家屬，終於從長期禁錮的氛圍中解放。許俊雅認為，再加上當初以日文創作的作家作品，也在 1990 年代後被逐漸翻譯出來，讀者、研究者在一個開放的空間，又免除語文的障礙，而使臺灣文學研究開始呈現多元的風貌。

1990 年開始，各地縣市文化中心（文化局），對在地作家作品集的整理出版，以及台灣文學館成立後對日治時期作家以迄當代重要作家全集的編纂，對臺灣文學之作家研究，也有了很好的促進作用。《龍瑛宗全集》、《吳新榮選集》、《呂赫若日記》、《楊逵全集》、《葉石濤全集》、《鍾肇政全集》，如雨後春筍般持續展開。「臺灣意識」的興起，使本土文學傳統快速的納入出版與研究行列。

經過近二十年的努力，臺灣文學的研究與出版，也到了可以驗收或檢討成果的階段。這個說法，當然不是要停下腳步，而是可以從「臺灣現當代作家評論資料目錄」所呈現的 310 位作家、10 萬筆資料中去檢視。檢視的標的，除了從作家作品的質量、時代意義及代表性去衡量外、也可以從作家的世代、性別、文類中，去挖掘還有待開墾及努力之處。因此在這樣的堅實基礎上，這套「臺灣現當代作家研究資料彙編」，每位編選者除了概述作家的研究面向外，均有些觀察與建議。希望就已然的研究成果中，去發現不足與缺憾，研究者可以在這些不足與缺憾之處下功夫，而盡量避免在相同議題上重複。當然這都需要經過一段時間、去發現、去彌補，因此，有關臺灣文學研究的調查與研究，就格外顯得重要了。

期待

感謝台灣文學館持續支持推動這兩個專案的進行。「臺灣現當代作家評論資料目錄」的完成，呈現的是臺灣文學研究的總體成果；「臺灣現當代作家研究資料彙編」套書的出版，則是呈現成果中最精華最優質的一面，同時對未來的研究面向與路徑，做最好的建議。我們可以很清楚的體會，這是一條綿長優美的臺灣文學接力賽，我們十分榮幸能參與其中，我們更珍惜在傳承接力的過程，與我們相遇的每一個人，每一件讓我們真心感動的事。我們更期待這個接力賽，能有更多人加入。誠如張恆豪所說「從高音獨唱到多元交響」，這是每一個人所期待的。

編輯體例

一、本書編選之目的，為呈現潘人木生平、著作及研究成果，以作為臺灣文學相關研究、教學之參考資料。

二、全書共五輯，各輯內容及體例說明如下：

　　輯一：圖片集。選刊作家各個時期的生活或參與文學活動的照片、著作書影、手稿（包括創作、日記、書信）、文物。

　　輯二：生平及作品，包括三部分：

　　　　1.小傳：主要內容包括作家本名、重要筆名，生卒年月日，籍貫，及創作風格、文學成就等。

　　　　2.作品目錄及提要：依照作品文類（論述、詩、散文、小說、劇本、報導文學、傳記、日記、書信、兒童文學、合集）及出版順序，並撰寫提要。不收錄作家翻譯或編選之作品。

　　　　3.文學年表：考訂作家生平所進行的文學創作、文學活動相關之記要，依年月順序繫之。

　　輯三：研究綜述。綜論作家作品研究的概況，並展現研究成果與價值的論文。

　　輯四：重要文章選刊。選收國內外具代表性的相關研究論文及報導。

　　輯五：研究評論資料目錄。收錄至 2011 年 6 月底止，有關研究、論述臺灣現當代作家生平和作品評論文獻。語文以中文為主，兼及日文和英文資料。所收文獻資料，以臺灣出版為主，酌收中國大陸、香港、日本和歐美國家的出版品。內容包含三部分：

　　　　1.「作家生平、作品評論專書與學位論文」下分為專書與學位論文。

　　　　2.「作家生平資料篇目」下分為「自述」、「他述」、「訪談」、「年表」、「其他」。

　　　　3.「作品評論篇目」下分為「綜論」、「分論」、「作品評論目錄、索引」、「其他」。

目次

主委序   龍應台   3

館長序   李瑞騰   4

編序   封德屏   6

編輯體例   13

【輯一】圖片集

影像‧手稿‧文物   18

【輯二】生平及作品

小傳   39

作品目錄及提要   41

文學年表   71

【輯三】研究綜述

縱橫於小說創作與兒童文學之間   林武憲   91
　　——潘人木研究資料綜述

【輯四】重要評論文章選刊

寫媽媽潘人木   黨小三   109

筆的兩端   林海音   111

作家速寫   朱西甯   113
　　——非才女型的才女

我所知道的潘「先生」   曹俊彥   115

左右開弓一能人　　　　　　　　　　　　　　　王琰如　119
　　——記手執兩隻彩筆的潘人木

永遠的潘人木老師　　　　　　　　　　　　　　林武憲　125

《蓮漪表妹》導讀　　　　　　　　　　　　　　張素貞　131

我控訴　　　　　　　　　　　　　　　　　　　潘人木　135

烽火邊緣的青春　　　　　　　　　　　　　　　齊邦媛　143
　　——潘人木《蓮漪表妹》

不久以前　　　　　　　　　　　　　　　　　　潘人木　153
　　——《蓮漪表妹》

《蓮漪表妹》　　　　　　　　　　　　　　　　王德威　157
　　——兼論 1930 到 1950 年代的政治小說

花園裡的秘密　　　　　　　　　　　　　　　　朱嘉雯　175
　　——《蓮漪表妹》的成長記事

蓮漪表妹，你往何處去　　　　　　　　　　　　齊邦媛　193
　　——再寄潘人木女士

萬同的牛肉乾　　　　　　　　　　　　　　　　保　真　197
　　——潘人木的大時代小說《馬蘭姑娘》

當圍巾也嗚咽　　　　　　　　　　　　　　　　潘人木　199

一棵堅韌的馬蘭草　　　　　　　　　　　　　　琦　君　203
　　——《馬蘭的故事》所顯示的道德情操

論《馬蘭的故事》之罪與罰　　　　　　　　　　彭婉蕙　219
　　——兼論潘人木小說中的母親身影

書寫新疆 應鳳凰 249
　　——潘人木《哀樂小天地》
神槍手吳宗甫 保　真 255
　　——潘人木寫清苦家庭的哀樂故事〈老冠軍〉
人前亮三分的生命之歌 張素貞 257
　　——潘人木後期的文藝創作
潘人木的兒歌世界 林武憲 277
又會彈又會唱 潘人木 297
　　——我與兒童文學
科學知識文學化 張嘉驊 301
　　——論潘人木科學類童書的敘事與意識形態
論潘人木先生的編輯理念對臺灣兒童文學發展的影響 嚴淑女 333
潘人木 應鳳凰 353
　　——蓮漪哀樂，馬蘭如夢
潘人木先生的文學成就 林　良 359
「一」關難渡 潘人木 369

【輯五】研究評論資料目錄
作家生平、作品評論專書與學位論文 377
作家生平資料篇目 380
作品評論篇目 389

輯一◎圖片集

影像◎手稿◎文物

1933年，14歲的潘人木。（周慧珠提供）

大學時期的潘人木。（周慧珠提供）

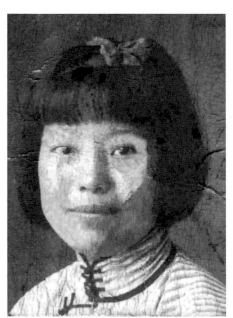

潘人木大學學生證照。（周慧珠提供）

1950年代初期的潘人木。（周慧珠提供）

約1950年代，《自由中國》家群合影。前排左起：宋英、琦君、潘人木、孟瑤、林海音、聶華苓；後排左起：吳魯芹、夏道平、夏濟安、劉守宜、雷震、何凡、周棄子、郭嗣汾、彭歌。（國立臺灣文學館提供）

約1950年代，與文友們接受軍中之聲訪問合影。左起：孟瑤、潘人木、畢璞、張明、琦
君、林海音。（中央大學中國文學系琦君研究中心提供）

約1950年代，女作家合影。前排左起：王琰如、金素琴、蝴蝶、唐舜君、顧正秋、余夢燕；後
排左起：張明、沉櫻、俞大采、潘人木、劉枋、琦君。（周慧珠提供）

約1950年代，潘人木與丈夫、子女合影。左起：黨恩來、潘人木、黨千千；前排中：黨英台（周慧珠提供）

1961年，潘人木與丈夫、子女合影。前排左起：黨英台、黨恩來、潘人木；後排左起：黨千千、黨一陶。（文訊資料室）

1962年5月4日，潘人木獲中國文藝協會「第三屆文藝獎章」。左起：楊英風、潘人木、李靈伽、余光中。（楊英風藝術教育基金會提供）

1960年代中、後期，潘人木與文友合影。左起：趙友培、潘人木、林良、林海音。（國立臺灣文學館提供）

約1960年代，潘人木（左一）與文友合影。右一林
海音。（（周慧珠提供）

約1960年代，潘人木與丈夫、子女合影於海邊。左起：
黨一陶、黨恩來、潘人木、黨英台。（周慧珠提供）

1985年12月8日，潘人木應邀至林海音家中作客，與眾文友合影。
左起：林武憲、潘人木、琦君、曹俊彥、林海音。（林武憲提供）

1986年4月2日，潘人木與文友合影。左起：王明書、潘人木、彭邦楨。（文訊資料室）

1987年11月8日，潘人木與文友合影。左起：邱七七、潘人木、趙淑敏。（文訊資料室）

1988年2月7日，潘人木（左五）應邀出席第二屆東方兒童徵文比賽「一張相片」頒獎典禮。左一陳木城、左三馬景賢、左四林良；右一邱各容、右二林武憲。（林武憲提供）

1988年8月，潘人木應邀出席於韓國漢城舉行第52屆國際筆會年會。左起：潘人木、蕭乾、林海音（翻攝自《隔著竹簾兒看見她》，九歌出版社）

1989年4月16日，攝於現代文學討論會後與文友餐敘。前排左起：殷張蘭熙、琦君、潘人木、林海音；後排左起：郭嗣汾、王德威、彭歌、齊邦媛、何凡、黃文範。（中央大學中國文學系琦君研究中心提供）

1989年6月2日，潘人木（左）出席九歌出版社舉辦「五四文化運動七十週年暨中華現代文學大系出版茶會」，與何欣合影。（文訊資料室）

1990年11月24日，潘人木與文友合影於林海音宅。前排左起：林海音、何凡、何欣、喜樂；後排左起：姚宜瑛、潘人木、邱七七、小民、陳夏生、張至璋。（周慧珠提供）

1990年11月，潘人木（右二）應邀出席文訊雜誌社主辦的「謝冰瑩先生返國歡迎茶會」。左起：柴扉、謝冰瑩、邱七七、潘人木、楊秀娟。（文訊資料室）

1994年2月21日，攝於女作家聯誼會。左起：王明書、姚宜瑛、張明、劉枋、潘人木、郭晉秀。（文訊資料室）

1994年，潘人木（左）應邀出席文訊雜誌社主辦的「文藝界重陽敬老聯誼活動」，與封德屏合影。（文訊資料室）

1995～1998年間，王藍、姚朋由美返臺，眾文友聚會。前排左起：何凡、林海音、趙淑敏、姚朋夫人、齊邦媛、王藍夫人、潘人木、小民；後排左起：喜樂、王藍、姚朋、瘂弦。（文訊資料室）

1996年，潘人木（右）應邀出席文訊雜誌社主辦的「文藝界重陽敬老聯誼活動」，與趙淑敏合影。（文訊資料室）

1997年11月2日，潘人木（右）應邀出席中華民國兒童文學協會於佛光山臺北道場舉辦的「金秋慶豐收——千歲宴」，與林武憲合影。（林武憲提供）

1997年，潘人木應邀出席文訊雜誌社主辦的「文藝界重陽敬老聯誼活動」。前排左起：李念瑚、小民、潘人木、趙文藝、郭晉秀；後排立者：封德屏。（文訊資料室）

1998年11月12日，出席著作權協會會議。前排左起：邱七七、蓉子、潘人木；後排左起：鮑曉暉、鍾麗珠、匡若霞。（文訊資料室）

1999年2月11日，攝於女作家聚會。左起：席裕
珍、鍾麗珠、蕭滬音、趙淑敏、余宗玲、劉枋、
潘人木、姚宜瑛。（文訊資料室）

1999年8月19日，潘人木與文友合影。左起：
潘金英、林武憲、潘人木（林武憲提供）

1999年11月27日，攝於民生報社主辦「潘人木女士
新書發表會暨921愛心贈童書義賣活動」。左起：
林良、桂文亞、潘人木、李潼、馬景賢。（周慧珠
提供）

2001年，潘人木（右）應邀出席文訊雜誌社主辦的「文藝界重陽敬老聯誼活動」，與邱七七（左）合影。（文訊資料室）

2002年，潘人木應邀出席文訊雜誌社主辦的「文藝界重陽敬老聯誼活動」。左起：俞金鳳、陳若曦、潘人木、小民；右起：黃玉燕、朱佩蘭。（文訊資料室）

2002年，潘人木（右）與琦君合影。
（周慧珠提供）

2005年9月26日，潘人木與子女合影。左起：黨英
台、潘人木、黨一陶、黨千千。（周慧珠提供）

攝於潘人木新書發表會。前排：潘人木；後排左起：席裕珍、齊邦媛、
匡若霞、小民、鍾麗珠、姚宜瑛。（周慧珠提供）

潘人木與文友合影。左起：潘人木、邱七七、姚宜瑛、丹
扉。（周慧珠提供）

潘人木與文友合影。左起：段彩華、潘人木、司馬中原。
（周慧珠提供）

潘人木與文友合影於烏來。左起：馬景賢、潘人木、林良。（周慧珠提供）

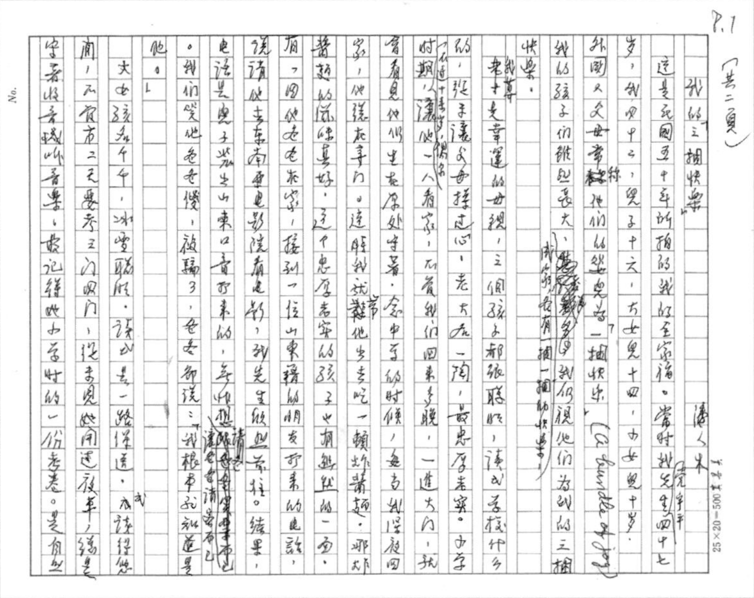

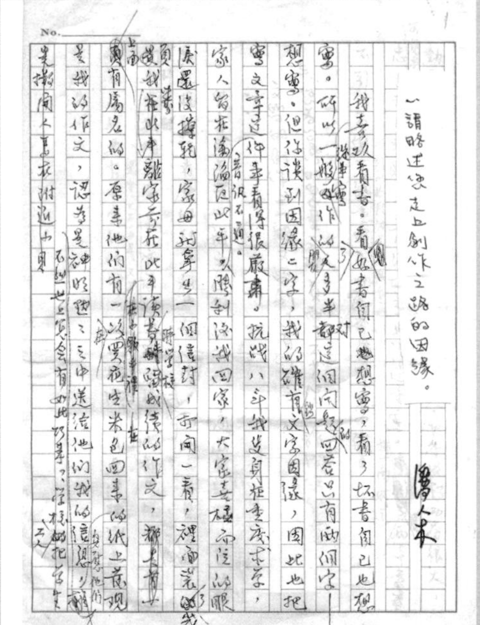

潘人木〈我的「三捆快樂」〉手稿。（文訊資料室）

潘人木〈請略述您走上創作之路的因緣〉手稿。（文訊資料室）

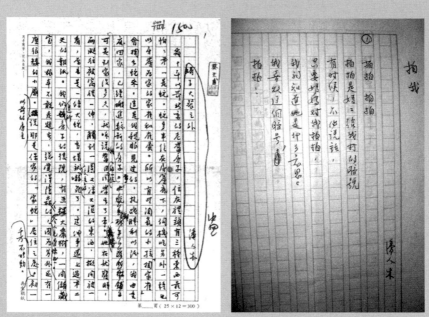

潘人木〈蠍子大餐之外〉手稿。
（國立臺灣文學館提供）

潘人木〈拍我〉手稿。（周慧珠提供）

潘人木〈「愛兒小書」編輯企畫初稿〉手稿。（周慧珠提供）

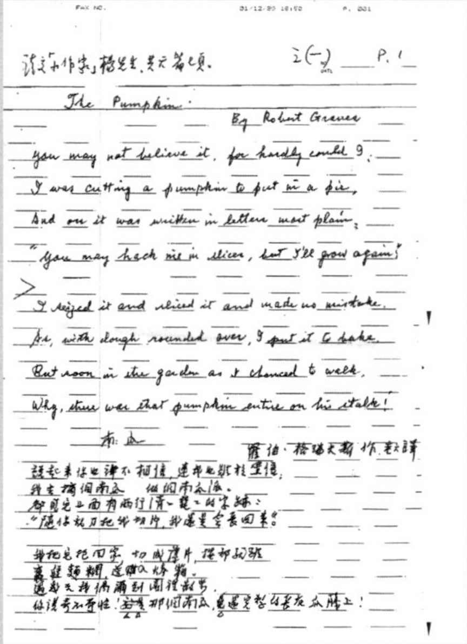

The Pumpkin
By Robert Graves

You may not believe it, for hardly could I;
I was cutting a pumpkin to put in a pie,
And on it was written in letters most plain,
"You may hack me in slices, but I'll grow again."

I seized it and sliced it and made no mistake,
As, with dough rounded over, I put it to bake.
But soon in the garden as I chanced to walk,
Why, there was that pumpkin entire on his stalk!

南瓜
羅伯·格瑞夫斯作 老木譯

說起來你也許不相信，連我也難於置信；
我去摘個南瓜　做個南瓜派。
卻見它上面有兩行清清楚楚的字跡：
"隨你就刀把我切片，我還是會長回來！"

我把它抱回家　切成薄片，裡面包進
麵糊，送進入烤箱。
過些天我偶爾到園裡散步，
你說奇不奇怪！那個南瓜竟還完整的長在瓜藤上！

潘人木譯作〈南瓜〉手稿。（周慧珠提供）

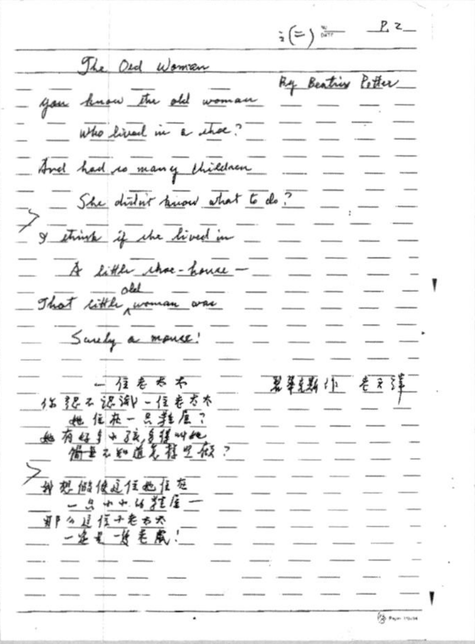

The Old Woman
By Beatrix Potter

You know the old woman
Who lived in a shoe?
And had so many children
She didn't know what to do?

I think if she lived in
A little shoe-house—
That little old woman was
Surely a mouse!

一位老太太
碧翠克斯作 老木譯

你認不認識一位老太太
她住在一只鞋屋？
她有好多小孩，多得叫她
簡直不知道怎樣照顧？

我想假使這位她住在
一只小小的鞋屋—
那么這位老太太
一定是一隻老鼠！

潘人木譯作〈一位老太太〉手稿。（周慧珠提供）

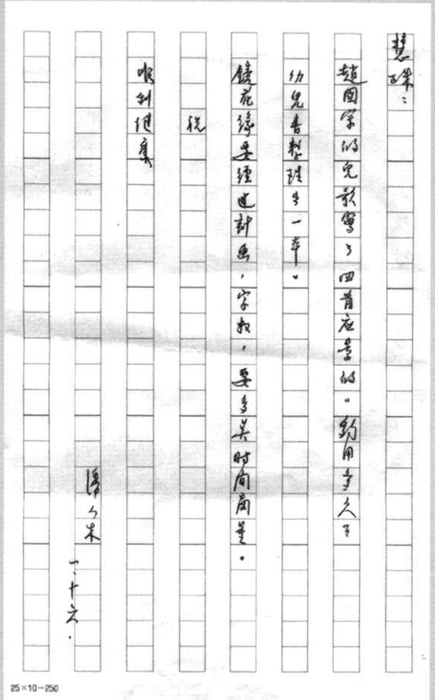

潘人木致周慧珠信函。
（周慧珠提供）

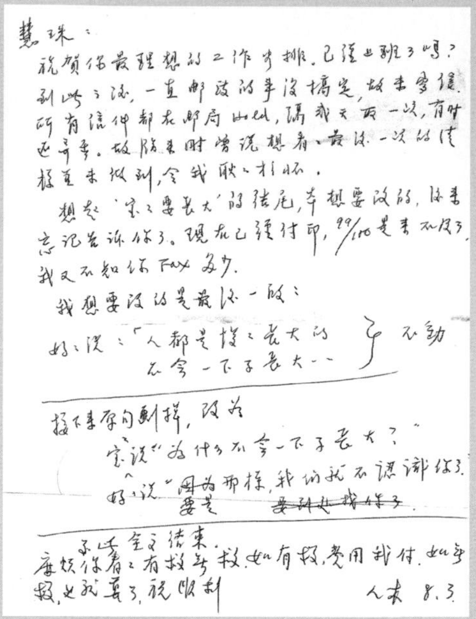

潘人木致周慧珠信函。（周慧珠提供）

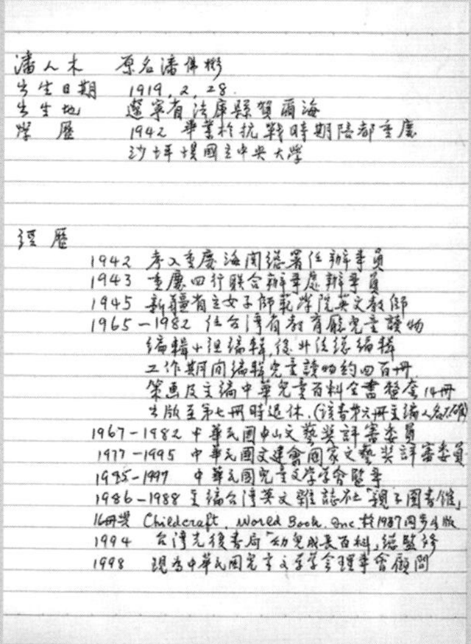

潘人木年表手稿。（周慧珠提供）

輯二◎生平及作品

小傳◎作品◎年表

小傳

潘人木（1919～2005）

　　潘人木，女，本名潘寶琴，後改名潘佛彬，另有筆名曼怡、慎思、求實、吳明、立德等。籍貫遼寧法庫，1919 年 2 月 28 日生[1]，1949 年 12 月來臺，2005 年 11 月 3 日辭世，享年 86 歲。

　　重慶中央大學外文系畢業。曾任重慶海關總署辦事員、新疆師範女子學院教師，來臺後任臺灣省教育廳兒童讀物編纂小組編輯、總編輯、兒童讀物寫作班講師、中華民國兒童文學學會理監事，退休後主持編譯臺灣英文雜誌社「親子圖書館」。曾獲中華文藝獎金委員會小說創作首獎、中國文藝協會文藝獎章、教育廳最佳寫作獎、信誼基金會幼兒文學特別貢獻獎、中國婦女寫作協會資深編輯獎、行政院新聞局小太陽獎最佳翻譯獎、亞洲兒童文學大會最佳翻譯獎、楊喚兒童文學特殊貢獻獎、五四文學貢獻獎等獎項。

　　潘人木創作文類有小說、散文及兒童文學。早年經歷過九一八事變、七七抗戰與國共內戰等事件，遷居臺灣後開始創作小說，重要長篇《蓮漪表妹》，寫動盪時代下，女主角白蓮漪悲慘的一生；另一長篇《馬蘭的故事》則寫出女主角馬蘭成長的歷程與磨鍊；短篇集《哀樂小天地》以輕鬆

---

[1] 潘人木來臺後，因戶口申報緣故，訂生日為 2 月 28 日。根據張素貞論文指出，潘人木曾於聚餐時親口說其真正的生日在 8 月。參見張素貞，〈五、六○年代潘人木小說面面觀〉，《戰後初期臺灣文學與思潮》（臺北：文津出版社，2005 年 1 月），頁 548。

而細膩的筆法，刻劃各年齡層女性的心理，幽默機智，饒富趣味。潘人木的小說場景涉及東北、新疆、臺北等地，反映出她自身經歷的時空，並能生動地刻劃人物、洞悉人性，尤其擅長描寫女性的細膩心理及其被時代左右的命運。齊邦媛認為：「潘人木早已摒除感傷主義，用相當冷靜的觀察和簡潔卻涵蘊深意的文字寫活了一個龐大的主題——人與時代的關係」。

　　1965 年起，潘人木開始投入兒童文學的創作、編輯與翻譯。以不同筆名發表兒童文學作品，因本身文學根柢紮實，又時時保有一顆赤子之心，展現出絕佳的文字質感與韻味。此外，她編譯《世界親子圖書館》、主編《中華兒童叢書》、《中華兒童百科全書》及數百冊兒童讀物，皆以嚴謹的態度，審視所有作品中的字句、情節，要求通順、簡潔而高雅，以適合兒童閱讀，畫家曹俊彥稱她：「用文學的方法處理科學讀物，用科學態度來對待文學」。這樣的理念與態度影響並推動了臺灣兒童文學的發展，兒童文學作家林武憲尊其為「兒童文學的掌門人」。

　　1980 年代以後，潘人木的散文創作主題多為抒情懷人，善於細膩的事件描寫，營造深刻豐富的意象。張素貞認為：「藉由她的散文，可以透視她的心靈：敏感、纖細、內斂、深婉，而命題精巧，自有機杼，善用明喻，擬人移情，她的文筆簡潔而意象豐富，精緻而周密貼切，構思往往別出心裁，以集中描摹特殊事件來突顯主題。」經歷動盪的時代、「烽火邊緣的青春」（齊邦媛語），潘人木以精緻雅潔的筆，記錄時代與生活，在小說的寫作上交出不朽的作品。另一方面，她全心全意地投身兒童文學、提拔後進，為臺灣兒童文學界亦樹立不朽的典範。

作品目錄及提要

【小說】

如夢記

臺北：重光文藝出版社
1951 年 4 月，32 開，74 頁

中篇小說。本書透過主角淒慘的婚姻生活，側寫共產黨的殘暴與瘋狂的心理，將之喻成一綠色大毛蟲的惡夢，以惡夢貫串全文。全書並無尖銳批判的字句，卻隱約可見其反共思想的脈絡；作者亦著眼於女性於婚姻關係中所遭遇到來自丈夫的惡意，雖無激情的控訴，其平實簡潔的文句中隱含著內斂精準的譬喻，仍可體察作者對於女性生活的關心與同情。正文前有〈出版小言〉、張道藩〈如夢記序〉。

純文學出版社

蓮漪表妹

臺北：文藝創作社
1952 年 1 月，32 開，631 頁

臺北：純文學出版社
1985 年 11 月，32 開，631 頁
純文學叢書 132

臺北：爾雅出版社
2001 年 4 月，25 開，463 頁
爾雅叢書 362

爾雅出版社

長篇小說。為作者第一部長篇小說創作，臺灣「四大抗戰小說」之一。書中描述抗戰前夕東北流亡學生在北平的日子，以及抗戰之後在中國大陸生活的經歷。全書分為兩部，以表姐的視角描述蓮漪表妹的遭遇，第一部為表姐妹在校生活記事，第二部為蓮漪離校之後的境遇。
純文學出版社及爾雅出版社改訂新版，其中第二部改為由蓮漪的手記自述離校之後的境遇。正文前有作者序〈我控訴〉，爾雅版序前另有〈不久以前——校書有感〉。

哀樂小天地

臺北：純文學出版社
1981 年 4 月，32 開，290 頁
純文學叢書 91

短篇小說集。本書集結作者於 1953 年至 1967 年間創作的短篇小說，篇次排列以晚期在前、早期在後。全書收錄〈計〉、〈妮娜　妮娜〉、〈捉賊記〉、〈夜光杯〉、〈哀樂小天地〉、〈老冠軍〉、〈初情〉、〈赤子〉、〈神秘的河〉、〈寧爲瓦碎〉、〈球爲媒〉、〈火花〉、〈鬧蛇之夜〉、〈玉佛恨〉、〈烏魯木齊之憶〉、〈高山仰止〉、〈阿麗亞〉共 17 篇。正文後有作者後記〈筆的兩端〉。

馬蘭的故事

臺北：純文學出版社
1987 年 12 月，32 開，559 頁
純文學叢書 143

長篇小說。原作爲〈馬蘭自傳〉，作者退休後重新改寫出版。故事敘述女主角程馬蘭在大時代中成長的過程，著重探討新舊衝擊下的女性成長以及離鄉背井、反共抗日的情懷。正文前有作者序〈當圍巾也嗚咽〉。

【兒童文學】

吉吉會唱營養歌／王明繪

臺中：臺灣省政府教育廳
1966 年 5 月，18×21 公分，36 頁
中華兒童叢書 23002

本書以「范玉康」爲作者名。全書敘述小鳥吉吉爲了幫助營養不良而生病的小平，編了許多飲食均衡的營養歌，教導小朋友平均攝取營養食物的重要。正文後附錄 6 題「想一想」。

十隻小貓咪／簡錫圭繪

臺中：臺灣省政府教育廳
1966 年 12 月，18×21 公分，36 頁
中華兒童叢書 1114

本書以「馮偉」爲作者名。全書透過十隻小貓咪在家看家受傷
的故事，教育兒童在家裡有哪些不應該做的危險行爲。正文後
附錄 6 題「想一想」。

小小露營隊／唐圖繪

臺中：臺灣省政府教育廳
1967 年 4 月，18×21 公分，36 頁
中華兒童叢書 1201

本書以「吳葉」爲作者名。全書敘述主角康康教導其他動物生
活的好習慣，建立兒童整潔的衛生觀念。正文後附錄 4 題「想
一想」。

下雨天／周春江繪

臺中：臺灣省政府教育廳
1967 年 9 月，18×21 公分，36 頁
中華兒童叢書 11025

本書以「慎思」爲作者名。全書描述許多跟下雨天有關的經
驗，幫助小朋友學習觀察周遭事物。正文後附錄 4 題「想一
想」。

阿灰的奇遇／趙國宗繪

臺中：臺灣省政府教育廳
1967 年 12 月，18×21 公分，36 頁
中華兒童叢書 21032

本書以「李麗雯」爲作者名。全書藉由小老鼠阿灰幫助一隻破
洞花貓的故事，闡述幫助別人就是幫助自己的道理。正文後附
錄 3 題「想一想」及 4 題「做一做」。

家家酒／蘇新田繪

臺中：臺灣省政府教育廳
1967 年 12 月，21×18 公分，36 頁
中華兒童叢書 1129

本書以「吳葉」爲作者名。書中從小朋友愛玩的家家酒遊戲，
教導小朋友遵守秩序的重要。正文後附錄 3 題「想一想」及 2
題「做一做」。

冒氣的元寶／曹俊彥繪

臺中：臺灣省政府教育廳
1968 年 1 月，18×21 公分，38 頁
中華兒童叢書 1240

本書以「唐逸陶」爲作者名。全書敘述孝順的王家三兄弟爲了
討母親歡心，做出狀似元寶的餃子，並且因孝心贏得皇帝的獎
勵。故事除了說明孝順的重要外，更教導小朋友遇到困難不要
立刻求助於人，應該多思考，才能增加智慧。正文後附錄 5 題
讀後學習。

誰的貢獻最大／高松壽繪

臺北：臺灣書店
1968 年 1 月，18×21 公分，36 頁
中華兒童叢書 43013

本書以「馮偉」爲作者名。全書以話劇劇本的形式，討論食物
種類對人體的作用與功能。正文後附錄 8 題「想一想」。

快樂的一天／張悅珍繪

臺中：臺灣省政府教育廳
1968 年 1 月，18×21 公分，36 頁
中華兒童叢書 1119

本書以「馮偉」爲作者名。全書敘述大文第一天上學去，在學
校認識了新朋友，一同玩耍上課，過了快樂的一天。藉以教導
小朋友學校生活的樂趣以及應遵守的原則。正文後附錄 4 題
「想一想」及 2 題「做一做」。

愛漂亮的蝴蝶／陳壽美繪

臺中：臺灣省政府教育廳
1968 年 1 月，21×18 公分，32 頁
中華兒童叢書 13014

本書以「潘遂」為作者名。全書透過愛漂亮的小蝴蝶不願穿上難看又厚重的衣服的故事，向小朋友傳達天氣變冷了應該多穿衣服的觀念。正文後附錄 4 題「想一想」。

快樂中秋／林友竹繪

臺中：臺灣省政府教育廳
1968 年 6 月，21×18 公分，36 頁
中華兒童叢書 1145

本書以「于慎思」為作者名。全書敘述小平為了迎接從外地回家過中秋的爸爸，特地準備了好多爸爸喜歡的東西，書中表現出親子間溫馨親密的關係，也有助於小朋友更加了解中秋節的意義。正文後附錄 4 題「想一想」及 3 題「做一做」。

天才旅行家／劉煥獻繪

臺中：臺灣省政府教育廳
1968 年 6 月，18×21 公分，36 頁
中華兒童叢書 1213

本書以「吳葉」為作者名。故事藉由旅行的主題開展，教育小朋友對各種昆蟲與動物習性的認識。正文後附錄 8 題「想一想」。

白色的寶藏——鹽／李林繪

臺中：臺灣省政府教育廳
1968 年 6 月，21×18 公分，36 頁
中華兒童叢書 22027

本書以「黨一陶」為作者名。書中除了介紹鹽的製造過程外，也強調鹽對人類生活的重要性，藉此幫助小朋友對鹽有更深一層的認識。正文後附錄 6 題「想一想」。

小畫展／臺灣區肥皂清潔工會提供圖片

臺中：臺灣省政府教育廳
1969 年 2 月，21×18 公分，36 頁
中華兒童叢書 1147

本書以「潘遂」爲作者名。全書收錄小學生的畫作數則，並串
連成一個關於衛生健康的故事。

沙子變玻璃／凌明聲繪

臺北：臺灣書店
1969 年 2 月，18×21 公分，36 頁
中華兒童叢書 1245

本書以「黨一陶」爲作者名。全書介紹玻璃製作的歷史、過程
和原理，以及玻璃的種類和功能。正文後附錄 10 題「想一
想」。

畫月亮／林雨樓繪

臺中：臺灣省政府教育廳
1969 年 6 月，18×21 公分，32 頁
中華兒童叢書 1155

本書以「黨一陶」爲作者名。故事藉由小強畫月亮的過程，教
育小朋友對月球應有正確的認識。正文後附錄 10 題「想一
想」。

一個空袋子／陳驌繪

臺北：臺灣書店
1969 年 11 月，18×21 公分，36 頁
中華兒童叢書 1123

本書以「李卻存」爲作者名。故事述說小平出門旅遊前，媽媽
給了他一個空袋子，裝行李中最重要的東西，藉由故事啓發小
朋友學習思考並解決問題的能力。正文後附錄 7 題「想一
想」。

阿才打獵／高山嵐繪

臺中：臺灣省政府教育廳
1969 年 11 月，18×21 公分，36 頁
中華兒童叢書 1126

本書以「立德」爲作者名。全書描述阿才和爸爸一同上山打獵
的故事，藉此教導小朋友認識山裡動物的生活習性。正文後附
錄 9 題「想一想」。

小鳥找家／邱清剛繪

臺中：臺灣省政府教育廳
1970 年 5 月，18×21 公分，36 頁
中華兒童叢書 1223

本書以「立德」爲作者名。全書敘述小鳥三三爲了讓出家裡的
位置給即將出生的弟弟妹妹，獨自離家尋找適合築巢的新樹
木，藉由這個故事向小朋友介紹不同樹種之形貌特色。正文後
附錄 8 題「想一想」。

天黑了／曹俊彥繪

臺中：臺灣省政府教育廳
1970 年 5 月，18×21 公分，36 頁
中華兒童叢書 1127

本書以「潘逐」爲作者名。故事說明猩猩、鵪鶉、大象等動物
睡覺時的特殊行爲，幫助小朋友學習各種動物在夜間的生活習
性。正文後附錄 9 題「想一想」。

玉蜀黍／周春江繪

臺中：臺灣省政府教育廳
1970 年 5 月，18×21 公分，36 頁
中華兒童叢書 22059

本書以「立德」爲作者名。本書教導小朋友了解玉米被培植發
展的歷史，以及其特有的生長習性和多樣用途。正文後附錄
「玉蜀黍的用處」思考題。

珊瑚／王碩繪

臺中：臺灣省政府教育廳
1971 年 10 月，18×21 公分，36 頁
中華兒童叢書 32061

本書以「立德」爲作者名。本書介紹美麗的珊瑚生態和海洋中的生長環境。正文後附錄 7 題「想一想」。

郵政和郵票／曹駿繪

臺中：臺灣省政府教育廳
1971 年 10 月，18×21 公分，60 頁
中華兒童叢書 2322

本書以「潘遂」爲作者名。本書收集來自世界各國、樣式不同的郵票，列舉各地郵政發展的歷史和珍稀郵票背後的故事。正文後附錄 10 題「想一想」及 3 題「做一做」。

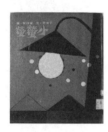

小螢螢／曾謀賢繪

臺中：臺灣省政府教育廳
1971 年 12 月，18×21 公分，36 頁
中華兒童叢書 11090

本書以「于慎思」爲作者名。本書敘述小螢螢想做路燈，找來很多螢火蟲幫忙的故事，藉此向小朋友說明團結力量大。正文後附錄 5 題「想一想」。

那裏來／曾謀賢繪

臺中：臺灣省政府教育廳
1971 年 12 月，18×21 公分，20 頁
中華兒童叢書 11089

本書以「唐茵」爲作者名。本書透過簡單描述說明生活中食衣住行育樂之所需由何而來，使小朋友得知日常生活中的一切都是由眾人工作的心血累積而成。正文後附錄 1 題「想一想」。

錢的故事／王碩繪

臺中：臺灣省政府教育廳
1972 年 12 月，18x21 公分，52 頁
中華兒童叢書 41093

本書以「宇平」爲作者名。本書介紹世界貨幣演進的歷史和簡易的經濟概念，幫助小朋友學習貨幣的源流演進，以及正確的儲蓄觀。正文後附錄 10 題「想一想」。

太空大艦隊／邱清剛繪

臺中：臺灣省政府教育廳
1973 年 8 月，18×21 公分，60 頁
中華兒童叢書 2225

本書以「唐茵」爲作者名。本書向小朋友介紹太陽系的九個行星成員，說明它們的運行軌道、與太陽的距離、自轉公轉時間，以及星球上的環境氣候等。正文後附錄 9 題「想一想」。

你會我也會／趙國宗繪

南投：臺灣省社會處
1973 年 12 月，18×21 公分，20 頁

臺北：信誼基金出版社
2006 年 6 月，25×25 公分，20 頁

本書以「唐茵」爲作者名，信誼版則改回「潘人木」。作者把生活中熟悉的動物和景物做對照和比較，讓小朋友一方面發現自己會做很多事，一放面又認識到各種周遭小動物的特色，並教育小朋友互助合作的重要。

小紅和小綠

臺中：臺灣省政府教育廳
1974 年 2 月，18×21 公分，52 頁
中華兒童叢書 2212

本書改寫自王漢倬作品。全書敘述關於千年人參精的故事，其中隱含友情的喻示。正文後附錄 8 題「想一想」。

鈔票上的名勝古蹟／宇平攝影

臺中：臺灣省政府教育廳
1974 年 6 月，18×21 公分，76 頁
中華兒童叢書 2309

本書以「宇平」爲作者名。本書介紹中央銀行發行的鈔票上所
印之名勝古蹟，幫助小朋友認識中國著名風景勝地及歷史背
景，並有幣制演變的說明，解釋鈔票面額更動與改印的更迭現
象。

臺灣省政府教育廳

三民書局

上山求歌／江義輝繪

臺中：臺灣省政府教育廳
1974 年 7 月，18×21 公分，56 頁
中華兒童叢書 31114

丁伶郎／鄭凱軍、羅小紅繪

臺北：三民書局
2000 年 4 月，25×25 公分，56 頁

本書以「于慎思（曼怡）」爲作者名。透過懂鳥語的丁伶郎向
山上的老鳥王求歌的歷程，來使小朋友體會音樂與生活的密不
可分。正文後附錄 7 題「想一想」。三民書局版改題《丁伶
郎》，作者作「潘人木」，並刪去附錄。

數數兒／陳永勝繪

臺中：臺灣省社會處
1974 年 9 月，18×21 公分，20 頁

臺北：信誼基金出版社
1989 年 12 月，21×20 公分，23 頁
數學圖畫書 PA-1

本書每頁下方都有一個數字，並根據數字作一小段韻文，幫助
小朋友記誦 1 到 10 數字的順序與特徵。

小寶寄信／邱青中繪

臺中：臺灣省政府教育廳
1974 年 12 月，18×21 公分，36 頁
中華兒童叢書 2116

本書以「求實」為作者名。本書藉由小寶寄信給奶奶的故事，教導小朋友基本的郵政知識。正文後附錄 9 題「想一想」。

亞男和法官／江義輝繪

臺中：臺灣省教育廳
1975 年 2 月，18×21 公分，56 頁
中華兒童叢書 31117

本書以「曼怡」為作者名。本書敘述主角亞男家的新鄰居是名負責審判犯罪的法官，調皮搗蛋的亞男開始注意自己的行為，以免觸犯法律而被捉入監獄。藉由故事讓小朋友了解應尊重他人並培養公德心。正文後附錄 9 題「想一想」。

六隻腳的鄰居／郭玉吉繪

臺中：臺灣省政府教育廳
1975 年 2 月，18×21 公分，36 頁
中華兒童叢書 22079

本書以「朱蒂娜」為作者名。本書向小朋友介紹一些常見昆蟲的生理特性和習性。正文後附錄十 1 題「想一想」。

一把土一把金／郭淑瑩繪

臺中：臺灣省政府教育廳
1975 年 4 月，18×21 公分，76 頁
中華兒童叢書 2338

本書以「朱文生」為作者名。本書介紹土壤的形成、分布和與生物的互動。說明肥沃的土壤和人類文明發展息息相關，並表示土地能建立社會亦能顛覆之，藉此說明愛惜水土的重要性。正文後附錄 10 題「想一想」。

土塊兒進城／陳永勝繪

臺中：臺灣省政府教育廳
1975 年 7 月，18×21 公分，36 頁
中華兒童叢書 2131

本書以「凌雲美」爲作者名。本書藉由兩隻田鼠在農地生活的故事，說明水土保持的重要性，以及維持水土的方法。正文後附錄 6 題「想一想」。

有個太陽真好／邱清剛繪

臺中：臺灣省政府教育廳
1975 年 7 月，18×21 公分，36 頁
中華兒童叢書 2123

本書以「唐茵」爲作者名。本書以說故事的口吻介紹太陽，使小朋友了解太陽對地球上生物的重要性。正文後附錄 5 題「想一想」。

臺灣省政府教育廳

討厭山／陳永勝繪

臺中：臺灣省政府教育廳
1975 年 9 月，18×21 公分，36 頁
中華兒童叢書 11136

臺北：信誼基金出版社
2008 年 2 月，20×21 公分，36 頁
幼幼閱讀列車

信誼基金出版社

本書以「求實」爲作者名。本書敘述小花貓做了壞事，被警察抓去討厭山，過著很討厭的生活，藉由故事使小朋友了解不守法的嚴重性。正文後附錄 5 題「想一想」。

集郵票看童話／宇平攝影

臺中：臺灣省政府教育廳
1975 年 9 月，18×21 公分，76 頁
中華兒童叢書 53032

本書以「宇平」爲作者名。本書輯錄多種以童話爲主題的郵票，並節錄部分童話故事情節，使小朋友一方面閱讀童話故事，一方面認識各式各樣的郵票。正文後附錄 5 題「想一想」。

咪咪的新衣／邱青忠繪

臺中：臺灣省政府教育廳
1975 年 10 月，18×21 公分，36 頁
中華兒童叢書 22106

本書以「雲美」為作者名。故事敘述咪咪的羊「阿白」誤入羊毛工廠的羊群，阿白的羊毛變成了羊毛紡織品的原料，經過無數道加工程序後，做成了咪咪的新衣。藉由書中故事讓孩童認識毛衣料是如何製成的。正文後附錄 6 題「想一想」。

大房子／徐秀美繪

臺中：臺灣省政府教育廳
1975 年 10 月，18×21 公分，48 頁
中華兒童叢書 2244

本書以「吳明」為作者名。本書敘述因惡火失去雙親的威文，為了找尋父親生前設計建成、要留給自己的「大房子」，憑著堅定的信念與意志，靠著雙腳走向臺北，一路上威文展現出良好的品格與處世態度，藉此教導小朋友學習做一個勇敢仁愛的好孩子。正文後附錄 5 題「想一想」。

岩石──地球的記事本／王碩繪

臺中：臺灣省政府教育廳
1975 年 11 月，18×21 公分，96 頁
中華兒童叢書 2310

本書以「朱蒂娜」為作者名。本書介紹岩石的種類與其形成的過程，建立兒童對地質科學的基本認識。正文後附錄十 2 題「想一想」。

丁丁和毛毛上街／陳永勝繪

臺中：臺灣省政府教育廳
1975 年 12 月，18×21 公分，36 頁
中華兒童叢書 13043

本書以「簡安迪」為作者名。從丁丁和毛毛上街遇到的人、事、物的故事，教育小朋友出門在外時應該遵守禮儀規範。正文後附錄 7 題「想一想」。

玩玩空氣／連炳南繪

臺中：臺灣省政府教育廳
1975 年 12 月，18×21 公分，36 頁
中華兒童叢書 2125

本書以「朱蒂娜」為作者名。本書利用生活中隨手可得的物品，做出各種和空氣相關的實驗，藉由實驗讓小朋友認識氣體的特性。正文後附錄 7 題「想一想」。

丁丁和毛毛做客人／陳永勝繪

臺中：臺灣省政府教育廳
1975 年 12 月，18×21 公分，36 頁
中華兒童叢書 13045

本書以「簡安迪」為作者名。本書敘述丁丁和毛毛到朋友家裡拜訪的經過，旨在教育兒童到他人家作客應有的行為禮儀。正文後附錄 10 題「想一想」。

玩玩水／何添佑繪

臺中：臺灣省政府教育廳
1975 年 12 月，18×21 公分，36 頁
中華兒童叢書 2126

本書以「朱蒂娜」為作者名。本書藉由多種關於水的小實驗，幫助小朋友學習水的三態特性與彼此之間如何轉換的原理。正文後附錄 6 題「想一想」。

我拔了一棵樹／郭玉吉繪

臺中：臺灣省政府教育廳
1975 年 12 月，18×21 公分，36 頁
中華兒童叢書 2134

本書以「于慎思」為作者名。本書藉由拔了一棵樹的故事，說明少了一棵樹會有哪些居住在枝葉到根部泥土中的生物受到影響，教育兒童勿要任意破壞自然界的草木。正文後附錄 5 題「想一想」。

張老爺子有塊地／江義輝繪

臺中：臺灣省政府教育廳
1975 年 12 月，18×21 公分，36 頁
中華兒童叢書 2133

本書以「李卻存」為作者名。本書敘述張老爺子給五個兒子五
塊地，讓他們自由利用土地生活，五個兄弟各拿土地去做不同
的工作，最後只有耕種的土地成功地維持下去。全文隱含著以
農立國的傳統，說明農業是支持其他產業不可或缺的基礎。正
文後附錄 6 題「想一想」。

石頭多又老／王碩繪

臺中：臺灣省政府教育廳
1975 年 12 月，18×21 公分，36 頁
中華兒童叢書 22109

本書以「王求實」為作者名。本書以兒歌的形式，向小朋友介
紹岩石長時間沈積的過程、地質作用形成的各種地貌，以及岩
石的種類與應用。正文後附錄 9 題「想一想」。

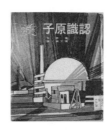

認識原子／陳文藏繪

臺中：臺灣省政府教育廳
1975 年 12 月，18×21 公分，44 頁
中華兒童叢書 42093

本書以「唐茵」為作者名。本書從分析物質的組成開始，介紹
原子的構造與特性，及原子分裂所產生巨大能量的運用。正文
後附錄 8 題「想一想」。

小獅子的話／李易林繪

臺中：臺灣省政府教育廳
1975 年 12 月，18×21 公分，48 頁
中華兒童叢書 2216

本書以「求實」為作者名。書中以小獅子做第一人稱敘述者，
為小朋友介紹非洲草原上的獅群生態與獅子的習性。正文後附
錄 9 題「想一想」。

丁丁和毛毛消除髒亂／陳永勝繪

臺中：臺灣省政府教育廳
1976 年 1 月，18×21 公分，36 頁
中華兒童叢書 13044

本書以「簡安迪」爲作者名。本書教導小朋友如何在生活中養成整潔的好習慣。正文後附錄 9 題「想一想」。

汪小小學醫／吳昊繪

臺中：臺灣省政府教育廳
1976 年 10 月，18×21 公分，36 頁
中華兒童叢書 3102

本書以「周菊」爲作者名。本書敘述汪小小爲了治好媽媽的病，遠赴南海學醫，不但運用機智解決國王的難題，讓老醫生願收他爲徒，最終也治好了媽媽的病。藉由故事教導小朋友孝順的重要。正文後附錄 6 題「想一想」。

汪小小尋父／吳昊繪

臺中：臺灣省政府教育廳
1976 年 10 月，18×21 公分，36 頁
中華兒童叢書 3101

本書以「周菊」爲作者名。本書敘述汪小小要去營救被國王軟禁的父親，爲了回答國王的問題，汪小小利用各種發音部位相同的字詞，組合成可以聯想的詞組，記憶一路上的風土民情。藉由故事教導小朋友聲音與文字的關聯，並學習培養面對挑戰的勇氣。正文後附錄 3 題「想一想」。

跳鼠要回家／李麗玉繪

臺中：臺灣省政府教育廳
1976 年 12 月，18×21 公分，36 頁
中華兒童叢書 3106

本書以「凌雲美」爲作者名。本書透過想家的跳鼠向其他動物們敘述家鄉的風土民情，勾勒出沙漠生態的面貌。藉此使小朋友了解沙漠的氣候與沙漠動物的習性。正文後附錄 8 題「想一想」。

生物的伙伴／郭玉吉繪

臺中：臺灣省政府教育廳
1978 年 5 月，18×21 公分，44 頁
中華兒童叢書 3218

本書以「沙漠」為作者名。本書介紹多種生物之間彼此依存生活的現象，讓小朋友了解「互利共生」的生物概念。正文後附錄 6 題「想一想」。

汪小小養鴨子／李麗玉繪

臺中：臺灣省政府教育廳
1978 年 8 月，18×21 公分，40 頁
中華兒童叢書 3111

本書以「夏小玲」為作者名。本書描述汪小小撿了一隻小鴨回家，透過飼養過程中所發生的趣事，幫助小朋友具備良好的處事能力與積極正面的態度。正文後附錄 6 題「想一想」。

臺灣省政府教育廳　　信誼基金出版社

快腿兒的早餐／趙國宗繪

臺中：臺灣省政府教育廳
1978 年 8 月，18×21 公分，36 頁
中華兒童叢書 22123

臺北：信誼基金出版社
2008 年 2 月，21×20 公分，36 頁
幼幼閱讀列車 24

本書「沙漠」為作者名。本書以擬人的手法，說明蜥蜴的各種生活型態，幫助小朋友探索自然界的生存法則。正文後附錄 6 題「想一想」。

絨寶兒／王碩繪

臺中：臺灣省政府教育廳
1978 年 10 月，18×21 公分，40 頁
中華兒童叢書 22124

本書以「夏小玲」為作者名。本書描述與絨寶兒失散的袋鼠媽媽，四處向動物們打聽絨寶兒的下落，透過這段找尋的過程，向小朋友介紹澳洲特有的珍稀動物的生活樣貌。正文後附錄 7 題「想一想」。

金鈴兒／與路遙合著；徐秀美等繪

臺中：臺灣省政府教育廳
1979 年 1 月，18x21 公分，76 頁
中華兒童叢書 51174

本書以「曼怡」為作者名。本書收錄〈金鈴兒〉、〈小梨兒〉、〈又有陀螺又有糖葫蘆〉、〈椒月〉、〈傅永〉共五篇中國兒童故事。〈金鈴兒〉敘述運用智慧以小搏大的故事；〈小梨兒〉教導小朋友應該聽從父母的話；〈又有陀螺又有糖葫蘆〉說明陀螺的原理與趣味性；〈椒月〉敘述飼養小動物的原則與恆心；〈傅永〉則在教導做人處事的道理。正文後附錄 8 題「想一想」。

睡眠和夢／邱青忠繪

臺中：臺灣省政府教育廳
1979 年 1 月，18x21 公分，64 頁
中華兒童叢書 3317

本書以「簡安迪」為作者名。本書向小朋友介紹睡眠的相關知識，說明睡眠的功用、夢境的行程與作用，以及睡眠與夢之於人的重要性。正文後附錄 10 題「想一想」。

臺灣省政府教育廳

信誼基金出版社

神鑼／王碩繪

臺中：臺灣省政府教育廳
1979 年 3 月，18x21 公分，36 頁
中華兒童叢書 3113

臺北：信誼基金出版社
2008 年 2 月，21 x20 公分，36 頁

本書以「潘遂」為作者名。敘述長福的表哥表嫂為了私吞遺產，陷害長福掉入井裡的「井底宮」，其中「井底宮」和「井底人」在書中並沒有詳細的文字敘述，而是利用圖畫讓小朋友自由勾勒自己幻想的井底世界，揮灑想像力。正文後附錄 6 題「想一想」。

這些鳥兒真有趣／郭玉吉繪
臺中：臺灣省政府教育廳
1980 年 1 月，18×21 公分，44 頁
中華兒童叢書 3221

本書以「簡安迪」爲作者名。本書羅列多種有別一般鳥類、特色鮮明的鳥兒，介紹其特殊的形貌與習性，啓發小朋友觀察周遭生物的熱情。正文後附錄 6 題「想一想」。

扁鵲／奚淞繪
臺中：臺灣省政府教育廳
1980 年 3 月，18×21 公分，36 頁
中華兒童叢書 3222

本書以「李麗雯」爲作者名。全書敘述中國名醫扁鵲立志學醫的緣由及懸壺濟世的故事。正文後附錄 7 題「想一想」。

小喜鵲捉賊／藍國賓繪
臺中：臺灣省政府教育廳
1980 年 8 月，18×21 公分，36 頁
中華兒童叢書 23054

本書以「夏小玲」爲作者名。本書融合了七夕鵲橋的傳說，敘述一個小喜鵲呼朋引伴搭起鵲橋，將小小狗從高樹上送下來的故事。藉由牛郎織女傳說中的喜鵲說明家庭的溫暖與重要性。正文後附錄 9 題「想一想」。

恐龍／利裕繪
臺中：臺灣省政府教育廳
1980 年 8 月，18×21 公分，36 頁
中華兒童叢書 12128

本書以「曼怡」爲作者名。本書藉由恐龍的化石，介紹各種恐龍的特色和習性。正文後附錄 10 題想一想。

鞭打老狼／洪義男繪

臺中：臺灣省政府教育廳
1980 年 10 月，18×21 公分，36 頁
中華兒童叢書 21183

本書以「夏小玲」為作者名。本書敘述孝順的林小弟代替父親，替吝嗇的老狼幹活，老狼出了很多難題給林小弟，林小弟用他的機智一一化解。藉此教育小朋友遇事要學習臨危不亂，處變不驚的精神。正文後附錄 6 題「想一想」。

地球是我家／陳莉莉繪

臺中：臺灣省政府教育廳
1980 年 11 月，18×21 公分，36 頁
中華兒童叢書 3121

本書以「朱蒂娜」為作者名。本書將地球比喻成一個「家」，介紹「家」的位置和環境，並點出對地球上的生物而言，「家」是最適宜居住的所在。正文後附錄 6 題「想一想」。

蜘蛛我問你／郭玉吉繪

臺中：臺灣省政府教育廳
1980 年 11 月，18×21 公分，36 頁
中華兒童叢書 3122

本書以「安迪」為作者名。本書以童趣的問答，向小朋友介紹蜘蛛的習性。正文後附錄 7 題「想一想」。

天空的謎語／洪義男繪

臺中：臺灣省政府教育廳
1980 年 12 月，18×21 公分，36 頁
中華兒童叢書 3119

本書以「蔣凱倫」為作者名。本書以猜謎語的形式，向小朋友介紹天空可見的各類星體。正文後附錄 6 題「想一想」。

動物的祕密／邱清忠繪

臺中：臺灣省政府教育廳
1981 年 1 月，18×21 公分，36 頁
中華兒童叢書 3229

本書以「夏小玲」為作者名。本書介紹動物們各種與生俱來的本能行為，啟發小朋友對周遭生物的關懷。正文後附錄 10 題「想一想」。

康爺醒／曹俊彥繪

臺中：臺灣省政府教育廳
1981 年 3 月，18×21 公分，36 頁
中華兒童叢書 21188

本書以「慎思」為作者名。本書敘述小獅子兄弟小斑和小紋，到處尋找「康爺醒」花作為父親節禮物的故事，藉此向小朋友說明孝順的重要。正文後附錄 8 題「想一想」。

我們的行星——地球／馬力繪

臺中：臺灣省政府教育廳
1981 年 3 月，18×21 公分，60 頁
中華兒童叢書 3325

本書以「夏小玲」為作者名。本書介紹地球的地理、地質、氣候、天文、生態等自然科學知識。正文後附錄十 2 題「想一想」。

龜兔又賽跑／趙國宗繪

臺中：臺灣省政府教育廳
1981 年 3 月，18×21 公分，36 頁
中華兒童叢書 11196

本書以「許漢章」為作者名。本書續寫寓言〈龜兔賽跑〉，兔子潔白和烏龜小圓比賽賽跑，途中遇到許多難關，潔白和小圓在路上互相幫助，一起完成賽程、抵達終點，他們也成為了好朋友。藉以教導小朋友團結友愛的重要。正文後附錄 5 題「想一想」。

國劇的臉譜／編輯小組攝影

臺中：臺灣省政府教育廳
1981 年 6 月，18x21 公分，44 頁
中華兒童叢書 3235

本書以「張大夏」為作者名。本書介紹多種國劇角色的臉譜畫法，並說明不同畫法的意義所在，使小朋友了解國劇之美。正文後附錄 6 題「想一想」。

貓家的大貓／洪義男繪

臺中：臺灣省政府教育廳
1981 年 6 月，18x21 公分，36 頁
中華兒童叢書 3136

本書以「安迪」為作者名。本書敘述貓媽媽的大貓不見了，朋友們從世界各地幫忙找來符合貓媽媽敘述的大貓。藉由這個故事，向小朋友介紹世界各地不同的貓科動物。正文後附錄 4 題「想一想」。

二人比鐘／曹俊彥繪

臺中：臺灣省政府教育廳
1981 年 6 月，18x21 公分，36 頁
中華兒童叢書 3134

本書以「蔣凱倫」為作者名。本書以繞口令式的文字，透過比賽誰的鐘大小的故事，向小朋友介紹地球上各種快慢不同的時序現象。正文後附錄 6 題「想一想」。

寫給太陽公公的信／徐光繪

臺中：臺灣省政府教育廳
1981 年 6 月，18x21 公分，48 頁
中華兒童叢書 42137

本書以「愛麗」為作者名。本書以書信的形式，寫出太陽對地球環境氣候的影響，以及地球上的生物如何仰賴太陽發出的光熱而生存。正文後附錄 8 題「想一想」。

森林王國／陳俐俐繪

臺中：臺灣省政府教育廳
1981 年 6 月，18x21 公分，34 頁
中華兒童叢書 12142

本書以「蔣愛麗」為作者名。本書將森林的生態系統比喻成一
個國家，向小朋友介紹森林內各司其職的動、植物們，如何循
環合作的情形。正文後附錄 6 題「想一想」。

誰是賊／林順雄繪

臺中：臺灣省政府教育廳
1981 年 6 月，18x21 公分，51 頁
中華兒童叢書 3233

本書以「沙漠」為作者名。透過小故事的方式說明智慧的重
要。全書收錄〈辨盜鐘〉、〈金釵疑案〉、〈誰的羊皮〉共 3 篇作
品，正文後附錄 8 題「想一想」。

龍來的那年／曹俊彥繪

臺中：臺灣省政府教育廳
1982 年 10 月，18x21 公分，38 頁
中華兒童叢書 4103

本書以「小玲」為作者名。本書敘述龍應該來到祥龍村的那年
卻遲到了，村人們開始互相猜忌爭執。故事傳達唯有不求回報
地幫助他人，才是正確的心態。正文後附錄 4 題「想一想」。

沙漠的一天／劉開繪

臺中：臺灣省政府教育廳
1982 年 10 月，18x21 公分，38 頁
中華兒童叢書 4207

本書以「胡麗麗」為作者名。本書介紹生活在沙漠中的生物如
何生存與適應環境，藉以使小朋友認識沙漠的動物與生態。正
文後附錄 5 題「想一想」。

長頸鹿的脖子／劉伯樂繪

臺中：臺灣省政府教育廳
1982 年 11 月，18×21 公分，38 頁
中華兒童叢書 4105

本書以「胡麗麗」為作者名。本書敘述熱心助人的長頸鹿呼嚕本來沒有那麼長的脖子，有一天他的背上長出了枝葉茂密的樹，幫助其他動物度過饑荒。藉由故事引導小朋友學習互相幫助的精神。正文後附錄 6 題「想一想」。

小胖小／曹俊彥繪

臺北：信誼基金出版社
1985 年 1 月，21×22 公分，24 頁

本書收錄〈小喇叭〉、〈小胖小〉、〈花樹開〉三首兒歌，利用三、五、七字組成的句子，寓教於歌，幫助孩子糾正壞習慣。正文後附錄〈給爸爸媽媽的話〉。

走金橋／曹俊彥繪

臺北：信誼基金出版社
1985 年 1 月，21×22 公分，24 頁
幼幼語文系列 003

本書藉著走橋的方式，將「韻」帶進文本裡，讓小朋友學習聲和韻的協調與節奏性。

我會讀（3 冊）／林傳宗繪

臺北：信誼基金出版社
1987 年 12 月，19.4×21 公分，39 頁

本系列共 3 冊。以簡單明瞭的圖畫和兒歌的形式，教導孩童認識基本的單字語詞。

圓仔山

臺北：臺灣英文雜誌社
1993 年 6 月，21.5x24.5 公分，26 頁

曹俊彥作，潘人木改寫。本書講述臺南圓仔山如何變成半屏山
的民間傳說。

小乖熊的兔兒爺／曹俊彥繪

臺北：信誼基金出版社
1994 年 7 月，18×21 公分，87 頁

本書敘述小乖熊得到一隻兔兒爺，過了中秋節卻捨不得依習俗
將兔兒爺摔碎的故事，說明小朋友如何面對必須割捨喜愛物品
的課題。全書分為〈天上的七隻小熊〉、〈小乖熊的兔兒爺〉、
〈兔兒爺吃麵粉〉、〈兔兒爺長青草〉、〈永遠的兔兒爺〉共 5 篇
故事。正文後附作者〈後記──別傷孩子的心〉。

寶弟想長大／鄭明進繪

臺北：光復書局
1994 年 8 月，21.5×24.5 公分，28 頁
幼兒成長圖畫書 3・心理成長

故事敘述寶弟想快點長大，卻以為過了生日便能馬上長大的糗
事，藉由故事分享幼兒成長的心理路程。

幾隻熊／曹俊彥繪

臺北：光復書局
1994 年 8 月，21.5×24.5 公分，28 頁
幼兒成長圖畫書 7──數學概念

本書每一頁都有一段敘述及相關插圖，並串連成一個故事，教
導小朋友數一數共有幾隻熊，並在每頁下方標註加減法數學算
式。

拍花蘿／曹俊彥繪

臺北：信誼基金出版社
1995 年 3 月，21×22 公分，24 頁

「拍花蘿」是遊戲歌，特色在於聲韻律調與抑揚頓挫的設計，
透過遊戲，幫助小朋友練習數數，並透過中間的問話、節拍，
訓練肢體的協調性。

跟屁蟲／龔雲鵬繪

臺北：信誼基金出版社
1995 年 5 月，18×21 公分，23 頁

本書描述孩子像跟屁蟲一樣年在母親身邊，是因爲孩子需要母
親的懷抱與呵護，期望父母在忙碌的生活中不要忘記對孩子的
溫柔關懷。正文後附錄作者〈給爸爸媽媽的話——親親又抱
抱〉。

窮人逃債・阿凡和黃鼠狼／林鴻堯繪

臺北：佛光出版社
1995 年 6 月，16 開，28 頁
百喻經圖畫書 1

本書改寫《百喻經》的故事，收錄作者〈窮人逃債〉及周慧珠
〈阿凡和黃鼠狼〉2 篇作品，其中〈窮人逃債〉改編自《百喻
經・寶篋鏡喻》的故事，正文前有鄭石岩〈憶童年讀《百
喻》〉，正文後有周淨慧〈一點心意〉。

看門的人・砍樹摘果子／趙國宗繪

臺北：佛光出版社
1995 年 12 月，16 開，28 頁
百喻經圖畫書 16

本書改寫〈奴守門喻〉、〈斫樹取果喻〉兩則出自《百喻經》的
故事，用童話的筆調傳達故事中的寓意。正文前有鄭石岩〈憶
童年讀《百喻》〉，正文後有周淨慧〈一點心意〉。

老手杖直溜溜／曹俊彥繪

臺北：臺灣麥克公司
1998 年 2 月，18×21 公分，30 頁

本書透過兒歌的方式，記錄祖孫之間的溫馨親情。全書收錄
〈我和奶奶翻箱底〉、〈呼嚕呼嚕〉、〈姥姥的抽屜〉、〈跟姥姥生
氣〉、〈爺爺一鏟我一鋤〉、〈跳跳跳〉、〈正月初七〉、〈老手杖直
溜溜〉、〈星期天〉、〈東轉轉〉、〈奶奶別轉了〉、〈正月看外婆〉、
〈紫葡萄　一嘟嚕〉、〈接龍的下午〉、〈好久〉共 15 首兒歌。

咱去看山／徐麗媛繪

臺北：臺灣英文雜誌社
1998 年 11 月，19×27 公分，30 頁

本書介紹苗栗的景觀地標——火炎山，由於石層急速堆積而
成，在夕陽照射下就像火燄般閃動。全書以一對父女返鄉的故
事，搭配畫家徐麗媛細膩的工筆膠彩畫，讓火炎山的奇特景觀
和自然生態之美，躍然紙上，令人驚豔。書末附有火炎山的景
觀及生態介紹。

鼠的祈禱／曹俊彥繪

臺北：民生報社
1999 年 11 月，25 開，316 頁
民生報兒童天地叢書・兒童散文 6

本書以作者自身經歷為題材，擇有趣的事件寫作成適合孩童與
青少年閱讀的篇章，收錄〈寫年紙〉、〈看鋸碗兒的〉、〈我的小
馬褲〉等 18 篇文章。正文前有作者自序〈又會彈又會唱〉，正
文後附錄作者〈「告狀」——這就是我寫作的開始〉、〈下雪的十
七年〉、〈作者手蹟〉、〈生活相本〉、〈請問潘阿姨〉、黨宇平
〈「作家」、「做家」總相宜〉、林武憲〈兒童文學的「掌門
人」〉。

龍家的喜事

臺北：信誼基金出版社
2000 年 1 月，21×26 公分，22 頁

本書介紹民間「龍生九子」的傳說，敘述龍的九個兒子個別的
權責與特色。

一隻貓兒叫老蘇／陳璐茜繪

臺北：民生報社
2001 年 4 月，17.5×21.5 公分，122 頁
民生報兒童天地叢書・兒歌 1

本書分為「念著玩」及「節慶」兩部份，「念著玩」收錄〈小腳丫〉、〈三隻小豬逛果園〉、〈我的鄰居〉等 31 首兒歌，「節慶」收錄〈點點天燈〉、〈元宵節〉等 19 首兒歌。正文前有作者自序〈走到人前亮三分〉、作者近照一張、作者手稿〈賣元宵〉，正文後有作者後記〈我怎麼寫兒歌〉、〈作者簡介〉、〈插畫者簡介〉。

你的背上揹個啥？／田原繪

臺北：民生報社
2001 年 4 月，17.5×21.5 公分，102 頁
民生報兒童天地叢書・兒歌 2

本書分為「認識肢體的遊戲」及「生活中事物的認知」兩部份，「認識肢體的遊戲」收錄〈蒸蛋煮蛋〉、〈上打銅銅鑼〉、〈數手指〉等 20 首兒歌，「生活中事物的認知」收錄〈哥兒倆〉（謎語）、〈小馬〉、〈一只鹽瓶兒〉等 28 首兒歌，正文前有作者自序〈走到人前亮三分〉、作者近照一張、作者手稿〈鍊子鍊〉，正文後有作者後記〈我怎麼寫兒歌〉、〈作者簡介〉、〈插畫者簡介〉。

滾球滾球一個滾球／賴馬繪

臺北：民生報社
2001 年 6 月，17.5x21.5 公分，98 頁
民生報兒童天地叢書・兒歌 3

本書收錄〈小雞認媽咪〉、〈我再動物園〉、〈牽牛花〉、〈頭戴綠纓帽〉、〈我最喜歡的動物〉等 53 首兒歌。正文前有自序〈走到人前亮三分〉，正文後附錄〈我怎麼寫兒歌〉。

小五小六愛唱戲／楊永青繪

臺北：民生報社
2001 年 6 月，21.5x17.5 公分，120 頁
民生報兒童天地叢書・兒歌 4

本書收錄〈我長大〉、〈你住高山北〉、〈我把（一）〉、〈我把
（二）〉、〈好時光〉等 53 首兒歌。正文前有自序〈走到人前亮
三分〉，正文後附錄〈我怎麼寫兒歌〉。

拍我／仉桂芳繪

臺北：國語日報社
2001 年 12 月，19x21 公分，28 頁
愛的小書 1

本書藉由敘述親子的肢體接觸所營造出的默契，說明觸摸對孩
童的功能與重要性。

看我／曲敬蘊繪

臺北：國語日報社
2001 年 12 月，19x21 公分，32 頁
愛的小書 2

本書教導小朋友理解在與大人對話時、目光接觸交流的各種感
覺。

牽我／郝洛玟繪

臺北：國語日報社
2001 年 12 月，19x21 公分，28 頁
愛的小書 3

本書敘述小朋友與母親透過各種聯想來牽手，使父母與小朋友
了解成長的過程。

數我／鍾偉明繪

臺北：國語日報社
2001 年 12 月，19x21 公分，32 頁
愛的小書 4

本書敘述父母透過數數來體認小孩成長的過程，使閱讀者感受到書中流露的濃厚親情。

誇我／黃淑英繪

臺北：國語日報社
2001 年 12 月，19x21 公分，20 頁
愛的小書 5

本書旨在告訴父母，孩子在成長階段所做的事不盡完美，但若能以鼓勵的方式取代指責，孩子就能快樂長大。

歡歡喜喜來過節／蔡雅蘭繪

臺北：信誼基金出版社
2008 年 2 月，21×26 公分，22 頁

本書利用押韻的遊戲向小朋友介紹傳統的節慶，用孩子的眼光看待生活中熟悉的傳統慶典活動，並透過好聽好唸的兒歌，讓孩子認識元宵燈籠，清明掃墓，端午划龍舟等飲食文化及習俗由來。

文學年表

1919 年	本年	生於遼寧省法庫縣賀爾海，本名潘寶琴。
1924 年	本年	就讀小學，先學文言文，後校方改教白話文。
1931 年	本年	小學畢業。赴瀋陽就讀初中。「九一八事變」後，舉家遷往北平。就讀崇慈女中初中部。中學時代曾擔任校刊主編。
1934 年	本年	就讀東北中山中學（專門招收東北流亡學生），改名潘佛彬。
1935 年	12 月	9 日及 16 日，參加北平兩次「一二九抗日救亡運動」學生大遊行。
1937 年	7 月	東北中山中學畢業，返回北平。因「七七事變」爆發，大學聯招延期。
	本年	前往西安投靠就讀東北大學的哥哥。初識黨恩來。
1938 年	本年	就讀重慶中央大學外文系。
1939 年	本年	以〈明日中秋〉，獲「全國小說獎」二獎。
1940 年	本年	以〈明日中秋〉，獲「蔣夫人文學獎」三獎。
1942 年	本年	重慶中央大學外文系畢業，並考入重慶海關總署擔任辦事員。
1943 年	9 月	9 日，與黨恩來結婚，婚後舉家遷往新疆迪化。
	本年	應聘擔任新疆省立女子師範學院教師，教授英文。
1945 年	本年	長子黨一陶出生。
1947 年	本年	長女黨千千出生。
1949 年	12 月	舉家遷臺。

1950 年	本年	小說〈如夢記〉獲中華文藝獎金委員會雙十節短篇小說第一獎。
1951 年	4 月	中篇小說《如夢記》由臺北重光文藝出版社出版。
	7 月	短篇小說〈一念之差〉載於《文藝創作》第 3 期。
	12 月	長篇小說〈蓮漪表妹〉連載於《文藝創作》第 8～12 期，至 1952 年 4 月止。
	本年	次女黨英台出生。
1952 年	1 月	長篇小說《蓮漪表妹》由臺北文藝創作出版社出版。
	本年	長篇小說〈蓮漪表妹〉獲中華文藝獎金委員會國父誕辰紀念長篇小說第二獎。
1953 年	12 月	短篇小說〈一元錢的煩惱〉收錄於《海燕集》由臺北海洋出版社出版。
1954 年	6 月	發表短篇小說〈此恨綿綿〉於《文藝月報》，後收錄於《當代中國名作家選集》由文光圖書公司出版。
	11 月	長篇小說〈馬蘭自傳〉獲得中華文藝獎金委員會國父誕辰紀念長篇小說第三獎。
1955 年	2 月	長篇小說〈馬蘭自傳〉連載於《文藝創作》第 46～49 期，至 1955 年 5 月止。
1956 年	12 月	短篇小說〈新年老人〉收錄於蕭銅主編《六十名家小說選集（下）》由臺北臺北書局出版。
1957 年	5 月	發表短篇小說〈烏魯木齊之憶〉於《自由中國》第 14 卷第 9 期。
		29 日，長篇小說〈塞上行〉連載於《中華日報》，至 9 月 12 日刊畢。
1959 年	1 月	1 日，發表短篇小說〈第二個青年〉於《自由談》第 10 卷第 9 期。

　　　　　　　　發表短篇小說〈迪城疑影〉於《自由青年》第 21 卷第 1 期。

　　　　12 月　短篇小說〈曠野中的人〉收錄於余之良主編的《自由中國名家創作集》，由臺北新陸書局出版。

1960 年　8 月　22 日，長篇小說〈雪嶺驚魂〉連載於《中華日報》，至 11 月 19 日刊畢。

1961 年　7 月　16 日，發表短篇小說〈大房子〉於《自由青年》第 26 卷第 2 期。

1962 年　5 月　獲第三屆中國文藝獎章小說創作獎。

　　　　8 月　發表〈中學生活──我的中學生活〉於《中國語文》第 11 卷第 2 期。

　　　10 月　發表〈文學創作──屋頂歷險記〉於《中國語文》第 11 卷第 4 期。

1963 年　8 月　短篇小說〈玉佛恨〉由權熙哲譯為韓文，發表於韓國《女苑》第 96 期。

　　　　12 月　發表短篇小說〈月光杯〉於《婦女創作集》第六輯小說選集。

1965 年　9 月　發表短篇小說〈老冠軍〉於《花環集》，由臺中臺灣省教育廳出版。

　　　　12 月　翻譯兒童文學《藍穀倉》由臺北國語日報社出版。

　　　　本年　應聘擔任臺灣省教育廳「兒童讀物編輯小組」編輯，開始兒童文學編輯創作的生涯。

1966 年　5 月　兒童文學《吉吉會唱營養歌》由臺中臺灣省教育廳出版。

　　　　12 月　兒童文學《十隻小貓咪》由臺中臺灣省教育廳出版。

1967 年　3 月　發表短篇小說〈計〉於《純文學》月刊第 1 卷第 3 期。

　　　　4 月　兒童文學《小小露營隊》由臺中臺灣省教育廳出版。

　　　　9 月　兒童文學《下雨天》由臺中臺灣省教育廳出版。

　　　　　　12 月　　兒童文學《阿灰的奇遇》由臺中臺灣省教育廳出版。

　　　　　　　　　　兒童文學《家家酒》由臺中臺灣省教育廳出版。

　　　　　　本年　　應邀擔任中山文藝獎評審委員，至 1982 年止。

1968 年　　1 月　　兒童文學《冒氣的元寶》由臺中臺灣省教育廳出版。

　　　　　　　　　　兒童文學《誰的貢獻最大》由臺中臺灣省教育廳出版。

　　　　　　　　　　兒童文學《快樂的一天》由臺中臺灣省教育廳出版。

　　　　　　　　　　兒童文學《愛漂亮的蝴蝶》由臺中臺灣省教育廳出版。

　　　　　　6 月　　兒童文學《快樂中秋》由臺中臺灣省教育廳出版。

　　　　　　　　　　兒童文學《天才旅行家》由臺中臺灣省教育廳出版。

　　　　　　　　　　兒童文學《白色的寶藏——鹽》由臺中臺灣省教育廳出版。

1969 年　　2 月　　兒童文學《小畫展》由臺中臺灣省教育廳出版。

　　　　　　　　　　兒童文學《沙子變玻璃》由臺中臺灣省教育廳出版。

　　　　　　6 月　　兒童文學《畫月亮》由臺中臺灣省教育廳出版。

　　　　　　11 月　　兒童文學《一個空袋子》由臺中臺灣省教育廳出版。

　　　　　　　　　　兒童文學《阿才打獵》由臺中臺灣省教育廳出版。

　　　　　　本年　　接任臺灣省教育廳「兒童讀物編輯小組」總編輯。

1970 年　　5 月　　兒童文學《小鳥找家》由臺中臺灣省教育廳出版。

　　　　　　　　　　兒童文學《天黑了》由臺中臺灣省教育廳出版。

　　　　　　　　　　兒童文學《玉蜀黍》由臺中臺灣省教育廳出版。

1971 年　　4 月　　《中華兒童叢書簡介——第 1 期》由臺中臺灣省教育廳出版。

　　　　　　5 月　　擔任臺灣省教育廳「兒童讀物寫作研究班」第 1 期講師，主講「兒童讀物人物描寫研究」等課程。

　　　　　　7 月　　擔任臺灣省教育廳「兒童讀物寫作研習班」第 2 期講師。

　　　　　　10 月　　兒童文學《珊瑚》由臺中臺灣省教育廳出版。

　　　　　　　　　　兒童文學《郵政和郵票》由臺中臺灣省教育廳出版。

　　　　　　12 月　　兒童文學《小螢螢》由臺中臺灣省教育廳出版。

儿童文學《那裏來》由臺中臺灣省教育廳出版。

儿童文學《小寶寄信》由臺中臺灣省教育廳出版。

本年　擔任教育廳「儿童讀物寫作班」講師。

1972 年　12 月　儿童文學《錢的故事》由臺中臺灣省教育廳出版。

1973 年　4 月　發表〈儿童讀物人物的描寫〉於《中國語文》第 190 期。

8 月　儿童文學《太空大艦隊》由臺中臺灣省教育廳出版。

12 月　儿童文學《你會我也會》由南投臺灣省社會處出版。

1974 年　2 月　儿童文學《小紅和小綠》由臺中臺灣省教育廳出版。

6 月　儿童文學《鈔票上的名勝古蹟》由臺中臺灣省教育廳出版。

7 月　儿童文學《上山求歌》由臺中臺灣省教育廳出版。

應邀擔任第一屆洪健全儿童文學獎評審委員。

9 月　儿童文學《數數兒》由南投臺灣省社會處出版。

12 月　儿童文學《小寶寄信》由臺中臺灣省教育廳出版。

1975 年　2 月　儿童文學《亞男與法官》由臺中臺灣省教育廳出版。

儿童文學《六隻腳的鄰居》由臺中臺灣省教育廳出版。

4 月　儿童文學《一把土一把金》由臺中臺灣省教育廳出版。

7 月　儿童文學《土塊兒進城》由臺中臺灣省教育廳出版。

儿童文學《有個太陽真好》由臺中臺灣省教育廳出版。

9 月　儿童文學《討厭山》由臺中臺灣省教育廳出版。

儿童文學《集郵票看童話》由臺中臺灣省教育廳出版。

10 月　儿童文學《咪咪的新衣》由臺中臺灣省教育廳出版。

儿童文學《大房子》由臺中臺灣省教育廳出版。

11 月　儿童文學《岩石——地球上的記事本》由臺中臺灣省教育廳
出版。

12 月　儿童文學《丁丁和毛毛上街》由臺中臺灣省教育廳出版。

儿童文學《玩玩空氣》由臺中臺灣省教育廳出版。

儿童文學《丁丁和毛毛做客人》由臺中臺灣省教育廳出版。

兒童文學《玩玩水》由臺中臺灣省教育廳出版。

兒童文學《我拔了一顆樹》由臺中臺灣省教育廳出版。

兒童文學《張老爺子有塊地》由臺中臺灣省教育廳出版。

兒童文學《石頭多又老》由臺中臺灣省教育廳出版。

兒童文學《認識原子》由臺中臺灣省教育廳出版。

兒童文學《小獅子的話》由臺中臺灣省教育廳出版。

主編《愛心信心決心》由國語日報社出版。

1976 年	1 月	兒童文學《丁丁和毛毛消除髒亂》由臺中臺灣省教育廳出版。
	10 月	兒童文學《汪小小學醫》由臺中臺灣省教育廳出版。
		兒童文學《汪小小尋父》由臺中臺灣省教育廳出版。
	12 月	兒童文學《跳鼠要回家》由臺中臺灣省教育廳出版。
		翻譯兒童文學《愛心信心決心》由臺中臺灣省教育廳出版。
1977 年	12 月	發表〈談兒童的閱讀與作文〉於《國民教育》第 21 卷第 7 期。
	本年	應邀擔任行政院文建會國家文藝獎評審委員。
1978 年	4 月	主編《中華兒童百科全書》第一、二冊，由臺中臺灣省政府教育廳出版。
	5 月	兒童文學《生物的伙伴》由臺中臺灣省教育廳出版。
	8 月	兒童文學《汪小小養鴨子》由臺中臺灣省教育廳出版。
		兒童文學《快腿兒的早餐》由臺中臺灣省教育廳出版。
	10 月	兒童文學《絨寶兒》由臺中臺灣省教育廳出版。
	12 月	《中華兒童叢書簡介——第二期》由臺中臺灣省教育廳出版。
	本年	兒童文學《冒氣的元寶》獲教育廳第一期金書獎「最佳寫作獎」。
1979 年	1 月	兒童文學《金鈴兒》由臺中臺灣省教育廳出版。

兒童文學《睡眠和夢》由臺中臺灣省教育廳出版。

3 月　兒童文學《神鑼》由臺中臺灣省教育廳出版。

應邀擔任第六屆洪健全兒童文學獎評審委員。

6 月　主編《中華兒童百科全書》第三冊，由臺中臺灣省教育廳出版。

12 月　主編《中華兒童百科全書》第四冊，由臺中臺灣省教育廳出版。

本年　兒童文學《小螢螢》獲教育廳第二期金書獎「最佳寫作獎」。

應邀擔任第六屆洪健全兒童文學獎評審委員。

1980 年　1 月　兒童文學《這些鳥兒真有趣》由臺中臺灣省教育廳出版。

3 月　兒童文學《扁鵲》由臺中臺灣省教育廳出版

8 月　兒童文學《小喜鵲捉賊》由臺中臺灣省教育廳出版。

兒童文學《恐龍》由臺中臺灣省教育廳出版。

10 月　兒童文學《鞭打老狼》由臺中臺灣省教育廳出版。

11 月　兒童文學《地球是我家》由臺中臺灣省教育廳出版。

兒童文學《蜘蛛我問你》由臺中臺灣省教育廳出版。

12 月　兒童文學《天空的謎語》由臺中臺灣省教育廳出版。

1981 年　1 月　兒童文學《動物的秘密》由臺中臺灣省教育廳出版。

3 月　兒童文學《康爺醒》由臺中臺灣省教育廳出版。

兒童文學《我們的行星——地球》由臺中臺灣省教育廳出版。

兒童文學《龜兔又賽跑》由臺中臺灣省教育廳出版。

4 月　短篇小說集《哀樂小天地》由臺北純文學出版社出版。

發表〈筆的兩端〉於《純文學》第 1 期。

6 月　兒童文學《國劇的臉譜》由臺中臺灣省教育廳出版。

兒童文學《貓家的大貓》由臺中臺灣省教育廳出版。

兒童文學《二人比鐘》由臺中臺灣省教育廳出版。

兒童文學《寫給太陽公公的信》由臺中臺灣省教育廳出版。

兒童文學《森林王國》由臺中臺灣省教育廳出版。

兒童文學《誰是賊》由臺中臺灣省教育廳出版。

主編《中華兒童百科全書》第五冊，由臺北臺灣省教育廳出版。

12 月　主編《中華兒童百科全書》第六冊，由臺北臺灣省教育廳出版。

1982 年　1 月　23 日，自臺灣省教育廳「兒童讀物編輯小組」總編輯職務退休。

10 月　兒童文學《龍來的那年》由臺中臺灣省教育廳出版。

兒童文學《沙漠的一天》由臺中臺灣省教育廳出版。

11 月　兒童文學《長頸鹿的脖子》由臺中臺灣省教育廳出版。

1983 年　5 月　《中華兒童叢書簡介——第三期》由臺中臺灣省教育廳出版。

1984 年　2 月　擔任中華民國兒童文學學會第一屆監事。

1985 年　1 月　兒童文學《小胖小》由臺北信誼基金出版社出版。

兒童文學《走金橋》由臺北信誼基金出版社出版。

10 月　22、23 日，發表〈我控訴─我寫蓮漪表妹〉於《中央日報》副刊。

11 月　長篇小說《蓮漪表妹》（修訂版）由臺北純文學出版社出版。

12 月　16 日，發表短篇小說〈有情襪〉於《中央日報》副刊。

發表〈魚、釣竿、食譜〉於《國語日報》。

1986 年　4 月　主編臺灣英文雜誌社「世界親子圖書館」全套 16 冊翻譯。

兒童文學《我會讀 1》由臺北信誼基金出版社出版。

17 日，發表〈下雪的十七年〉於《中央日報》副刊。

9 月　《中華兒童叢書簡介——第四期》由臺中臺灣省教育廳出版。

	12 月	兒童文學《我會讀 2》由臺北信誼基金出版社出版。
1987 年	12 月	長篇小說《馬蘭的故事》（改寫自《馬蘭自傳》）由臺北純文學出版社出版。
		兒童文學《我會讀 3》由臺北信誼基金出版社出版。
		丈夫黨恩來（宇平）因心臟病發逝世，享年 74 歲，撰寫訃文〈我一切的一切（記先夫生平）〉。
1988 年	1 月	13 日，發表〈做國旗的人〉於《聯合報》副刊。
	2 月	發表〈肉在哪兒，認識幼兒讀物的內涵〉於《學前教育》第 10 卷第 11 期。
	3 月	31 日，發表短篇小說〈綵衣〉於《中央日報》副刊。
	4 月	1 日，發表〈童年異食〉於《聯合報》副刊。
	5 月	參加「文學到校園」活動，應邀至臺灣大學演講。
	6 月	發表〈我的兩顆算盤珠子〉於《中華民國兒童文學學會會訊》第 4 卷第 3 期。
		20 日，發表〈縱橫小說創作與兒童文學之間〉於《中央日報》副刊。
	7 月	2 日，發表〈讓孩子也能從自己作家那裏得到快樂〉於《聯合報》第 25 版。
		6 日，發表〈二跳〉於《聯合報》副刊。
		9 日，應邀參加「詩畫童心──插畫家與文學家聯展」。
		30 日，發表演講〈兒童讀物編輯與執行〉於中央圖書館臺灣分館。
	10 月	發表〈多多培養專業的科學編輯〉、〈好的高年級科學讀物示範〉於《中華民國兒童文學學會會訊》第 4 卷第 5 期。
	12 月	3 日，發表〈共飲一杯芬芳午後〉於《聯合報》副刊。
1989 年	1 月	10 日，發表短篇小說〈鳥事〉於《中央日報》副刊。
	5 月	〈潘人木答編者問〉於《文訊雜誌》第 43 期。

6 月　29 日，發表短篇小說〈西屋傻子〉於《中央日報》副刊。

9 月　20～23 日，短篇小說〈北京下午兩點半〉連載於《聯合報》副刊。

10 月　發表〈如銀河傾瀉而下的感覺——我的寫作歷程〉於《精湛》第 10 期。

12 月　12 日，發表〈十七歲和驢〉於《聯合報》副刊。

25 日，發表〈不信老來只是伴〉於《聯合報》副刊。

兒童文學《數數兒》由臺北信誼基金出版社出版。

1990 年　1 月　11 日，發表〈舊物有新情〉於《聯合報》副刊。

13 日，發表〈作國旗的人〉於《聯合報》副刊。

29 日，發表〈豬腳沙包〉於《中央日報》副刊。

5 月　13～14 日，〈笑的距離〉連載於《聯合報》副刊。

本年　獲信誼文教基金會「幼兒文學特別貢獻獎」。

與林海音、林良、馬景賢等人共同參加兩岸兒童文學交流之旅。

1991 年　1 月　23 日，發表〈樹樹皆秋色〉於《中央日報》副刊。

2 月　14 日，發表〈夢亦無蹤的東北年荼〉於《中央日報》副刊。

3 月　8 日，發表〈愛的列車空亦滿〉於《聯合報》副刊。

10 月　《中華兒童叢書簡介——第五期》由臺中臺灣省教育廳出版。

1992 年　3 月　31 日，發表〈蠍子大餐之外〉於《中華日報》副刊。

5 月　3 日，與林海音、林良、林煥彰等 15 位作家組成「兒童文學作家訪問團」，赴中國北平、天津參加「兩岸童話研討會」及「兩岸兒童小說交流研討會」。

7 月　2 日，發表〈讓孩子也能從自己作家那裡得到快樂〉於《聯合報》副刊。

19 日，發表〈懸吊湖〉於《聯合報》副刊。

8 月	31 日，發表〈多情最是山中花〉於《中央日報》副刊。
9 月	應邀擔任信誼基金會「幼兒的 110 本好書」決選委員。
10 月	發表〈兒童小說裡的 Do Re Mi〉於《中華民國兒童文學學會會訊》第 8 卷第 5 期。
12 月	1 日，發表〈重拾感激心〉於《中央日報》副刊。
	17～18 日，〈想我的紅邊灰毛毯〉連載於《中央日報》副刊。

1993 年　4 月　發表〈我愛詩，詩也愛我〉於《出版界》第 36 期。

　　　　　6 月　與曹俊彥合著《圓仔山》由臺北臺灣英文雜誌社。

　　　　　7 月　發表〈外公的家〉於《學前教育》第 16 卷第 4 期。

　　　　10 月　發表〈葉子鳥〉於《學前教育》第 16 卷第 7 期。

1994 年　4 月　主講〈我的編輯經驗談〉，講稿記錄於《中華民國兒童文學學會會訊》第 10 卷第 2 期。

　　　　　5 月　發表〈淺紫色的故事〉於《國語日報・小作家》創刊號。

　　　　　7 月　兒童文學《小乖熊的兔兒爺》由臺北信誼基金出版社出版。

　　　　　8 月　兒童文學《寶弟想長大》由臺北光復書局出版。

　　　　　　　兒童文學《幾隻熊》由臺北光復書局出版。

　　　　　9 月　應邀擔任信誼基金會「81～82 年幼兒好書書目」決選委員。

　　　　　　　發表〈從「告狀」開始〉於《精湛》第 23 期。

　　　　本年　翻譯兒童文學《五彩鳥》由臺北臺灣英文雜誌社出版。

　　　　　　　應邀擔任光復書局「幼兒成長百科」總監修。

1995 年　3 月　兒童文學《拍花蘿》由臺北信誼基金出版社出版。

　　　　　4 月　擔任「圖畫書創作研習班」講師，講授〈圖畫書的寫作及如何增進寫作的能力〉，講綱摘錄於《中華民國兒童文學學會會訊》第 11 卷第 2 期。

　　　　　5 月　翻譯兒童文學《愛蜜莉》由臺北臺灣英文雜誌社出版。

　　　　　　　發表〈虞世南和螢火蟲〉於《小作家月刊》第 13 期。

兒童文學《跟屁蟲》由臺北信誼基金出版社出版。

6 月　發表〈李紳和憫農詩〉於《小作家月刊》第 14 期。

兒童文學《窮人逃債・阿凡和黃鼠狼》由臺北佛光文化公司出版。

7 月　發表〈啄木鳥和朱慶餘〉於《小作家月刊》第 15 期。

9 月　發表〈詩仙李白〉於《小作家月刊》第 17 期。

11 月　發表〈駱賓王和鵝〉於《小作家月刊》第 19 期。

12 月　兒童文學《看門的人・砍樹摘果子》由臺北佛光文化公司出版。

發表譯文〈精選故事——藍穀倉〉於《小作家月刊》第 20 期。

發表〈古詩的連環圖和數字遊戲〉於《小作家月刊》第 20 期。

發表〈獎不獎沒關係——擦光鋤頭再耕田〉於《中華民國兒童文學學會季刊》第 11 卷第 5 期。

本年　獲中國婦女寫作協會「資深編輯獎」。

1996 年　1 月　發表〈分離和想念〉於《小作家月刊》第 21 期。

2 月　發表〈為誰辛苦為誰甜〉於《小作家月刊》第 22 期。

3 月　發表〈深深的同情——熱愛自然和生命的白居易〉於《小作家月刊》第 23 期。

4 月　發表〈高雅清妙樂自在——手足情深的王維〉於《小作家月刊》第 24 期。

5 月　發表〈風流才子孟浩然〉於《小作家月刊》第 25 期。

6 月　發表〈滿紙天真香〉於《小作家月刊》第 26 期。

翻譯兒童文學《小帝奇》由臺北臺灣英文雜誌社出版。

翻譯兒童文學《小藍和小黃》由臺北臺灣英文雜誌社出版。

7 月　發表〈一首永遠的歌〉於《小作家月刊》第 27 期。

8 月　　發表〈推門還是敲門〉於《小作家月刊》第 28 期。

翻譯兒童文學《你睡不著嗎》由臺北上誼出版社出版。

9 月　　發表〈一字一層見江雪〉於《小作家月刊》第 29 期。

10 月　　發表〈偶步大自然，萬物為知己〉於《小作家月刊》第 30 期。

11 月　　發表〈燈花和敲棋──司馬光的友情詩〉於《小作家月刊》第 31 期。

12 月　　發表〈繞著彎兒走〉於《小作家月刊》第 32 期。

本年　　兒童文學《愛蜜莉》獲行政院新聞局第一屆小太陽最佳翻譯獎。

兒童文學《冒氣的元寶》編入《國語實驗教材》第四冊。

1997 年　1 月　　發表〈嶺上多白雲〉於《小作家月刊》第 33 期。

2 月　　發表〈設身處地讀古詩〉於《小作家月刊》第 34 期。

4 月　　22 日，發表〈有情樹〉於《國語日報》兒童版。

8 月　　翻譯兒童文學《起床啦，大熊！》由臺北親親文化公司出版。

11 月　　2 日，參加「金秋慶豐收──千歲宴──向資深兒童文學工作者致敬」活動於佛光山臺北道場。

1998 年　1 月　　《中華兒童叢書簡介──第六期》由臺中臺灣省教育廳出版。

2 月　　兒童文學《老手杖直溜溜》由臺北臺灣麥克公司出版。

兒童文學〈二人比鐘〉編入國語實驗教材第八冊。

3 月　　發表譯文〈小小英文詩──雲〉於《小作家月刊》第 47 期。

4 月　　發表譯文〈小小英文詩──該起床啦〉於《小作家月刊》第 48 期。

5 月　　發表〈嘩嘩啦啦的母親節〉於《小作家月刊》第 49 期。

發表譯文〈小小英文詩──快樂的想法〉於《小作家月刊》

第 49 期。

6 月　12 日，發表〈你看琦君多嫵媚〉於《中央日報》副刊。

發表譯文〈小小英文詩——秘密〉於《小作家月刊》第 50
期。

7 月　7 日，發表〈尋找荼花田〉於《聯合報》副刊。

21 日，發表〈失去的花序〉於《中央日報》副刊。

發表譯文〈小小英文詩——樹葉〉於《小作家月刊》第 51
期。

8 月　發表譯文〈小小英文詩——復活節〉於《小作家月刊》第 52
期。

9 月　發表譯文〈小小英文詩——一隻紫色的牛〉於《小作家月
刊》第 53 期。

10 月　發表譯文〈小小英文詩——一隻怪里怪氣的蟲子〉於《小作
家月刊》第 54 期。

11 月　發表譯文〈小小英文詩——葉〉於《小作家月刊》第 55 期。

兒童文學《咱去看山》由臺北臺灣英文雜誌社出版。

發表〈又會彈又會唱——我與兒童文學〉於《精湛兒童之
友》第 9 期別冊。

12 月　發表譯文〈小小英文詩——小小的風〉於《小作家月刊》第
56 期。

本年　兒童文學《希里嘩啦的母親節》由臺北國語日報社出版。

擔任中華民國兒童文學學會顧問。

1999 年　1 月　發表譯文〈小小英文詩——蝴蝶〉於《小作家月刊》第 57
期。

2 月　發表譯文〈小小英文詩——貓兒〉於《小作家月刊》第 58
期。

3 月　18 日，應邀參加行政院文建會主辦「跨世紀臺灣兒童文學的

展望」座談會。

發表譯文〈小小英文詩——新世界〉於《小作家月刊》第 59
期。

4 月　2 日，發表〈千手臺灣〉於《國語日報》第 6 版。

發表譯文〈小小英文詩——分享〉於《小作家月刊》第 60
期。

6 月　發表〈龍舟龍的心事〉於《小作家月刊》第 62 期。

10 月　發表〈那一年松鼠鬧家變〉於《小作家月刊》第 66 期。

主編兒童文學《好吃的小東西》由臺北民生報社出版。

主編兒童文學《烏煙公公》由臺北民生報社出版。

11 月　兒童文學《鼠的祈禱》由臺北民生報社出版。

21 日，發表〈「告狀」——這就是我寫作的開始〉於《民生
報》少年兒童 5 版。

21 日，發表〈舊雨的滋味--序「好吃的小東西」、「烏煙公
公」〉於《民生報》少年兒童 5 版。

本年　獲「亞洲第五屆兒童文學大會最佳翻譯獎」。

2000 年　1 月　兒童文學《龍家的喜事》由臺北信誼基金出版社出版。

9 月　發表〈閱讀情事——讀書要有膽〉於《小作家月刊》第 77
期。

10 月　發表童詩〈春天沒來、夏天沒來、秋天沒來、冬天沒來〉於
《小作家月刊》第 78 期。

本年　獲第 12 屆楊喚兒童文學獎「特殊貢獻獎」。

2001 年　3 月　發表〈精典玩具篇——泰迪熊的誕生〉於《小作家月刊》第
83 期。

4 月　長篇小說《蓮漪表妹》（修訂新版）由臺北爾雅出版社出版。

兒童文學《一隻貓兒叫老蘇》由臺北民生報社出版。

兒童文學《你的背上背個啥》由臺北民生報社出版。

　5 月　13 日，發表〈我怎麼寫兒歌〉於《民生報》A6 版。

　　　　發表〈不久以前——《蓮漪表妹》〉於《爾雅人》第 1 期。

　6 月　26 日，發表〈林中故事〉於《聯合報》副刊。

　　　　兒童文學《滾球滾球一個滾球》由臺北民生報社出版。

　　　　兒童文學《小五小六愛唱戲》由臺北民生報社出版。

　11 月　兒童文學愛的小書《拍我》、《看我》、《牽我》、《數我》、《誇我》共 5 冊由臺北國語日報社出版。

2002 年　1 月　8 日，發表〈以為還有很多，其實沒有了〉於《中華日報》副刊。

　5 月　〈沒人看見我上砲臺了〉收錄於孫小英主編《孔雀魚之戀》，由臺北幼獅文化公司出版。

　7 月　10 日，發表〈向老歌致敬〉於《聯合報》副刊。

2003 年　2 月　翻譯兒童文學《妖怪的床》由臺北經典傳訊文化公司出版。

　12 月　6 日，發表〈在小路上遇到年輕〉於《聯合報》副刊。

　本年　獲第五屆五四獎「文學貢獻獎」。

2005 年　2 月　22～23 日，〈國歌的故事〉連載於《中央日報》副刊。

　5 月　發表〈我的「三捆快樂」〉於《文訊》第 235 期。

　10 月　17 日，發表〈無媒寄海音〉於《中央日報》副刊。

　　　　24～25 日，〈一關難渡〉連載於《人間福報》副刊，後收錄於《九十四年散文選》由臺北九歌出版社出版。

　　　　翻譯兒童文學《逛了一圈》由臺北維京國際公司出版。

　11 月　3 日，因肺癌病逝於臺北臺大醫院，享年 86 歲。

　　　　4 日，〈好夢一場——無媒寄海音〉刊載於《中央日報》副刊。

　　　　20 日，周慧珠結合各界文友於臺北市立圖書館總館舉行「當代女作家潘人木先生追思會」。

12 月　　發表〈溫習溫習海音〉於《文訊》第 242 期，原作於 2001 年
　　　　12 月 16 日。

2006 年　11 月　　18～19 日，中華民國兒童文學學會、國立臺灣文學館、中央
　　　　大學中國文學系現代文學教研室共同舉辦「資深兒童文學家
　　　　──潘人木作品研討會」。

2008 年　　2 月　　《歡歡喜喜來過節》由臺北信誼基金出版社出版。

參考資料：

・林文寶、趙秀金，《兒童讀物編輯小組的歷史與身影》，臺東：臺東大學兒童文學研究
　所，2003 年 10 月，頁 226～250。

・林武憲，〈縱橫於小說創作與兒童文學之──潘人木研究資料目錄〉，《全國新書資訊
　月刊》，2001 年元月號，頁 27～35。

・封德屏主編，《2007 臺灣作家作品目錄》，臺南：國立臺灣文學館，2008 年 7 月，頁
　1250～1255。

・應鳳凰，〈潘人木──蓮漪哀樂，馬蘭如夢〉，《文學風華──戰後初期 13 著名女作
　家》，臺北：秀威資訊科技，2007 年 5 月，頁 81～90。

輯三◎
研究綜述

縱橫於小說創作與兒童文學之間

潘人木研究資料綜述

◎林武憲

前言

　　1950 年，潘人木以〈如夢記〉榮獲中華文藝獎金委員會短篇小說第一名，她成爲臺灣文壇小說徵文首獎的第一人。這不是她第一次得獎，在她來臺前，還在重慶念中央大學大二的時候，就以〈明日中秋〉獲「全國小說獎」二獎，那是 1939 年的事。第二年，她又得「蔣夫人文學獎」的三獎，可見她後來成爲小說家，並非偶然。

　　1951 年，〈如夢記〉改寫成中篇小說出版。1952 年，潘人木又以〈蓮漪表妹〉榮膺中華文藝獎金委員會長篇小說第二獎[1]；1954 年，潘人木的〈馬蘭自傳〉又得文獎會長篇小說第三獎。連連得獎，充分展現了她的寫作才華，讓人刮目相看，也奠定了她在臺灣文壇的地位。1962 年 5 月，她榮獲第三屆文藝獎章小說創作獎，是女作家以小說創作得文藝獎章的第一人。在 1950 年代，臺灣女作家不少，蘇雪林、謝冰瑩、徐鍾珮、張秀亞、林海音、琦君、鍾梅音、劉枋、繁露、艾雯、孟瑤、童真、張漱菡、郭良蕙、嚴友梅等數十位，能夠出頭，其實是很不容易的。1955 年 5 月，蘇雪林、謝冰瑩等發起成立「臺灣省婦女寫作協會」，潘人木也是聯合的發起人之一。

　　在〈蓮漪表妹〉發表後，1960 年代前，潘人木發表了〈玉佛恨〉以及

---

[1] 該年無首獎。這是該會成立以來第一位得長篇小說二獎者。

〈鬧蛇之夜〉等 15 篇短篇小說，還有長篇小說〈塞上行〉，在《中華日報》連載。1950 年代裡，潘人木發表了一個中篇，三部長篇，16 篇短篇。成果豐碩，是 1950 年代的重要作家。評論家應鳳凰就認為「戰後 1950 年代女性作家她第一」[2]。

2005 年 10 月 24、25 日，《人間福報》發表了潘人木的〈「一」關難渡〉，這是她生前最後一個夏天寫的散文，引起文學界驚歎，這篇文章後來收入《九十四年散文選》。過幾天，她就往生了，到天上去和齊恩來先生、林海音先生相聚。

潘人木活到老，寫到老，從 1950 年的〈如夢記〉到 2005 年的〈「一」關難渡〉，她筆耕了 56 年之久，究竟寫了多少篇章，出了多少書呢？好像是一個「謎」。因此，關於潘人木的論述、研究資料，也就出現不少的錯誤及疏漏。

研究 1950、1960 年代文學的幾位學者認為，潘先生 1950 年代以後就不寫小說了，有的說 1955 年以後，她就暫停小說創作，齊邦媛在〈蓮漪表妹，你往何處去——再寄潘人木女士〉中說「〈蓮漪表妹〉之後 35 年間，潘人木不寫小說，專心去主編、撰寫教育部的兒童讀物近百冊」。在《資深兒童文學家——潘人木作品研究會論文集》的前言中，李瑞騰說「（她）親寫了五、六十本的兒童讀物」。中國古繼堂主編的《簡明臺灣文學史》說潘人木出版有《小螢螢》等兒童文學作品 19 冊[3]。

潘人木在 1960 年代發表的最後一篇小說是〈計〉，刊於 1967 年 3 月號的《純文學》，這是 1960 年代發表的第 12 篇短篇小說，另外還有 1960 年 8 月起在《中華日報》副刊連載的長篇小說《雪嶺驚魂》呢。

1980 年代，潘人木發表了第一篇小說〈有情襪〉，刊載於 1985 年 12 月的《中央日報》副刊上，接下來還有〈綵衣〉、〈鳥事〉、〈西屋傻子〉和〈北京下午兩點半〉呢。從〈計〉到〈有情襪〉，相隔多久？不到

[2] 應鳳凰，〈戰後 50 年代女性作家，她第一——潘人木〉，《聯合報》，2005 年 11 月 4 日，C6 版。
[3] 古繼堂，《簡明臺灣文學史》（北京：時事出版社，2002 年 6 月），頁 235。

20 年。

　　這本潘人木研究資料彙編，希望能提供比較翔實的資料，選輯一些好的文章，能有助於了解、探索潘人木豐富的一生和她精彩動人的作品。由於篇幅有限，有些篇章無法取得授權，本文論述的不限於選輯的部分。重要評介選刊的收錄，以能彰顯潘人木多元、不同層面、不同角度的呈現爲原則。

一、作家與作品綜述

　　作家部分有影像、手稿、小傳、年表及親友論述的資料篇目；有關作品的部分，有作品目錄及提要、有作品評介專書與學位論文，還有單篇的評介篇目，都經過再三的訂正與增補，比較翔實。

　　中國五四運動那年，潘人木生於東北遼寧瀋陽附近法庫縣的賀爾海，有人說她是「五四的女兒」，她的小傳提到「潘人木本名潘寶琴，又名潘佛彬」，這是根據《中國兒童大百科全書》[4]寫的，其中談到「潘人木讀初中時，成績非常好。她背著家人，爲自己取個潘佛彬的名字，去報考一間男女合校的高中。放榜後，她的名字就變成潘佛彬了。」這段文字應該是潘人木自己寫的。潘人木《鼠的祈禱》裡，〈看鋸碗兒的〉和〈我的小馬褲〉分別選自中華兒童叢書《大海輪》和《哥兒倆的玩具》，這兩篇散文在書裡的作者都是「琴」，這個很好的旁證是我的發現。2001 年 1 月國家圖書館發行的《全國新書資訊月刊》上有林武憲〈縱橫於小說創作與兒童文學之間——潘人木研究資訊目錄〉，有小傳、得獎紀錄、著作目錄、作品評論、作家介紹訪談等，是最完整的介紹。

　　本書所選認識作家的八篇文章選自潘人木的女兒和文友林海音、朱西甯、王琰如、齊邦媛、保真所寫的，還有潘人木在兒童讀物編輯小組的同事曹俊彥及門生林武憲所寫。分別從不同的立場、角度、時空談潘人木，

---

[4] 《中國兒童大百科全書》（嘉義：明山書局，1987 年 12 月），28 冊，頁 426。

很有可看性。其中朱西甯的隨筆寫潘人木的才華,「與張愛玲相比,有過
之而無不及……目前的讀者可以不知她的人、她的書,但是中國文學史不
可以忘掉她。」對潘人木有極大的肯定。

　　至於作家的作品選輯部分,〈我控訴〉是 1980 年代的反共文學,寫她
改寫舊作《蓮漪表妹》的原由,她不能忘記父親哥哥被共產黨鬥爭致死的
血海深仇,她要用改寫的小說代表她對中共提出控訴。〈當圍巾也嗚咽〉
追憶她在美國大女兒家改寫〈馬蘭自傳〉期間,與黨先生天天一同散步,
互動情深,以及先生突然過世,在哀傷中完成改寫的心情。〈又會彈又會
唱〉是潘人木描述她與兒童文學的因緣,因為母親給了她「又會彈又會
唱」的文學種子。〈又會彈又會唱〉可跟兒歌集《一隻貓兒叫老蘇》裡的
序——〈走到人前亮三分〉,還有書後〈我怎麼寫兒歌〉參照閱讀,體會
會更深刻。潘人木在〈我控訴〉裡說,改寫《蓮漪表妹》的動力是「感激
之情」。

　　〈不久以前——校書有感〉是《蓮漪表妹》新版(爾雅版)的序,寫
法非常特別,內容是作者跟自己創作的小說人物蓮漪對話,1930 年代的時
空重現,然後蓮漪隱去,留下當年時空;時空又隱去,化為「青春」,她
「與青春對坐,無語」,過一會兒,青春隱去,化為《蓮漪表妹》這本書,
她又跟書對坐終夜的故事。字裡行間,有希望,有惘然,是魔幻寫實式的
技法,小小篇幅,今昔時空交錯,超現實的。

　　要認識潘人木,研究潘人木,了解她的語言風格,她為何而寫,怎麼
走上兒童文學之路,怎麼改寫,可以在〈我控訴〉等幾篇找到答案。

　　〈「一」關難渡〉是潘人木的「絕唱」,最後的夏日所寫,寫老年的孤
寂離散,有重重的感傷,有情趣,也有理趣。她以「他他他」、「空空空」
以及「拖拉拖拉」等諧音取義的八種「腳步聲」,來描模從青春到孤老的樣
貌,寫她如何放下思念,放下一切,戰勝孤獨,不再絕望的經過,令人驚
喜歎服,真是「絕唱」啊。

二、一般文學作品評介綜述

　　潘人木的短篇小說〈如夢記〉得獎後，她把它擴充成 14 小節 4 萬字的中篇小說，於 1951 年 4 月出版，這算是她的處女作，出版 3000 冊，不到兩個月就賣完了，可見她的作品在當時受歡迎的程度。《如夢記》以後，她又寫了六個長篇──《蓮漪表妹》、《馬蘭自傳》、《塞上行》、《雪嶺驚魂》，及聶華苓約稿以「太平輪事件」爲經緯的 20 萬字小說，還有一篇以新疆爲背景的新長篇，近 8 萬字；另外，有短篇小說 35 篇以及數十篇散文，總數字可能超過 150 萬字，這是一般文學的部分。這些作品，只出版了《蓮漪表妹》（16 萬字，221 頁）、《馬蘭的故事》（27 萬字，559 頁）、《哀樂小天地》（17 篇，290 頁），有的發表沒出版，有的連發表都沒有，出版的，也只有四、五本而已，實在太少了。跟她寫作的總量，實在不成比例。爲什麼？爲什麼她在 1950 年代、1960 年代發表的短篇直到 1980 年代，才在林海音三催四請下「缺襟短袖的『整理』出來」？爲什麼 1950 年代出版、發表的《蓮漪表妹》、《馬蘭自傳》，在 1980 年代又大費周章的改寫？因爲她對自己的作品都不太滿意，「雖然水準還算可以」，總希望有一天能改得好一點，因爲到教育廳兒童讀物編輯小組當編輯，全力以赴，一般文學的創作、出版，都擱下了。她 1982 年退休，不再編叢書、百科了，才在林海音得再三催促下，拿起筆的另一端，整理、改寫舊作，也陸陸續續寫些新的。《蓮漪表妹》是潘人木的第一本長篇小說，時代背景從九一八事變後到共產黨占據大陸，書出版後，很受重視和好評，被列爲四大抗戰小說之一，也被列爲反共小說的代表作。《馬蘭自傳》有 18 萬字，在《文藝創作》連載後沒有出版。馬蘭可以說是潘人木那一代的女性的代表，抗壓性很強，忍耐度很高，像鋼鐵一樣，自傳成分大約有五成。

　　1984～1985 年間，潘人木花了十個月，重新改寫《蓮漪表妹》，從 16 萬字擴充到 31 萬字，章節、觀點都改變了，以全新的面貌出現。「**原本單**

薄，骨頭多，加些皮肉，更有水分」，潘人木道。後來又改寫《馬蘭自傳》，除了人名、地名、情節有更動、變動外，書名也改了，字數也多了差不多 9 萬字。她慎重的重寫兩書，是她引以爲傲的，她的認真、慎重和使命感，由此可見。

潘人木在小學生天天都要唱「打倒俄寇反共產」的時代，寫白俄女子有母性的光輝、忠貞等美德，是寫實的表現，也是缺乏「政治細胞」的最佳證明。

潘人木的短篇小說集《哀樂小天地》，出版後，也是風行一時，感動了很多人，先後有丘秀芷、陳恆嘉、蕭毅虹、心吾、朱嘉雯等撰文推介。年度小說選的編者隱地說其中多篇有年度小說選的水準，齊邦媛教授也說她的短篇小說中「瑰寶藏珍甚多」。她的小說有六篇譯成韓文、英文、法文、印度文在國外發表。她的長短篇小說量少質精，都有經典分量，作品的寬度、深度、厚度和格局，是女作家中極少見的。由於她的小說富有藝術性、特殊性，很有探討的空間，成爲很多學者的研究探討對象。

關於潘人木早期小說的評介論述頗多，本文選了七篇，有小品，有導讀，有長篇的專論。齊邦媛〈烽火邊緣的青春〉一文中，比較《蓮漪表妹》和《未央歌》這兩本寫抗戰時期大學生故事的小說，在尖銳的對比後，對《蓮漪表妹》有較高的評價。她說：「它寫的雖是一個沉重的主題，卻全然摒除了乾澀無力的政治口號。寫那樣一個時代，卻不爲時代意識所困，發揮了藝術創新的力量」、「潘人木摒除感傷主義，用相當冷靜的觀察和簡潔卻涵蘊深意的文字，寫活了一個龐大的主題——人與時代的關係」。王德威的論文，從文學史的角度，跳出以往評價「反共文學」的窠臼，在比較大的格局下，肯定《蓮漪表妹》的成就，重新爲《蓮漪表妹》定位。王教授也將潘著與《旋風》、《未央歌》、《赤地之戀》等做比較，是一篇很精彩，很有分量的學術論文。朱嘉雯的論文，運用《祕密花園》、《綠野仙蹤》等西方經典來對照詮釋《蓮漪表妹》裡關於青春與少女成長的主題意境。

　　琦君的文章〈一棵堅韌的馬蘭草──《馬蘭的故事》所顯示的道德情操〉，不是學術論文，她從讀者、作者的角度，來探討小說的主題、情操和技巧，指出作者擅於運用伏筆，製造懸疑，「寫出了善與惡的對比，剛與柔的調和，親情與友誼的慰藉，國難與家愁的折磨」。給人兼有「壯美」與「優美」兩種感受，是一部值得一讀再讀的好書。本文如果和朱介凡的〈論《馬蘭自傳》的風格與德行〉參照閱讀更好。

　　張素貞〈人前亮三分的生命之歌──潘人木後期的文藝創作〉，是以潘人木 1980 年代以後的小說及散文創作爲討論的對象，包括短篇小說〈有情襪〉、〈北京下午兩點半〉等五篇以及散文〈笑的距離〉、〈共飲一杯芬芳午後〉和〈「一」關難渡〉等二十多篇散文，分析特色，並綜合歸納，希望在文學史上爲潘人木的文藝創作定位，非常難得，因爲一般關於潘人木的研究探討，大都集中在 1980 年代前的小說，尤其是那比較有名的兩部長篇。張文指出潘人木的後期小說「敘描深入細微，著重心理刻畫，擅於營造氛圍飽含餘韻，她的技巧可不曾踰越冷靜客觀的鐵律，也符合現代主義的高標。」散文部分「極有創意，詠物、理趣小品則映照生活，蘊含了許多人生的智慧……文筆簡潔而意象豐富」而且還「融合與時俱進的高妙技法」，如魔幻寫實、超現實，今昔時空交錯等，「獨具個人的丰采，而且亮麗出色」。

　　張女士的另一篇論文〈五六〇年代潘人木小說面面觀〉，涵蓋面很廣，把潘人木 1950、1960 年代發表的小說做全面性的探討，雖有若干遺漏，情非得已，她先把所有小說按主題內容歸類，再融入人物刻畫、襯托對照、懸疑象徵、小標題設計等藝術技巧的說明。她以一個新的角度來觀察潘人木的小說，認爲潘人木是鄉土寫實作家，多篇小說有 1950、1960 年代的臺北生活寫真，對當時生活情境的精細摹寫，爲 1950、1960 年代留下了珍貴的圖像，也有省籍問題族群融合的小說，有些短篇展現哲思理趣，很有現代主義的風味，是現代主義的先驅。

　　在碩博士論文方面，共有四本以潘人木的小說爲研究範圍。有陳良真

的《潘人木小說研究》、林益秀的《潘人木《馬蘭的故事》研究》、王素真的《潘人木短篇小說書寫中的地域圖像與歷史記憶——以五、六〇年代作品爲例》和邱蕙如《潘人木及其《蓮漪表妹》小說研究》。陳良真的論文以潘人木 1950、1960 年代的小說爲研究範圍，在資料的蒐集彙整和剖析論述方面頗用心，她指出潘人木的小說蘊含懷鄉的情懷與根落臺灣的意向，對臺灣女性文學創作有奠基的影響。附錄有 2005 年 5 月 15 日訪問潘人木的訪談實錄，是潘人木生前最後一次接受訪問，值得一讀。

　　王素真的論文，析論潘人木小說中的地域風情、生命情調和族群的衝突、融合，以及現代化衝擊的問題。她以空間置換書寫歷史流變，並比較潘人木以大陸、臺灣兩地書寫背景的作品之異同，對其短篇小說作一客觀評價。她認爲，潘人木的小說，有女性自我啓悟的歷程，更有時代轉換下的社會寫實與現代化的衝突，題材獨特且多樣。附錄有潘人木 1950 年代的自傳及潘人木 1950、1960 年代未結集的小說〈一念之差〉等八篇，這可能是到目前爲止，有關潘人木作品研究的碩博士論文中，最用心，疏漏、錯誤最少的一篇。

　　應鳳凰的〈書寫新疆——潘人木《哀樂小天地》〉，從女性的觀點來看潘人木短篇小說集裡，以新疆爲背景的部分，她分析小說中對兒童、母親、少數民族女性之美的精彩描繪。應教授另一篇論文〈戰後臺灣新疆題材小說——潘人木五〇年代之異地與異族書寫〉，討論的範圍更廣，擴及未出版的長短篇〈塞上行〉、〈迪城疑雲〉等的析論，闡發更深入，希望能呈現潘人木新疆小說在 1950 年代臺灣文學史的重要地位，見解精闢，視野寬廣，是難得的好論文。另一篇〈烏魯木齊之憶——潘人木新疆題材小說〉與前篇有相同的論點，整理呈現潘人木新疆小說的情節內容，歸納主題與藝術風格，對資料的發掘整理，消化與發現，功力一流，但因篇幅關係，沒有收入本書，讀者可自行參考。

　　出版家隱地在〈剛毅中的溫柔——寫出一個時代的潘人木〉[5]裡說「隔了二十四年，再讀《哀樂小天地》裡的每一篇小說，許多篇都有選進『年度小說選』的水準」。的確是對潘人木小說很好的讚譽，作品中的溫情，真是讓人難忘。

三、兒童文學創作、評介綜述

　　潘人木於 1965 年應邀擔任教育廳「兒童讀物編輯小組」健康類的編輯，開始兒童文學編輯和創作的生涯。她寫的第一本兒童讀物《吉吉會唱營養歌》是 1966 年 5 月出版的。她到編輯小組那年的 8 月 14 日，發表了短篇小說〈妮娜妮娜〉，不知道那時候是否已在小組上班。[6]1967 年 3 月，在《純文學》月刊發表〈計〉以後，就停止小說創作了，這一停，就停了 18 年，不是專家說的 35 年，也不是進小組後，就不再寫小說了。

　　潘人木說過：「兒童文學是我的一部分，而且是最好的一部分。」她把最好的獻給孩子。她進兒童讀物編輯小組後，筆的一端是改稿、編輯，另一端是寫作，又編又寫，在小組一待 17 年如一日，從編輯小組退休後，她還是沒有把筆放下，繼續編寫，從 1965 年到 2005 年，整整 40 年。

　　在兒童文學創作方面，無論是童話、故事、散文、科學讀物還是詩歌，她都有傑出的表現，可惜很多人不知道，以為她作品不多，不是重要作家。為什麼會這樣呢？因為她很少以人木的名字發表出版，她用的筆名有慎思、求實、立德、吳明、老六等三十幾個，難怪人家不知道，以為只有十幾種或將近六十種，其實超過 110 種。

　　兒童文學創作的評介方面，選了兩篇文章。第一篇是〈潘人木的兒歌

---

[5]隱地，〈剛毅中的溫柔——寫出一個時代的潘人木〉，《中華日報》，2005 年 11 月 7 日，E7 版。
[6]林海音年表，林海音於 1964 年擔任教育廳兒童讀物編輯小組第一任文學主編。1965 年 4 月，因應邀赴美訪問而辭職，後由潘人木接手。潘人木進小組，應在 4 月之前。又據曹俊彥〈省教育廳兒童讀物編輯小組的零星回憶〉中說，他第一次拜訪編輯小組是 1964 年初秋，那次見到林海音女士、潘人木女士（參見《雜繪——曹俊彥兒童文學美術五十年》，臺北：信誼基金會、毛毛蟲兒童哲學基金會，2011 年 7 月）。據此推斷，潘人木是在 1964 年初秋前到小組任職。

世界〉。本文整理歸納潘人木兒歌的表現手法和特色，指出潘人木的兒歌，「題材廣泛，內容隨著時代的發展而變化，貼近幼兒的生活，適合幼兒的需要。在表現手法方面，能吸收、借用傳統兒歌的特點，在傳統的基礎上推陳出新。從題材、內容到形式，從構思、立意到語言，都能有所突破，走出自己的路，形成自己的風格，創造出一個兒歌的新世界！」

第二篇是張嘉驊〈科學知識文學化──論潘人木科學類童書的敘事與意識形態〉，運用布魯納文化心理學、米克‧巴爾的敘事學和胡塞爾現象學理論，探討潘人木的科學類讀物，指出潘人木吸收科學知識，結合文學的手法，看題材而變化敘事方法，發揚潘人木科普讀物的特色，肯定其價值，也點出科學讀物的創作方法和要訣，推論循序漸進，很有條理，表達清楚好懂，非一般生硬套用者可比。

四、兒童文學編輯部分評論綜述

嚴淑女的〈論潘人木先生的編輯理念對臺灣兒童文學發展的影響〉，從史料中整理、分析研究潘人木的兒童讀物編輯理念，以及如何規畫、執行、運用人脈等，呈現出潘人木對臺灣兒童文學發展的影響與貢獻，從編輯的角度來探討很好，只是她對當時的時空背景、潘人木的視野、前瞻性、獨特性的分析，還不夠深入，也有些小問題，像叢書中鄭清文、張曉風、心岱、劉克襄等都不是潘人木找的，她找的文友是琦君、沈櫻、蓉子、楊念慈、林良、王令嫻、蘇尚耀、陳克環等。如她企畫散文系列 10 本，邀請文友謝冰瑩、林海音、琦君、林良、朱西甯、劉慕沙、段彩華、季季、鍾鐵民、童真、姚葳、梅遜、李輝英、彭震球、洪炎秋等一起來為孩子寫作，寫自己的小時候，寫故鄉、寫難忘的人物，讓小朋友也可以看到各種不同風格的作品，也讓成名的作家嘗試加入兒童文學寫作的陣營。

潘人木在兒童讀物編輯小組編寫並進，編寫的書超過 500 本，配發到全國各國小及鄉鎮級圖書館，也會送到世界各地的聯合國教科文組織陳列，引起了各國的重視。1967 年，兒童基金會曼谷區署來函，請求將它的

版權公開，所以中華兒童叢書中的一部分，有馬來西亞、泰國、美國等國家譯成當地文字印行。在 1970、1980 年代，中央圖書館常常選用她編寫的書參加各種國際性的兒童讀物展覽。總而言之，她編寫的中華兒童叢書、中華幼兒叢書、中華兒童百科全書，是臺灣兒童讀物重要的里程碑，這些書伴隨無數的人成長。她對臺灣兒童文學的發展，兒童讀物水準的提升，還有對語文教育的貢獻，即使有超級電腦，也是計算不出來的。

　　要了解潘人木在兒童讀物編輯方面的貢獻，可以參看潘人木《鼠的祈禱》附錄〈下雪的十七年〉，這是潘人木回憶在兒童讀物編輯小組的始末。《鼠的祈禱》還附有兩篇跟潘編輯有關的，一篇是美術編輯曹俊彥寫的〈關於潘人木〉，另一篇是編輯小組的特約編輯林武憲寫的〈兒童文學的「掌門人」〉[7]，都有助於對潘人木在編輯小組編書的了解。另外，1986 年到 1988 年，潘人木還主持美國世界百科公司《親子圖書館》全套 16 冊的翻譯計畫，擔任總編輯，因為她態度認真，科學常識又豐富，發現不少原版的疏忽和錯誤，使美國人非常驚訝佩服，算是幫了原來的編輯很大的忙。1994 年，光復書局「幼兒成長百科」，潘先生擔任總監修的工作，也貢獻頗多。

　　林良〈潘人木先生的文學成就〉，是潘人木作品研討會專題演講的紀錄，對於潘先生的文學成就，從一般文學到兒童文學，做了一個概括性的介紹，可以看出林先生所下的功夫和幽默。文中提到〈好夢一場——無媒寄海音〉說「林海音過世後，潘人木不曾去參加她的喪禮或追思會，也沒有寫下任何一篇文章紀念林海音，硬是把悲傷忍了四年。」其實潘人木寫了〈溫習溫習海音〉、〈以為還有很多，其實沒有了〉和〈好夢一場〉。[8]

---

[7]潘人木，《鼠的祈禱》（臺北：民生報社，1999 年 11 月）。

[8]林海音於 2001 年 12 月 1 日去世，潘人木於 16 日，就寫了〈溫習溫習海音〉，當時沒發表。林武憲整理遺稿發現後，提供給《文訊》，發表於 2005 年 12 月第 242 期。〈以為還有很多，其實沒有了〉發表在 2002 年 3 月的追思特刊《憶……難忘》，〈好夢一場——無媒寄海音〉寫於 2005 年 5 月 4 日，發表於 2005 年 11 月 4 日的《中央日報》副刊。又文中「73 歲時為民生報社出版了四本兒歌集」，少算了 10 歲。

在學位論文方面，2003 年有林淑苓的碩論《潘人木兒歌作品研究》，主要探討潘人木兒歌的內容和形式，分析潘人木 11 本兒歌集，共 248 首作品。在形式藝術方面，分析結構布局，修辭特色和節奏安排，下了一番功夫。其中「附錄一：潘人木兒歌作品得獎資料」部分待商榷。

2007 年，賴碧珠的碩論《潘人木兒童文學作品研究——以《中華兒童叢書——文學類作品為例》，以兒童文學理論分析整理潘人木在教育廳出版的童話、兒童散文、兒童故事和圖畫書，歸納潘人木的兒童文學作品特色。涵蓋面較廣，也較難深入，本論文對潘人木生平資料和兒童文學作品資料的整理不錯。

五、標籤與定位

潘人木在 1950 年代發表、出版了中篇小說《如夢記》、長篇小說《蓮漪表妹》、《馬蘭自傳》、《塞上行》和短篇小說 16 篇，表現非常傑出，成為 1950 年代的重要代表作家，由於《如夢記》等小說揭露共產黨的本質，有共黨禍國殃民的內容，她的小說被界定為「反共小說」或「政治小說」，她也被稱為「反共文學作家」，甚至說她是政治的附庸。

葉石濤《臺灣文學史綱》第四章「五○年代的臺灣文學」就說：

> 五○年代作家都斤斤計較於意識形態的鬥爭的窄狹領域，缺乏透視全民族遠景的遠大眼光，終於在文學史上繳了白卷。同時，他們來到這陌生的一塊土地上，壓根兒不認識這塊土地的歷史和人民，也不想了解此塊土地上臺灣民眾真實的現實生活及其內心生活的理想和心願，更不用說和民眾打成一片。一個作家的根脫離了民眾日常生活的悲苦和歡樂，他們的文學無異是空中樓閣，只是夢囈和嘔吐罷了！實際上他們生活的根還留在大陸。

這段批判也有些以偏概全了。

他又說：

> 如潘人木的長篇小說《蓮漪表妹》、《馬蘭自傳》等雖也以反共為主
> 題，但是描寫「解放地區」的生活狀況呆板而缺乏具體，有力不從心之
> 感。作者的主要興趣仍然是脫離不了女人、家庭、情愛的範圍。

葉石濤對 1950 年代的作家和對潘人木的評論，是很不公平的。他也許
沒有細讀潘人木 1950 年代的小說，就下了斷語。

陳芳明的《臺灣新文學史》第 12 章「五〇年代的文學局限與突破」中
說：潘人木是 1920 年生，任職於臺灣省教育廳，其實是 1919 年生，在教
育廳任職是 1970 年代的事。陳芳明說：

> 《馬蘭自傳》是一部女性成長小說，關於一位女性知識青年，逐漸成為
> 教師的生命歷程……就文筆而言，潘人木已相當細膩寫出女性特有的情
> 感與情緒。縱然是屬於反共小說，文字之成熟可謂別具一格。[9]

1960 年代的潘人木，發表了長篇小說《雪嶺驚魂》，和十幾篇短篇小
說，有多篇是具年度小說選的水準的，文學史家似乎視而不見。1980 年代
的潘人木，出版《哀樂小天地》，和兩本大幅度改寫，幾乎可以說是新作
的長篇小說，還發表譯成外文的〈友情襪〉、〈想我的紅邊灰毛毯〉等不
少小說、散文，也是不容忽視的，不能把潘人木局限在 1950 年代，局限在
反共與懷鄉裡。

我們再看中國古繼堂主編的《簡明臺灣文學史》[10]在談潘人木的反共小
說特點時說：

---

[9]陳芳明，《臺灣新文學史》，《聯合文學》第 200 期（2001 年 6 月），頁 170～171。
[10]古繼堂主編，〈20 世紀 50 年代臺灣的「反共文學」〉，《簡明臺灣文學史》（北京：時事出版社，
　2002 年 6 月），第 11 章，頁 234～235。

透過青年一代政治信仰的罪與罰，婚姻愛情的成與敗，來觀察政治及意識形態領域的鬥爭，作者反共恐共的政治立場往往貫穿於主人公複雜曲折的人生故事之中，較之那些直白喧囂式的反共作品，潘人木這種愛情加反共的小說，也更帶有蒙蔽性……出於女作家的文筆，潘人木對女性心理細緻入微的揭示，也為其「反共文學」作品增添了某種藝術色彩。總的來看，潘人木這類小說沒有脫離「反共文學」的政治架構，仍然訴求於對共產黨的所謂「控訴」主題……由此帶來的，往往是用文學清算政治的創作歧路；而這其中所喪失的，正是一個作家忠實於生活的良知與使命。

從臺灣的《臺灣文學史綱》、《臺灣新文學史》到中國的《簡明臺灣文學史》看來，中國的樊洛平[11]顯然對潘人木的小說較有研究，對潘人木小說的優點也很清楚，只是因為潘人木的小說觸及共產黨的痛處，由於立場的不同，不能給予更好的評價。

其實，政治就像空氣一樣，是無所不在的，人怎麼可以抽離、逃離於空氣政治之外？文學也是一種社會意識形態，通過形象的語言來反映現實生活，反映時代與社會，顯示這個世界。話說回來，反共小說、政治小說豈是好寫的？豈是人人能寫的？跟潘人木同時期的作家，除了孟瑤、聶華苓外，大都是在淪陷區受教育，而不是在大後方受教育的，生命歷程大不相同。怎樣找到恰當的表現方式，不流於喊口號，不流於宣傳，就是好小說。「藝術與宣傳的差別往往只存於一線之間。」這是《政治與小說》的作者歐文・荷教授說的。

潘人木 1998 年 12 月 18 日在接受靜宜大學曾鈴月訪問的時候，針對被稱為「反共」作家的看法，她說，「這個莫名其妙的稱呼害得我好慘，請問 1950 年代的作家哪個不反共？」她還說：「我只是寫實而已，並沒有強

---

[11]樊洛平是《簡明臺灣文學史》第 11 章的撰寫者。

調政治理念，都沒有。我這個人沒有政治細胞，況且小說也脫不了時代。」潘人木往生前約半年接受陳良真的訪問時說：「有人把我的小說歸類為政治小說，我這是時代小說，因為那個時候是那個樣子……那個時候真是如狼似虎，太可怕了……任何人寫出來都沒有實際的百分之一。」[12]

潘人木寫的是她真實的經歷，是她真實的生活，是用血用淚寫的「控訴」，是「傷痕文學」，雖有滿腔悲憤，卻沒有一字罵共產黨，沒有善惡的評斷，要讓讀者判別是非，她要為歷史風暴作見證，寫出時代的聲音，不是被收編的政治附庸、聲音。她秉持的正是良知和使命感啊。古繼堂、樊洛平，還有寫《現代臺灣文學史》的白少帆們；你們都錯了。

彭瑞金在其作《臺灣新文學運動四十年》中說潘人木的《蓮漪表妹》和《馬蘭自傳》「更是千篇一律在揭發共匪罪惡」[13]從古代到現在，從臺灣到世界，童年、故鄉、愛情、戰爭都是永恆的題材，都是「千篇一律」的在重複嗎？不是，絕對不是，一個作家、一位藝術家，重要的不是寫什麼，畫什麼，重要的是你怎麼寫，你寫得怎麼樣，你用什麼心態來創作。沒有經歷過解放區，沒有感受過共黨迫害的人，是不會了解的。反共並不是罪惡！她是以自己的親身經歷、體驗，用血用淚揭發共黨的罪行，記下一段青春生命的歷程。

結語

潘人木喜歡慢跑。她在寫作的路上長跑了 56 年，沒有停下來。她把個人生命歷程和時代風雲，化為小說、散文，我們在她的作品裡，可以看見 1920 年代的東北、1930 年代的北平、1940 年代的重慶和新疆、1950 年代 1960 年代的臺灣，她為近代中國和臺灣留下最好的見證。她對寫作有一份「特殊的使命感」，不只是為成人寫，更為兒童而寫。「眼中有孩子，心中有未來。」她為孩子所花的心血極多，創作約 115 本左右的童書，連同

---

[12]陳良真碩論，《潘人木小說研究》，附錄三，頁 250～253。
[13]彭瑞金，《臺灣新文學運動四十年》，（臺北：自立晚報社，1991 年），頁 76。

編的、譯的，加上成人的部分，大約 461 本。還沒出的散文、小說、論述、兒童文學，可以再出 10 本，這樣的大作家、國寶級的作家，寫得久、寫得多，也寫得好，卻沒有受到文學史的肯定，也沒有中山文藝獎、國家文藝獎、榮譽文藝獎章或褒揚令的光環，實在是很遺憾的事。我們對她的成就和偉大貢獻了解得太少，對她的誤解又太多，令人慨歎！雖然她有文藝獎章及五四文學貢獻獎、信誼幼兒文學特別貢獻獎的肯定，也有學者專家王德威、齊邦媛、應鳳凰、張素貞等的肯定，這些肯定還不足以彰顯她的地位和價值。她編寫的書，不管是一般文學還是兒童文學，已出版的或尚未出版的，都經得起時間的考驗，都有很多值得探究的面向和空間。我深信，對潘人木的研究會越來越多，潘人木的身後會比生前更重要！

輯四◎
重要評論文章選刊

本輯選文由林武憲、應鳳凰共同編選

寫媽媽潘人木

◎黨小三[*]

　　一些在生活上非常有用的東西，對我媽媽是完全沒有用的。像錶，尺，量杯，算盤等等。有一次，姐姐生病，醫生給了特效藥，囑咐一定要每四小時吃一次；時間隔久了，藥效不夠，時間太近了，怕有中毒情形。夜裡 12 點她給姐姐吃過藥，就去睡了，下次吃藥應該是 4 點。不知睡了多久，她一覺醒來，以為天快亮了，趕緊給姐姐吃第二遍藥，吃完了，聽見隔壁的大鐘才敲兩下，這下子媽可慌了神，急得淚流滿面，站在姐姐牀前，無助的說：「求你點事好不好？你能把剛才吃下去的藥吐出來嗎？」

　　衣櫥，箱子，從來不鎖；單據，請柬，別指望她保存。至於上錯火車，忘記按電鍋的鈕，更是常事。所以我們家不管誰丟了什麼，還沒好好找，爸爸就會用懷疑的口吻說：「大概被『誰』掃走了吧！」

　　媽媽無論做什麼，都不會太「吃力」。不管是讀書，寫文章，燒飯，她都能找出一個事半功倍的法子來。就以教育兒女來說吧，她只用一張薄薄的電影票，就給我們上了人格教育的第一課。我們兄妹三人，都是在沒有超越免費身高時就有「自己的票」看電影了。當我們矮矮的身軀，邁著短短的步子，舉著「自己的票」給撕票小姐，然後進場坐在寬寬的座位上，內心的感受是奇妙的。一種自尊自愛，光明磊落的混合情緒，影響到以後我們整個的成長過程，我們會時時記著使自己做個「有票」的人。

---

[*]本名「黨英台」，潘人木次女。

筆的兩端

◎林海音[*]

　　民國 39 年，我們還在零七八碎寫些身邊瑣事小文章的時候，潘人木已經寫了中篇小說《如夢記》，獲得中華文藝獎金委員會的第一名，並且出版單行本。接著又於民國 41 年，以 20 萬言的長篇小說《蓮漪表妹》再獲該會國父誕辰獎。此書一出，風行一時，它雖屬抗戰小說，但書中女主角及其他人物的描寫，正如當時張道藩先生所說：「描敘的筆鋒，如精練醫師手中的解剖刀，在優閒不迫之中處處見到細緻和敏捷。」一點兒也不錯，她在後來的十年中，發表了許多短篇小說，文筆幽默機智是她為文的特色，讓人一口氣兒讀下去，痛快淋漓，掩卷仍能回味。

　　但是正在這時，她漸漸停下筆來，說不寫就不寫了，記得距今最近的一篇小說，該是我編《純文學》月刊逼她寫的那篇題名〈計〉的吧！是民國 56 年 3 月間的事了，此後對她就有點兒無「計」可施了。但這也不表示說她已經完全停筆了，因為民國 54 年她受聘為教育廳中華兒童叢書的主編工作，直到去年才退休。16 年下來，她的筆趨向另一端，為中華兒童叢書編了四百多本各年級的課外讀物，又籌畫出版中華民國第一套中華兒童百科全書，這是個大計畫，她離開時已經出到第六冊。這套書雖不是她一個人的功勞，但她擺下去的心血最多。潘人木是這樣一種人，工作認真，不求名利，真正的名士派。她沒等到看見兒童百科全書的完成，便決心退休，我想和她平日偶然跟我感歎的話，也許有些關係，她曾說現在要找像

[*]林海音（1918～2001）散文家、小說家。本名林含英。苗栗人。發表文章時為純文學出版社發行人兼主編。

潘振球、陳梅生、彭震球幾位教授的禮賢下士作風，還真不容易哪！因此她很敬重這幾位曾在兒童讀物上跟她有過合作或接觸的人。我覺得她的離去，對中華兒童叢書是個損失，但另一方面，她說過，她計畫兒童讀物告一段落後，仍擬「重操舊業」，掉轉筆頭，再寫小說，因為寫小說才是她偏愛的工作啊，這倒是個好消息，筆有兩端，只能用一端寫呀。

在她忙碌於兒童讀物的日子裡，我們還常會在報章雜誌上，讀到懷念她創作小說的事，我常跟她玩笑說：「妳看妳，真是陰魂不散啊，這麼多年不寫小說了，今天還是有人提到妳的作品。」她聽了也不過高興的笑笑。很多次我認真的對她說：「臺灣的四大抗戰小說，我有幸出版了其中三本（《滾滾遼河》、《藍與黑》、《餘音》），只差妳這本《蓮漪表妹》！」她說她手頭連這本書都沒有了，我說如果我找到了呢？她說：「那倒可以考慮考慮。」我本事大，居然一日之間找來了三本交給她，她說她還得仔細修訂，寒來暑往，有三年了，修訂好了沒有？至今仍是不見蹤影。

不但如此，她的短篇小說集子，也是經過三催四請才缺襟短袖的「整理」出來，虧得她那細心的丈夫，平日不動聲色的剪留下來，在她東翻西找時貢獻出來，這本小說集才得順利出版。

潘人木和孟瑤是沙坪壩時代中央大學同學，人木讀外文，孟瑤讀歷史，兩人寫作之外的嗜好不盡相同，但卻都是性情中人。有一點相同的，兩人現在都在美國西岸抱孫子呢！

——選自林海音《剪影話文壇》

臺北：純文學出版社，1984 年 8 月

作家速寫
非才女型的才女

◎朱西甯[*]

　　一派平平實實的敦厚相，一位任何辦公室都可見到的職業婦女，近乎木訥，然而一句話便是一句話的那麼穩定。她樸實無華，平易近人。你若讀過《如夢記》、《蓮漪表妹》、《馬蘭自傳》，驚歎作者的才華，與張愛玲相比，有過之而無不及，則你實難相信她就是令你傾倒的潘人木。

　　她不是一個鋒芒外露的才女型作家，因此，必須與她相處較久，才能慢慢棄置她的外型，進入她深邃的世界。她的談吐恰如其分，你很少見過像她那麼實實在在，什麼也不關心，卻什麼都關心得極深刻的理性的女性。她書裡重要的人物，差不多都是那麼的矯情、耍小心眼、善與人施些刁鑽小技，那與她的性格、為人、心理狀態，不知相去幾百里。也正因如此，她不愧是一位大家，非一般女作家跳不出個人窩巢所可望塵。

　　民國 40 年代，自由中國文風盛極一時，文藝作家真可謂如過江之鯽，但論作品的藝術價值，潘人木的三部中、長篇小說，該居首位，應屬傳世之作。只可惜潘人木不再寫了，她的書也難得一見。大概可以肯定的是——目前的讀者可以不知道她的人、她的書，但是在中國文學史上，不可以忘掉她。

——選自朱西甯《朱西甯隨筆》

臺北：水芙蓉出版社，1975 年 4 月

[*]朱西甯（1927～1998）散文家、小說家。本名朱青海。山東臨朐人。發表文章時為黎明文化公司總編輯。

我所知道的潘「先生」

◎曹俊彥*

　　我一直都專注在美術工作上，小說看得不多，第一次認識潘先生的時候，並不知道她曾經寫過好幾部大部頭的小說，只看到她交給我，要我做成圖畫書的創作民間故事〈冒氣的元寶〉。這一篇為小朋友寫的故事把元寶、餃子、孝子巧妙的聯想在一起，由圖象形似的連結和語音類似的連結，創作出充滿鄉土氣息和傳統民間故事趣味的作品。能夠為這麼有趣的故事畫圖是一件相當令人興奮的事，而能夠認識這樣的作者，後來又能一道工作，則是一件相當幸運的事。因為在工作中她給了我許多創作上的重要觀念。

　　你或許注意到了，我沒稱呼她潘女士，而是稱她「先生」，這是我們在兒童讀物編輯小組工作時習慣了的尊稱，這使我想起來，日本人對別人的尊稱通常用的是「樣」，只有對老師才稱「先生」，而且不論是男性或女性，這樣的稱呼似乎也是在唐宋時期由中國傳過去的。說真的，潘先生確實是我的老師。（不過我未曾奉上束脩！）

　　民國 60 年 3 月的某一天，潘先生在電話裡告訴我「趕快來上班」，我就放棄了小學老師的工作，到臺灣省政府教育廳──兒童讀物編輯小組和潘先生一起工作。當時正好有很多位編輯另有高就離職了。新的編輯一直沒有補足，只有由潘先生一人兼任主編、科學類編輯和文學類編輯，加上一個美術編輯──我，兩個人每年要負責編出涵蓋小學低、中、高三個年段的兒童讀物 33 本。我相信，我們兩人應該都會感受到那股工作壓力的。

*發表文章時為《親親自然》月刊編輯顧問，現為兒童文學美術工作者。

特別是我，才第一次由教書和畫圖畫書的工作進入編輯工作，一切都還有待學習，心情是夠緊張的。

可是，潘先生把第一篇稿子交給我去處理的時候，卻很安詳地對我說：「別著急，慢慢來。」這一句話很簡單，但是對剛剛開始接觸編輯工作的我而言，就像潘先生的小說〈捉賊記〉中那一個嬰兒，在寒冷的冬天，穿上媽媽刻意用體溫溫過的衣服的那種感覺。在這句話中，我體會到，為孩子編東西，要好、要精，急不得，快不得。等到印成書，流傳出去，再發現錯誤，是追也追不回來的。有了這一句話，我便安下心來，細細的研究小組裡蒐集的外國兒童讀物，參考他們圖畫的表達技巧，考量當時我們所能找到的畫家和做得到的印製條件，盡可能的讓每一本書的圖、文都做到最好的搭配演出。「別著急，慢慢來」便成為工作繁忙的時候經常會記起來的一句話；再怎麼忙也別亂了腳步，要保留充裕的思考空間。

知識的傳達，除了經由語言、文字之外，圖畫也是很重要的，特別是科學類的讀物，更需要由圖畫的協助才能做具體的表達。所以每次潘先生交給我整理完成的科學類文稿時，都會協助我找出一大堆有精采圖片的參考書，這些書增強我編輯構思時的想像力，也讓畫家的工作進行得更正確而順利。出版社在約請畫家繪圖時，能這麼周到的似乎並不多見。

在找尋參考資料的時候，我們深深的感覺到，能滿足日本、美國的小孩求知慾的工具書真是又多又齊全。我們常常在聊天中提及，我們的小朋友需要有圖鑑、百科全書這一類的圖書，如果我們能編，那該多有意義呀！於是我們開始一起做一件大膽的傻事：向教育廳遊說，當時的第四科王科長，和我們有同感，便協助我們向上呈報。

中華兒童百科全書的預算編出來了。潘先生和我都很興奮，因為這將是第一套中國人自己編給孩子看的百科全書，是創舉呀！但是，令人啼笑皆非的是：竟然沒有增加人員的預算！就這麼兩個人，除了原有的叢書之外，還要編百科？「做了再說吧！到底是有意義的事呀！」向廳裡反映了意見之後，潘先生就這麼兩句話，然後便開始規劃這一套書的規格和體

製。埋首編排題則，勾選題則，四處約請專家學者幫忙撰稿審稿，反正任何事情都需要有個起頭！我想，她的長篇小說一定也是這樣開始的吧！

　　潘先生常常很羨慕的對我說，會畫畫真好，其實，我常常能夠從她的文字中清楚的「看」到她所描畫的人物和景致，是那麼鮮活生動。我很欣賞她描寫馬蘭在火車上看電線杆上的電線和下車以後再看的感覺。很奇怪，那是我小時候的感覺，她怎麼和我一樣呢？《馬蘭》這部小說不是兒童讀物，但是在那裡頭，可以看出來，潘先生對兒童的關心和透徹的觀察，不只描寫出孩子的行為，更寫出了孩子的心。當初是誰把她請出來主編中華兒童叢書的，可真是「慧眼」呀！

　　除了觀察力強，心思細密，潘先生能寫得好，還有一個祕密──她原來是學科學的，凡事都要說得通、要合道理。我曾經看過她為了審查一篇故事中寫景的一段，自己在紙上塗塗畫畫的實際演練一番，要證明書中的角色是否真的能夠在那景中活動。後來我們在編寫百科全書的時候，也常常為了真正了解內容，玩起飛機模型，做起蠟染、版畫和其他科學小實驗。因為自己真的知道了才能清楚的說給旁人聽呀！

　　說了許多，還有一件小事可以告訴大家的，潘先生能夠左右開弓，有一次她給我一篇未經過抄稿小姐整理過的稿子，我看了半天才發現，這篇文稿雖然是直行的，竟然由左而右。原來潘先生有時候會用左手寫稿，而且不挑筆，紅藍黑都行。聽說過能左右開弓的人都很聰明。這就是一個真的例子！

──選自《文訊》第 43 期，1989 年 5 月

左右開弓一能人
記手執兩隻彩筆的潘人木

◎王琰如[*]

　　在臺北文友圈中，我幾乎沒有不認識的人。潘人木是北國女兒，高高個子，身高 163 公分，難怪人家要稱她高個子了。她本名潘佛彬。民國 40 年，爲了應徵《文藝創作》徵文，她不想以真姓名寄出，便各取佛彬二字偏旁爲筆名，用了「人木」二字應徵。有人笑她，人木二字，不是「休」字嗎？從此休想出頭。已故文壇前輩趙友培先生倒認爲這筆名不錯，還寫了一幅字送她。「人木」從《文藝創作》反共中篇小說〈如夢記〉獲獎起，以後又寫《蓮漪表妹》長篇小說，更是一篇優秀反共意識極高、技巧極佳的好小說，再度獲獎，人稱得獎專家，不但從此一鳴驚人，也在文壇上奠定了她應得的地位。她的短篇小說甚多，其中以《哀樂小天地》最爲人所稱道，並結集成書，往後復有長篇小說《馬蘭的故事》出版單行本問世。潘人木是寫小說的能手，和她中央大學同班不同系的名作家孟瑤（揚宗珍）同享盛名，簡直是一時瑜亮，也可說是出身中央大學的一對姊妹花吧。（孟瑤念歷史系，人木念外文系。）

　　潘人木，本名潘佛彬，1919 年生於遼寧省法庫縣賀爾海，那兒並沒有海，只有一條小河流經門前。讀瀋陽女師初二時，親眼看見九一八事變的砲火。高中在關內畢業，又趕上七七事變。大學是在重慶沙坪壩中央大學念的。畢業後結婚隨夫去新疆迪化住了兩年，曾在迪化女師院教過書。

[*]王琰如（1914～2005）散文家。本名王琰。江蘇武進人。發表文章時爲中國婦女寫作協會常務理事。

勝利後回北京，母親滿臉淚痕的拿給她看在她離京期間，家人有一年買花生米包回來的紙，赫然是潘佛彬在京讀書留校展覽的一篇作文。母親說這是神佛給她的安慰。說女兒一定能平安回家。從此，潘人木覺得文字真是奇怪的東西。來臺灣後常寫小說，數次得獎，可謂實至名歸。

大約十年前，人木和我，同住臺北市敦化南路，每天清晨，在敦南林蔭大道兩側，由和平東路向北慢跑的她，和由信義路這頭向南散步的我，會在中途交會，各自舉手打招呼。不論多夏晨運，是使人最感愉快的事。她後來遷居較遠的建國北路，不能再看到她矯健的身影，忽忽若有所失。

但我們還是常有見面的機會，那是當我們想看望中風後很少出門的張明大姊時，都會約期前往探親，也更感到運動對身體健康的重要。有時便坐下來陪她手談，不料張大姊二次中風，連手談的機會也不能再得，誠令人感慨無已。

多少年來，我知道潘人木最賞心樂意的事就是臥讀。她是我們婦女寫作協會的會員，但她很少出席一年一度的年會，她的個性是「瀟灑走一回」的名士，不喜歡壓力，也不喜歡吃好東西（真怪！她卻有一項特技，能一下子烙四張餅），她說：「我的個性有些懶洋洋，不喜歡壓力，小時候和長大後，以至老年，我的性格一直沒多大改變，誠實、真情，也認真做事，認真懶惰，也愛打牌。此外，我不太喜歡吃好東西。」美食當前，她居然會不喜歡，我也覺得不可思議。

有人問她走上創作之路的因緣，她這樣說：「我喜歡看書，看了好書自己想寫，看了壞書自己也想寫。所以一般從事寫作的朋友多半對這個問題的回答只有兩個字——想寫。但你談到因緣二字，我的確有點文字因緣，因此也把寫文章這件事看得很嚴肅。抗戰八年我隻身在重慶求學，家人留在淪陷區北平，音訊不通。勝利後我回家，大家喜極而泣的眼淚還沒擦乾，家母就拿出一個信封，打開一看，裡面裝了幾頁我離家前在北平讀書時學校留成績的作文，上面有署名的。原來他們有一次在買花生米包回來的紙上發現是我的作文，認為是神明默默之中送給他們我的訊息，安慰

他們。不然，世上怎麼會有如此巧事？學校工人把學生作文成績賣給小販不足為奇，而某人的作文正好用來包裹某人家屬的東西，這就奇了。這件事我感悟良多，對寫作有份特殊使命感。」

還有一件事，是幼年時在家庭中發生的小事。潘人木說：「我如何開始寫作，同樣的題目，我已經寫過好多次了。照理說一個人怎樣走上寫作之路，答案都應該是一樣的。但是，我每次寫，都有些新的內容。原因是這條路的曲折很多，有時記得這個起點，忘了那個轉彎。因此，新的內容並不是新發現，而是以前忘記，如今記起來的。一般來說，從事寫作的人，多半是喜歡讀書的人，讀了好書，自己也可提筆為文時，就想嘗試一下，讀了不太好的書，也想自己動手試試看。總而言之，『想寫』二字，便可以回答一切了。」接著她又說：「但就我而言，仔細剖析的結果，我之所以想寫，是由於我的『感覺』比較多，比較複雜。怎麼說呢？同樣一本書或一篇文章，有人看了無動於衷，我看了可能百感交集。我不是那種一隻螞蟻爬到手上來，才感覺得出的人，而是牠朝我爬出第一步時，就有感覺了。『寫』，是唯一能表達此種感覺的方法。……這裡要講的是我已忘懷許久的經驗，大概是我這隻毛蟲吃多了葉綠素後，才記起當桑葉還未發芽，曾經以蒲公英填肚子的最初。原來我的寫作是由『告狀』開始的。告狀，當然不是上法院告狀，而是向父親告狀，訴說自己的委屈。」

潘人木說，她少時上的學校，老師教的是文言文，後來改為白話文，大概八、九歲時，她便可運用這兩種文體表達意見了。

她在家裡是大姊，小時候常常要照顧弟弟、妹妹，不過，她仍是小孩子嘛，擔任這個工作，特別需要克服一些小孩的慾望。這一點是很不容易的，也總是不被大人重視與了解的，因此才有了委屈，才需要申訴。

於是，她以自己慣用的文字向父親寫出一篇篇申訴的狀詞，由文言文轉換到後來的白話文，也真虧她的，她的筆力就這樣慢慢地磨練出來了，終於成了一個大作家，能說不是從「告狀」起家的嗎？她的〈從「告狀」開始〉一文，刊載於 83 年 9 月 30 日《精湛雜誌》，為節省寶貴篇幅，原

文不一一節錄了，尚請讀者見諒。

我和人木常在一起餐敘的時候，總見她右手端碗，左手執箸，方知她是一個左撇子。誰知她不但右手寫小說，左手卻在兒童文學上有了不起的貢獻。她在 54 年 1 月，由聯合國文教基金會贊助下，成立了兒童讀物編輯小組，屬於臺灣省政府教育廳。潘人木進入小組，開始為孩子編書、寫書，由編輯而總編輯。17 年如一日，她說：「自覺渾身長著長長的觸角，四個不同用途的大眼睛，手裡拿著一枝大筆，一個放大鏡，把守讀物小組的大門，不准在內容上、形式上、文字上有不良影響的稿件進入。」一位兒童文學作家林武憲先生說：

> 潘先生絞盡腦汁忍著心痛，策畫、約稿、改稿、校對、排兒童百科全書的卡片，沒有人注意她辛勞到什麼地步。『真是寢食俱廢，磨成了粉，不休息就要報銷了。

她終於離開了編輯小組，因為她實在太累太累了。

「潘先生喘了一口氣，她可以休息了。可以整理改寫舊作了。如果她繼續留在小組，我們大概就看不到重新修訂的《蓮漪表妹》和《馬蘭的故事》了。當然，林海音先生的催、逼也大有關係。潘先生是名士派，她不在乎名與利，她不像幾位大作家，得過中山文藝獎、國家文藝獎、吳三連文藝獎，她真正了解兒童讀物的重要性，她把自己的寫作才華、對科學的興趣（她高中喜歡物理），對下一代的關心統統表現在中華兒童叢書和中華兒童百科全書的品質上。她約請了無數專家、作家執筆，這個，誰看得見呢？誰看得清楚呢？她守得住寂寞，她不在乎別人不了解她的用心，她不在乎是否受重視，她把住兒童讀物的大門，引導兒童進入美妙、新奇的文學和科學的小世界。……」「兒童文學的發展跟國家的現代化是分不開的。」這位年輕的兒童文學家最後下斷語如此說。

總括潘人木對兒童文學 17 年來的貢獻、籌畫及編輯中華兒童百科全書

14 冊，又主持民間翻譯的世界兒童百科（譯為世界親子圖書館）16 冊。寫的兒童讀物有《小螢螢》、《亞男和法官》、《神鑼》等數十種。

另一位美術工作者曹俊彥先生寫〈我所知道的潘先生〉一文中說：

> 我一直都專注在美術工作上，小說看得不多，第一次認識潘先生的時候，不知道她曾經寫過好幾部大部頭的小說，只看到她交給我，要我做成圖畫書的創作民間故事〈冒氣的元寶〉。這一篇為小朋友寫的故事，把元寶、餃子、孝子巧妙的聯想在一起，由圖象形似的連結和語言類似的連結，創作出充滿鄉土氣息的傳統民間故事趣味的作品。能夠為這麼有趣的故事畫圖是一件相當令人興奮的事，而能夠認識這樣的作者，後來又能一道工作，則是一件相當幸運的事。因為在工作中，她給了我許許多多創作的重要觀念。
>
> 你也許注意到了，我沒稱呼她潘女士，而是稱她「先生」，這是我們在兒童讀物編輯小組工作時習慣的尊稱。

曹先生在最後一段寫道

> 說了許多，還有一件小事可以告訴大家的，潘先生能夠左右開弓，有一次她給我一篇未經過抄稿小姐整理過的稿子，我看了半天才發現，這篇文稿雖然是直行的，竟然由左而右。原來潘先生有時候會用左手寫稿，而且不挑筆，紅藍黑都行。聽說過能左右開弓的人都很聰明，這就是一個真的例子！

人木以左右開弓創下文壇上的奇蹟，不但值得一記，也值得我為這位名士派老友喝采，誰又能同時握有這樣兩枝彩筆呢？

——選自《青年日報》1995 年 8 月 9 日，15 版

永遠的潘人木老師

◎林武憲[*]

愛上兒童讀物

　　民國 60 年的秋天，一個偶然的機會，參加了教育廳「兒童讀物寫作研究班」第二期的研習，在板橋教師研習會的那四個星期裡，聽到的、看到的、想到的、討論的，甚至夢見的，都是兒童讀物，讓我發現了文學的新世界，從此踏入兒童文學的領域。最使我興奮的是，名作家林海音、潘人木、林良、琦君、馬景賢、何容、趙友培、蘇尚耀等，一個一個都從書裡走出來，來寫作班講課，從只是聞名到見面，使我這從小就愛看書的書呆子驚喜不已。大作家的親切和鼓勵，激發了我為下一代寫作的熱情。我從語文研究轉向兒童文學的不歸路。這也是我和林海音、潘人木兩位老師結緣的開始。

　　研習結束後，兒童讀物編輯小組總編輯潘先生，希望從一、二期的學員習作裡，挑選較好的出版，請幾位指導教授推薦，我幸運的得到林海音老師的推介。研習會的習作，加上一些新作，我的第一本兒童詩集《怪東西》，就在第二年冬天出版了。由於林老師、潘老師的指引帶領，我向兒童文學的大道，順利的踏出了一小步，本來沒打算走這條路的。為了不辜負師長的期許，我利用課堂上向學生推介好書，鼓勵學生閱讀，也把「兒童文學」的探討做為自己最好的「課外活動」，讀讀寫寫，不斷的充實、鍛鍊。在潘老師的鼓勵、支持下，我嘗試謎語的改寫創作，寫了《我來說

[*]發表文章時為國語教科書編審委員、中華民國兒童文學學會常務監事，現為中華民國兒童文學學會監事。

你來猜》，書名還是潘老師幫我取的。另外，我還爲小朋友編了一本兒童現代詩選——《小河唱歌》，選了鍾鼎文的〈垂楊〉、王祿松的牛首〈木耳〉、覃子豪的〈貝殼〉、〈烏賊〉、〈夢話〉和〈海〉，余光中的〈暴風雨〉、夏菁的〈氣象家〉、〈山和白雲〉、張健的〈火柴〉、周夢蝶的〈北極星〉、方思的〈豪雨〉、瘂弦的〈放氣球〉、童鍾晉的〈椰子樹〉、向明的〈家〉、劉延湘的〈童歌〉、詹冰的〈插秧〉、王岩的〈假使〉等。這些現代詩，再加上楊喚、茲茲、林煥彰、黃基博、曾妙容、黃山等的童詩，讓小朋友也可以欣賞到看得懂的現代詩。在編選過程中，有詩人不同意改動或希望換上別的，也因爲有潘先生出面而圓滿解決。

　　曾任教育廳長的潘振球先生，擔任青輔會主委的時候，請教育廳兒童讀物編輯小組編介紹中華文化的小書，做爲給學人子女的春節禮物，第一本《中國民間的四大節日》，潘老師請我執筆，給我學習的機會。

書上學不到的

　　民國 66 年，我又奉調兒童讀物編輯小組，擔任《中華兒童百科全書》特約編輯，負責查核資料、校對、改稿、寫稿，偶爾也支援叢書的校改工作。那段期間，是我學習的「黃金時代」。我見到了潘老師怎麼改稿，怎麼把笨的改成巧的，把死的改成活的，怎麼策畫、約稿，怎麼訓練新的編輯，怎麼客氣，怎麼發脾氣。雖然工作壓力很大，進度落後，她還是要編輯「慢慢來，不要急」。從容的她，背脊挺得直直的，不爲壓力彎腰低頭。她後來還要我爲小朋友寫一本《一步步慢慢來》。她心臟不好，有心律不整的毛病，常常忍著心痛，不舒服，還是不敢休息，有時候像坐著發呆，其實腦筋一直轉個不停，在想編書的事情，對潘老師認識、了解得越多，越是敬佩、感佩。從她的改稿裡，我體會到「好文章是改出來的」，學習寫作，有一半是學習怎麼修改，修改的能力，往往可以決定作品的成敗。我對語文的敏感度（語感），增加了不少。對編輯的流程、工作情況，也有粗淺的認識，真是上了非常寶貴的一課，那是從書上學不到的。

　　借調期間，編輯小組準備從臺北師專搬去忠孝東路，我去之前，叢書和百科的文字稿、審訂稿大都已丟掉，還沒丟的，我請潘老師留給我，她答應了，不嫌麻煩。這是我能保留一些叢書校對稿和少數作家如謝冰瑩、朱西甯、琦君等原稿的原因。潘老師改的、語文專家何容改的，都改得很好，很精彩，可看出兩位先生數十年的功力和學問，這些東西，都成了我學習的好教材。

　　從潘老師那兒學到的，還有她認真、嚴謹，一點也不馬虎的工作態度，她注重品質管制，嚴格把關，不准在內容上、形式上、文字上有不良影響的稿件進入，她編寫兒童讀物，就不再分神寫成人小說了，她要專心的把最好的送給孩子。她的寫作才華，對科學的興趣和對下一代的關心，就表現在《中華兒童叢書》和《中華兒童百科全書》的品質上面，每一本每一頁裡都是她的心血。她不在乎別人看得見看不見，知道不知道，不在乎不受重視，不在乎得獎（她應該是唯一沒得過國家文藝獎、中山文藝獎、吳三連文藝獎的國寶級作家。我也沒有因為寫作、研究、編書而怠忽教書、身教的職責。我告訴學生：「你們把老師教的都忘掉沒關係，記住老師的精神和態度就行了。」這方面受潘老師的影響很大。

　　潘老師在編輯小組共待了 17 年，為下一代編了 400 多本的《中華兒童叢書》，以及倡議、計畫、開編並編完半套《中華兒童百科全書》（七冊），為省社會處編了 12 本《中華幼兒叢書》，因為稿源缺乏，有不少稿子實在不能用，她除了向大作家孟瑤、琦君、林良、鍾梅音、陳克環、蓉子等拉稿外，也在每年固定進度的壓力下，用不同的化名寫書，寫了數十本，有的是別人寫不來的、寫不好的，例如《地球是我家》、《冒氣的元寶》、《龍來的那年》、《我拔了一棵樹》等。她策畫了好多系列的書，歷史故事、故宮國寶、國劇故事、環保系列、本土系列、散文系列等，表現出她前瞻性的眼光。像散文系列有十本，她請名作家謝冰瑩、林海音、琦君、林良、朱西甯、劉慕沙、段彩華、季季、鍾鐵民、童真、姚葳、梅遜、李輝英、彭震球、洪炎秋等來寫自己的小時候，寫故鄉、寫難忘的人

物，讓小朋友也可以看到各種不同風格的好文章，很難得的。

　　潘老師在身體實在撐不住的時候，離開了教育廳兒童讀物編輯小組，她需要喘喘氣，好好休息一下，準備重新出發，整理改寫舊作。在林海音老師的三催四請下，我們終於看了重新修訂的《蓮漪表妹》和《馬蘭的故事》，也看到了結集的短篇小說《哀樂小天地》。林海音老師請我為《馬蘭的故事》校稿，還付了 5000 元，我不敢收，能為兩位老師──我生命中的貴人做一點事，是我的榮幸，怎麼可以收錢？

　　我為《文訊》寫〈兒童文學的「掌門人」〉，後來收入拙著《兒童文學與兒童讀物的探索》裡，我把這本關於兒童文學與兒童讀物論述、評論及史料的小書題獻給我敬愛的潘老師，表示我對她教導、提攜的一點點感謝之意。

為兒童打造夢想之鑰

　　潘老師縱橫於成人文學與兒童文學之間，這些年來，她寫散文、小說、兒歌，不斷的有作品發表，不斷的有新書問世，創作力好像隨年齡而增加，她的筆也不老，看她散文的篇名就可以知道──〈笑的距離〉、〈愛的列車空亦滿〉、〈舊物有新情〉、〈共飲一杯芬芳午後〉、〈在小路上遇到年輕〉、〈失去的花序〉、〈向老歌致敬〉等，很有詩意、很有張力的篇名，可見她文字的靈巧、細緻、明淨，顯出爐火純青的功力。她83 歲那年（2001 年），出了四本兒歌，五本圖畫書，六本翻譯，共 15 本新書，非常驚人，《蓮漪表妹》也由爾雅出版社重新出版，真不簡單。她喜歡跟小孫女玩「電動」，七十幾歲還學開飛機，很注意流行、新東西，難怪她總也不老，筆也不老。

　　潘人木老師說寫作最重要的是「真誠」，她每次寫作的時候，都會問自己：「你是不是用心靈寫的？」她用感激的心來改寫《蓮漪表妹》，用感激的心來翻譯、寫作、編書。她說：「到臺灣後，寫了幾本書，編了一些書，也算是對於收留我的這塊土地的報答吧。」這種心態，也是我還在

學的。

　　10 月 4 日，我從潘老師家帶回她的一些剪報、影印的書稿，我一邊整理，一邊閱讀，在整理、閱讀中回到從前，想起跟她請益，聽她說相片故事、聽她的構想、她的感慨的種種，真是百感交集。在初步的整理下，潘老師有六部中長篇小說（含周慧珠整理的以新疆為背景的七萬多字新長篇），另有應聶華苓之邀寫的以光復後「太平輪沉船事件」為經緯的 20 萬字長篇未見蹤影。短篇小說除《哀樂小天地》外，未結集的有〈第二個青年〉、〈臺北假期〉、〈有情襪〉、〈北京下午兩點半〉等 20 篇，大約可編成兩本小說集。散文部分有〈想我的紅邊灰毛毯〉等數十篇，或許也可編成兩本集子吧。兒童文學論述也不少。兒童讀物，創作部分，最保守的估算是 108 本，翻譯有 16 本，連同編輯的部分，編寫譯共約 600 本左右，跟報載的 70 本，專家說她 1950 年代初期後就不寫小說，與事實有非常大的差距。

　　潘老師說：「兒童文學是我的一部分，而且是最好的一部分。」她把最好的獻給小孩子。儘管她為臺灣編寫譯了大約 600 本書，臺灣 60 歲以下的人，至少有一半以上讀過（因為其中 400 多種配發到全國各國小及圖書館等），很多人不知道，連老師們都不知道，那些書是誰編的，誰寫的，我們該如何感謝她呢？

　　潘老師雖然離開了，但是她編寫的書還在，她的精神還在，她對我的教誨還在。自封「自在將軍」的她，是我的英雄，是我永遠的老師，永遠的學習對象。她不再寂寞了，她可以跟林海音老師，跟黨恩來先生在一起了，真的逍遙自在了。

　　謹為天上的潘老師、林老師祈福，我會繼續努力的，不會辜負您們的期望！

——選自《文訊》第 242 期，2005 年 12 月

《蓮漪表妹》導讀

◎張素貞[*]

在 1950 年代初期，由於特殊的政治環境，流寓臺灣的一批優秀作家，受到國民政府的獎勵，寫出不少融合個人家國經驗的反共、懷鄉小說。其中不無八股應卯的作品，而具有傷痕見證意義，又深諳小說技巧，1940、1950 年迄今，即使本土風大起，1950 年代的小說被窄化理解，仍然有一些經得起時代考驗的好作品，潘人木（1919～）30 萬字的長篇小說處女作《蓮漪表妹》便是此中數一數二的佼佼者。

潘人木本名潘佛彬，東北人，中央大學外文系畢業，著有《蓮漪表妹》、《如夢記》、《哀樂小天地》、《馬蘭的故事》等小說，並致力於兒童文學的撰寫與編纂。《蓮漪表妹》曾是中華文藝獎金委員會的得獎作品，在《創作文藝》連載經年，廣泛被討論，論者讚譽有加，於 1952 年由文藝創作社出版；1985 年又由純文學出版社出了修訂版，作者接納論者的建議，後半部由第一人稱的旁知改採自知觀點，全書便由兩種敘述觀點混合組成。本文的討論就以純文學的修訂版為本。

《蓮漪表妹》的成功，首先該提出的是塑造人物的靈活生動，尤其蓮漪一角，不僅外型耀眼，描摹突出；也寫出人物內在曲折複雜的心理。小說分「在校之日」與「蓮漪手記」兩部分。作者融合了古典小說寫作的長處與西方寫實主義精實的手法，維持小說藝術的精純，不跨越敘述觀點，不多做無謂的敘述。前半部採用第一人稱旁知觀點，透過多種動作呈現，或藉由人物對話來烘顯個性，流暢而傳神。父親過世之後，蓮漪和母親長

---

[*]發表文章時為臺灣師範大學國文系教授，現為臺灣師範大學國文系退休教授。

年住在姑父家，姑父母視蓮漪如同己出，表姐妹生活起居都在一起，又同年進大學，在校住宿同一間寢室，表姐卜碧琴對白蓮漪親暱憐愛，卻遠比她穩重、理性、安分，選擇這樣的敘述角度，便於鉅細靡遺的照應白蓮漪生命中大起大落的種種潛在的因素。一個美麗、聰明、活潑、好強、天真的大學生如何淪落爲被退學、未婚懷孕、負氣遠走延安，受傷又受辱？透過細膩的描繪，巧妙的佈局，作者揭示了白蓮漪的悲劇肇因於性格上的弱點及環境的遽變。性格上的弱點來自父母的遺傳與慣縱、家境的貧寒、姑父母與表兄姐妹過度的憐愛。她其實還自私、任性、矯情、虛華，自負而又自卑。後半部自述：洪若愚一夕愚弄，傳染了性病，她生下了瞎孩子；她尊嚴又傲慢，不肯奉承高幹（這高幹正是在校之日的競爭對手——沈積露），以致承受多年牢獄之苦；被保釋後，爲了見兒子一面，勉強與洪若愚維持表象的夫妻關係；而最後仍被鬥爭、冒名潛逃香港。然而瞎孩子洪流知道身世，卻用蓮漪父親的象牙柄小刀擲傷她的右臂，向大陸邊界奔回，墜崖而死。

蓮漪一角的設計，複雜而多面，在情節上也把她的背景安排得複雜。她的父親跛足，母親醜陋，那麼爭強好勝的人，富裕條件卻不如人；那麼驕縱任性，偏偏訂過婚。大背景則是東北淪陷、全國即將進入全面對日抗戰而共產黨人活動日趨頻繁的混亂時代。她有心退婚，卻爲了擺闊爭第一，不惜把訂婚聘禮捐出去；她明明想要的東西，嘴裡可能盡說著它的毛病。追究白蓮漪被退學的原因，是爲了搞學運；搞學運則是爲了出鋒頭，她要搶過富家女沈積露的鋒頭，於是掛上許多頭銜，最後成爲被懲戒的目標。她爭強好勝，任性不計後果，而又不肯面對現實。被退學之後，她還等待校長來請她回去復學；趙白安、榮世祺善意爲她奔走安排的轉學機會，她不肯接受。終於被洪若愚得手，背負起更沉重的枷鎖。她只有一次沉淪，就染性病，生下殘缺而又殘酷的孩子；更諷刺的是，洪若愚有老婆孩子，事事爭第一的白蓮漪相當潔身自愛，卻陷入比姨太太還尷尬不如的處境，她甚至並不愛洪若愚；出獄後爲孩子勉強做了洪若愚的愛人，許多

人還以為她就是洪若愚那個鄉下老婆。而她最後所演出的話劇，劇名就叫作「姨太太」，充滿了象徵的意味。

　　這本小說，40 位登場人物形象鮮明。在〈開學見聞〉一章，相關的各色重要人物有條不紊地交代出場，行動言語已各見性情：趙白安的正直，洪若愚的陰險，倪有義的偏頗，唐壽安的怯弱，侯婉如的現實，沈積露的莫測高深，張心宜的學究氣，寫來恰如其分。小說的情節曲折多變化，第一人稱的有限旁知或自知觀點又便於營造神祕氛圍、佈置懸疑，作者以對日抗戰前後動盪局勢中的大學生種種複雜成色及活動為綱目，鋪寫了白蓮漪從虛矯到沉淪，從委曲求全到徹悟逃離的悲苦歷程，連帶也鋪描了中共建國之後，白蓮漪一些同學的下場。這是小格局技巧性的切入方法，人際關係雖複雜卻很集中，人物塑造外型與心理兼顧，因而能給人深刻的印象；第一人稱的觀點適度維持，人物並非刻板的忠奸立辨，要等後半部女主角自己去驗證才知分曉。酷似長德坊醬肉鋪掌刀大胖子的雪人出現，充滿神祕，帶出倪有義重情的一面。倪有義被殺，恐怖而疑竇重重；殊不知殺他的正是當時悲傷疲憊、努力搜尋蹤跡的洪若愚。趙白安追查自己的游擊部下常被共軍「誤補」的原因，結果卻在共區離奇死亡；國民政府撫慰他的遺孀沈積露，卻不知道她以富家小姐做掩護，其實是最最資深的共產黨黨員。這兩項都懸宕許久，才揭開謎底。而在女生宿舍裡「拍花的」是誰？雪人是誰堆塑的？作者不言，是敘述觀點故意設限；讀者也就不知道，這樣效果更好。而像唐壽安那樣容易被慫恿去做糊塗事的人，雖然懦弱，遇事則強；最後拿出一隻金鐲，不顧一切挺身為被鬥爭的蓮漪編故事作證，要證明她捐贈的鐲子沒有賣錢接濟任何反動分子（如鬥爭會上所指控），在此唐壽安顯現了大愛和大無畏，情節巧妙安排，會場意外出現了蓮漪的姑丈，他提示另一隻金鐲，強調真鐲子當有「榮華」二字。蓮漪昏過去，我們也不知道，孰真孰假？但姑丈大約是幫了倒忙。情節的變化起伏超越讀者的臆想，最後蓮漪居然可以持已故好友的證件潛逃香港，她則已被洪若愚宣布上吊自殺，協助她的金鵬竟是我方的情報人員，跟洪若愚

做了利益交換。小說的具體呈現法得力於優美的文筆，《蓮漪表妹》的文
采隨處可見，讀者可以細細欣賞。

—— 選自邱貴芬編《日據以來臺灣女作家小說選讀（上）》

臺北：女書文化，2001 年 7 月

我控訴

◎潘人木

　　《蓮漪表妹》是我的第一篇長篇小說，於民國 41 年 1 月由「文藝創作社」出版。（是否只出了這一版，不清楚。）出版前在《文藝創作》連載經年。很多人說它是抗戰小說，可是整個抗戰八年的時間，這本小說略而未寫，似乎沒有資格歸到這一類。又有人說它是反共小說，實際上它也不能算是，裡面共區事物僅占了不到一半的篇幅，寫的也多是私情而少及國事。況且我一向不喜歡用這個「反」字，總覺得這個字眼兒聽起來有點扎耳朵，太政治化、運動化、口號化，透著「故意為難」、「作對兒」的意思，這些都不是當初我寫《蓮漪表妹》的出發點。我這個人，少無大志，長亦碌碌，全身上下沒有一個政治細胞，不但如此，對於政治這玩意兒，還有根深蒂固的免疫性，若是有一天全世界的人，每人都要移植一個政治器官，來打星際爭霸戰，我相信我必有極強烈的排斥作用，因而被丟到浩瀚的黑色外天空，遭到萬劫不復的惡果。此生從 11 歲九一八事變開始，東播西遷，顛沛流離，為的只是「逐自由而居」。念中學的時候，不管念的是教會學校也好，軍事管理的學校也好，一律我行我素，午後第一節課向來不聽講，把頭倒在書桌上呼呼大睡，有時候睡冷了，尚伸手做拉被狀，惹得全堂哄然，大學時代隨時的來去由之更不必說了。像我這樣的一塊料，是否夠資格「抗」什麼，「反」什麼，可想而知。

　　我寫《蓮漪表妹》的動機可說是十分簡單：1.抗戰前夕那一段學生生活，深烙我心。那些可愛的年輕的生命，滿懷沸騰的理想，若饑若渴的尋求報國的途徑，他們感動過我，也感染過我，不寫下來，怕是日久忘記了

那份情懷。2.抗戰期間，我由重慶而新疆，勝利後，由新疆而北平，並遠走熱河，直至全國「解放」，看過多少不再年輕的生命，忍受理想破滅，身心摧殘的煎熬，他們犧牲過，他們追求過，他們應該擁有很多，到頭來卻只是一場空，萬丈豪情，化爲夢幻，這種刻骨銘心的痛苦，不記下來不甘心。

這本書出版以後，一般的批評還算不錯；可是沒多久也就隨風而逝，無影無蹤，大概在讀者心目中已被打入「混五類」了。（混蛋、混帳、混球、混湯、混水是也！）

匆匆過了三十多年，在這三十多年中，有幾位文壇名家先生女士，舊朋老友，對這本書似乎仍舊情難忘，在報紙雜誌上，時爾提上一筆，提得我心惶惶然，戚戚然。某日純文學主人林海音女士翩然戲謂：「你這表妹總是陰魂不散，何不叫她正式還陽？」跟我提起重新出版之議。不過我衡情度勢，覺得時機不對，「timing」抓不住，這隻球打出去，必遭封殺無疑，我們既是好朋友，實在不能看她血本無歸。試看，這三十多年間，國內國外的情況有多大的轉變？經濟繁榮，社會安定，變得使人忘記過去了，至少是不願想起了。而在這段時間出生的下一代，天生好命，被敵人趕盡殺絕，被自己人鬥爭流血，挨餓受凍的日子，一天沒有過過。抗戰的故事老了，反共的故事不時髦了，大家富裕得吃則只菜不飯，行則汽車摩托，穿則新衣滿櫥，爸爸、媽媽、祖父、祖母受的苦難不可能再發生了，創傷是不遺傳的！時代已然不同！現在講的是低盪、和解、化敵爲友、不記舊惡。跟過去的敵人握手言歡，還得面帶歉意，深深自責過去心胸太狹窄了。況且世界上一個最富的國家，已經在不知不覺間變成了咱們的第三故鄉，真是無心插柳柳成蔭！對於祖先們經之營之的土地，血汗灌漑的土地，以及那裡的芸芸眾生，竟然成了事不關己的旁觀者！如果高興，或懷巨款，或挾學位，悠哉遊哉，到處玩玩（當然包括海峽彼岸），這樣不操心的日子何其安適？誰還介意八百年前的老帳？在這個節骨眼兒，要是把我那又有抗戰又有反共成分的「表妹」亮出來，豈不太不識大體了？所以

遲遲沒做再版的打算。不但此也，甚至在某些場合，有時聽人提起此「姝」，還會使我面紅耳赤，恨不得有個地縫兒鑽進去，後悔當初千不該萬不該，不該如此糊塗，創造出這麼個勞什子的人物來。真是一個負擔！負擔到竟然成為罪人的地步。比方說，眾人聚會之中，眾目睽睽之下，有人介紹不才：「這是某某，婉君表妹（本國小說）的作者。」或：「這是某某，麗秋表姐（外國小說）的作者。」如此無端入我於掠美之罪，這當兒解釋不是，不解釋也不是，是個什麼滋味？

我不是長個嘴光說別人的，所謂旁觀者中，裡面也有我！我雖然不曾回歸認同（也許是沒有資格），但心態方面總有點被「潮流」沖滑了。任你三反五反，文革武革，你們搞去吧，反正隔著一個波浪滔滔的海峽，九成兒搞不到我頭上。至於那面的家人呢？既不是善霸惡霸，也沒人做過將軍大官，中國有十億人呢，心想輪班怕也輪不到他們頭上。於是就這麼睜眼閉眼，渾渾噩噩的過了一萬多個日子。

直到 1980 年，那邊喊出了三通口號，這一通，好像我在耳邊響了一聲轟雷，把我通醒了，使我認清，我這旁觀者的態度錯了。原來我是地地道道的當事人。其他成千成萬的旁觀者，也是地地道道的當事人。我們所乘的，不是諾亞方舟，洪水所淹沒的不光是帶不走的鳥獸樹花，而是我們的親人骨肉。

一直想不到我這個沒有政治細胞，藉藉無名的老百姓，有什麼理由會帶給生活在「社會主義天堂」的家人無邊的苦難。我何其糊塗？我忘記自己寫《蓮漪表妹》的時候對共產黨的認識了。他們都是編故事的高手，他們能創造出形形色色可謂「千古絕唱」的罪名來批你，鬥你。我的家人獲罪的罪名竟然也是千古絕唱之一：「海外關係」，因為他們有一個親人——我，是住在自由地區，而自由是大罪，株連九族的大罪！

這個罪名的結果是怎樣呢？

是四條人命，六個孤兒和全體文盲的姪輩！

我的父親終生為人幕僚，文革期間因海外關係（聽說此關係如今又吃

香了，何其出爾反爾？）被打爲右派，但他們知道這個罪名理由脆弱不能
構成死罪，也激不起群眾的憤恨，於是給他栽個「僞省長」的贓，先抄了
家，掛上僞省長某某的大牌子，在北平街頭遊行示眾，最悲哀的是人家編
排他是僞省長，他就得承認自己是僞省長，不可能是僞省長的聽差或任何
別的。在鬥爭大會上還得挖空心思「坦白」他在「省長」任內的惡行，好
叫群眾有理由再毒打、再辱罵，毒打辱罵之不足，還要他親生的女兒上臺
去掌摑他，不打出鮮血就不被承認有「劃清界線」的誠意。然後又遭送回
籍，到人民公社勞動，繼續接受鄉人的鬥爭，終致死在鬥爭大會上。我的
母親多年半身不遂，也不能倖免，跟他一起被押回鄉，當時他們都已超過
75 歲，住在土炕一角，半張破蓆上。公社裡不勞動就沒飯吃，他們無力勞
動，所以二人終日挨餓。我的哥哥勝利後做過短時期的縣長。隱居張家
口，也被揪出來遭送回籍，批鬥處死，他死前唯一的要求是與老母相守一
夜，母子二人就在那半張破炕蓆上哭到天明。可憐我的老母，她終生吃齋
念佛，救人危困，她有什麼罪？竟連續遭受夫死子喪這樣的至痛至苦？不
久她也去世了。而我的小甥女勇敢的由吉林遠道去料理後事，竟不准她收
屍，除非她答應幹部們提出種種無恥的要求，幸好這個孩子機靈，沒叫他
們得逞。這是個什麼樣的煉獄！至於我的寡嫂，這黑五類的眷屬，自然沒
有工作，沒有配給，完全陷入絕境，於是丟下六個稚齡子女，懸梁自盡
了。這六個孤兒最大的才 14 歲，最小的才 1 歲，大的立刻嫁人，唯一的男
孩當年只有 11 歲，爲了養活兩個幼妹，隆冬時節，光著滿是凍瘡的腳，跪
在地上，要求修馬路的工頭給他一份工作。可是一個黑幫子弟，誰敢給他
工作？他就只有去撿、去偷，人到了這種地步，哪還有人的尊嚴可言？

　　手拿這樣一疊家信，數月之久，我不停的含淚責問自己，父親被打死
的時候，我在幹什麼？坐在冷氣房間，欣賞武打電影，以別人的流血爲
樂？母親挨餓的時候，我在幹什麼？挑肥揀瘦，不吃這個，不吃那個？哥
哥被殺的時候，我在幹什麼？擁枕高臥，計畫當天如何消遣？而在全中國
十億人受盡凌辱、百般折磨的時候，我在幹什麼？住 20 坪的房子嫌空間太

小，坐公共汽車嫌太擁擠，吃白米飯怕發胖，遊山玩水，飛來飛去嫌不自由？我！我！我！我這個沒有心肝的東西！

個人的遭遇，容或得不到幸運者的同情。人家說：「那是過去的事了，現在變好了，⋯⋯」（說這話的人當真不心虛？）可是，「過去」也曾是「現在」，在那個（或那些個）現在，他們也曾信誓旦旦的應允過「信他的人都有福」，一朝他們掌權，大家都有好日子過，像這本書裡一位歪詩人所寫的「連老牛都有作息表」，結果又是怎樣呢？全世界的人都看到了，他們把人民的白骨做成一道新的長城！（套其國歌中「把我們的血肉築成我們心的長城」）這樣一個白森森的長城之國，形象太恐怖，太惡劣，不免令人望而卻步，日久天長，苦得滴溜轉，窮得叮噹響。他們一看大事不妙，於是又放下笑臉，玩起那套已經玩得滾瓜爛熟又奇靈無比的「現在過去」的把戲來，嘴裡不停的唱：「往裡走，往裡攢，過去的痛苦啊靠邊兒站，現在的幸福啊滿眼前，中華民族哎大團圓哪咿啊嗨。」似這般慣於「打一巴掌給個甜棗吃」的戲法兒高竿，他給我們的甜棗，難道我們真敢嚥下，「落實」我們的肚子？要是「一袋煙」的工夫，我們發現此甜棗乃催命符，上了大當，原來又是謊言一堆，再一次白骨盈野，到時候全世界的人也許都危在旦夕了，我們能向誰，又怎樣去控訴？

因此，我現在就提出控訴，為我自己的冤屈提出控訴，以我的這本舊作——《蓮漪表妹》做為我的訴狀。雖然這個狀子寫的不好，不及實情的萬分之一。如今我巴不得它夠資格稱為抗戰的、反共的小說，也巴不得我有能力再多寫幾本抗戰的反共的小說了。

跟許多人一樣，我當然希望我的祖國早日脫離苦難，重整破碎，富強康樂。所以我並不懷恨，也不想報復。我控訴的目的，只想記下這一筆生死帳，因為原諒是一回事，忘記是另一回事。如果忘記，同樣的苦難就會再度發生，發生在我們子孫的身上，我們萬萬不能容許它再來一次。

非常感謝純文學給我重出這本書。

重新出版的《蓮漪表妹》，有了一些改動，這些改動是根據各位名家

（至今保有張道藩、王聿均、鄧禹平、謝峻漢、吳若等先生的書評）的指正和老友們的意見（王藍先生最爲熱心），以及自己的見解（作品擱了三十多年，作者自己可以做一個客觀的讀者了。）所做，結果可能還未達到理想，但我已盡力了。

　　1.關於寫法：原來的安排是採第一人稱的寫法（這個寫法當時很流行）。先由表姐「我」來敘述她和表妹蓮漪共同生活的在校之日。表妹投共後，仍由表姐根據其手記「越俎代庖」寫表妹與男主角「解放」後的生活。這個辦法雖然前後似有統一性，但後段總有隔膜之嫌。所以這一次乾脆分成兩部，第一部仍由表姐寫表妹（原第 1 章至 25 章），變動極少。第二部（原第 26 章至 43 章）則以蓮漪手記原形出現，換句話說，讓蓮漪自己來寫她離校以後的重要經歷。如此一來，一本書就有了兩個「我」，好在「楔子」裡已經交代過，尚不致混淆。

　　2.關於人物：在原著中榮世祺（曹瑞的表哥）並無多大作用，此次改爲表姐（卜碧琴）男友。作用也有了一點積極性。

　　第二部中，在小唐的性格上，顏色稍稍加深了一些。使這個總被人作弄、蠱惑的角色，經過了 14 年的歷練後，終於做出一件完全自主的事情。

　　秀明這個政治系的女孩，坦白而爽直，嫉惡如仇，這種性格在那樣的社會必然是悲劇的下場，這一次把她做了明確的交代。

　　另外加了一個人物就是黃書記。他是一點催化劑，使蓮漪最後的下場以及老洪對蓮漪的所作所爲，理由更爲明顯。

　　3.我寫這本書的時候，只是想盡力以小說的語言來寫出一本至少像是小說的小說。也是因爲能力所限，並未刻意安排驚天動地的情節，文字稍稍偏重在人物的心態方面。由於這個關係，讀者可能覺得「故事」太平淡，或是「細節」太多，這個缺點是風格性的，即使想改，怕是一時半時也改不了。

　　講到人物和事件，哪個是真？哪個是假？我可以說，書中人物全部是「混合體」，無論外貌與性格都是根據好幾個真人的外貌與性格而加以取

捨混合而塑造的「假人」。尤以主要角色為然。我有一個共產黨朋友，當年他混在河南移到新疆的墾民群裡做工作。（因河南鬧旱災，政府大量移民至新疆開墾。）他到了迪化，就勾搭上一個女工要結婚，沒有錢，跟我們借，我們也沒有，有一天，他拿來一張購物證，憑這購物證可以到公營的土產公司（當時中央尚未接管）去買東西，上自貂皮大衣下至皮鞋襪子應有盡有，價錢比市上便宜一半還不止，而市上各貨奇缺，有錢也買不到。他說這購物證他沒用處，所以就給了我。我滿懷歡喜到土產公司買了一些布匹及應用各物，回來分了一些給他作為酬勞，但他嫌不足，於是一次又一次索討，幾次之後，所有的東西就都歸他了。在他的心裡認為那購物證既是他的，他就應該擁有憑此證而發生的結果。這是共產黨同志們的標準心態，我想在這本書裡我已經充分利用了。再有那個喜歡作詩的侯婉如，也是我的一個左傾友人的影子。那位朋友相當有文名。他也到了新疆，（新疆當年環境特殊，是各方工作人員施展抱負之理想地點。）在新疆日報上發表他的詩作，名為「美麗的烏魯木齊」並立刻有一左傾音樂家給它譜曲。這首詩開頭兩句就是「美麗的烏魯木齊，烏魯木齊啊美麗」，接著也不過是四句左右的描寫，於是又以此兩句結尾。這樣的詩當時很叫我受不了，所以印象深刻，不過，話又說回來，共產黨的重視、提倡文藝和音樂對它的得勢卻有很大的幫助，不可否認他們也的確造就了許多出色的文藝家和音樂家，但像婉如那樣濫竽充數的也不少。

關鍵事件如學生運動，左傾分子被自己人謀殺，祕密集會，年輕人動不動就上陝北，京承路的拆路隊等等都是事實。（我們承德住家的小花池就是幾根枕木圍起來的。）

4.七七事變以前，華北局面特殊，共產黨雖為非法，但他們以各種名義活動，官方的力量似乎控制不了全局。造成左傾就是時髦，前進就是愛國的時尚。各學校一時之間非常混亂不安。這段時日是我們這一代都親身經歷過的，也就是《蓮漪表妹》第一部的背景。

我這次前前後後斷斷續續用了 10 個月的時間整理、修改這篇小說（人

家好手早寫完兩本半還要多了）。我是一個懶人，若非有極大的力量驅使我心甘情願的吃這個苦，受這個罪，我是不會幹這件傻事的。這個力量就是感激之情，不做點吃力的事，就無法表達的感激之情。一是對生我、愛我、教我的父母的感激，二是對了解我、重視我、督促我的朋友們的感激。我的感激無涯無盡，我的筆極笨極拙，自知表現的不好，下次我會更努力。

一篇作品一旦白紙印了黑字，並且還要賣錢，讓人花時間去看，雖然構不成什麼「經國之大業，不朽之盛事」，卻至少成了一件嚴肅的事情，只有坦然的歡迎朋友們的指教。我說坦然，並非不在意（我實在是非常在意、尊重的），而是無愧於心，我已盡力了。

——選自潘人木《蓮漪表妹》

臺北：純文學出版社，1985 年 11 月

烽火邊緣的青春

潘人木《蓮漪表妹》

◎齊邦媛*

　　半世紀來，大規模的國仇家恨、悲歡離合，牽動了每一個中國人的命運。那場戰爭不能只稱之為血淚歲月，因為它有一些血淚以外的剛烈理想和轟轟烈烈的事蹟，在文學上留下的不應只是些瑣細斑駁的痕跡，而應是清晰洪亮的聲音。在 50 週年即將過盡的歲末，「聯合報副刊」宣布舉辦抗戰文學獎徵文，希望「擴大文學關懷層面……鼓勵作家發掘史詩式題材，以深沉的文學技巧，為戰爭以及戰火下人性的葛藤顯影；為民族的劫難，創作出有血有肉的優秀作品。」

　　我不知道他們將徵到什麼樣的作品，開創出何等局面，但是欣喜看到即使是以最新資訊為主的新聞媒體，也有它堅持不忘的關懷。

　　在等待新作之際，讓我們看看幾本重要的舊作在這生、化、轉變的大千世界裡浮沉的近況：

　　大多數遷臺初期以懷鄉血淚所寫的抗戰文學作品已經絕版。王藍的《藍與黑》的際遇可說是絕無僅有吧。它不僅已印行了 56 版，且已譯成英文，多次攝成電影和電視劇，且曾在國內外舞臺上演。而姜貴的《旋風》雖得甚高評價，且有新版本，坊間卻未見發行，令人浩歎。因此民國 74 年得見兩本重要的抗戰小說新印出版時，倍感欣喜。陳紀瀅的《荻村傳》於初版後 34 年由皇冠出版社重排新印；潘人木的《蓮漪表妹》由純文學出版社新版發行，距初版亦已三十餘年！

*發表文章時為臺灣大學外國語文學系榮譽教授，現為作家。

不久前在書店的陳列架上見到《未央歌》和《蓮漪表妹》並排放在一起，極感興奮，不知是由於文學判斷，還是偶然？這兩本厚重的巨著各用了六百多頁寫抗戰初期大學生的故事。主角都是一位嬌美有餘而思想不足的校花。經歷同一場戰爭，在同是臨時設校的大學校園上，卻進入春花與冬雪兩種截然不同的人生。40 年後，兩書並排出現，所見證的不知是命運的嘲諷，還是時代的包容？

《未央歌》以「未央」為名，以歡樂青春為骨幹，是作者想濾掉一切憂患，將某些美好的記憶化為永恆詩篇，是一種藝術希望，而不是記錄。這種希望可由書中主角藺燕梅在送舊晚會上所唱「玫瑰三願」（或可稱為此書之主題曲）看出，歌曰：

> 我願那妒我的無情風雨莫吹打；
> 我願那愛我的多情遊客莫攀折；
> 我願那紅顏常好，不凋謝！

這首歌無論詞、曲都有它的藝術價值，在任何年代都會有人欣賞。但是此書一再重複說，聽眾的反應是：「不管情形怎樣，我要緊緊記牢此刻心情。誓為玫瑰三願的護衛者。」（第 153 頁）令人不解的是這批護花使者不是普通的聽眾，是抗戰時期具有學術領導地位的西南聯大學生。雖然未必每人都有強烈的憂患意識，似乎也不致癡迷至誓為玫瑰三願的護衛者。即使在那個匱乏的時代，這種反應也是一種誇大，趣味頗有問題。

《蓮漪表妹》的大學生生活幾乎毫無歡樂的氣氛，校園上似乎沒有花，只有冰雪。作者潘人木用幾近悼念的心情記錄了一個謬誤的青春。她的手法看似寫實，卻處處蘊含著嘲諷和悲憫。蓮漪剛入大學，在迎新會上就被捲入了謬誤的第一層，迎新會的主席宣布：「……為了增加歡迎的熱誠，我們先來唱一首歌！」

合唱團長指揮曰：「男女對唱，畢業歌，預備，起！」

歌聲一下子震天的迴盪起來。

我們才入學，就畢業了？
……大家也有同樣的問題，但歌聲淹沒了一切：
……
……
巨浪！巨浪！不斷地增長，
同學們！同學們！
快拿出力量，
擔負起天下的興亡！

「我們不知不覺也跟著唱起來，越唱越覺得自己真是身負國家興亡的責任。……竟反覆的唱了三遍，一時之間，完全陶醉在巨浪聲中了。」（第 62～64 頁）這洶湧的巨浪之歌，挾著那個時代的憤怒和熱狂，在蓮漪剛在人生舉步之際捲走了她，淹沒了她的青春，使她失身、失學，遠走延安，再歸來已家破人亡，只能忍辱偷生了。

今日的青年讀者若想循這兩種全然不同的歌聲去尋半世紀前的時代風貌，或去認識當年大學生心態，豈不陷入了天南地北的徬徨嗎？《未央歌》似是一篇校園日誌，記錄一群幸運兒在抗戰烽火的邊緣，享受青春之樂。作者堅持重要的是它特有的樂觀情調，而不是故事。更不論什麼時代使命等事，所以藺燕梅首次出現在土磚建成的臨時校舍前是乘著「一輛簇新的黑色轎車。車上的裝飾在早晨的太陽裡雪亮耀眼。車子式樣是最新的，開得也飛快。後面帶起一大片塵土。叫陽光照得昏濛濛地一片，又好像孔雀拖了一條未開屏的尾巴。」車子停在一個路邊攤子旁。有人掩碗，有人怒目。她未來的護花使者們正在喝土碗裡盛著的豆漿。在昏濛濛的塵土中，車門開了，「裡面跳出來一個十七八歲的小姐來了。她下來了，又向車內探身取了一件披肩。她穿了淺色的時裝，小圓點子花。一雙淺色半高

跟皮鞋，最引人注意的是薄薄的絲襪裡悅目的一雙腳。」（第 40 頁）——
那是抗戰的初期，「東南，東北，半壁江山已是稀糟一片了。」當年的學
生當仍記得大家穿的是最普通的車胎底圓頭鞋和草鞋。全昆明市不知有沒
有一百輛汽車而黑色的「轎車」至今仍多是公務車，用來送兒女上學，仍
是引人反感的事。

　　不管怎樣，藺燕梅成了校花。當她回家去過寒假，黑色轎車開走之
後：「大家心上便泛起一點惆悵，一種漫無心緒的感覺，一直要到明年開
學的時候。懶得梳洗的人，又恢復了慵懶的神氣，因為校園中沒有藺燕梅
來看他了。愛說粗話的人又試著說粗話了，因為校園中沒有藺燕梅來聽
他。那些用功過份，或過度疲勞有憂鬱症的人便又愁眉喪臉了，因為沒有
藺燕梅向他笑。沒有藺燕梅那明眸皓齒的一笑，他打不起精神來，馬上為
憂傷打倒。」（第 95 頁）

　　這樣的魅力簡直是神話！這類的讚詞在全書中撿拾即是。如果不是嘲諷，
很難得到成熟讀者的共鳴。以這種特權姿態出現的同學，無論她如何嬌美，能
歌善舞，在那個時代應是很難被一般衣食簡陋的大學生所真心愛慕吧。要解這
難以置信的魅力之謎，也許可以由作者在〈再版致《未央歌》讀者〉一文中尋
得一些線索。他說許多人問他書中人物的問題，因為是「把他們單個想像成特
殊人格。……其實，四個人合起來才是主角。這主角就是『人』。」他進一步
說：「書中這個『我』小的時候就是『小童』。長大了就是『大余』。伍寶笙是
『吾』，藺燕梅是『另外』一個我。一個年輕人生長進步真不容易啊！……沒
有各別的我，只有那個樂觀的年月中每個年輕人的面面觀。」因此書中的藺燕
梅可以盡量表現天真、純潔、善良、嬌嫩；而只大三四歲的伍寶笙被塑造成不
僅美麗端莊，而且寬宏、仁慈的母性典型。她的不自私、不妒忌、凡事包容的
聖徒般美德也頗令人難以置信。這兩個大學女生的典型在任何校園大約都不易
覓得。只有作者在浪漫的理想中希望它們契合，平衡發展成一個（不是兩個）
理想女性的形象。不僅這兩位中心人物，連她們周圍的所有女生，雖各有性格
上的差異，也都十分善良可愛，增強了這座校園的桃花源特質。反倒是書中男

生典型的可信性高些。他們的生活層面和言談內容較廣，反映出那時大學生的許多實際想法，使書中的男性社會不僅靠少數到滇緬路跑單幫的「墮落人物」和許多參加青年軍或去當翻譯官的報國青年與現實建立聯繫。在那些年月中，外敵進逼，絕大多數的中國人日日面對家國存亡的問題，即使幸運地存身於烽火邊緣，當也經常會想：

如果遠方有戰爭，我應該掩耳或是該坐起來，慚愧地傾聽？

余光中寫這首詩時，抗戰已結束了 20 年。在臺灣太平與安定的生活已不只是個夢想。詩中的戰爭是越南半島的事。抗戰時期由昆明看自己「稀糟一片」的半壁江山，憂患意識當比「慚愧」二字強烈千百倍吧。「玫瑰三願」之外當有更多巨浪式的歌聲呼喊宣洩另一種青春願望。青春之樂樂未央，僅屬於文學範疇吧。

如果戰爭的巨浪沒有沖到《未央歌》的桃花源，《蓮漪表妹》的故事背景北平，卻是首當其衝。書中人物的命運和地理因緣在此有極強的關係。《未央歌》的「楔子」以舊小說形式寫西南聯大的校園原是「綠油油五六十畝大一圍菜園子」，有人預言：「日後必聚集數千豪傑，定是意外的際會！」而《蓮漪表妹》的天地卻是由兩個封閉的世界銜接組成。一個是暴風雨來襲前夕的古老京城，一個是延安。

蓮漪就讀的是一所臨時為收容東北流亡學生的官費大學，設在北平西城一個大胡同裡的遜清某親王的舊宅。路口有一家醬肉鋪，「醬肉鋪是學校的地理標誌，學校也是醬肉鋪的標誌。」後門開向一條窄胡同，住著泥水匠、算命的、糊火柴盒的、換取燈的、打小鼓的、拉人力車的，和兼做這幾樣營生的。由學校的操場經這扇後門外面的大垃圾堆，穿出這條貧民胡同拐兩個彎就到蓮漪表姐妹的家，一所陳舊簡陋的小房子，裡面住著書前半段主敘者「我」（蓮漪的表姐）的父母和寄居的蓮漪的孀居母親。這是個沒有花朵的世界。全書六百多頁中，寫自然景物的零落幾句合起來不超

過十頁，幾乎全是秋風枯葉和冰雪的景象，也全因象徵人間命運而設：如
蓮漪離家潛往延安的那一天雖是春天，「爸買的那盆繡球花，開得火紅，
舅媽把它移到窗前，讓它曬太陽。」但是西伯利亞寒流襲來，「一夜狂風驟
雨之後，春的顏色，春的聲音，春的呼吸，全被摧殘了。鴿子不敢飛翔，
花苞不再光彩，牛羊躲在圈裡，小河不再清澈。主婦們又穿上剛要收起的
多衣，對著煤球爐子歎氣。因為煤火很難升燃，風向找不準，火苗上不
來，風是由四面八方吹來的。」（第 354 頁）

　　《蓮漪表妹》前半部由一個沉靜內斂的年輕女子主敘，從她的表妹蓮
漪身世說起。她比蓮漪大三歲，一同上大學。在蓮漪短暫的得意階段和淪
落過程中她一直在旁冷靜地觀察，也時時適當的介入，也有一個正常人的
反應，她的敘述結束時只用一句交代自己的角色：「七七事變後，我跟榮
世祺結了婚，隨著各自的學校一路播遷。」可預見一個正常穩妥的命運。
她在敘述中並沒有一句主觀的評語，但是全書自成一個強大的批評。書中
大學生幾乎全是虛妄之輩，突顯其間的是蓮漪這樣的女子，虛榮任性，自
小做事不計後果，由於對政治與人生全然無知而墜入深淵。她若生在太平
時代，也許還有成熟改善的機會；而在那個時代，以她那幼稚的心態，投
入最無情的政治陷阱，釀成千古恨。後半部「蓮漪手記」由蓮漪自述她投
奔延安後的遭遇。在那個兵荒馬亂的時代，她的家人在狂風巨浪中自身難
保，她連回頭投奔的簡陋家園也沒有了。在大陸上，那個時代延展更長，
無數的蓮漪和許多真正的理想主義者在各種巨浪中粉身碎骨。反共文學和
30 年後的傷痕文學，寫的是海峽兩岸中國人集體的噩夢。能為文追懷的倖
存者是無法想像《未央歌》的歡樂心情的。潘人木來臺初期寫此書的動
機，在重印序〈我控訴〉中說得很清楚：「抗戰前夕那一段學生生活深烙
我心。那些可愛的年輕的生命，滿懷沸騰的理想，若飢若渴的尋求報國的
途徑。他們感動過我，也感染過我，不寫下來，怕是日久忘記了那分情
懷。抗戰期間，我由重慶而新疆，勝利後，由新疆而北平，並遠走熱河，
直至全國『解放』，看過多少不再年輕的生命，忍受理想破滅，身心摧殘

的煎熬。他們犧牲過，他們追求過，他們應該擁有很多，到頭來卻只是一場空，萬丈豪情，化成夢幻。這種刻骨銘心的痛苦，不記下來不甘心。」

《蓮漪表妹》在《文藝創作》連載一年後，於民國 41 年成書問世，極受重視。它寫的雖是一個沉重的主題，卻全然摒除了乾澀無力的政治口號。寫那樣一個時代，卻不為時代意識所困，發揮了藝術創新的力量。她用前半部的客觀敘述寫因，後半部蓮漪本人的敘述寫果。寫活了那個時代政治巨浪的混濁無情和一個虛榮女子滅頂的命運。這本書三十多年來不斷出現在當代文學發展的討論中。重印問世兩年來已印行七版，對這樣厚實沉重的「老書」來說，真正是第二個春天了。

半個世紀是多麼長的時間！當年唱「玫瑰三願」和「巨浪」的青年如今都已喑啞無歌了。在今日臺灣，由於教育的普及和提高，年輕女子力求獨立尊嚴，還會有許多人羨慕蘭燕梅因嬌美而受保護的魅力嗎？在 40 年沒有戰爭的臺灣並沒有任何桃花源式的大學校園。校園民歌中也幾乎沒有玫瑰，更沒有巨浪（各種關懷似浪花，常是旋起旋滅）。今天豐衣足食的讀者漸漸會全然不了解為什麼潘人木竟用「進大學的皮鞋」（第二章標題）作為蓮漪大學生活的前奏曲。用這類的小事顯示出蓮漪的虛榮、妒忌和任性。甚至到了失敗的谷底，她仍記得那雙名為「鴨子掌」的皮鞋，由它而想起的不是自己如何讓這些瑣碎的因素誤導了美好的生命，卻仍是氣憤當年校園敵手的得意，「要是沒有這個沈暢同志，我的一生將有怎樣的不同？」（第 414 頁）到了這個地步，她仍然看不到自己的處境！在無情的政治巨浪中微弱的蓮漪算得了什麼！她那些浮淺虛誇的姿勢和「紅白分明的臉蛋兒」都伴著她渾渾噩噩地滅了頂。後半部的她重回人間，但也只似被浪潮沖剩的骸骨而已。「北京原非我故鄉，此刻卻嘗到『近鄉情怯』的滋味。……原來的青春、歡樂、驕傲、恥辱和悲哀都一起湧到，和我相認了。」（第 420 頁）走到前往「報到」的門口，看到門上的戶主名牌，「我的血液一下子全部嘩的流到腳上。我的雙腳生了根似的站著那裡，一動不動。……我此生最不願再見的人就是他！他具備了我所鄙視的一切本質。

而如今我又連頭帶尾的落在他的網裡！……14 年來一直竭力忘記的恥辱，又赤身露體的帶著憑據──我們的私生子──朝我走近了。」（第 425～426 頁）進了院子之後，她感到映入眼簾的一切，是槐樹、柳枝、枯草、空魚缸……「都在那兒洞悉一切的、幸災樂禍的注視著我，又都連聲的說：『你果然來了！』」（第 428 頁）

　　將近四十年前，當西方的現代批評理論尚未在中國流行傳播之時，潘人木已摒除感傷主義，用相當冷靜的觀察和簡潔卻涵蘊深意的文字寫活了一個龐大的主題──人與時代的關係。為求主觀與客觀敘述的平衡，她將全書分為兩部，分述因、果，交代完整。600 頁長篇以敘事文字為主，甚少議論。她的敘事文字傳神而不賣弄，寫活了浩劫前夕的北京城和托庇在她牆內的一群流亡學生。他們剛由一場風雨中逃生，又被另一場風雨捲去。此書當年曾為文壇普遍讚譽與期許。有人認為它簡直是奇蹟，「以她特有的創作技巧，精練、細緻、機智、通達，刻劃出了一個時代。」（吳若〈讀《蓮漪表妹》〉，民國 41 年 12 月《文藝創作月刊》。）

　　即使今日讀者，看多了誇大巧思的新作品之後，再回頭看看這本在拔根傷痛中寫的老作品，也會格外尊重作者對情緒與文字的藝術控制。在佈局時，她一定想要刻劃那個痛苦的時代，而下筆卻著力刻劃人性，將人性與命運緊密地交織在時代的大場面上，呈現出中國人近半個世紀驅之不去的噩夢。一雙鞋子、一件布衫、一張烙餅、幾個雞蛋……能令爭強好勝的蓮漪耿耿於懷；（即使《未央歌》的作者努力不讓物價等等庸俗的現實干擾樂觀的情調，也一再寫到小童的襪子，校門口豆漿攤上的欠帳，滇緬路上走私洋貨的誘惑等等。）基本生存的威脅使得人性猥瑣，又豈僅限於抗戰期間！能超越這種威脅的，反而是持著認命態度的人，如《蓮漪表妹》中的爸爸（蓮漪的姑父）。他一生揹著一個灰色的鋪蓋捲兒，「到處向人乞討工作，為人流汗，絞腦汁，還得感謝人家的恩德。但是，這樣的生活，我們還覺得很滿意，因為可以養家活口。」他不僅顯示了中國人的韌性，也彰顯了父愛與勇氣。此書因為塑造了這樣一個人物而更增強了豐厚

的內涵。這樣有血有肉的人物和他所持的人生態度，與蓮漪的虛誇自私對比，絕不只是個陪襯角色而已。

　　兩書讀後許久，我仍陷於深深的困惑之中。許久以來，兩組命運全然不同的書中人物站在我思維的兩個極端，似乎隔著萬丈鴻溝對望著：一端是《未央歌》中眉清目秀，笑語盈耳的俊男美女；另一端是眉眼凝重，神情悽苦，因飢寒而瑟縮的青年男女，和蓮漪一樣沉溺在時代的巨浪中。雖是藝術塑造的書中人物，卻也都脫胎於真實的一生。在一場燒裂了中國的烽火邊緣，同樣的青春年華，卻有這樣極端的面貌。由此看來，這兩本小說又都有了超越時空的藝術意義了。歡樂人生與愁苦人生之間，莫非也如《蓮漪表妹》結局時，在邊界的荒地上，樹立了一個謎樣的「界」字嗎？

　　　　　　　　　——原載民國 77 年（1988 年）7 月 7 日《聯合報》副刊

　　　　　　　　　　　　　　——選自齊邦媛《千年之淚》
　　　　　　　　　　　　　　臺北：爾雅出版社，1990 年 7 月

不久以前
《蓮漪表妹》

◎潘人木

一日，燈下校對此書重印稿，全神貫注中，恍如置身街頭，似臺北，又似當年北平。路遇一少女，穿陰丹士林布旗袍，躑躅張望，彷彿欲尋家。身貌酷似表妹蓮漪，便喜極大叫：「蓮漪！」她停步回頭，果然蓮漪。便尋一新張開咖啡館，相攜入座。蓮漪貌美如昔，但面色暗沉，眉頭輕蹙，似有重重心事。

「蓮漪！這些年可好！」

任何問題她都不答，只說：

「很久很久以前了！」

「不是很久以前，是不久以前！」我說。

她愕然視我。

難怪她視我愕然，超過半個世紀的分別，還說什麼不久以前。

我在思索怎樣回答。

她無語的逼視我。

逼得我俯視桌面。桌面淨鑑毛髮，不但看見自己的神情，還意外地發現此生不曾離身的「我的汽球──我的月亮」飄然在肩。頓覺思潮洶湧而來。提起此汽球來歷，乃幼小時，一次隨父親遊公園，臨去時，見月上柳梢，美麗非常，央求父親舉我上樹取月。父無奈，便向小販購一汽球給我，說：「這就是你的月亮！你一個人的月亮！」從此這個汽球便與我相互歸屬。它破滅以後，化為一隱形存在。存在我手中，存在我心中，並隨

環境、心情而改變顏色，給我安慰，給我指引。

我高舉著這個汽球衝入成長。過程中以與青春相撞，與蓮漪相知最為彩色繽紛。

此刻與蓮漪對坐，賈勇向對面牆上一幅駿馬圖旁的明鏡看去，我的汽球正飄動著淺藍，自己的神色也約略重現童年。

「很久很久以前了！」蓮漪又說。

「不是很久以前，是不久以前。不久以前這四個字就是今日重逢我送給你的禮物。其得來很不容易呢。是我這幾十年來看了無數本童話所悟。多謝它們的開場白『很久以前』，讀了它們，才讓我有所反思。仔細想想，哪有什麼事是真正的很久以前？若把這句話引入人生過程，便透著一股不可追、不可尋、不可再、甚至不可信以為真的意思。如是一朵花，必已凋謝；如是一片雲，必已遠颺，如是一把青春，必已衰老，一切沒了希望。

若做反面想，代之以不久以前，便呈現另一境界──不久以前我還年輕，不久以前我還健康，不久以前我還心中有愛，那麼現在何必宿命、蒼白、無助而沒了生活的勇氣呢？人生的珍寶，哪怕只剩下一點點如塵如沙，你仍然要知道疼惜，仍然要高舉著它往前走。蓮漪，活著就得找活著的動力，不管別人怎麼說。可不可以用不久以前，抵抗那很久以前，因而得到撫慰和希望？」

當我如此滔滔，見蓮漪的臉色由暗沉轉為白皙，由白皙轉為紅潤，由紅潤轉為白裡透紅的健康，恰似當年模樣。

「很久很久以前了！」雖然她口中仍堅持，但我確知她的內心已經接受我的四字禮物。因她就是白蓮漪。

我倆相對，啜飲咖啡。

於是我們同時聽見了家鄉鳳仙花種莢的彈裂。

我們同時看見舉旗吶喊的可愛的年輕面孔。

我們同時踏著烽火漫火。

　　我們同時感受到父親塞在我們手裡的燒餅的熱。

　　我們同時外望，看見壁上的駿馬，飛馳而出，牠的美麗長鬃飄過窗外。

　　「很久很久以前了。」她說。這次卻面帶微笑。

　　此時，我親愛的汽球已歸落我懷。沒有我身體的溫暖，很難保持它的柔軟，不柔軟，如何充氣？日久若化為鐵石，只能在我落淚時，鏗鏘以報吧。我不願如此。

　　我與蓮漪繼續對坐。無語。

　　蓮漪隱去，遺我以不久以前的當年時空。

　　時空隱去，化為青春。

　　我與青春對坐，無語。

　　青春隱去，化為這本書《蓮漪表妹》。

　　我與此書對坐。終夜。

　　感謝爾雅出版社主人柯青華先生，他給了我與蓮漪重逢的機會。感謝他讓我期望一個清新的明日，我將舉著我的汽球，灌滿早晨的空氣。

2001 年 2 月　於臺北

——選自《爾雅人》第 1 期，2011 年 5 月，1 版。

《蓮漪表妹》
兼論 1930 到 1950 年代的政治小說

◎王德威[*]

　　現代中國小說的發展，每與政治變遷產生密切關係。自五四以來，重要歷史政治事件不僅常為作家關懷、描寫的對象，甚至左右了創作環境以及文藝欣賞的品味。多年前夏志清教授以「感時憂國」四字說明現代中國小說的特色，實一語道破其強烈的政治、道德意識導向。[1]1949 年大陸變色，迫得數以百萬計的人民流離遷徙，避亂海隅。烽火兵戎之外，國共雙方的意識形態之爭，尤屬激烈堅持。在這樣一段驚心動魄的歲月裡，寫作何能視為兒戲？作家銜淚筆耕，無非是要將一己的鬱憤辛酸，化作對現時歷史風暴的見證。鞭撻紅禍、泣血山河，1950 年代作家為現代中國政治小說寫下重要一頁，日後論「傷痕」文學，亦應自此始。

　　潘人木女士的《蓮漪表妹》（1952 年）是 1950 年代小說的佼佼者。儘管作者否認其為特定政治目的（抗戰、反共）而作（見作者 1985 年純文學版序），該書控訴暴政、分殊敵我的意識形態動機實在不難察知。歷來有關《蓮漪表妹》的文字多集中於人物或主題的分析，已少有新意。本文將試由文學史的角度重為《蓮》書定位。我的討論將分為兩個部份：第一部份追溯《蓮》書與 1930、1940 年代描述青年參與政治的小說，形成何種傳承或對話關係；第二部份則比較《蓮》書與同時期「反」共或「崇」共小

[*]發表文章時為哥倫比亞大學東亞系及比較文學研究所副教授，現為哈佛大學東亞語言及文明系 Edward C. Henderson 講座教授。
[1]夏志清著，丁福祥譯，〈現代中國文學感時憂國的精神〉，收入夏志清著，劉紹銘編譯，《中國現代小說史》（臺北：傳記文學出版社，1979 年），頁 522～533。

說的異同，並兼及其影響的消長。由於篇幅所限，下文的討論難免不夠周全。但我主要的目的在於跳出以往評價「反共文學」的窠臼，以求在較大的格局下，肯定《蓮》書的成就。

一、

　　《蓮漪表妹》以九一八事變至大陸淪陷的一段時期爲背景，敘述一群東北大學生輾轉關內、求學成長的曲折遭遇。主角白蓮漪自幼喪父，隨母寄人籬下。蓮漪美而慧，但性格游移多變，每難落實。她的自尊心使她時時力爭上游，務求獨占鰲頭；她的自卑感使她患得患失，憤世自慚卻又耽溺虛榮。《蓮》書共分爲二部，第一部「在校之日」由蓮漪的表姐追記抗戰前蓮漪在校的風風雨雨；第二部「蓮漪手記」則由蓮漪現身說法，自述陝北勞改、及淪陷後之經歷。這兩部分相互形成對話格式，不僅顯現政治黨派鬥爭的波譎雲詭，也直指蓮漪本人命運的反覆凶險。蓮漪的故事是意識形態的悲劇，也是個性的悲劇。

　　歐文‧荷（Irving Howe）教授於其名作《政治與小說》（*Politics and the Novel*）中曾指出政治小說的不易爲：在冷硬的政治教條與浮動人世經驗間，在集體理念信仰與個人感情依歸間，小說家必須往來折衝，尋找恰當的表達方式。藝術與宣傳的差別，往往只存於一線之間。但話說回來，政治小說的扣人心弦處，也就在此。[2]藉著歐文‧荷的觀察，我們可說《蓮漪表妹》之所以仍具可讀性，正是因爲潘人木不只要揭露「狂飆」政治的青年下場爲何，也要探討他們複雜的心理動機；不只要批判敵對的意識形態，也要建立一己獨特的道德視野。但我以爲作爲政治小說而言，《蓮漪表妹》實內蘊另一層弔詭意義。主角蓮漪由獻身而陷身紅潮，不是因爲她太關心政治，而是她太關心自己。另一方面，掌握全書（尤其是第一部）敘述關鍵的蓮漪表姐──「我」之能免於陰謀，與其說是因爲她如何明辨

---

[2]Irving Howe, *Politics and the Nove* （New York: Avon, 1970），pp.18~26。唯其藝術／政治、形式／內容二分的傷口，實應存疑。

是非，不如說是她有幸甘居事外。在表面國共抗爭的喧囂下，《蓮》書核心卻因主角政治意識的位移和撇清，暗暗留下一片空白。由著這片空白來看共黨分子的乘「虛」而入，才更見其滲透力的可怕，而這片空白也同時預警反共與恐共的理念，在書中漸有合流的傾向。

在《蓮漪表妹》的第一部裡，潘人木對蓮漪個性上的缺點，有相當深入的描寫。由開學前的購鞋風波，到進退兩難的婚約困擾，具見蓮漪眼高手低、瞻前不能顧後的浮躁性格。開學伊始，蓮漪憑其容貌聰明，輕易引來大批裙下之臣。第六章〈迎新會上〉，蓮漪為在救國義賣上出人頭地，竟不惜捐出訂婚金鐲。此一豪舉果然贏得更多欽羨（或嫉妒）眼光，奠定蓮漪校花地位，但也為她的墮落，種下遠因。這一章寫職業學生步步為營、煽動人心的本事，寫流亡學生義無反顧、熱血救國的激情，寫蓮漪孤注一擲、賭下身家的冒險，環環相扣，高潮迭起，最見作者功力。尤其引人深思的是，國仇家恨與政治陰謀，個人欲望與群眾狂潮相互穿插衝突，使得每一句言辭都沾染了曖昧的色彩，每一個行動都牽連了複雜的因果。校內政治情境的千變萬化，猶是如此，校外風雲的險惡，不問可知。若非此後作者僅集中火力於蓮漪個人的起伏，削弱了邊配人物的戲份，《蓮》書很可以再上層樓，透視更紊亂糾結的政治運作現象。

蓮漪因義賣一砲而紅後，順理成章的成為各類學生活動的中堅。圍繞她四周的男女同學，也因各有所求，暗中較勁。同時，華北風雲益緊，日軍強敵壓境，共黨乘機活動。蓮漪之涉身政治，幾乎是不可避免的事。我們在 1935 年重要的「一二·九」及「一二·一六」學生示威遊行中看到她搖旗吶喊[3]，在煽情話劇「彼岸」中看到她感人肺腑的演出，在同學倪有義神祕死亡案中看到她率眾仗義伸冤，更不提其他校內風潮及個人感情糾紛。蓮漪的大學生活，可謂風頭出盡、花絮十足。也就是在這等光彩的頂峰，蓮漪驀然發覺自己的孤立。她旋即成為校方殺一儆百的犧牲，而被狼

---

[3]有關 1935 年「一二·九」事件及後續學生活動的研究，可見 Jone Israel, *Student Nationalism in China 1972~1937* (Stanford: Hoover Institution, 1966), pp.111～156。

狠開除。1936 年的早春，蓮漪自北平失蹤。她的家人後來才查出她已有身孕。蓮漪去了哪裡？她孩子的「父親」是誰？誰殺了倪有義？《蓮漪表妹》第一部在一片懸疑中倏然告終。

潘人木記錄蓮漪逐步墮落的過程，諷刺中不失同情，令人三嘆。然而我們若從蓮漪的案例來看國共思想鬥爭，卻可發現不少值得思辯的問題。蓮漪的左傾，究竟是孰令致之？或者她稱得上是左傾麼？她果真關心政治麼？《蓮漪表妹》有一個明確的政治主題，但至少在第一部中，我們看不出蓮漪本人有任何真正的政治立場。她最難忘的毋寧是一己欲望的滿足。在左派學生的策劃下，她欣欣然的參加各類「愛國」行動──畢竟愛國的前提總沒有錯。試問，若右派的學生有足夠的組織與影響力，像蓮漪般的青年是否也會欣欣然的共襄盛舉？蓮漪的左轉，不在於她受了什麼意識形態的感召，而在於她根本沒有任何意識形態的自覺。政治的好惡於她不過就如挑選時髦的皮鞋樣式，或替換像樣的男友罷了。

潘人木將蓮漪的故事由理念的層次轉換到性格的層次，其實可引起兩種截然不同的詮釋：一、蓮漪之輩的得意與失意、成功與淪落僅具有淺白的道德教訓意義。國共兩方對其的思想投資，「都」是一種浪費；她日後的下場，更是一場冤枉的宿命經驗。《蓮漪表妹》因此不具有堅實的意識形態說服力。二、恰與上述相反，正是因為蓮漪從來沒有激進的政治憧憬，她的轉向讀來才更令人驚異共黨誘惑方式的無孔不入。政治何嘗只是可見的教條與權力之爭？它更設定我們的「身體」為最後戰場；挑弄我們的欲望，制約我們的個性，因勢利導，與時俱變。[4]《蓮漪表妹》因此透露了意識形態延伸滲透、最為詭譎多樣的一面。

強調《蓮漪表妹》引申了自相矛盾的閱讀可能，並不意味潘人木的創作未見成功。事實上我以為這才是《蓮漪表妹》碰觸政治問題的精彩處。

[4]此處議論從傅柯（M. Foucault）對「身體」如何受制於政治文化運作所制約的看法。參見如 Michel Foucault, "Body／power", in *Power／Knowledge*, ed. Colin Gorden（New York：Pantheon, 1988), pp.55～63。

回顧 1920 年代以來的政治小說，我們可以發現，較佳作品多能在褒貶特定意識形態教條的同時，另行開拓自我對話的餘地。政治小說因不只是一透明的文宣工具，它本身已是一不同理念意見的角力場。順著這一觀點，我們乃可說《蓮漪表妹》承繼了像茅盾的《蝕》（1927 年）、老舍的《趙子曰》（1927 年）、路翎的《財主底兒女們》（1944 年），以及鹿橋的《未央歌》（1945 年）之類作品的精神，爲青年與政治這一題材，提供一個 1950 年代的詮釋。

　　茅盾的《蝕》作於 1927 年上海工人暴動、國共第一次分裂後。茅盾主要的目的，即在描寫左傾的青年男女如何在此「革命」行動中，歷經挫折、一蹶不振的經過。《蝕》原由三部中篇小說所構成，分題爲〈幻滅〉、〈動搖〉、〈追求〉。顧名思義，已可知其內容一斑。茅盾爲五四後重要左派作家之一，其本人政治立場毋庸置疑。然而《蝕》書一出，他竟飽受同路人的激烈批評。[5]原因無他，《蝕》雖名爲貶右揚左之作，但其中的崇共青年男女卻個個搖擺不定、頹靡浪蕩。是茅盾扭曲了歷史真實？還是他反映了 1930 年代前夕、「失落的一代」的真貌？在左派批評家肆意詆毀聲中，難道《蝕》只淪爲反面教材？或實已喚起大家始料未及的政治潛意識？對茅盾本人而言，他運用了所謂小資產階級式的人物及情懷來解釋「大革命」的失敗，既不乏反諷揶揄，也充滿感傷自憐，迂迴反覆，又豈是喊喊「文學爲政治服務」者所能了解的。

　　尤其值得注意的是，茅盾小說中的女性人物多少分擔了蓮漪表妹式的命運。她們已受五四洗禮，一心參與政治以求提升自己。但她們對「革命」的熱情迅速與感情的冒險混爲一談，到頭來左支右絀，往往一無所得。我們有理由譏諷她們自私迷糊，不成氣候。但「先公後私」的聖賢榜到底只有少數人上得去，這群小女子的掙扎與幻滅才爲「革命」塡下真正

---

[5]有關《蝕》出版後所引發左派批評家的筆戰，參見如錢杏邨著〈從東京回到武漢〉、賀玉波著〈茅盾創作的考察〉，均收於伏志英編，《茅盾評傳》（上海：現代出版社，1931 年），頁 25～314 及頁 7～51。

的血淚。同理再看蓮漪的遭遇，我們就不忍苛責她的虛榮與愚昧了。女性涉及政治，似乎免不了性的騷擾。多愁善感的慧在〈幻滅〉中失身於右派職業學生，這與蓮漪失身於左派職業學生洪若愚顯有異曲同工之妙。爲獻身政治而「失」身於政治，兩作對政治與身體禁忌、道德防閑關係的描述，做了類似寓言的處理。左（或右）派的意識形態化約爲一男性的、淫猥的象徵，其教訓意義，盡在不言之中。

　　老舍的《趙子曰》又從一迥不相同的角度探討學生運動問題。一反茅盾《蝕》的陰鬱感傷格調，《趙子曰》中的學生不論是鬧學潮還是鬥校長，不論是談戀愛還是搞革命，都是在一片嬉怒笑罵中進行，亞賽輕佻鬧劇。我們的英雄趙子曰掛名野雞大學，鎭日吃喝玩樂，無事生非。他的本性天真，「玩玩」政治原不過是順應潮流的消遣。然而當學潮愈演愈烈，原本的遊戲成爲血腥的悲劇時，小說的輕鬆筆觸成爲自我最大的嘲諷。尤其在小說的下半部，趙的好友有的爲政治理想捨命，有的搖身一變成爲催魂惡棍，我們這才意識到老舍對學生政治及政治學生犬儒與惶惑的看法。

　　如同蓮漪一樣，趙子曰以學潮領袖的身分被開除。在遭遇種種挫折後，他將何去何從呢？小說爲趙安排的結局是成爲一「愛國」的恐怖分子。但誠如夏志清教授所言，「恐怖主義是中國通俗小說裡盡人皆知的俠義觀念的誇張和歪曲，而在當代救國乏術之餘，強調個人勇敢和氣節的舉動，只能當作濟急的藥。」[6]不只此也，當愛國的目的和手段相互混淆，老舍其實深爲其所呈現的弔詭關係所困擾。《趙子曰》的結局因而充滿強烈自我質疑的情緒。不論出諸於何種名目，恐怖主義只能加速而非避免政治理想的敗壞。我們都還記得《蓮漪表妹》中，倪有義的被神祕謀殺如何導致學運的分裂與瓦解，亦使蓮漪遭受池魚之殃。潘人木爲老舍表面的批判，提供了一個註解，然而老舍對政治漩渦中非理性力量的迷惑及迷戀，則不可於潘著中復得。

---

[6]夏志清，《中國現代小說史》，頁191。

　　路翎是 1940 年代崛起的左翼新秀作家，深受胡風賞識，也因此同於中共 1950 年代的整肅中，遭到株連清算的噩運。路翎以《飢餓的郭素娥》等書嶄露頭角，《財主底兒女們》則堪稱是最具野心之作。全書以抗戰爲背景，鋪陳一南方家族沒落瓦解的過程，其重點則放在家族中男繼承人蔣純祖的身上。蔣純祖聰慧善感，具有強烈藝術家的氣質。他的纖美愛好，神經質的個性，以及略帶頹廢傾向的世界觀，註定與世格格不入的命運，而路翎卻選擇了這樣一個角色，作爲抗戰流亡學生的抽樣！按照左派作家的公式，如蔣純祖般半路出家的城市小資產革命者正是先天不足，後天失調。他的墮落與頹唐不過是歷史的必然。但由路翎寫來，我們卻發覺蔣純祖赫然成爲掙扎在人與我、家與國、左與右、情與欲的價值糾纏間，一個困獸猶鬥的荒謬英雄。聖戰的號召，愛國的奉獻，團體的紀律不過權爲刺激蔣純祖做出存在主義式行動的外在誘因。而這個現實道德及意識形態規範外的逃兵，竟是要在不斷沉落的生命軌道上，試探並定義自我存在的潛能，至死方休。比起同是個人主義者的蓮漪，蔣的境界極有不同。

　　路翎在綿延一千三百餘頁的小說中[7]，細膩刻劃蔣純祖的家庭悲劇，戀愛糾紛，政治信仰及參與文宣活動的顛仆。純祖（或路翎？）所關心的抗戰與「革命」，不僅是種種意識形態互相對抗的終極場合，更是感情與欲望付諸辯證的歷史舞臺。這一極其個人化、內向化的思維特徵在書內逐漸擴散到其他人物的性格上。由蔣的家族成員而及於蔣的男女朋友，再及於他在宣傳劇隊及學校工作的夥伴及上級，最後竟及於書中驚鴻一現的歷史人物，像是汪精衛與陳獨秀。他們在紊亂的生活與生命網路中，吃力的、卑微的求取某種解脫行動，卻注定發現「解脫」是進入另一重誘惑羈絆的開始。於是敏感若蔣純祖者「是深深地感覺到他身上的矛盾的，但他……不願意想到他們。他覺得，僅僅是悲涼的生涯，以將來的痛苦懲罰現在的錯失，便可以解決一切。」[8]在一片抗戰八股聲中，《財主底兒女們》以其

---

[7]我所依據的版本是，路翎著，《財主底兒女們》（北京：人民文學出版社，1985 年），共 1318 頁。
[8]路翎，《財主底兒女們》，頁 914。

獨特的生命視景，延續血肉戰爭的即景而爲個人波濤起伏的意識掙扎。謂其爲當時政治小說的異數，應不爲過。

我最後要討論的是鹿橋的《未央歌》。這本記敘抗戰西南聯大時期的青春戀愛小說成於戰後，而在 1950 年代開始受到廣大歡迎，其魅力至今不衰，堪爲中上學校的校園神話之一。將《未央歌》與其他已討論之作品相列，是顯得有些突兀，因爲該書除了空有抗戰背景外，儼然清奇脫俗，絲毫不沾染人間煙火。書中的四位男女主角徜徉在山靈水秀的戰時校園內，你「追」我「趕」，嘗遍愛情的苦辣酸甜。有道是砲聲隆隆，愛聲濃濃，還有什麼樣的抗戰作品更能讓我們這輩太平盛世的讀者，閱罷但恨「生不逢辰」的呢？

好個青春之樂樂「未央」。我們可以反駁鹿橋的歷史詮釋，但我們不能不佩服他一氣呵成的文學構思。再退一步說，這原就是一部由年輕人寫給年輕人看的書，理當百無禁忌。反諷的是，正是因爲作者立意要將原本沾帶政治色彩的素材非政治化，他的「潔」本反而要招惹高度政治化的閱讀。齊邦媛教授在 1988 年《聯合報》副刊七七特刊中以〈烽火邊緣的青春〉爲題，討論與抗戰有關的學生小說，就是以《未央歌》與《蓮漪表妹》作對比。「兩作皆發生於流亡學校裡，也皆以『嬌美有餘而思想不足的校花』爲主角，但結局何其不同。」[9]當蓮漪歷盡劫數的同時，燕梅、寶笙也在戰鬥育樂營似的環境裡接受愛的考驗。齊教授尖銳的對比實是語重心長，西南聯大的日子也確可能並不安靖——王藍的《長夜》就描寫過當時職業學生鬧事諸景。但我以爲兩作的對照仍可獲致另一種結論。《蓮漪表妹》及《未央歌》其實有極大的相似處。兩種都是寫青年的浪漫憧憬或激情：對政治的激情或對戀愛的激情。試想《未央歌》中的男女若以同樣談戀愛的瘋狂去擁抱一種政治信仰，其摧枯拉朽的力量何曾會亞於蓮漪那班人馬？《未央歌》雖不是一本政治小說，但它「欲潔何曾潔」？它所誇

---

[9]齊邦媛，〈烽火邊緣的青春〉，《聯合報》副刊，1988 年 7 月 7 日，21 版。

張的浪漫感情看似美好，卻不免要讓走過 1930、1940 年代的人，深感其幾近「拍花」式的意識形態誘惑力而惴惴不安[10]。《未央歌》將《蓮漪表妹》式的題材，做了神話式的置換，但內裡所暴露或隱藏的政治情懷，卻分明是同一時代的產物。

以上我以四本早於《蓮漪表妹》的學生小說為例，參看《蓮》書描寫青年投身（或拒絕）政治活動的種種情境。我的論點是，有力的政治小說不只被動的反映或排斥特定意識形態，更能使敘述本身成為一象徵性的政治「事件」，匯集、攪擾不同的聲音，從而促使讀者警覺閱讀時所必備的因應策略。《蓮漪表妹》與《蝕》、《趙子曰》等作當然遠有不同，但正因為這些引人思辯的不同處，我們才了解《蓮漪表妹》之未淪為反共八股，或許即在於潘人木於書內書外所營造的「一己」及「異己」的聲音，仍饒有滋生政治對話的餘地之故。

二、

《蓮漪表妹》第二部題名為「蓮漪手記」，講的是蓮漪自北平失蹤後的種種遭遇。蓮漪自被學校開除，又與職業學生洪若愚因姦成孕後，果然含羞帶憤的投奔延安。但是解放區的日子並不好過，蓮漪這樣自命不凡的劇場新秀也只落得為宣傳樣板戲的材料。她終因一次抗命罷演事件被判勞改。等到出獄時，大陸局勢已然劇變。蓮漪被安排重回北平任職。她自熱河一路輾轉歸來，卻發現家中早已人去樓空。更難堪的是，她所須報到的上司，竟是洪若愚！

潘人木顯然企圖以精巧的對位法來描寫蓮漪投共以後的痛苦波折。在校時的蓮漪志比天高，一呼百諾，到了延安的她卻屢被羞辱，俯仰由人。蓮漪嘗自詡如水中白蓮，只可遠觀，卻在一夜苟合後有了身孕。她嚮往婚

---

[10] 「拍花」語出潘人木《蓮漪表妹》第一部，第七章。見潘註「拍花的」：「傳說這種人用手一拍小孩的腦袋，小孩就會看見四面都是水，自動的跟著他走。拍走小孩後，可能殺掉或是賣掉」。《蓮漪表妹》（臺北：純文學出版社，1985 年），頁98。

姻自主，爲之不惜悔婚，卻反成了洪若愚的地下情婦。她爲了腹中的骨肉遠走他鄉，卻被迫在產後放棄母子關係。蓮漪周圍的人物也紛紛改頭換貌，「重新做人」。過去那些積極分子果然皆各有任務。洪若愚由職業學生成了職業官僚不說，最不可思議的是蓮漪在校時爭風吃醋的對頭，「前任」校花沈積露竟也是共黨臥底人士之一。

　　沈積露家境富有，貌美多姿，素爲蓮漪妒羨的對象。唯初時沈似乎志不在政治，僅以與右派學生趙白安吊膀子爲樂。這樣一個看似淺薄的人物後來竟在延安出現，且官列上級指導員。原來沈後與趙成婚，利用枕邊關係套出不少情報，且終於計害親夫！沈積露一角是《蓮》書的神來之筆。她一直是蓮漪可望而不可及的欲望指標；因爲她，蓮漪的努力及暫時勝利才有意義可言，也因爲她，蓮漪的羞辱才達於谷底。蓮漪之在延安獲罪，正是由於她拒絕演出《白毛女》娛樂有功歸來的沈同志。沈積露的轉變近似偵探小說的橋段，但她卻是映照蓮漪性格與命運的重要媒介。

　　從敘述方式的層面來看，《蓮漪表妹》一、二部的差別顯而易見。第一部的敘述者「我」是蓮漪的表姐，也是書中的邊配人物。這位表姐雖然總是冷眼旁觀，其實是統攝全局的重要聲音。她對事件的報導常持反諷距離，但我們不難認同她的立場以及價值觀，並據以判斷蓮漪的行爲。由於才貌不如蓮漪出眾，個性又較安份守己，我們的表姐雖也跟著大夥兒起鬨過，終能全身而退，而且在抗戰前夕爲自己找到了個如意郎君。相對於蓮漪飛蛾撲火式的冒險，「我」給自己的安排真有天壤之別。我們基本上都會慶幸「我」較完滿的結局。然而這個看似質樸的聲音難道不曾透露一點令人騷動的訊息麼？在《蓮漪表妹》這樣一部旗幟鮮明的政治作品裡，表姐「我」除了暗示政治的嬗變虛妄外，似乎更暗示我們最好要遠離政治，以免惹火上身。反共與反政治應該是兩回事，因爲前者基本上就是一種政治姿態。然而在《蓮漪表妹》中這兩者卻逐漸形成矛盾的辯證關係。由厭共恐共而恐政，卻終不免導致又一種政治訴求的形式，恐怕是 1950 年代許多反共小說共有的特色。這一特色當然有鎮懾人心的功用，但也無形迴避

了較細膩的思想分殊要務。

同樣的特徵也出現在《蓮》書第二部蓮漪本人的敘述聲音中。蓮漪的悔恨悵惘一開始就清楚的陳述出來。鑒諸前述的對位寫作方式，蓮漪的改變我們應不覺意外。可是失去了第一部中旁觀敘述者的有利觀點，蓮漪的責任加重了許多。她必須在改變中又不時的提醒我們，「過去」的蓮漪仍然在她生命一角，蠢蠢欲動，由此產生的對比，才能可觀。潘人木顯然有心如此塑造蓮漪的「我」，然而她的同情心也有易放難收的時候。處理蓮漪與洪若愚的關係時，使我們常覺蓮漪最大的痛苦，好像不是來自誤入共產歧途，而是來自遇人不淑。與表姐的圓滿歸宿前後呼應，蓮漪的政治自覺也同樣外張內弛，成為她婚姻問題的副產品。

潘人木以女性作家特有的關懷來處理蓮漪和她表姐的政治／感情經驗，當然無可厚非。在一個劇烈變動的時局裡，女性知識青年的舉動，於公於私，原就較男性來得艱難。我所願強調的是，以婚姻、愛情的成敗來觀察政治經驗的得失，一方面提供絕佳的象徵喻意，一方面卻也容易帶來思考的盲點。政治及意識形態的領域固然和家族倫理道德的價值密不可分，但若僅由後者來詮釋、涵蓋前者的複雜性，仍難免有顧此失彼之虞。以《蓮漪表妹》第二部為例，蓮漪回到北平後勉強住進了洪若愚的家裡，成了名存實亡的「愛人」。洪的狡猾奸咨我們早有所知，有趣的是，在第二部中他的「能耐」瑣屑化、「家庭」化了。原來他也有上司要逢迎拍馬，有下屬要恫嚇支使。不僅此也，洪還性好漁色，且因此身染惡疾；外加嗜吸毒品，無以自拔。這真可謂集眾惡於一身。但仔細讀來，這些缺點件件都屬家庭女子對婚姻的噩夢，可以發生在共產世界，也可如潘人木另一部作品《馬蘭的故事》中的壞丈夫一例，發生在其他的世界。

比較起來，小說第一部裡的共產黨人笑裡藏刀、神祕莫測，的確令人悚然；第二部中自洪若愚以下的鼠狼之輩，行徑則如跳樑群醜。與其說他們引起讀者的恐懼，不如說他們引起讀者的卑視。這種由「恐共」到「輕共」的情緒，交相為用，其實出現在多數 1950、1960 年代的政治小說中，

充分顯現作家反共想像的癥結。由是觀之，我們倒可發現另一反諷情形：相對於小說第一部蓮漪的墮落，第二部其實是關於共產黨人本身的墮落。上焉者如死硬派侯婉如被鬥而死，理想成空；下焉者如洪若愚苟且齷齪，日趨下流。他與他當年所藉詞要推翻的對象，竟是五十步笑百步之別。

《蓮漪表妹》的結局充滿了情節劇（melodrama）的設計。不出所料，洪若愚就是當年在校謀殺倪有義的真兇。頗具巧思的是第 33 章學運敗類鬥爭大會一景。這一章與第一部第六章〈迎新會上〉遙遙相望，不僅集合了書內多數關鍵人物，且再以蓮漪當初捐出義賣的金鐲為焦點。金鐲幾經轉手，雖失而復得，但歷史早已改朝換代，物是人非。遙想當年在掌聲中崛起，如今落得批鬥公審，蓮漪的榮辱起落，至此方告一大輪迴。小說道德勸懲的目的，似乎也已功德圓滿。之後的情節急轉直下。蓮漪由國特幫忙，倉皇南逃，竟於火車上巧認多年來相見卻不相識的私生子。但團圓迅又成為死別。蓮漪身心俱傷，最後安抵香港，而該國特已成男友矣。潘的菩薩心腸，總算使愛護蓮漪的讀者，安心掩卷。

1950 年代的反共小說不在少數，但類似《蓮漪表妹》般以家族倫理道德視景批判知識分子的左傾際遇，而能不落於俗套者，仍首推姜貴的《旋風》（1952 年）。《旋風》藉山東一大家族中各分子接觸共黨誘惑或迫害為主線，寫出五四至抗戰期間地方政治、經濟結構崩潰的悲喜劇。主角方祥千出身教育界，迷信共黨宣傳的理想，結合族侄方培蘭及地方閒雜人等，發展一股江湖「革命」勢力。其間又有軍閥惡霸及日本駐軍的介入，益使情勢複雜化。依照方祥千的想法，共產「革命」是導向大同世界的不二法門。但他 20 年致力「革命」的結果，不但搞得自身家破人亡，而且使整個故鄉發生了百劫不復的大變亂。等到共黨真正坐大時，方氏叔侄大權旁落，終不免兔死狗烹的命運。

《旋風》一書人物情節複雜，歷來已多有名家分析，不必於此重複。[11]

---

[11]見如夏志清，〈姜貴的兩部小說〉，收於《現代中國小說史》，頁 553～575；張素貞，〈五十年代小說管窺〉，《文訊月刊》，第 9 期，1984 年，頁 102～104。

可以注意的是，姜貴有系統的將共黨盤據的社會，看作是一與傳統倫理宗法背道而馳的狂人世界。一切的綱常禁忌倏然作廢；一切的禮教秩序均須逆轉。舊社會的確問題重重，亟待改革，但諷刺的是，這個「美麗新世界」竟如此缺乏「新」意，而是那舊世界最荒謬殘暴的翻版謔仿。性的放縱與變態是姜貴攻撻共產式倫理的重要隱喻。一旦妓女流氓當家作主，封建家庭中的荏弱女子尤成首當其衝的迫害對象。任何讀者看到書中方冉武娘子所受的非人凌辱，恐怕都要駭然失色。這方面的處理，姜貴要比潘人木「狠心」得多。也因此，他能直搗我們放肆欲望時的癢處及痛處，以及隨之而來的醜陋結局。夏志清教授曾經以杜斯妥也夫斯基（Dostoevsky）的《附魔者》（*The Possessed*）為借鏡，形容《旋風》的人物儼若小丑，沉浸在荒謬的滑稽戲中。[12]就此我願更進一言。《旋風》（以及其後的《重陽》）藉挖掘、移植古中國小說性禁忌及性暴力的潛能，來諷謔「革命」對個人身體的解放誘惑及威脅，譏誚知識分子與傳統家族倫理間的緊張關係，其露骨尖刻處，在現代中國小說中，得未曾有。

　　1950 年代至少還有另外一本著眼知識分子的反共小說，可以與《蓮漪表妹》相提並論，即張愛玲的《赤地之戀》（1947 年）。我們一般對張愛玲的印象，多來自《金鎖記》式的人間風情悲喜劇。事實上她的兩部政治小說，《秧歌》與《赤地之戀》，一寫農村，一寫都市，均各有可觀。此處專論後者，《赤地之戀》中的那批年輕人比蓮漪表妹晚半輩，而與《未央歌》裡的癡情男女背景相當或稍小。他們卻不若燕梅、小童那樣的得天獨厚。他們以戀愛般的癡情追隨一個新的主義、新的政權，卻在一次又一次的政治風暴中，被折磨得體無完膚。《赤》書的主角是劉荃，一個「解放」初期大學畢業生。小說開始時，他和一群來自北京各院校的畢業生被派到一個農村參加「土改」。但他滿腔的熱情迅速在實地工作中，化為烏有。農民的愚與窮，共幹的貪與狠，還有投機者的奸與賤，在在使劉荃不

---

[12]同前註，頁 560。夏對杜斯妥也夫斯基《附魔者》的批評，源出 Irving Howe 的 *Politics and the Novel*, p.59。

寒而慄。一連串的血腥鬥爭後,他悄然而退,轉赴上海工作。

張愛玲描寫淪陷後農村的改變,真實有餘,精采不足。只有當劉荃回到了張所熟悉的上海後,各樣角色行動才鮮活起來。剛剛陷共的上海巧妙延續了她素來的人生視野:迷亂而慵懶、喧嘩又瑣屑。一批又一批的政壇新貴剛擺起架勢,準備享受得來不易的滬上風華,卻只發現一切不過是作戲一場,幕前的急管繁絃怎麼也掩不住幕後的頹靡與空洞。比起蓮漪表妹的情夫洪若愚及其他走狗壞蛋,張愛玲筆下的這些共黨人士似乎有趣得多。不論是紅軍長征英雄還是地方革命女將;不論是老牌黨工還是新進政客,他們都要在局促吵嚷的生活圈中打點算計,都不免有一股張狂卻也張皇的面貌。看了太多生命的庸俗奸險,張基本上是以相當包容的心情來審視這批共幹。她失去了黑白立判的道德尺度,倒成就了一種半帶自嘲的悲憫與戒懼。果然,由於各種運動紛至沓來,我們這群忙碌的小官僚開始相互傾軋出賣。隨波逐流的劉荃也因此在劫難逃。

《赤地之戀》也有相當戲劇化的結局,動機卻遠較《蓮漪表妹》曖昧。劉荃繫獄待斃,他的情婦安排他的女友賣身相救。劉釋後灰心之餘,志願參加韓戰赴死,卻又居然出現美軍戰俘營中。小說的高潮,是在奔向自由或重回鐵幕間,劉選擇了後者。「他要回大陸去,離開這裡的戰俘,回到另一個俘虜群裡,只要有他這麼一個人在他們之間,共產黨就永遠不能放心。」[13]這樣的宣言真是教條得可以。但我仍以為對張愛玲這位老牌的派頭兼嘲弄主義者(snob and cynic),劉荃的決定何嘗不是一個「美麗而蒼涼的」姿勢,是他下半輩子要不斷回味的。當他「一級一級,走回沒有陽光的所在」時,我們在他犧牲小我的利他信念下,發覺一股因自虐而來的快感潛流。

本文最後一個與《蓮漪表妹》作類比的例子,不再是反共小說,而是一本「擁共」的小說:楊沫的《青春之歌》(1957 年)。這本小說初版後

---

[13]張愛玲,《赤地之戀》(香港:現代出版社,無出版期),頁280。

即暴得盛名，成為 1950 年代中共文學的經典之作。將《青春之歌》與《蓮漪表妹》並列，我們立可看出好些既相輔又相異的關係。《青春之歌》寫的也是一位女孩子在抗戰前夕參與政治的心路歷程，也強調了在學青年發動學潮的始末，也穿插了國共鬥爭的驚險好戲。我們的女英雄名喚林道靜，姿色絕不亞於蓮漪，境遇之坎坷則猶有過之。學校畢業後她投奔親戚未果，草草陷入初戀並同居的困境。隨後她掙扎找尋出路，漸得機緣加入左傾政治活動。與蓮漪等被「拍花」般「騙」進左傾活動的學生不同，道靜的轉變儼然有宗教天啓意味。然而馬列天堂不是免費進場的，如道靜這樣的女孩縱有慧根，也得勞其筋骨、餓其體膚一番，方能擔當大任。在這本六百多頁的鉅作裡，我們看到她忙碌的東奔西走，搞情報、作思想、蹲監獄、上街頭，還應意猶未盡的（頭版）讀者（及檢查者？）要求，從第二版起到農村兜了一趟，好向老大爺、老大娘吸取革命經驗。[14]而全書的最高潮正是《蓮漪表妹》也著墨甚多的 1935 年「一二・九」與「一二・一六」學生示威運動。但不知林道靜是否在遊行隊伍裡碰到了寬眉大眼，臉蛋白裡透紅的白蓮漪？

除了尖銳的國共政治立場分野外，兩作作者對女主人翁性格的塑造也頗有出入：潘人木極力寫蓮漪的虛榮與浮躁，楊沫則專攻林道靜的奉獻與謙卑。但我以為兩作所依循的道德意識邏輯，卻委實相去不遠。套句林道靜的話，國共雙方，「一邊是神聖的工作，一邊是荒淫與無恥。」[15]然而，這「一邊」到底是哪一邊？端看作者與讀者的立場。《蓮漪表妹》講信仰政治的罪與罰，《青春之歌》講政治信仰的救與贖。兩作各排女將出場，隔海叫陣，卻形成一最奇異的和聲，不能不說是 1950 年代兩岸政治小說的弔詭現象。

我們應如何再進一步廓清兩作間的對話關係呢？方法之一是回到衍生政治小說的歷史情境裡去。潘人木 1950 年代渡海來臺，痛定思痛，為蓮漪

---

[14]見楊沫，〈再版後記〉，《青春之歌》（香港：三聯書局，1960 年），頁 625。
[15]楊沫，《青春之歌》，頁 621。

作傳。而《蓮》書第二部「蓮漪手記」更求以最直接方式，寫蓮漪的報應與怨悔，共黨的虛假與狠毒。相對的，《青春之歌》原爲「憶苦思甜」而作，楊沫自有其創作使命。在「反右」的年月裡，這本書能屹立不搖，足見符合「歷史」需要。然則歷史的軌跡何其難測！當 1960 至 1970 年代類似《蓮漪表妹》這樣的「老派」反共小說逐漸被判落伍而湮沒時，《青春之歌》曾幾何時也成了文革的毒草，慘遭嚴屬批判。楊沫可曾料到，她歌之頌之的「一二・九」事件裡，學生那樣狂熱那樣叛逆的革命情懷，30 年後竟然「真」的回到人間，應驗到紅小將的身上？而批鬥羞辱她最甚的紅衛兵中，竟有她的兒子！蓮漪的兒子若未死於非命，會有什麼作爲？

　　《青春之歌》的故事寫到抗戰前夕即嘎然而止，不能如《蓮漪表妹》第二部般即時見證歷史的後續發展。但時間居然促成《青春之歌》的「第二部」輾轉出現——不是由楊沫，而是由那個曾批鬥楊沫的兒子老鬼完成，題名《血色黃昏》（1987 年）。《血色黃昏》以第一人稱（！）懺悔錄形式，追記文革成長的一代如何由意識形態的狂飆中隕落下來，如何歷盡肉體折磨而領受一種政治寄託的虛妄。傷痕歷歷，血色斑斑。30 年一覺青春之夢，斯人回首處，但見紅霞漸緲，夕陽欲墜。楊沫的作品，畢竟也是由生命寫成。是潘人木的《蓮漪》果有「先見之明」？還是楊沫的《青春》依舊無怨無悔？

　　在兩岸政治關係變動頻仍的今天，重讀像《蓮漪表妹》這樣 1950 年代的反共小說，的確令人感觸良多。《蓮漪》老矣，潘人木女士的「控訴」在這個眾聲喧嘩的時代裡，似乎顯得孤單了些。然而在文革後傷痕文學的熱潮已退之際，我們再溯大陸陷共後的第一波傷痕文學，怎能夠不深深體會《蓮漪表妹》猶有新意存焉？政治小說的閱讀促使我們反省小說所揭露的政治訊息與內在張力，更促使我們思索「閱讀」本身的政治條件與情況。本文試圖以《蓮漪表妹》作爲特定之樞紐，發掘近代中國政治小說譜系之一端。由上述有限作品的相互指涉間，我們已可稍窺意識形態信念於文字中所歧生的種種擴散與對話關係，與時俱變，而不囿於作品表面的政

治姿態。《蓮漪》當年曾是重要反共名作；風流水轉，如今再現江湖，自是要重新吹皺一池春水。但願我的閱讀《蓮漪》，有助激起陣陣漣漪。

——選自王德威《小說中國》
臺北：麥田出版公司，1993 年 6 月

花園裡的祕密
《蓮漪表妹》的成長記事

◎朱嘉雯[*]

一、

　　在很久很久以前……，噢，是「不久以前」，有一位愛讀童話的女作家，在自己所寫的故事裡，擅自改掉了童話慣有的開場白：

> 仔細想想，哪有什麼事是真正的「很久以前」，？若把這句話引入人生過程，便透著一股不可追、不可尋、不可再、甚至不可信以為真的意思。如果一朵花，必已凋謝；如是一片雲，必已遠颺；如是一把青春，必已衰老，一切沒了希望。[1]

　　因此，屬於女作家的那一把青春，總像是昨日之夢，並不曾真正的衰老，它像一抹光線劃過空間，在經年累月之後，人們只在偶然間透過一束繽紛的氣球、一個暖熱的燒餅、一抹駿馬圖裡飄然的長鬃，就能讓黯然的青春，慢慢地浮出往日光影，展現獨特而精采的個性與命運。說著說著，故事裡的女主角，果真如同綻放中的玫瑰一般，鮮麗起來，那蓮漪的臉色，由暗沉轉為白皙，由白皙轉為紅潤，由紅潤轉為白裡透紅的健康，恰似當年模樣。好像記憶仍保留著舊日溫暖的陽光，微風輕吹，使每一段往

---

[*]發表文章時為佛光大學文學系助理教授，現為佛光大學文學系副教授。
[1]潘人木，〈不久以前——校書有感〉，《蓮漪表妹》（臺北：爾雅出版社，2001 年），頁 2。

事觸碰到靈魂深處的心弦，發出陣陣回音，此起彼落地躍然於作家紙上。

　　為了呵護這一朵永不凋謝的花，為了挽留那一片作勢遠颺的雲，作家們潛心思索「關於小說」的奧祕。普魯斯特《追憶似水年華》誕生之前，先戴上了潛望鏡，探勘那孕育文學維納斯的深藍海底，這日後化為馬德萊娜小點心的貝殼，如今正載著愛與美的女神，從晶瑩激盪的浪花泡沫之中，緩緩升起，並且源源地湧流出創造的靈泉。貝殼開啟的一瞬間，作家的往日時光就如同旭日放出光輝，因為已擺脫了智力的強行介入，讓那些吉光片羽的種種心靈印象，並不經意之間從各種年代的腳凳、花瓶、刀子、酒杯裡釋放出來，彷彿靈魂出竅、野馬。脫韁。

　　　智力以過去的時間的名義提供給我們的東西，未必就是那樣東西。我們
　　　生命中的每一時刻一經過去，立即寄寓並隱匿在某件物質對象之中，就
　　　像民間傳說中的靈魂托生那樣。生命的每一刻都圍於某一物質對象，只
　　　要這一對象沒被我們發現，它就會永遠寄寓其中。我們是透過這個對象
　　　來認識生命的那一時刻的；它也只有等到我們把它從中召喚出來之時，
　　　方能從這個物質對象中脫穎而出。而它圍於其間的對象——或者不如說
　　　感覺，因為對象是透過感覺與我們互相關聯的，我們很可能無從與之相
　　　遇。因此，我們一生中有許多時間，很可能就此永遠不復再現。[2]

　　普魯斯特提供了一種柏格森式的回憶方式，藉由「直覺」讓生命中過往互相滲透，使作家從官能來感知其心理時間，已呈現富有變化的創造力。自主的回憶藉助於智力和推理，都不能真正使過去再現，以至於我們不相信生命是美麗的，因為自主的回憶無法召回生命本身的美。「但如果我們聞到一點遺忘已久的氣味，突然間就會沉醉在過去之中。」我們對於逝者的愛，其實未曾消失，只是遺忘了哪一天一隻舊手套冷不防出現在眼

---

[2]普魯斯特，《駁聖伯夫》，（臺北：國立編譯館，1997 年）。

前，我們很可能會為之熱淚盈眶。只有不由自主的回憶，才能透過當時的感覺與某種記憶之間的「偶合」（無意識聯想），使我們的過去存活於現在所感受到的事物之中。

> 我曾在鄉間一處住所度過許多個夏季。我不時在懷念這些夏季……對我來說，它們很可能一去不復返，永遠消逝了。就像任何失而復現的情形一樣，它們的失而復現全憑一種偶合。有一天傍晚，天在下雪，我從外面回來，在屋裡坐在燈下準備看書，但一時沒法暖和過來。這時，上了年紀的女傭建議我喝杯熱茶；而我平時是不大喝茶的。完全出於偶然，她還給我拿來幾片烤麵包。我把麵包放到茶水裡浸了浸，放進嘴裡；我嘴裡感到他軟軟的浸過茶的味道，突然，我產生了一種異樣的心緒，感到了天竺葵和香橙的芳香，一種無以名狀的幸福充滿了全身；我動也不敢動，唯恐在我身上發生的不可思議的一切會就此消失；我的思緒集中在這片喚起一切奇妙感覺的浸過茶的麵包上，驟然間，記憶中封閉的隔板受到震動鬆開了，以前在鄉間住所度過的那些夏天，頓時湧現在我的意識之中，連同那些夏天美好的早晨，一一再現了。我想起來了：原來我那時清晨起來，下樓到外公屋裡喝早茶，外公總是把麵包乾先放進他的茶裡蘸一蘸，然後拿給我吃。但是，這樣的夏季清晨早已過去，而茶水泡軟麵包乾的感覺，卻成了那逝去的時間——對智力來說，它已成為死去的時間——躲藏隱匿的所在。[3]

　　這段文字後來擴展改寫成了《追憶似水年華》中精緻的貝殼形狀小點心。從普通的烤麵包到紋路細緻的瑪德萊娜，「貝殼」的象徵意義，暗示了偶然興發的回憶與聯想，是創作者靈感的搖籃，如同希臘神話正是用這貝殼搖籃孕育了美神維納斯。自童年以來，久未入口的瑪德萊娜把小說主

---

[3]同註2。

人公帶回過去在貢布雷度過的時光，讓他進入豐富、親密且如流水般滔滔的回憶。那著名的段落啓發我們追尋過往的真實歷程。逝去的記憶一旦被找了回來，屬於過去的時間，才能轉化爲心理時間，而作家正是在此刻達到了永恆。任何事情只有以永恆的面貌呈現，才能名之爲藝術而被真正的領悟與保存。對普魯斯特而言，這種偶合是可遇而不可求的，「一旦那一切是經過有意識的觀察而得到的，詩意的再現就全部喪失了」。

　　潘人木詩化的青春躲在蓮漪表妹的身影裡，躲在一枚皎潔的氣球裡，作家藉由故事的敘述，緩緩地重現往日情懷，其過程就像 19 世紀英國作家王爾德的唯美小說〈夜鶯與玫瑰〉。小夜鶯總算看到了一位真正的戀人，他爲了得到一朵紅玫瑰以取悅愛人而深深苦惱著。於是癡心的鶯兒決定用心臟的熱血催生一朵紅玫瑰。等月亮掛上了天際，夜鶯朝玫瑰樹飛去，用自己的胸膛頂住花刺。她用胸膛頂著刺整整唱了一夜，就連冰涼和水晶的明月也俯下身來傾聽。整整一夜她唱個不停，刺越來越深，她的鮮血也快要流光了。她開始唱起少男少女心中萌發的愛情。在最高的枝頭開出了一朵異常的玫瑰，歌兒唱了一首又一首，花瓣也一片片地開放。起初，花朵是乳白色的，就像懸在河上的晨霧，早晨的足履，和黎明的翅膀。在最枝頭上盛開的那朵玫瑰花，如同一朵在銀鏡中、在水池裡照映出來的花影。

　　然而這時樹大聲叫夜鶯把刺頂得更緊一些。「頂緊些，小夜鶯，不然玫瑰還沒有完成天就要亮了！」於是夜鶯把刺頂得更緊了，她的歌聲也越來越響亮了，她歌唱著一對成年男女心中誕生的激情。一層淡淡的紅暈爬上了玫瑰花瓣，就跟新郎親吻新娘時臉上泛起的紅暈一樣。但是花刺還沒有達到夜鶯的心臟，所以玫瑰的心還是白色的，因爲只有夜鶯心裡的血才能染紅玫瑰的花心。這時樹又大聲叫夜鶯頂得更緊些，「再緊些，小夜鶯，不然，玫瑰還沒完成天就要亮了。」於是夜鶯就把玫瑰刺頂得更緊了，刺著了自己的心臟，一陣劇烈的痛楚襲遍了牠的全身。痛楚隨著歌聲而激烈，她唱著由死亡完成的愛情，唱著在墳墓中也不朽的愛情。

　　最後這朵非凡的玫瑰變成了深紅色，就像東方天際的紅霞，從花瓣的

外環到花心，這心聲的玫瑰好似一顆紅寶石。終於她唱出了最後動人的一曲。明月聽著歌聲，竟然忘記了黎明，只顧在天空中徘徊。紅玫瑰聽到歌聲，更是欣喜地張開了所有的花瓣去迎接那清涼的晨風。回聲把樂音帶回自己山中的紫色洞穴裡，使酣睡的牧童從夢鄉中悠悠醒來。歌聲飄越過河中的蘆葦，蘆葦又把聲音傳給了大海。

　　蓮漪的一生走過了暗戀趙白安的純情白玫瑰時期，踏上與老洪肌膚相親，並孕育新生命的粉嫩玫瑰階段，最後在金鵬的臂彎裡死生相許，愛情使人即使在墳墓中也已不朽，她以絕大的代價染紅了生命裡的玫瑰。她的生命以及她美，如同這朵鮮紅初透的花朵，是作家用筆尖撫著自己的心寫成的一種明亮的標致，因此當年在一群小姑娘裡，蓮漪總是最惹眼、最先受人注意的。她是天然的「櫻桃伴豆腐」，紅白分明的臉蛋兒，細嫩又光潤。中學一年級的時候，老師禁止學生塗脂抹粉，曾當眾說：

　　「白蓮漪！你搽了胭脂！」

　　「報告老師，我沒有！」

　　「立刻洗掉！」

　　結果她越用力洗，越紅得可愛。這天然純真的美，是作家亟欲回溯的生命初衷，在顛仆離散的成長腳步裡，它曾經與人們幾度離合。如今它在時間的盡頭、回憶的彼岸，隱約地招手。作家總是不願相信幸福的假日會永遠逝去，他們要抗拒時間的腐蝕，讓曾經是激情、苦澀，而且充滿悲劇性的美好少年史，還原爲更加真實、豐富而飽滿的意象。

　　潘人木的似水年華也曾在一股細緻莫名的幸福感裡，泛起蓮漪。幼年時，隨父親遊公園，見月上柳梢，美麗非常，於是央求父親爲取樹梢明月。父親便買了一個氣球，說：「這就是妳的月亮！你一個人的月亮！」從此氣球便與童年的幸福相互歸屬。它的形體雖已破滅，卻化爲永恆的存在。存於作家的心中，隨日後的環境與心情改變顏色，帶來安慰與指引。

　　　我高舉著這個氣球衝入成長。過程中以與青春相撞，與蓮漪相知最爲彩

色繽紛。

此刻與蓮漪對坐，向對面牆上一幅駿馬圖的明鏡看去，我的氣球正飄動著淺藍，自己的神色也約略重現當年。[4]

在某種程度上，由柏格林的心理時間學說所帶動的意識流敘事手法，在潘人木筆下流露出了光輝靈動的真情。作者運用感官感知，讓生命過往的許多片段時刻互相滲透，依序延伸，使作品展現了變化的強度。一枚氣球升起了記憶的帷幕，於是作家聽見了家鄉鳳仙花種莢的彈裂，看見了舉旗吶喊的可愛的年輕面孔，彷彿他們踏著烽火漫天的同時，也感受到父親塞在自己手裡的溫熱燒餅。不經意地向外望，瞥見壁上的駿馬，飛馳而出，美麗長鬃飄過窗外。當親愛的氣球重新歸落懷中，作家以心頭的溫暖保持著它的柔軟，不讓它隨時間化為鐵石。她與蓮漪對坐，就如同與過往的自己對坐。蓮漪慢慢地隱去，留下了當年的時空。時空隱去了，又化為無語的青春。

二、

小女孩在長大之前，都是《祕密花園》裡「倔強的瑪麗小姐」，既不懂得體諒，對於旁人的愛憐與照顧更是予取予求她遺傳自父親的任性、揮霍與矯情，也承繼了母親的一點自卑。父母親再如何嬌慣她，她也從未滿足。她在最快樂的時候，還故意去發掘一些不如意的事。總覺得別人的東西都是好的。有一回，在秋天的田野裡燒大豆吃，她搶了表姊的豆子，用力太猛，把脖子上掛的瑪瑙墜子掉盡了火裡。於是又忙著去撥火，找尋火裡的瑪瑙墜子，因而燒傷了手指頭，一直到快過年才好。還有一回，在自家的瓜地裡偷瓜。黑夜無邊，她提著風燈，卻因為提的方法不對，只覺晃眼，什麼也看不清楚，竟以為眼睛瞎了，不禁大叫，腳下踩碎了好幾個香

---

[4]同註1。

瓜，也驚醒了瓜棚裡熟睡的王二菸袋！他第二天告了一狀，姊妹兩從此不准再進瓜地了。這些受傷和屈辱，成了小女孩成長的印記，也是多年後才能明白的人生道理。而這一段逝去的時間就躲藏在天空邊緣，彩霞翻紅，一輪落日逐漸埋入的雲堆裡，因為那紅霞餘暉像極了蓮漪失落火裡的瑪瑙墜子。

她被嬌慣壞了又愛發脾氣的性子裡，偶爾夾雜著愛作夢的純真，就像小瑪麗經常假設自己建造了一座花圃，把又紅又大的木槿花插到小土堆上……。直到她發現了一座真正的而且是屬於她的祕密花園，廢園中隱密的求生意志將她內心深處匍伏已久的欲望勾攝出來。當夜深人靜，全室都已熟睡時，黑暗和安詳的世界裡卻隱隱透露著成長的危機。這時只有室外甬道裡的燈光，從門縫裡透進來，照著同寢室友熟睡以後的書。蓮漪一向入睡快，而「我」卻不容易沉睡，也許是小醒後，特別警覺。房門被人推開了，一個人側身進入，是個女孩子，燈光照著她的腳，似曾相識，從鞋襪判斷，她穿的不是睡衣。她輕輕地移動著，走到室友的床腳邊停下，踩到了她的書，又輕輕踢開，書就溜到床底下去了。過了一會兒，「我」看見她的兩腳下床，穿鞋，跟隨那進來的人，四隻腳在一道光線裡悄悄地走出去，然後門輕輕地闔上。

進來的人是誰？出去做什麼？不像是上廁所，不像是早起溫書。「我」披衣坐起，走到門邊，聽見窸窸窣窣，過道裡還有腳步輕輕移動的聲音。不只她們兩個人。「我」壯著著膽子去開門，在過道盡頭，貼著玻璃窗望出去，殘月微光下，人影幢幢，朝著這座學校所痛苦的王府的後花園而去。

重新躺回床上，聽見遠處傳來一聲聲叫賣：

「硬麵餑餑！」

深夜一點半子。

此後每夜，燈熄之後，鼾聲響起，室內一片寂靜之際。我總想打開窗戶，透透新鮮空氣。並且不斷地自問：她今夜會不會再被人叫走？那個女

孩是誰？她們去後花園幹什麼？此時，難聲橐橐，什麼人深夜漫步歸來，經過這間女生宿舍？

終於，後花園裡的祕密聚會也帶走了蓮漪，啓發了少女滯閉的心靈：

> 「這回我就是不能叫你們大家夥兒稱心如意！我要退婚！立刻就退！」
> 所有人都放下筷子，想仔細傾聽她。包括牆上的老鐘，爐裡的媒塊和衝
> 撞在屋簷枯枝間的深秋。[5]

像杜麗娘於官衙裡住了三年之後，偶然踏進了後花園，在青春的誘引之下，第一次發出了要求自由的心聲。這荒蕪的祕密花園啊！是想像世界裡最迷人而富有神祕氣息的地方，周圍高高的圍牆環抱著它，濃密交纏的花梗向四面舒展，交錯蔓生的枝條，編織成一幅幅輕薄搖曳的簾子，樹枝垂下長長的卷鬚沿著一棵樹攀到另一棵樹，築成了一道又一道亮眼的天橋。修長的叢蔓宛若層層朦朧的紗幕，這片靜謐的土地，正展現著有史以來最神奇美麗的姿容。盛開的百花，成雙的鴛燕，迷惑少女一步步走進這危殆的禁區，「怪不得如此靜寂，我是多少年來第一個站在這兒說話的人！」長期幽閨禁閉的積鬱，一時間傾筐倒篋而出：

> 你道翠生生出落的裙衫兒茜，豔晶晶花簪八寶填；可知我常一生兒愛好
> 是天然，恰三春好處無人見。不提防沉魚落雁鳥驚喧，只怕的羞花閉月
> 花愁顫。
>
> ——〈醉扶歸〉

> 原來奼紫嫣紅開遍，似這般都付與斷井頹垣。良辰美景奈何天，賞心樂
> 事誰家院！（白）恁般景致，我老爺和奶奶再不提起。（合）朝飛暮

5 潘人木，《蓮漪表妹》（臺北：爾雅出版社，2001 年），頁 96。

卷，雲霞翠軒；雨絲風片，煙波畫船。──錦屏人忒看的這韶光賤。

──〈皂羅袍〉

在大好春光的感召之下，她的青春與自我意識覺醒了。從此只知執著於自由和幸福的追求：「這般花花草草由人戀，生生死死隨人願，便酸酸楚楚無人怨。」她不滿於自己的處境，想找尋這痛苦的根源。她憧憬著理想，卻找不到出路。心靈的美妙花園，一旦開啓，就會不停地綻放驚人的鮮豔與活力。人生從此隨處轉身便見到小徑、涼亭、石凳、花盆，一群正在成長的小花兒隨著溼潤的泥土，散發著陣陣撲鼻的清香。陶醉其中還不經意地發現了許多尖細的嫩芽兒。這是一座會微笑與呼吸的新鞦韆，在美麗與罪惡之間擺盪。

「小漪，你敢不敢去後花園看看？」
「怎麼不敢？如果是荒荒涼涼的，說不定有『天天兒』（一串串紫色和淺綠色的野生漿果。）哪。改天找個放假日子我帶你去。」說著還枉然的踮起腳來做探看的樣子。[6]

如今這座王府變得沒有王法了。但依然是一部很好的教材，小女孩們在月下祕密品嚐著生命的多重滋味。她們偷來了一座花園，這花園不屬於任何人，她們需要它，也合力照料它，從此沒有人有權利將它奪走。就像王爾德筆下的小夜鶯、《祕密花園》裡的知更鳥，牠們屬於這美麗世界的一環，任何人也無法將牠們抽離這樂融融的荒園。小動物們永遠是童話世界裡的主人公，築巢的鳥兒、好奇的狐狸與溫柔的兔子，機伶的松鼠與頑固的甲蟲……這個葉莖間擾攘的小世界，對映出人心的荒蕪，那個名實不符的學生迎新大會，利用蓮漪的虛榮感，將她推進了謊言與罪惡巧築的

---

[6]同註5，頁102～103。

深淵，作為她精神上另一面的「我」，只能無奈地將視覺拉到與牆角上的一隻蜘蛛等高，只有從這個高度才能好好地看清楚自己年輕時是怎樣地衝動和愚騃。

　　每當那只裝著訂婚首飾的潘朵拉盒子被打開的時候，小說裡的「我」知道有千百雙眼睛都朝這邊投射，彷彿到自己在長高，高得要頂到天花板了。潘朵拉的內心出現了兩種聲音：善妒、貪婪、愛美的白蓮漪不計後果地要打開它，取出裡面的黃金和珠寶來與她的對手別瞄頭，於是盒子裡預藏著因友情與愛情帶來的憂傷及災禍，反噬了這個管不住自己的女神。這時，另一方屬於理智的聲音，提出了要求：

> 「小漪！你把那首飾盒交給我吧！」
> 她做事情，並不是不知是非，只是控制不了自己，「做了再說」，不計後果。
> 她無言的望望我，沒問我為什麼，也不必問，乖乖的遞到我手裡。
> 「費心了。」
> 接過越來越輕的盒子，感慨萬千。不知道這個「遊戲」──裝闊的遊戲──何時才能停止。蓮漪當初一點這樣的企圖也沒有啊，卻一步一步越走越深。[7]

　　打開了盒子隨即又後悔的潘朵拉，內心出現的兩個自我，化身成這部小說裡的一對表姐妹，她們相擁歎息，感傷成長道路上，處處隱藏著教人迷失方向與受盡屈辱的陷阱。唯有童話定義裡的自然天地，才是小女孩心靈短暫的避風港。

> 我也不耐大禮堂裡陣陣壓向胸窩的空氣。我要溜到外面看目蝙蝠在黃昏

---

[7] 同註 5，2001 年，頁 110。

裡怎樣翻飛盲撞，蟋蟀在秋草裡如何悲鳴。或者信步走到校門外，奔向
那敲著小銅碗賣胡子糕的小販，從他的破布口袋裡摸出個彩來，我早就
坐在那裡盼望著這些啦！[8]

　　然而，每個清晨與深夜，那個祕密花園逕自呼喚著小女孩，它用鏡相
開放的花朵地毯迎接她們逐漸地深入成長的禁區，她們依然是任性而壞脾
氣的孩子，面對這奇異的具有誘惑的叢林，有時也禁不住渾身顫抖、淚流
滿面。許多個無眠的夜晚，蓮漪不能休息，像一隻被騷擾的蜜蜂，不安地
來回踱步。耳邊又傳來「硬麵──餑─餑」的叫賣聲，這聲音關聯著某一
件事，使人立刻警醒。花園裡的簇簇紫紅與金黃，攪動了她心中原本的秩
序與平靜，令她瘋狂地想要擺脫自小訂婚的枷鎖，眼看著燦爛的、自由
的、愛的花朵到處開著，她卻是如何的煩悶！連冷清而憂鬱的九龍壁，都
像是誰給它訂了親似的，雖然不住地翻騰，卻始終逃不出那長長方方的壁
面。

三、

　　「街上鬧學生了！鬧學生了！」一個鄰居的小孩跑來報告。
　　「這些孩子每人手裡都拿著小旗兒，一舉一舉的喊口號。我費了好大的
　　勁兒才看清楚蓮兒的小旗上寫著：『打開我們的枷鎖』！」爸爸繪聲繪
　　影地說。
　　「打開什麼？」舅媽急著問。
　　「打開像犯人帶的『大枷』的東西。」爸解釋著。
　　「那她是帶了大枷去鬧嗎？」舅媽聲調裡又有眼淚了。[9]

　　自我再度分裂成兩首迥異的生命之歌。蓮漪不斷地以首飾盒裡象徵婚

---

[8]同註 5，頁 67。
[9]同註 5，頁 163。

姻枷鎖的禮物來換取她的虛榮與平衡她的自卑。她回來了，在那祕密之地開的祕密之會的祕密色彩也掛在臉上了。而在此同時，另一個自我卻選擇了回到寧靜如昔的家，她拒絕了祕密花園，只想永遠做個長不大的小女孩，像往常一樣，星期六回家時，若母親不在家門口等望，只要一按門鈴，立刻會聽見小妹一邊唱，一邊和著小花的腳步，像炒豆一般爆到門口來。在客廳內，那古老的時鐘旁，衣架上掛著爸爸的舊水獺皮帽子，妹妹的紅色圍巾。這一切說明了，家裡萬事如恆，就像天空裡的行星，按著軌道正常地運行。她聽爸爸的話，當個乖女兒，爸爸說：「『打開我們的枷鎖』，這句口號，我倒贊成，意義也挺廣泛的。不過要留意，打開了一個，別再套上另外一個。今天，我全看見了，怪不得嚷嚷著遊行遊行！男男女女的緊緊的跨著胳臂兒，有的嘻皮笑臉，有的得意洋洋，像這樣，男女授受不親的枷鎖固定是打開了，卻不想過於隨便也是一種枷鎖啊，而這種枷鎖一旦套上是不容易打開的，因為它披的是自由平等的外衣。」[10]

家門之外，那個披著自由外衣的少女，是作家的另一個自我，她此時正在踥蹀不安的北風中，急躁地找尋安息的幽靈。那狂熱呼喊的聲音與動作，由匆匆翺翔空隙的麻雀看來，一定以為人們發瘋了。枷鎖解開的那一刻，她聽著表姊把信一念再念。發抖的請求，發抖的雙手。紅色小臉迎接著滾下的淚珠，這不是哭的淚珠，也不是笑的淚珠，而是分明看到愛神扛著枷鎖的矛盾的淚珠。

蓮漪的小紅嘴兒微微上翹，她烏鴉翅膀般的頭髮像稍有凌亂，這是她情緒受到困擾時的標誌。憂傷時，她哭；快樂時，她跳著笑著，擁抱別人，而今她的情緒十分複雜，長久以來抗拒的婚約，在彬彬有禮而且深情款款的理解中，得到解除。但是她卻僅是向空中拋著自己的枕頭，當枕頭將要落在一盆洗臉水之前，她又用雙手接住。室友搬走後留下了一幀釘在牆上的動物照片，上面是一隻長著彩色羽毛的蜂虎鳥，此刻只餘右角的一

---

[10] 同註 5，頁 163。

枚圖釘，並未掉落，止於搖擺。蓮漪起身將那斜懸著的蜂虎鳥，一把拉
下，於是它固定在牆上的最後憑藉就脫落了。

> 「牠應該有一個面對天空樹木的所在了！」
> 「我現在什麼都不怕了！我可以做任何事情了！噢！」收起眼淚，她兩
> 手做飛翔狀，頭髮更像烏鴉翅膀了。[11]

　　祕密花園裡的靈魂終於得到了自由的翅膀，就像自主的知更鳥與小夜
鶯，即使是照片上的鳥，也要掙脫紙張的枷鎖，展翅翱翔。此時天上有麗
日，地上有積雪，麗日積雪兩相輝映，心頭的積鬱也消失了。

四、

　　可是麗日並不會維持太久，童話故事裡照例有個壞女巫，她灑下暴風
雨般的魔咒，使得《綠野仙蹤》裡的桃樂絲迷失了方向，稻草人失去了智
慧，錫人找不到他的真心，最諷刺的是，獅子缺乏勇氣。

　　初春時節，葡萄架旁積了一大堆雪。自從大遊行以後，工友們再不理
會清潔的工作了。就在同樂會曲終人散，大家準備迎接下一次更為擴大的
活動期間，有一天清晨，人們發現一個十分高大的雪人。它雄糾糾地站在
葡萄架旁。這個大雪人大得半里外也可辨清他的面目──酷似長德坊肉鋪
那個掌刀的胖子，就因為彷彿是按照活人塑的，看來尤覺可怕。夜裡，尤
其是在月光下，看起來倍覺驚悚。它的地點選擇得恰好，早上和白天陽光
都照不到它，只在太陽下山的時候，投影在它的左額上，留下一些樹枝的
影子，好像一隻灰色的巨掌，正撥動它的眼皮，彷彿用陰森森的口吻說
著：「睜開眼睛吧！」

　　這雪人真正可怕的地方，是它手裡握著一把「雪亮」的刀子。不只一

---

[11] 同註 5，頁 192～193。

夜，不只一次，不只一人，當祕密集會有什麼驚人的決定；當戀人們正想說句深情的話；當時人們對著枝椏編織靈感，或者賭錢的同學正擲下最後一堆賭注……，據說，總會不知不覺想到那雪人，彷彿它就在身後站著一般，使人索然無緒，感到一切嗒然窒息。甚至有人說，當你看那雪人時，它的眼珠朝下看；當你不看他時，它就瞪著眼睛在望你了。最恐怖的謠言說它會跟蹤。有人獨自走路經過它，曾聽見它柔軟的腳步，並且看到月光下一個龐大的影子。

　　那些日子，惡魔支配著、驚嚇著人們，彷彿長德坊胖子手中那雪亮的快刀，倏的一聲，把肉切得比紙還薄。這壞女巫的使者、討厭的傢伙是誰塑的？為什麼我們不去推倒它？太陽怎麼正好照不到它？這些問題既無人敢問，也無人能答。因為風聲鶴唳的局勢中，誰若是對某一問題特別關心，都可能引起兩個敵對陣容的紛爭。

　　這樣一個巨大的惡魔，躲在人們心底，成為一道陰影，那是小孩長大之前，心靈所負荷的無情壓力。

　　「你啊，你的感情像一樣東西。」
　　「像什麼？」
　　「那雪人！喜歡躲在自己的陰影裡，一露光，就化了。」[12]

　　後來，雪人倒了，蓮漪的感情卻依然躲在冰雪的王國裡，假裝自己是那洋裝書「*My Story*」裡自尊高傲的小公主，輕易不肯露出對於愛的渴望與追求。因為她的對手正是以黑影裡的強光為藝術手法，塑造出來的游曳與曖昧的剪影。

　　積露在笑。她丟下吸了三分之一的香菸，過猛地一踩，熄死腳下，仍是微微一笑。她常常笑，這樣的笑能夠遮掩一切，回答一切，包涵一切。

---

[12]同註5，頁218。

於是，笑就是她最漂亮的財產。

如此神祕而令人不安的笑，使得蓮漪實在無能招架。因此，當白安與積露走在蓮漪背後時，她只有以亢奮的話語來掩飾心中不知所措的情緒。她不知哪來那麼多的話，說得沒完沒了，一路上就這麼不停地，毫無忌憚的見車談車，見馬談馬。像著了魔似的。然後她們走進書店，白安、積露也跟著進去。蓮漪掩飾不住想獲得白安青睞的渴望。

「你們有經濟學原理下冊嗎？
「你們有貨幣銀行嗎？」
「你們有成本會計嗎？」
「你們有經濟月刊嗎？」
她這一連串的索求，都得到滿意的供應。但在她稍加翻閱之後，看見白安他們離開了，就決定前三種不買了，只買了最後一種，不買一本不好意思，而經濟月刊是最便宜的。[13]

而後那本付了錢的經濟月刊，竟然掉了！這難道是宿命的惡兆？

在校園內兩派勢力激烈地短兵相接，衝突一觸即發的時刻，白安向左右一指，在他周圍確實也有不少人。然而其中最迷人耀眼的一道強光，依然是沈積露。她毫無緊張之色，只是微笑著，深情款款的注視著白安的一舉一動。這深情的假面具，將在她的丈夫白安過世之後，才得以揭露，她是英勇的、資深的共產黨員，是代表延安調停國共停戰的副大使，一旦紅朝當政，則隨處可以見到她各種裝束的照片，而表情仍是一貫的微笑。蓮漪不禁想起：「要是沒有這個沈暢同志，我的一生將有怎樣的不同？」[14]她還能窺見祕密的後花園嗎？又有誰來誘引她打開潘朵拉的盒子？釋放一切的疾病與災禍，最後僅留下一絲「希望」，讓她的表姊替她好好地收著。

---

[13]同註5，頁153～154。
[14]同註5，頁315。

趙白安病危時，可愛而傲慢的小公主突然變成了一隻老鼠！這《綠野仙蹤》裡的田鼠女王，「長出鬍鬚了，長出尖牙了，長出尖耳朵了，長出圓眼睛了。」這樣的變形，一切只爲了打探、詢問、偷聽、偷看心愛的人。原來每個初戀少女既是公主，又是老鼠！「我不齒自己，又管不了自己。心想等這件事過去，我再恢復自己吧。」小老鼠躲在牆角，每天遙望著頭等病房裡，顯要的貴賓來往穿梭。「我私心深覺與有榮焉。」[15]

白安死後，小公主並有恢復原來的形象，那燦爛的陽光依然背棄著她，不爲她裝點絲緞長裙和金色光環。而命運之神竟將她捆扎成一束活生生的稻草人！

依舊是早晨的太陽照不到的角落，令人想起當日校園裡葡萄架旁冰冷的雪人。這凝聚多少恐怖與不安的角落裡，束著一個扎實的、襤褸的稻草人，它單腳挺直，手裡執著又粗又鈍的耙子，可憐它比其他的稻草人更加愚昧。周身的小麻雀嚇不倒它，一群孩子確真有意要置它於死地。小同志們以彈弓、石頭射殺它，訓練戰技的盲童隊長「一刀飛出，正插在稻草人的腦門上。」孩子們爲他鼓掌。這溫和可親的草人啊！爲何總是找尋不到生存的智慧，而一再地受到致命的傷害？蓮漪驚慄萬分地跪下雙膝，希望自己是帶領稻草人的陶樂樂，尋找森林的出口，家的終點。「若我能回到家，一定立刻跪在地上，發出我最莊嚴的誓言……可是低頭一看……原來我的身上已黏滿了乾草，彷彿活生生的稻草人了。」[16]

五、

白蓮漪帶著小瑪莉的驚歡與興奮，環視著祕密花園裡的一切，隨後逐漸體驗到小夜鶯爲真愛所付出的錐心的代價。因爲禁不住摘採了智慧樹上的禁果，她幾番沉淪，幾度迷失。生活就像陶樂絲的紅寶石鞋，始終找不到回歸的路。她口口聲聲說要回家，但是成人世界裡有那麼多險惡、狡詐

---

[15]同註 5，頁 312。
[16]同註 5，頁 317～318。

的陰魂，網住了眼前的道路。她希望沿著童話國王所指引的黃金地磚，找回成長中失去的青春、美麗和快樂，結果卻是獨自一人奔跑、仆倒、奔跑、仆倒，直到跌入煉獄。直到她的孩子在她面前滾落山崖，直到這世界完全靜了下來。

所幸，找不回青春，仍有一個人摸著她的頭髮說願意陪她度過又老、又醜、又不快樂的生活，直到永遠。終於，祕密花園裡的魔咒被解除了，他們再度打開這深鎖的荊扉，走了出來，原來花園外的世界是如此幽靜而僻寂，這兒有一座座雲霧瀰漫、聳入雲霄的山巔，每當旭日初升，陽光射向山頂裡，群山瑰麗的景色便得一覽無遺。此時雲蒸霞蔚，彷彿整個世界現在才誕生。

參考資料：

- 潘人木，《蓮漪表妹》，臺北：爾雅出版社，2001 年。
- 普魯斯特，《駁聖伯夫》，臺北：國立編譯館，1997 年。
- 法蘭西絲・霍森・伯納特（Frances Hodgson Burnet）：《祕密花園》（*The Secret Gardena*），臺北：啓思出版社，2004 年。
- 法蘭克・包姆（Lyman Frank Baum），《綠野仙蹤》（*The Wizard of Oz*），臺北：小知堂出版社，2002 年。
- 奧斯卡・王爾德（Oscar Wilde），《王爾德童話全集》，臺北：大眾出版社，1962 年。
- 海德等著，《希臘神話故事》，臺北：星月文化，2003 年。

——選自《資深兒童文學家——潘人木作品研討會論文集》
臺北：中華民國兒童文學學會，2007 年 2 月

蓮漪表妹，你往何處去？

再寄潘人木女士

◎齊邦媛

　　進入了月曆的秋天，我終於拿起電話找她。有時是上午，有時是下午，也有時是晚上。都沒有人接。我就給自己寫了五顏六色的小貼紙，黏在書桌上，上面寫著 call 潘人木，call 潘人木……。

　　突然間，她的照片和去世的消息就從報紙上看著我。

　　我竟然這般惆悵，這般悔憾，爲什麼延挨到秋天才找她！

　　有人知道我不看電視，以爲我也不看報紙，電話來告訴我：「你不知道蓮漪死了吧？」

　　我說：「你是說潘人木去世了。」我接著想說，蓮漪是不會死的，人類的心靈感覺不死，文學就不會死。

　　但是我怎麼知道未來文學的變貌，政治正確的標準數年一變，讀者興趣難以追隨，怎麼知道《蓮漪表妹》這本六百多頁的小說將如何存活呢？

　　1988 年，在紀念抗日戰爭開始的 51 週年紀念日，聯合副刊登出了我讀潘人木作品的〈烽火邊緣的青春〉一文，那時蓮漪已爲文壇熟知三十多年，我是將她與我一年前寫的〈與時代若即若離的《未央歌》〉作對照，想說的是文學創作應如何「忠」於時代──八年抗戰的時代。這兩本以大學生活爲主題的著名小說卻敘說著全然不同的故事。

　　《蓮漪》中的人物是東北流亡學生，已嘗過家破人亡的傷痛，集體唱的歌是「巨浪，巨浪，不斷地增長」，在日軍的進逼和共產黨誘惑的雙重巨浪中，許多青年人渾渾噩噩地滅了頂。而《未央歌》中的俊男美女，原

即是家境較好，會讀書的好學生，聯考分發到全國最好的西南聯大，幸運地來到中國西南，四季如春，戰火未燒到的昆明，在桃花源似的校園上，享受「自然、自由、自在」的學術薰陶，嬌柔可愛的女主角唱的是〈玫瑰三願〉……。

初版於 1959 年，厚達六百多頁的鹿橋《未央歌》，至今已經印行近百版（？），仍在臺灣許多書店占長銷書位，而《蓮漪表妹》雖已在純文學出版社收束後由爾雅出版，卻無此幸運。茫茫未來歲月中，蓮漪苦澀的故事會遭到二度漂流的命運嗎？蓮漪，你往何處去？

前幾年《未央歌》作者鹿橋在盛大歡迎中，回到臺灣。在南開校友會後留我說話。他對我文中批評女主角坐父親轎車上學的「非藝術」態度很不高興。我向他道歉我不夠瀟灑，每逢提到抗戰我就瀟灑不起來，實在也算不上什麼理智的文評者。鹿橋說：「我本來就不是寫抗戰，我寫的是樂觀、靈性的美，這一點，你在南開六年，應該懂得！」

我是懂得，只是，誰真正潛心誠意地寫那八年血淚的日子？潘人木在1985 年《蓮漪表妹》的純文學重印版代自序〈我控訴〉一文開頭就說，這書不能算是抗戰小說，也不能算是反共小說，她「全身上下沒有一個政治細胞」。在抗戰期間，她由北平到重慶，勝利後──由新疆回北平，並遠走熱河，歡愉不多時，竟浮海逃共來到臺灣，看盡了理想破滅、身心摧殘的同時代青年男女，萬丈豪情，「到頭來卻只是一場空」。她強有力的精練文字寫活了一個虛榮任性的蓮漪，她幻滅的故事將性格與命運緊密地交織在殘酷的政治鬥爭中，是一本一旦讀過即難以驅散、遺忘的書。

之後的 35 年間，潘人木不寫小說，專心去主編、撰寫教育部的兒童讀物近百冊，主編「中華兒童百科全書」，教育影響了無數成長的心靈。她退休後，我曾請她寄給我一些她的童書代表作，我認真地讀了十多本，看得出她外文系訓練的寬廣想像力，配合她優美機智的文字，投入細緻的觀察，對有一些慧根的兒童應是很好的文學啟蒙書，更增我的敬佩。

她的第二本小說《馬蘭的故事》出版在 1977 年，仍是 560 頁的巨著，

前面 100 頁幾乎全是寫東北家鄉村鎮風光，我認為是近代文學寫景最好的文字，它的故事鋪展稍慢，結束又太匆忙，巧合也太多，看到它的序〈當圍巾也嗚咽〉才明白，書寫未終作者驟遭喪夫之痛，野心也只得收束付印。

可是她的短篇小說中瑰寶藏珍甚多，除了已出版的《哀樂小天地》外，1986 年我在筆會英文季刊英譯她的〈有情襪〉看到那樣赤誠忠愛的老僕冒死去為他吊在公審場上老主人穿上襪子，我們全都熱淚潸潸。十年後我們又譯她的〈想我紅邊灰毛毯兒〉。這之後的日子，每次我看到她或通電話，總是催她把想寫的快寫，如頌主聖歌所說：「趕快工作，夜來臨！」

剛剛意外地在《人間福報》上看到潘人木寫的新作〈一「關」難渡〉大為驚喜，影印贈友，好文共讀，誰知數日之後即得她逝世消息。據她女兒英台告知，此文是今夏尚不知得病時所寫——怎麼可能在病魔已在摧毀之際寫出這樣的文學精品——由自己腳步聲聽出老年的孤獨，由孤獨去餐館吃飯，承認只有一個人而自生求活的勇氣，是渡出一關，「喜不自勝，驚不自勝」。這樣精采的文章，真可說是如此作家的天鵝之歌。

今後我走在東區逸仙館的人行道上，會想起不僅是蘭熙、海音，還有潘人木了，想念那些聲音，那些談文論藝的好時光！

（潘人木追思會，今日下午二時在臺北市建國南路二段 125 號市立圖書館十樓會議廳舉行）

——選自《聯合報》2005 年 11 月 20 日，E7 版

萬同的牛肉乾

潘人木的大時代小說《馬蘭姑娘》

◎保真[*]

　　潘人木女士的長篇小說《馬蘭的故事》是一篇充滿摯情的大時代小說。讀《馬蘭的故事》，書中人物再三震撼了我，他們都是那樣有血有肉的活人。

　　主角馬蘭是一個法官的女兒，16 歲就陰錯陽差的被嫁給了縣長的兒子黃禮春。禮春癱了一隻手，是個壞蛋，老是懷疑馬蘭。抗日戰爭前夕，禮春與馬蘭流落北平，禮春自己入中學讀書，馬蘭在家中無依無靠，自行賣報存錢。

　　由於貧窮，她每天早上喝一碗杏仁茶，中午不吃，晚上吃一個窩窩頭配兩片鹹菜。有一天終於昏倒了，醒來時發現同住一個大院的趙教授和表姪萬同在照顧她。馬蘭認出萬同就是自己小學班上的同學。

　　趙教授關心馬蘭的身體，說她因為太虛，流產了，叫她以後來家裡教小孩讀書，每個月給她 20 塊錢。馬蘭既歡喜又害怕禮春知道。於是她日積月累，攢了 200 塊錢。哪曉得北平學生上街示威，禮春給軍警打傷了。醫生說可以順便幫禮春殘廢的一隻手開刀，馬蘭出了 200 元手術費。出院時，醫生告訴禮春開刀的始末原委，一回到家，他就發瘋似的翻箱倒櫃，說「能白給人家兩百，就證明妳有兩千！」嘴裡不乾不淨的罵馬蘭、罵趙教授和萬同。

---

[*]發表文章時為《青年日報》副刊「靜夜鐘聲」專欄作家，現為中興大學國際農學碩士學位學程副教授。

　　禮春的學校要南遷，他把馬蘭託付給先前痛罵過的趙教授。盧溝橋事變，日軍進占北平。馬蘭正慌亂，只有趙教授不慌不忙，他採買了麵粉、大米、玉米麵、煤球，還問馬蘭愛吃哪種鹹菜。

　　萬同突然跑來了，他直截了當的告訴馬蘭：「你收拾收拾，我這就去天津問輪船，有票就買，有船就走。妳跟我走。」他的話讓馬蘭瞠目結舌，心中充滿驚詫與溫暖。

　　萬同都幫馬蘭想好了，她改名萬玉，和萬同是兄妹，到天津去探望生病的舅舅。這是預防路上盤查時說的，日本人最恨逃往後方的學生，認為學生都是抗日分子。

　　兩個人上了火車，萬同讓馬蘭坐靠窗的位置，向隨車小販買了四塊牛肉乾，三塊較大的給馬蘭。當他掏錢時，馬蘭注意到萬同的褲子紋路磨平了，一隻袖口的扣子也掉了。

　　馬蘭捨不得吃牛肉乾，萬同直叫她吃。她說「挺貴的」、「頭一回坐火車有零嘴吃」。後來她撕下一條吃「沒想到牛肉乾這麼好吃」，馬蘭望著車窗外農村景致，心頭湧上一陣泫然欲泣的酸楚。她隨之產生了幻想，還要讀中學大學，將來要教書，日本人趕走後把爸爸接來一起住。她轉頭對萬同說：「到天津，我給你把扣子縫上。」這個女孩的臉發熱了，萬同給了她幸福的幻想，但這是在逃難的火車上。馬蘭的願望能實現嗎？

——選自《中華日報》，1998 年 5 月 26 日，16 版

當圍巾也嗚咽

◎潘人木

　　《馬蘭的故事》原名《馬蘭自傳》，是我三十多年前的舊作。未出過單行本。整理並改寫這篇舊作是去夏（1986 年）旅美時住在長女家開始的，那時候我的丈夫宇平先生還活著。

　　每天早飯一過，兩個雙胞胎外孫提起午餐盒上學，跟我們說：「回頭見，鱷魚。」我們也回說：「待會兒見，鱷魚。」[1]家裡只剩下我們兩人。他就到花園裡工作，我就寫這本《馬蘭的故事》。我的工作是一項大工程，他的工程比我的更大，他在修一道「萬里長城」。那是用幾萬個小卵石砌成的一條甬道。由車房後面起，沿 150 呎寬，450 呎深的橡樹林邊緣，蜿蜒曲折達到他的「蔬菜區」。因為是山地，工作異常艱難，為了整地，往往一天工夫只挖出一塊大石頭。可是我的馬蘭還沒寫好，他的萬里長城居然完工了，沿途還移植了一排山茱萸（也就是狗木）。當天我們三代六口在那上面走了好幾回，仍意猶未盡。

　　家中每一扇窗都是一幅畫，而且是活動的畫。無論多夏，頭頂的天窗外永遠是「一方」橡樹枝搖來搖去，搖出一片灰，搖出一片淺綠，又搖出一片濃綠。書房的窗戶臨前院，窗外那棵山茱萸的窈窕嫩枝每天都往前伸展一點兒，像是要來敲窗，告訴我松鼠在它身上跳呢，告訴我秋天最先紅的不是楓而是它。我們倆都特別喜歡這種野生的白種山茱萸，喜歡它的飄逸俊秀。白色的花雖著花不多，但錯落有致，一家人即使在暮色沉沉中開車歸來，老遠就隱約見它們閃爍如疏星。

---

[1]這是一般美國小孩說再見的頑皮話：　"See you later, alligator!" "After a while, crocodile! "

每天在自己的樹林裡做森林浴，每天在自己的樹林中看鳥，居住環境如此，他還有一點點的不滿意：

「要是自己的房子，書房臨後院要開一扇大窗戶，也好讓我工作的時候，能隨時跟你打個招呼。」

其實我們每天都有一定「打招呼」的時間，這個時間就是散步時間。對於這個時間我們兩人都像當年約會那樣的盼望。放假的日子若不遠行，就在上午散步，一般日子在下午。每到這個時候，他就把兩隻泥手洗乾淨進屋來，明明是興致勃勃，卻輕描淡寫的說：「走嘍！」

於是我擱筆，拿鑰匙，穿鞋。

他穿上有著大口袋的夾克，裝些零食水果，也許是玉米片、杏仁，也許是桃李之屬。定不可少的，還要拿上一條格子圍巾，那是我們的「散步圍巾」。

我們散步有一定路線而且各有其名，各有其主要的「景點」。

「今天走哪一條？」

「胡拉圈吧！」

胡拉圈是指一個大圈──由住宅出門向左，穿過小山崗、小孩校車車站，到另一個社區，經過一段交通繁忙的主要公路，繞個大圈從住宅右側密林中回來。這一趟走下來需時一小時半，主要的景點是「千樹椿」。這個名字是我們兩人給取的。千樹椿是一個人家，沒有草地，只有上百棵合抱大樹，但全部只剩下樹椿，年輪清晰存在，樹椿表面還有黑字，像是人家訂購了。這是幹麼的呢？我們在此鋪上圍巾坐下來，吃點零食，推測一番，糊塗一番；下次來再推測一番，糊塗一番，並不真想得到結論。

「今天走哪一條？」

「光頭餅兒好啦！」

光頭餅兒是故鄉東北一種哄小孩的圓形小餅乾。這條路是一個小回眸圓圈。主要景點是「野菊花」，其實那只是別人扔在蔓草中的一盆死而復活的黃菊，我們卻口是心非地硬說它是野菊花，每次去都懷著探望遠親孤

兒的心情，數它的葉子，數它的花苞，回到家有時還爲所得數目的不同起
爭執。

如果說今天走「鐮刀把兒」，那表示他當天興致特別好，要去看馬蘭
草，我也順道買些牛奶麵包果汁雞蛋什麼的。所以走這條路的次數最多。
鐮刀把兒也就是我們出入社區必經之路，出門向右，大概要走 500 公尺的
坡路，一路梨花夾道，垂柳成蔭，走到盡頭右轉，經過一棵千年古松，幾
戶人家，再向前兩百公尺，就有一間孤零零的花店。花店的前後左右都是
花圃，這裡是他散步的終點。

花店前有一塊大石頭，他見了這塊大石頭像回到另一個家一樣，把圍
巾鋪在上面，拍拍比較平坦的部分叫我坐，他自己挨著我坐不平的部分。
這塊大石頭旁邊長著一叢久違的馬蘭草，自然它就成爲我們此路的主要景
點了。每次兩人都對著它思前想後老半天。

不過我還要單獨向前走，去一間小店買東西。他坐在石頭上等我。這
段路雖短短一百多公尺，卻步步上坡，他的體力負荷不了。每次上坡前，
我會轉過身來，面對著他，倒退幾步，跟他揮揮手，有那麼一點點放心不
下。進小店買東西也全然無心，自覺舉動像啄木鳥吃蟲那樣，快速地東撿
一樣西撈一把，及至結了帳，手捧紙袋往回走，遙見大石頭上小老頭仍安
然坐在那裡，還笑著跟我打招呼，就有一股失而復得的激動擁塞心頭。

重又坐在石頭上，聊著久已沉澱的、臨時浮現的話題。他掏出零食以
犒賞的神情遞到我手裡。如是橘子，我們分享兩個；如是玉米片、杏仁、
花生米，他自己不吃，只一次一小把的給我。自從 49 年前兩人只顧坐著聊
天兒，他給我買的一包零食被野狗給拖去吃掉，他就採用這個方式了。

天涼了，下雪了，胡拉圈兒、光頭餅兒不再走，那兩條路樹林太多，
一陣微風就驚天動地的淒涼，只走鐮刀把兒，因次數太多，那塊大石頭遠
看竟然有些像我倆相偎的雕塑了。

我注意到他遞給我零食的手僵硬著，顫抖著，我欠身要把圍巾抽出
來：

「你圍上它吧！」

「我的脖子不冷，幹麼圍圍巾？」他阻止我拿圍巾，並把我的手拉到他夾克口袋裡暖著。

「下次出來記得戴手套。」

「戴上手套，手就像假手，沒感覺，幹麼戴手套？」

就是這樣天天散步，天天寫我的馬蘭，寫那個背著沉重包袱上山的馬蘭，那個百煉金鋼的馬蘭，那個可能是創造這個時代許多幸與不幸的人的愛人、母親或祖母的馬蘭。

然後有一天，他突然去世了，就在我的眼前去世了。一刀割斷了我賴以生存的感情世界。這個世界漸去漸遠。讓我總覺著其錯在我，好像是我欺騙了他，把他丟在那鋪著圍巾的大石頭上，讓他空自盼望，而我卻從另一條路溜掉永不回頭。這種感覺幾乎殺了我。

此後不會再有同樣的散步了。什麼胡拉圈兒、光頭餅兒、鐮刀把兒都變得毫無意義，不值一提的愚蠢。但馬蘭的故事終於完成，我必須完成，因為裡面有太多的他，太多的我們。

他的眼鏡，他的集郵鑷子，他那有大口袋的夾克都陪他而葬，唯一要保存的東西，就是那條散步圍巾。若是沒有它，當我走在「萬里長城」上，看山茱萸開遍，看大石頭兀立在馬蘭草旁，用什麼擦眼淚呢？

當圍巾也嗚咽，又有誰擁抱它呢？

民國 76 年 11 月　於臺北

──選自潘人木《馬蘭的故事》
臺北：純文學出版社，1987 年 12 月

一棵堅韌的馬蘭草
《馬蘭的故事》所顯示的道德情操

◎琦君[*]

　　《馬蘭的故事》原名《馬蘭自傳》，是潘人木三十多年前繼《蓮漪表妹》之後的第二部長篇小說力作。二書都由作者用心改寫，由純文學出版社先後於民國 74 年 1 月與 76 年 12 月，以嶄新面貌問世。使這兩部極具時代意義的好書，不致埋沒，實爲萬千讀者之幸。

　　《馬蘭的故事》的時代背景，是從民國 16 年左右九一八以前，經過八年抗戰，到民國 38 年左右大陸變色的這段期間。內容寫馬蘭自 8 歲至 30 歲左右。從瀋陽、臺安而北平而臺灣。二十多年中所受戰亂流離之苦，加上不幸婚姻的掙扎；更包含了一段出人意表，催人熱淚的親情故事。

　　初讀時，我彷彿在讀一部曲折的奇情小說。爲馬蘭的遭遇而不平。爲她對父母的孝心，和包容惡人的愛心而感動，乃至哀樂難以自主。心潮起伏中讀畢全書，稍稍沉靜一段時間以後，再用手指點著一字不漏地從頭細讀。我除了激賞作者的智慧才情所灌注於本書的藝術價值之外，尤不能不讚佩她那一份崇高的道德情操。

　　我認爲作品所顯示的道德情操，是比技巧尤爲重要的。因爲一部真正好的小說，不只是以情節取勝，引讀者的好奇心或哭與笑，而是使你透過情節和書中人的一言一行，反覆深思那意到筆不到的含義而永遠難忘。至於對千錘百鍊的文字功力之欣賞，自是不在話下了。

[*]琦君（1917～2006）散文家、小說家。本名潘希珍。浙江永嘉人。發表文章時與夫定居美國，專事寫作。

　　我不是文學評論家，不會引用文學理論來品評一部小說。我相信一位誠懇的小說家，一定是由於胸中有一股「不能已於言」的熱忱而不得不寫，絕不是為要表現文學主張而寫。不賣弄技巧而技巧自在其中。故無需依傍什麼文學理論來予以詮釋。因此，我只就個人細讀本書的心得感想，隨筆寫來，期能與同文分享。

　　先將《馬蘭的故事》的內容，作個介紹：

　　馬蘭的父親程堅，帶著妻兒從瀋陽到臺安縣就任縣衙門承審之職。他因心中不愉快，將氣出在幼女馬蘭身上，怪她出生年月不利。給她取名馬蘭，表示她像馬蘭草似的無足輕重。

　　馬蘭天性純厚善良，孝敬父母，友愛姐弟，雖受盡嚴父責罵和兩個姐姐的捉弄而毫無怨尤。還盡量想討父親喜歡，願代慈母分憂分勞。

　　他們在大虎山下火車換乘篷車去臺安，趕車的鄭大海是個講義氣愛國的江湖人物，當過五天土匪立刻改邪歸正。他同程堅一路上談成好友，到臺安後，程家就在鄭大海家中住下，一住兩年。小兒不幸夭折，縣長太太乃邀程家搬進縣衙門居住。馬蘭因而常去監獄玩耍，發現獄中有個兇狠的死囚李禿子，也認識了大家都喊他「小日本鬼」的林金木。馬蘭一見他就覺得他像是她的弟弟。因相互扔接一把作廢的大鑰匙而成了好友。馬蘭發現他頸下吊的香包小老虎，他說要遵守逝世父親之命，到他 20 歲時才能打開。這事在馬蘭心中一直是個疑團。有了金木的手足之情，馬蘭不再感到孤單寂寞了。

　　兩個姐姐進省城升學後不久，馬蘭也到縣城小學讀書，同學中有個萬同，還有個騎了「雪裡紅」馬來上學的縣長兒子黃禮春。

　　不久監獄發生暴動，原來就是死囚李禿子和黃禮春等勾結裡應外合。李禿子越獄逃亡，遺下無窮後患。

　　馬蘭奉父命與黃禮春訂婚，注定了她婚姻的不幸。

　　守法的程堅因妻子種大煙草憤而辭職，一家搬出縣衙門，住回鄭大海家。不久，嬸嬸也接馬蘭去瀋陽升學，她與金木從此分別，互贈禮物以留

紀念。

　　九一八事變，日軍占領瀋陽，馬蘭離校返家探母，與母親病危談話中，才知自己身世。

　　日軍大舉侵犯東北後，部分散兵與百姓組成抗日游擊隊，鄭大海任裕民軍第八大隊長。馬蘭任自衛團小老師。越獄死囚李禿子竟當了巡查。實際上是與共黨暗通聲氣，企圖阻撓游擊隊工作。

　　馬蘭與禮春匆匆成婚，奉父命二人同去北平升學，卻從此受盡折磨。禮春不許她入學，又偷去她的錢，她只好賣報維生。因勞累過度而小產，賴鄰居趙教授和萬同的照顧，倖免於死。

　　李禿子又來控制禮春，要他參加反政府的學生遊行。繼而指使他遠去南京，為共黨工作，丟下馬蘭不顧。

　　七七事變，萬同護送馬蘭去南京，到天津時，他不幸被日軍所捕，馬蘭只得折回北平。幸老父趕來探望，父女重逢，悲喜交集。

　　馬蘭繼續求學，畢業後教書。民國 34 年抗戰勝利，馬上又是共黨作亂。李禿子利用禮春去臺灣為潛伏分子，乃買船票供馬蘭夫婦到臺灣。馬蘭在臺北鄉間當小學老師，禮春在某單位工作。兩月後產子小復。不久巧遇萬同，喜出望外，即託他打聽林金木下落。

　　禮春偽稱去山地出差而離家，因事發為警方追捕，突與李禿子逃回家中，威脅馬蘭掩護，為馬蘭所拒。至凌晨二人逃山，互起衝突，禮春擊斃李禿子，自己墮河而死。

　　由於萬同的協助，馬蘭終於見到了闊別 19 年的林金木，也揭開他身世之謎，馬蘭終於找回童年時的知己，也獲得最寶貴的親情。

　　現在就本書所顯示的道德情操這個觀點，來談談書中人物。

　　先說程堅吧。在第二頁作者寫道：「無論在誰看來，我父親程堅是個規規矩矩的讀書人。」「行李上都貼著字體工整『程記』的標籤。」

　　舊時代的讀書人，就有著讀書人的性格與骨氣。寫字一筆不苟，就表示做人一絲不苟。他在車站拒絕紅帽子幫他搬行李，不是吝嗇而是他節儉

成性，凡事不願假手於人。他不許女兒買燻雞吃，是因他幼承庭訓，也要
以此教導兒女。舊時代的父親，都是外表嚴厲，把慈愛深埋心底。這種情
形，在我這樣年齡的人，回想童年時父親的神情，都可體味得到，因此讀
來感受特深，也意味得到作者著筆之細膩。

　　程堅常責罵馬蘭是「廢物、討債鬼、討命鬼。」甚至要她拎著包袱在
雨地裡追著篷車跑，使讀者都感到不忍而怪程堅不公平。誰能知道他心中
隱藏著一段不願表白的感情呢？幼小的馬蘭，卻深深體會到了。

　　　不知怎的，每回我聽見爸唱，就要落淚，我恍惚領略到，他有許多隱藏
　　　的情感，不願表達。所以悲悲切切。但我滿身不祥，完全得不到他的歡
　　　心。不能分擔他的煩惱。[1]

他的性格，馬蘭也深深了解：

　　　爸的嘴似乎是生鐵鑄的那麼無情，但他的心未必同樣使人難忍。這是
　　　我在逐漸成長的歲月裡慢慢體會出來的。

程堅內心的感情祕密，在第五章鄭大海對馬蘭講的紅粳米故事中可以知
道。他原是個極重然諾，講道義的君子，為了秦車把（車伕）救他一命，
他就撫養了他三個遺孤。他特別呵護大二兩女，對親生的馬蘭反常加斥
責。給她取名馬蘭是要養成她的謙卑心，「那怕是棵馬蘭草，也要是有點
小用處的人。」[2]他對她愛之深，期之切的苦心，可以從以後的篇章中體會
出來。

　　例如他講謝道蘊的故事給馬蘭聽，馬蘭頑皮地說：「我可以說『彷彿

---

[1]潘人木，《馬蘭的故事》（臺北：純文學出版社，1987 年 12 月），頁 24。
[2]潘人木，《馬蘭的故事》，頁 35。

蘆花滿天飛』，」他噗嗤笑了。[3]表示出他嚴厲後面的慈愛。馬蘭洗衣服時玩胰泡，他看見了，只說了句：「這麼大了還玩肥皂泡。」我可以體會馬蘭當時覺得父親沒有罵她，就跟緊緊擁抱她一下一樣的快樂。

　　他送馬蘭去縣城上學的一段，寫得極為生動。他要女兒朝學校相反向的小橋走過去再走回來，當馬蘭小心翼翼地走回來，抱住父親的腿喊：「爸爸，我又到了。」他一直沒說話，嘴唇顫動著，注視橋下潺潺流水。他對她說：

　　「我是要叫你了解，一個人如果想達到一個目的，一定要經過許多想
　　不到的困難。」

這是全書中惟一的一次，程堅對女兒正面的誨諭。

　　下面的一段話，尤為感人：

　　叫你過橋，也是想再聽你說：「爸，我到了。」你小時候走路比誰都
　　晚，別的孩子會走路的時候，你只會爬，等會走，又總跌跤，從炕頭走
　　到炕尾，費九牛二虎之力，到了炕梢，一定說：「爸，我到了。」像到
　　了天上似的。他牽起我的手，牽到袖口裡面。[4]

寫父親文章最深刻感人的，在我印象中，有徐鍾佩的〈父親〉，和林海音的〈爸爸的花兒落了〉與此段可以前後映輝。

　　其後，為了馬蘭去瀋陽上學，程堅假扮啞巴車伕，把她送到王家屯託給鄭大海送去大虎山，這一段又是劇力萬鈞之筆。尤其是寫一隻黑蝴蝶繞著車子翻飛，襯托馬蘭離家的寂寞。以及由鄭大叔說出啞巴車伕就是她的父親。馬蘭的驚詫、頓足、後悔的一段，真是催人熱淚的父女情。

---

[3]潘人木，《馬蘭的故事》，頁123。
[4]潘人木，《馬蘭的故事》，頁126。

　　馬蘭去北平後，戰亂中，萬同護送她去南京，萬同在天津車站被日軍所捕，馬蘭只得沮喪地折回北平，意外地見到父親。這份悲喜，真個只能意會，難以言傳。益見得作者落筆時情懷之溫厚，她總不忍使讀者也過於傷感吧。作者如沒有這份溫厚情操，就不會有如此感人的布局了。

　　程堅是個規規矩矩的讀書人，也是個守正不阿的法官，平日判案無枉無縱。這一點，作者巧妙地從他妻子口中補出：「不是說要保護沒罪的第一，判刑有罪的第二嗎？」

　　他因妻子種大煙而引咎辭職，搬出縣衙門，足見得他心地光明無欺。

　　他尤其是個民族意識極強的愛國者。日軍占領臺安縣後，縣府張收發當了偽公安局長，要「提拔」他當書記。他義正辭嚴地拒絕了。

> 「我做法官，做個清白的法官。我不做法官，也別想把我拉下去蹚渾水。」[5]

斬釘截鐵的口氣，現示了他凜然的風骨。讀聖賢書，所為何事，程堅於個人的出處進退是絲毫不苟的。

　　作者以語言行為，塑造出程堅這樣一個有骨氣的人，使讀者也不只是欣賞故事情節而已。

　　馬蘭的母親，作者對她著墨雖不多，但無言之美，正顯示了她的隱忍依順。對於一家之主的丈夫的權威，永遠是尊敬服從。這是舊時代女性一貫的美德，她也以此教導女兒。她對女兒的婚姻感到抱歉不放心，但還是勸諭女兒從好處想，盼望禮春能改邪歸正。她病危時對女兒說的話，正反映出她一生做事待人的原則：「這些日子，我想到的都是別人的好，不是別人的壞。」

　　凡是歷盡人生艱辛苦難的人，讀至此，或都將潸然淚下吧。

---

[5] 潘人木，《馬蘭的故事》，頁376。

在母女最後一次談心中，馬蘭知道了兩位姐姐的身世，也知道自己才是唯一的親生女兒，更體會到父親對她「苦其心志」的一片苦心，因而越發心懷感激。

像這樣天高地厚的親情，作者以曲折的情節婉轉寫來，如無一顆體驗入微的心，何能有此迴腸百轉之筆？

鄭大海雖然是個跑江湖的車把兒，但他有強烈的是非感，看不來臺安縣長的無能，兒子的依勢凌人。他愛國，痛恨日本鬼子。可是他不離嘴的煙袋，嘩啷啷的大鈴鐺，嚇得馬蘭當他是紅鬍子，但當她聽他說：「以前用槍做壞事，以後打算用槍做好事，把罪過補回來。」又覺得他由壞變好。馬蘭對鄭大海的感覺是由怕而討厭而恨，最後是她最最敬愛，最最依賴的鄭大叔。

> 看不到鄭大叔，聽不到他洗臉的聲音，像是丟掉了什麼似的。他就像我們家的守護神，有他，我感到安全。

日軍侵占東北以後，鄭大海與民兵組織自衛團，以游擊戰對抗敵人，出生入死，在所不顧，達到了他拿槍做好事，以贖前罪的願望。也發揮了他高度的愛國情操。

作者寫這樣一個江湖好漢，描摹他的口語，非常傳神。

> 「不管怎樣，我鄭大海是王八吃稱鉈，鐵了心了。」
> 「你們要打，我就打前陣。你們要退，我就斷後路。」
> 「他（指日本鬼子）不找我，我要找他。我這輩子就是喜歡聽個響兒。」——「聽個響兒」是他的口頭禪。

他是正義的代表，和越獄逃犯、為虎作倀的李禿子是強烈的對比。「大鈴鐺」是他光明磊落的象徵。在全書中，前前後後出現有九次之多。

　　有一次馬蘭勸他把鈴鐺摘下，他說：「我才不摘呢。別人越是不做聲，我越是叮噹。做壞事的人，一聽到我的鈴鐺，就得遠遠兒閃著。我老鄭可不是好惹的。」

　　鈴鐺時常在馬蘭心中響起，尤其在急難中。當她被李禿子綑綁，苦思能找到一樣可以發出聲音的東西以警告自衛隊時，忽然想到「若是我腳下有個鈴鐺就好了。」[6]暗示無論如何危厄，正義總在人間。讀至此，面對今日社會，不禁令人興「吟到恩仇心事湧，江湖俠骨已無多」之歎。

　　林金木這個小日本鬼，是馬蘭心中的天使，是知音良伴，也是一片純真的手足之情。他給馬蘭第一個感覺是：「眼睛特別亮，彷彿集聚了黃昏時刻所有的光線。」[7]隱喻林金木是黑暗中的一線曙光，點亮了馬蘭的心。

　　她和金木由於扔接一把作廢的大鑰匙而認識，乃成推心相契之友。大鑰匙常為他們見面時的話題，也是他們友情的象徵。經過金木的觸摸，馬蘭覺得大鑰匙不再是廢物，它雖沒變成金子，但她和金木幾十分鐘的初聚，卻像賦予了它光彩，在它小小身體裡閃爍著。[8]

　　「光」也在馬蘭心中閃爍著。有了金木的友情以後她的感覺是：

> 原本屬於我而被人奪去的什麼，已由他歸還給我。因此，我的面容光亮了，也較前美麗了。[9]
>
> 知道自己在金木心中的地位，任何別人的褒貶都不足使我喜、使我悲。[10]

無限崇高的知己之感。心如金石，作者卻故意以一把人人鄙棄的廢鐵鑰匙為喻。父親無心撿到時將它扔給母親，諷刺地叫她以它開啓地獄之門。母

---

[6]潘人木，《馬蘭的故事》，頁 420。
[7]潘人木，《馬蘭的故事》，頁 82。
[8]潘人木，《馬蘭的故事》，頁 86。
[9]潘人木，《馬蘭的故事》，頁 115。
[10]潘人木，《馬蘭的故事》，頁 170。

親將它給女兒避邪。而馬蘭卻寄望世間有一個可愛的地方，用它去開啓。可見得鑰匙是金還是鐵，它開啓的是天堂還是地獄，端在一心。這一點是否作者的寓意呢？

　　馬蘭於去瀋陽讀書時，與林金木珍重道別，贈給他的就是這把大鑰匙。19 年後重逢，大鑰匙依然無恙。是不是象徵「但教心似鐵石堅，天上人間會相見」呢？無論是親情、是友情，這一份堅貞，總是人間至高無上的情操。

　　金木曾捧給馬蘭一棵小棗樹。這棵幼苗，永植在她心田之中，給了她無窮啓示。「小棗樹」也是他們純潔情操的景象。無論歷經多少磨難，她永遠抱持一份青春向上的希望。她覺得：「樹木、花朵，一切植物都對我別具意義。每見植物幼苗從地裡鑽出來，就感動得熱淚盈眶。」她也盼望著金木的突然出現。[11]

　　在母親病危時，她要到劫後的教養工廠廢墟中找回小棗樹，擺在母窗臺上。在共黨進關時，她手植的心愛小棗樹已開過小綠花，死心塌地的等待結果子。是怎樣的一份期待啊！？

　　令人感動的是金木小小年紀，也許由於淒涼身世，他的深諳世情，超過成人。他像哲學家似的，時常愛說的一句話就是：「一切的事情，都有兩面，有壞的一面，也有好的一面。」馬蘭深深受他感動，也更有勇氣面對苦難。連她的好友也說過同樣的話。她與萬同在臺北意外重逢時，萬同就說：「一切竹事有好的一面，也有壞的一面，不過永遠都有遺憾就是了。」[12]悵惘的就是人生總是打著迂迴戰啊！

　　萬同是馬蘭童年時代的同學，他的舅舅趙教授是馬蘭在北平的鄰居。二人在書中原都是陪襯人物。可是他們對馬蘭急難中的援助支持，充分發揮了中國人隆情高誼，古道熱腸的胸懷。足見作者在情節的安排上，都是掌握著這一貫精神的。尤其是寫萬同護送馬蘭自北平至天津火車上的一

---

[11]潘人木，《馬蘭的故事》，頁 439。
[12]潘人木，《馬蘭的故事》，頁 518。

段，最是動人。萬同對馬蘭呵護無微不至，他買牛肉乾給她吃，教她慢慢兒撕來慢慢兒咀嚼。馬蘭邊嚼邊欣賞車窗外的風景。這一段旅程，可以說是馬蘭飽經憂患後，一生中最最幸福的時光了。

作者寫萬同與馬蘭之間那一份高潔的友情，令人繫節歎賞。寫他們在車站排隊時，馬蘭在萬同背後，不由得注意他的格子襯衫，大格子套小格子，想自己以後也要做一件這樣的襯衫穿。有意在急迫的等待中夾以輕鬆的心理描寫。繼而馬蘭又注意到萬同的高腰球鞋上兩塊黑膏藥標誌。黑膏藥球鞋忽然被分隔到另一行，然後不見了。象徵她的慌張與失落感。用這樣的筆法寫萬同的被日軍所捕，而避免正面實寫，可謂脫俗之至。

萬同的彬彬君子之風，與暴戾的黃禮春是強烈的對比，也使讀者由於萬同的善良體貼，暫時忘卻黃禮春的罪惡，代馬蘭感到一絲溫暖。這個對比，就為暗示人間原當充滿光明希望的。

萬同與馬蘭的友情，是林金木與馬蘭友情的陪襯。二者如清泉脈脈，相互輝映。最後以他二人與馬蘭的重聚作結。高雅的情調，予人以超越塵世的清明之感。

李禿子，這個卑鄙狠毒，陰險無恥的惡鬼，作者將他刻劃入木三分。背後的主使人呼之欲出。黃禮春是他控制下如影隨形的可憐蟲。他懦弱無能，卻又兇暴殘忍。他倆一直陰魂似的追蹤著馬蘭。作者運其如椽之筆，塑造這兩個集眾惡於一身的典型人物，也塑造了包容一切罪惡的馬蘭，作為強烈對比。是否為慨歎人性善惡的無可奈何？抑是藉著馬蘭的菩薩心，顯示她對世間惡人的憐憫，弱者的同情呢？

現在，讓我們來看看主角馬蘭吧！

馬蘭從小是個受氣包，父親常常罵她「廢物，討債鬼，討命鬼。」促使她小小心靈的早熟。她盡量想討父親喜歡而不可得。她覺得：

　　那個車廂的Ⅲ字，印在我的心上，使我終身感到自己彷彿是一節三等

車廂。[13]

刻劃了馬蘭卑微的心理，也預示了她以後的坎坷。

　　對馬蘭溫厚善良天性的描寫，作者著墨特多。她愛弟弟，願借壽命給他；看見犯人挑水，同情心油然而生，每天用水都盡量節省；聽犯人腳鐐嘩嘩之聲，感到心靈受折磨，但願他們有較好生活；她不怕挨打，只要媽媽不受屈，姐姐們不受罰。兩位姐姐輪流欺侮她，像輪流舔著一塊糖似的有滋味。遊戲時，連宮女都輪不到，永遠扮宮門前的石獅子，一動不許動。[14]她總是無怨無尤，反願多替姐姐做事，感到是一份快樂。

　　弟弟死後，她連哭都怕引起母親傷心：

　　　縱使哭泣，我也願意把眼淚拋向暗處，生怕它們在光明裡閃爍。[15]

她較快樂的時光是夜晚能躺在母親腳下，整個身心都沉浸在安全的黑暗裡。母親給她粗糙的小手抹上如意膏，又給她一塊芙蓉糕。她忍不住眼淚簌簌落下，以致噎塞不能下嚥。母親勸她不要哭，她說：「我不是因為難過才哭，我哭是嫌自個兒不好，什麼時候我才能變好呢？」

　　讀至此，我幾乎掩卷而泣。馬蘭的傷心，只為不能討父親喜歡。這種心情，在今日的青少年是無法理解的。作者寫的是小說，但她塑造了揉合舊時代女性美德於一身的馬蘭，想為告訴世人，最大的容忍，也是最大的剛強。天下沒有不是的父母。以程堅這樣嚴厲的父親，如生在今日，恐怕馬蘭早已成了太妹了。

　　馬蘭與黃禮春訂婚後，明知他不肖，但她一片孝思，生怕母親擔憂，在病榻前答應母親說：「媽，您放心，我會慢慢把他變好！」她自始至終

---

[13]潘人木，《馬蘭的故事》，頁 2。
[14]潘人木，《馬蘭的故事》，頁 50。
[15]潘人木，《馬蘭的故事》，頁 49。

盼望禮春變好的那份執著，作者寫得極為婉轉感人。當她深夜聽見李秃子逼禮春協助陰謀而禮春有點猶疑時，她內心就萌起無限同情：

> 第一次，我感到禮春也是不幸的人，很想化做一縷月光，跟他做伴。」[16]

這幾句話，才真像一縷月光，溫柔地照耀著讀者的心。

馬蘭為了對父母守信，於婚姻始終沒一絲怨望，也從無離去禮春之意，還常為自己不能愛禮春感到歉疚。她雖思念金木，但在內心深處，總把他當親弟弟。對馬蘭來說，孝悌忠信，可說無一不全。

她和禮春的不幸婚姻使她的心太苦，作者乃安排了林金木給她一份純潔的友情，使她內心的苦樂得以平衡。我每回讀到她和林金木兩小無猜的歡樂時，就如於驚濤駭浪之後聽到九天仙樂似的，令我心安。也使我深深領悟，對知己的思念，是培植堅貞心靈的一股力量。

在抗日戰爭結束後，拋棄她八年不顧的禮春忽然回來，她仍然無怨無尤。只覺得：「八年的分離，沖淡了不愉快的記憶。受苦太多的人，總容易滿足。」我覺得作者已將佛家的慈悲和儒家的恕道精神，發揮到了極致。也就是本書所暗示的最崇高的道德情操。

馬蘭的美德，作者一直以「馬蘭草」作暗喻。如「父親順手折了幾根馬蘭，交給母親當繩甩兒給弟弟趕蚊子」，暗示馬蘭的卑微。從此「馬蘭草」三字前後出現至十餘次之多，草蛇灰線，貫穿全書，一一象徵了馬蘭的心理狀態。她有時自卑到連在學校坐頭排都覺享受過分[17]想到「有一天誰都不需要我卑微的效勞將如何活下去。」[18]有時又自慰：「遍地的馬蘭都像是我所擁有的，給了我一些勇氣。」[19]父親認為她「往後頂多有馬蘭草的小

---

[16]潘人木，《馬蘭的故事》，頁416。
[17]潘人木，《馬蘭的故事》，頁127。
[18]潘人木，《馬蘭的故事》，頁295。
[19]潘人木，《馬蘭的故事》，頁51。

小用途就好了。」[20]母親卻認為「就算她是棵馬蘭草，也得像棵家裡栽的馬蘭草。」[21]對她很疼惜。

認識林金木以後，金木對她說：「說不定馬蘭草有法子變成馬蘭花，不顯眼的小花可以改大，改好看。」[22]給了她很大的啟示。她雖卑微而永遠有一顆向上的心。直到最後一章最後一行，「大鑰匙」上拴的不是細繩，而是：

「……一片長遍東北的馬蘭草，它比青春更永久，比鋼鐵更堅韌，比太陽更溫暖。」

筆力萬鈞，托出全書主旨。馬蘭是繞指柔，也是百煉金鋼。

讀者一定記得馬蘭在戰亂中剪去長髮穿男裝，跟鄭大叔學射擊，當自衛團老師，與鄭大叔一同見游擊司令與參謀，侃侃而談，勇敢又機智。也由於她親耳聽鄭大叔講妻兒被日軍殺害；親眼見學校的圖畫老師於瀋陽城陷落時被日軍削去手指；護送她出城的瀋陽車站職員，為了忘帶通行證被日軍砍殺；這些血淋淋的事實，越加激發她的愛國情操，也激發起讀者滿腔的同仇敵愾之念。馬蘭確實是由繞指柔成為百煉金鋼。

全書以人物的性格，和他們生存背景所造成的必然因果關係，加上錯綜複雜的親屬之謎，演進故事。寫出了善與惡的對比，剛與柔的調和，親情與友誼的慰藉，國難與家愁的折磨。本書給予我們的是兼有「壯美」以及「優美」的兩種感受。

讀完全書，只覺滿心無奈。不能怪罪書中任何一個人。連李禿子與黃禮春也不忍心去恨去了。

記得王國維在《紅樓夢評論》中談到人間悲劇的形成有三種：其一是

---

[20]潘人木，《馬蘭的故事》，頁35。
[21]潘人木，《馬蘭的故事》，頁121。
[22]潘人木，《馬蘭的故事》，頁157。

由於惡人從中搬弄，其二是由於盲目的命運之支配，其三是由於人物之處境與彼此之間的衝突，不能自主。而以第三種最為可悲。

我以為本書的悲劇兼有了三種因素：馬蘭的不幸婚姻是由於她的認命。李禿子、黃禮春是惡棍，加給她更大的痛苦，但禮春的惡劣性格是由於他惡劣的家庭環境造成。李禿子是個逃犯，在異族侵略與共黨乘機作亂中，這類人海中的渣滓自然是被利用的犧牲品，思之亦復可悲。

因此，我認為《馬蘭的故事》一書，充分顯示了作者悲天憫人的情愫，在悲傷中卻啓示了一線希望。因為她最後的處理是兩個惡棍李禿子、黃禮春因相互格鬥落水而死。象徵醜惡的靈魂，終必隨波濤而去，光明永在人間。萬同與林金木對馬蘭的高潔友誼是希望；林金木研究的紅粳米新品種是希望；馬蘭的新生兒小復是希望；曲終奏雅，給予讀者無限溫暖。

探討了本書的主題與情操以後，覺得作者深湛功力所表現的高明技巧，實在有不勝枚舉的值得激賞之處。第一是她擅於運用伏筆，製造懸疑。而這些懸疑，有如明珠翠羽，閃爍於篇章之間，使讀者的感覺也敏銳起來，急欲一探究竟。慢慢地，謎底都將如剝筍似的，層層揭開，巧妙的安排，引人入勝。

小說的第一任務，究竟還是要吸引你讀下去。伏筆與懸疑，使前後文遙相呼應，正可以增加故事的曲折性，小說的可讀性。例如：第一章裡穿插一段程堅趕車，看是閒筆，其實是暗暗為程堅曾趕車運紅粳米作印證。也是第 21 章他扮啞巴送女兒上學的伏筆。脈絡一線，細看就能發現。

又例如程堅一家搭的是 102 班車，在第 26 章他送女兒到大虎山，正好趕上 102 次班車，以對比馬蘭前後完全不同的心境。凡此用心的伏筆穿插，不勝枚舉。

此外，作者尤喜以重複的事物，強調情景，象徵心情。這些重複的字眼，並不使你覺得多餘，反而像鑽石一般地增加文章的魅力。

最顯著的重複事物當然是「馬蘭草」，前文已引述，茲不再贅，「馬蘭草」之外，還有許多顯著的重複事物，譬如馬蘭隨身攜帶、卻與二姐身

世有關的「富貴有餘」包袱皮。香嫩的「薰雞」，鄭大叔的「大鈴鐺」，鄭大叔送給馬蘭的「蟈蟈」。隱藏林金木身世之謎的「小老虎」，象徵他和馬蘭友情的「小棗樹」、「郵票」、「大鑰匙」等。作者都再三為之穿插了扣人心弦的情節。像編織一張精緻的網，環環相扣，絕無疏漏。足見她對全書布局，早有成竹在胸。就連細小事物如「日光皂」、「灰水簍」、「陰丹士林大褂」等，亦著意不時點染，波光雲影，搖曳生姿。

編筐編簍，重在收口。本書的結局篇，作者寫來尤為婉轉多姿，卻又溫柔敦厚，哀而不傷，深得詩騷之旨。

馬蘭和黃禮春的一段孽緣已了，她從苦難中掙扎出來，平靜地撫育襁褓兒。隆情厚義的萬同，為她從日本找回林金木，特地到鄉間把馬蘭母子接至臺北家中，先給她看金木的筆記簿。馬蘭讀後，才知金木已於滿 20 歲時拆開她一直惦念在心的「小老虎香包」，明白了自己的身世。馬蘭此時的感覺是：「經過一生的風波，沒有一次是如此的苦樂不分。」

19 年闊別，恍如一夢，他們劫後重逢的這段對話，值得細細品味。

金木已成了農業專家，馬蘭誇他「小苗長成大樹了。」心中指的豈不是那棵「小棗樹」呢？這是隱隱中與前文呼應之筆。

金木告訴她，他研究的紅粳米新品種，即將發行紀念郵票。集郵是他們童年的共同愛好，紅粳米關係著金木身世。悠悠 19 年的離合悲歡，都濃縮在一張小小郵票裡。是人生的巧合呢？還是作者巧心的安排呢？

馬蘭贈給金木的大鑰匙，由金木遞回到她手中。上面拴的是繩子就是堅韌的馬蘭草。

至此，作者將書中再三重複提到的「小老虎」、「大鑰匙」、「紅粳米」、「小棗樹」、「郵票」以及「馬蘭草」，一一作了總結。真個是心細如髮。

他們的談話欲斷還續。當金木害羞地說還未結婚時，二人相對無言。作者在此處忽插寫：「突然不知誰家放了一張歌仔戲唱片，哭聲下落如雨。」以此情節陪襯二人當時複雜心情，可謂神來之筆。

金木又悵惘地說：「什麼事都有好的一面，也有壞的一面。失去的就是獲得的，獲得的就是失去的。」這是他童年時代常對馬蘭講的兩句話。世間萬事原當作如是觀。林金木同馬蘭都領悟了；讀者也領悟了。

為了抒寫個人感想，我把一部七寶樓臺般完整的作品，拆得支離破碎，不成片段，深感罪過。本來一部好的小說，只可以心靈默默去感受，一落文字詮釋，就索然無味了。但我仍忍不住要說，《馬蘭的故事》是一部值得一讀再讀的好書。我們這些老一輩從同樣驚濤駭浪中走過來的人，讀此書時，重溫潘人木從她刻骨銘心的記憶中所描述出來當時的一切情景，重新體味一下那些受苦的人、勇敢的人、徬徨的人、迷失的人的心情，一定都將痛定思痛。尤其是面對今日的政治環境，社會情態，焉得不感慨萬千？

今天成長在臺灣安定康樂的年輕一代，實在無從想像八年抗戰以及大陸變色那段時期，是怎樣一個波濤洶湧的大時代。作者塑造了馬蘭這樣一個集一切苦難於一身，而堅韌地承當下來，終成為百煉金鋼的女性，應體會她是用心良苦的。讀者們若將馬蘭所受的苦難，與自己所享受安定、自由的幸福作一比較，一定會感到這份幸福的得來不易，就會格外知道珍惜。同時也會領悟：「那個背著沉重包袱上山的馬蘭，那個百煉金鋼的馬蘭，那個可能是創造這個時代，許多幸與不幸的人的愛人，母親或祖母的馬蘭」（見本書序文〈當圍巾也嗚咽〉），是多麼值得我們懷念和敬重。

有志於文學創作的年輕朋友們，若能多研讀這樣千錘百鍊的好小說，自」能分辨什麼才是真正有藝術價值的文學作品了。

——原載民國 78 年 4 月 26 日《中央日報》副刊，16 版

——選自琦君《永是有情人》
臺北：九歌出版社，1998 年 2 月

論《馬蘭的故事》之罪與罰

兼論潘人木小說中的母親身影

◎彭婉蕙[*]

一、緒論

在 1950 年代的反共文學中，潘人木短短三年一連寫下《如夢記》（1951 年）、《蓮漪表妹》（1952 年）與《馬蘭自傳》（1953 年，1987 年改名《馬蘭的故事》）三部具有反共色彩的中、長篇小說，並連續獲得民國 39 年、41 年、43 年「中華文藝獎金委員會」的肯定，成為反共小說的經典作品，《如夢記》更被朱西甯視為反共文學的肇始，並且讚揚其文風「灼灼其華，即是小說大家如張愛玲那樣的光芒，亦無以掩其璀璨」、「包容性竟在善惡之上，所以清冷安然，寫悲劇是一路巧笑倩兮的含淚而來而去，纏綿委屈，哀而不傷，正宗的中國悲劇」[1]，足見潘人木的小說成就。此後，潘人木在出版《哀樂小天地》（1981 年）一短篇小說之後，再也未見其他小說問世。

1980 年代，潘人木重新改寫、出版《蓮漪表妹》與《馬蘭自傳》[2]，後者並更名為《馬蘭的故事》。根據齊邦媛的觀察，《蓮漪表妹》純文學版重新問世後，短短兩年已經印行七版[3]，許多論者紛紛重讀並再度引發評論

---

[*]國立暨南大學中國文學系兼任講師。
[1]朱西甯，〈論反共文學〉，《中華文化復興月刊》第 10 卷第 9 期。
[2]《馬蘭自傳》連載於《文藝創作》第 46～49 期，1955 年 2 月～5 月，在《馬蘭的故事》出版以前未出過單行本。本文對《蓮漪表妹》與《馬蘭的故事》之討論，如未說明，皆以 1980 年代作者改寫印行的版本為主。
[3]齊邦媛，〈烽火邊緣的青春〉，《聯合報》副刊，1988 年 7 月 7 日。

熱潮。同時，在時空轉換、政治風氣丕變下，潘人木的重新改寫小說，以及評論者重探 1950 年代反共文學現象、潘人木的小說內涵與文學史上的定位等議題，使潘人木的小說研究呈現眾聲喧嘩之風貌。在 1980 年代，潘人木的小說一度因爲內容過於強調反共，加以在臺灣文學史家對 1950 年代的政策指導文藝、以獎項鼓勵戰鬥內容的作品普遍缺乏「好感」下[4]，被認爲是「千篇一律在揭發共匪罪惡」[5]，雖然未被打入冷宮，但是將其歸入「大鍋菜式」的反共公式化書寫中，無法獲得應有的肯定。

　　1980、1990 年代隨著學術場域的改變，新興一波的文學研究中，王德威、梅家玲等學者重探 1950 年代反共文學的表現，嘗試在文學、歷史與政治盤根錯節的關係中，重新描繪反共小說的本質——書寫見證歷史傷痕之可能（或不能）[6]，將反共文學的論述層次由「政治與文學的關係」轉化爲「歷史與傷痕寫作的文學關懷」，在「逝去的文學」裡掘發新意。此外，1990 年代後的女性文學研究中，對於 1950 年代大量出現的女性創作、女作家聯盟，以及女作家在反共書寫上展演的獨特面向多所關注，並發現女作家們在戰鬥文藝的口號下，其實早已另闢蹊徑悄悄醞釀出不同於男性的家國意識與家園想像，這些圍繞性別議題展開的論述，爲省觀潘人木的小說提供新的思考面向。

　　從 1950 年代到今日，潘人木反共名作《蓮漪表妹》與《馬蘭的故事》之研究擺盪於反共／國族論述、政治／歷史傷痕、性別／懷鄉與家園想像之間，這長達半世紀來持續不輟的論述交鋒，對於重探潘人木的小說文本

---

[4] 邱貴芬在〈臺灣（女性）小說史學方法初探〉文中對於幾位臺灣文學史家如葉石濤、彭瑞金等人將文學史的建構納入國族建構的工程，過於強調作家的政治立場與文學作品在國族論述爭奪中扮演的角色，有相當深入的論述。見《後殖民及其外》（臺北：麥田出版公司，2003 年），頁 19～47。

[5] 彭瑞金，《臺灣新文學運動四十年》（高雄：春暉出版社，1997 年），頁 81。

[6] 王德威，〈一種逝去的文學？——反共小說新論〉，見氏著《如何現代，怎樣文學？》（臺北：麥田出版公司，1998 年）；〈蓮漪表妹麥田出版公司麥田出版公司兼論三〇到五〇年代的政治小說〉，見氏著《小說中國》（臺北：麥田出版公司，1993 年）。梅家玲，〈五〇年代國家論述／文藝創作中的「家國想像」——以陳紀瀅反共小說爲例的探討〉、〈五〇年代臺灣小說中的性別與家國——以《文藝創作》與文獎會得獎小說爲例〉，見氏著《性別，還是家國？》（臺北：麥田出版公司，2004 年）。

提供了豐富的養分。

　　綜觀《蓮漪表妹》與《馬蘭的故事》二書，雖然被歸入 1950 年代的反共小說之列，同時創作於 1950 年代並在 1980 年代改寫，但是對於抗戰反共內容的描述，二書其實存有頗大的差異性，並不如一般綜論反共文學時認定的所謂後者為前者之延續／重複。

　　根據潘人木在〈我控訴〉一文中對《蓮漪表妹》改寫情形的分析，小說主要的更動出現在敘事手法方面，將原來的 43 章分成兩部，前半段更動極少，後半段的「蓮漪手記」則是讓主角白蓮漪跳出來自述淪陷後的種種遭遇，以歉疚感傷和義憤悔恨交雜的心境強調誤入共黨世界的無知與不幸，王德威指出潘人木反共小說「以天真青年的遭遇探索意識形態的罪與罰」[7]，潘人木正是以加深蓮漪在政治裡的犧牲和自我懲罰，強調共黨之罪，達到反共的訴求。《馬蘭的故事》亦寫青年參與政治淪為意識形態下犧牲者的罪與罰，不同的是，《馬蘭的故事》中真正的政治犧牲者恐怕是自始至終都不明究裡毫無自覺受到共匪吸收的黃禮春，他和《蓮漪表妹》中握有實權、誘姦蓮漪的共黨高官洪若愚不同，以改寫後的《馬蘭的故事》來看，黃禮春充其量不過是匪徒李禿兒的一枚棋子，捨下國共隱喻不論，黃禮春不是罪人、也並未引誘馬蘭誤入匪禍，他不過是另外一個受制於卑弱性格、兼又逃不出社會動盪影響，是徹底犧牲的角色[8]。至於主角程馬蘭的受難，恐怕更多是因為遇人不淑以及傳統價值觀對女性的束縛，和國共對立並無直接關係。[9]所以，經過 1980 年代的改寫後，《馬蘭的故事》中關於共黨間諜在臺活動的情節被大幅刪去，更降低了小說的反共色彩，與其將《馬蘭的故事》視為「揭發共匪罪惡」的反共小說，不如說它

---

[7]王德威，〈一種逝去的文學？——反共小說新論〉，《如何現代，怎樣文學？》，頁 148。

[8]黃禮春的懦弱與盲從性格，使他在大時代的試煉、歷史關鍵事件中（如裕民軍事件、鬧學運、逃難遷臺等）屢屢敗陣。

[9]王德威與梅家玲曾共同指出反共小說中，女性作家屢以婚姻愛情成敗觀察政治得失，原有正當性，但是後者的複雜非前者所能詮釋涵蓋，這一類書寫最後往往造成故事瑣屑化、私情化，反共文本逐面臨自我消解的危機。參見王德威，〈一種逝去的文學？——反共小說新論〉、梅家玲，〈五〇年代臺灣小說中的性別與家國〉。

是以抗戰、反共爲背景的女性成長小說。

因此，進一步比較《蓮漪表妹》與《馬蘭的故事》，前者對蓮漪的天真無知誤入歧途著墨甚多，以及「蓮漪手記」中加重蓮漪的懺悔以及自白，讓蓮漪從原來表姊的敘述中「挺身而出」證明共黨其罪之真。《馬蘭的故事》卻是國共「退位」，突顯馬蘭百鍊成鋼的成長經歷，內心獨特敏銳的罪感意識，和以贖罪、替罪犧牲的人生觀作爲其生命價值的依據。所以，《蓮漪表妹》的罪與罰是天真青年誤入詭譎政爭，萬般無奈下任由命運擺弄，《馬蘭的故事》卻是從個體內在描繪生命的罪與救贖，從而呈顯懺悔的深度內涵。

以下，本文將細部分析潘人木在《馬蘭的故事》中關於罪罰的意涵與象徵，透過「揭開罪與罰的符碼：紅粳米」和「替罪與贖罪：母親」兩個面向，嘗試揭示《馬蘭的故事》在目前評論中隱而未掘的「罪感意識」，並以此瞭解潘人木在改寫小說後，將反共意識擴展爲大時代人性之糾葛與困頓，對小說深度更行提升的書寫用心。

二、揭開罪與罰的符碼：紅粳米

《馬蘭的故事》總共寫了 32 章，如果將第 22 章至 24 章的九一八事變與程母之死作爲故事分界，則《馬蘭的故事》明顯可一分爲二：第一部，描繪馬蘭 8 歲至 13 歲的童年經歷。身爲法官的女兒，馬蘭卻被嚴格的父親訓練出忍辱負重、任勞任怨以及強烈憂患意識的個性。這一段時期的馬蘭，在她最後的童年經歷中，有和車把老鄭的忘年之交與小日本林金木的知己相慰、同命相憐（相連）情誼，以及和縣長之子黃禮春的媒妁婚姻，而此「縣長的兒子與法官的女兒」的結合，也成爲日後馬蘭連年苦難、「百鍊成鋼」的主因。第二部，是馬蘭的年少經歷，乃至最後在臺落地生根。九一八事變後，馬蘭失學、喪母，後者尤其象徵馬蘭從此脫離父母，獨立新生，在爲母親送葬的車篷裡，程父剪去馬蘭的一頭長髮喬扮男裝，「換了一副新的姿態」，告別童年的意味濃厚；然而，「新生」卻是現實

苦難的開始。16 歲的馬蘭奉命與黃禮春成婚，此後命運乖違多舛，因為遇
人不淑連個流亡學生也做不成，甚至為了應付黃禮春的任性揮霍、需索無
度，馬蘭成了一個道道地地專心賺錢與操持家務的「職業婦女」，和「職
業學生」的丈夫成為強烈對比。相當明顯的，這前後兩個部份呈現出來的
時空感差異頗大，前者占全書三分之二的篇幅，時間僅推移了五年，空間
主要集中在東北臺安縣裡馬蘭生活的衙門後院與林金木居住的監獄，潘人
木用了不少筆墨描繪她早熟而敏感的內心獨白與罪感意識，同時細膩地運
用大量花草知識栽植出馬蘭與林金木的小小哀樂天地；後者則是敘述馬蘭
與黃禮春一路南遷北平，東渡臺灣、歷時 19 年的故事，馬蘭的遇人不淑、
一次次承擔黃禮春的惹禍與精神折磨成了小說後半段的重點。

　　在《馬蘭的故事》中，有一個相當重要的象徵物，即主角程馬蘭念茲
在茲想要尋找的「紅粳米」。小說裡「紅粳米」維繫著一個家族（程家）
的興衰與重振，這樣的安排常見於以家族史為主題的小說中，並不令人陌
生；然而，潘人木在鋪敘程家的歷史和「紅粳米」的關係時，卻在故事情
節上刻意降低它與人物的連結，轉而強調隱喻、象徵關係，讓「紅粳米」
成為《馬蘭的故事》裡最大的伏筆與戲劇張力。因此，論述《馬蘭的故
事》的罪感意識必須由此切入。

　　關於「紅粳米」的出場，潘人木似乎刻意仿作傳統說書的味道，用以
增加「紅粳米」的神祕感與疏離感：

　　「鄭大叔！」

　　「馬蘭！你今兒個幹什麼來了？」

　　「我給你裝一袋煙，聽你給我講紅粳米。」

　　……

　　「你這丫頭，一句一句的套我呀，那我就從頭說說吧！我可是記不全，

別跟我頂真兒，七問八問，你一問，就會把我給問忘了。」[10]

在《馬蘭的故事》中始終守護程家、尤其維護馬蘭的趕車人老鄭，正是扮演此一說書人角色，「裝一袋煙」、「給我講紅粳米」、「記不全」、「別跟我頂真兒」是十足說書的描述。在老鄭說的故事裡，他將「程」錯記爲「陳」，使得馬蘭的父親程堅──「紅粳米」故事真正的主角，在老鄭的版本中完全缺席、隱形，故事因而有了懸宕與傳奇，爲程馬蘭與林金木日後的命運留下伏筆。根據老鄭的說法，「紅粳米」只長在老家姓陳的地主的土地上，到了別人田裡長出來的粳子就不紅。因爲香氣特殊受到皇帝喜愛，整個陳家堡就靠進貢「紅粳米」成了首富。一年，陳家少東在一次運糧途中陰錯陽差輾死想偷米的窮小孩，爲了賠過，便讓同行的另一位馬伕秦車把，駕車一模一樣地從自己身上輾過，如果不幸死了，就是一命抵一命；最後，秦車把暗中利用自己高超的馭馬技術保全了陳少東的命。但之後，因爲出霍亂要去了秦車把一家子的命，只有秦家大兒子與最小兩個女兒倖免於難，陳少東──程堅──二話不說立刻收養三人，程堅的決定也許基於感恩，更有可能是因爲良心的譴責，一命抵一命、一報還一報，是民間鄉里常見的贖罪之道，秦車把救了程堅一命卻讓窮孩子枉死了，因而遭到罪愆導致一家送命，這種因果報應之說並不稀奇。所以，當秦車把大兒子秦冠群／程冠群和程堅因口角憤而離家時，盜出程家所有「紅粳米」種子，盡數倒入遼河中，也是因爲報怨──「使吾家遭此不幸者，此紅粳米耳」[11]，之後，秦冠群希望兒子林金木利用僅存的幾顆種子代爲贖罪，亦是良心有愧所致。在《馬蘭的故事》中的「紅粳米」事件，前後兜起來看，實充滿因果罪贖色彩。

秦／程冠群的負氣離家，開啓程、秦二家第二、三代的不幸，程堅從此種地種敗了家，馬蘭生不逢時一落地就遇上家族大難，此後被冠上「生

---

[10]潘人木，《馬蘭的故事》（臺北：純文學出版社，1987 年），頁 68～69。
[11]《馬蘭的故事》，頁 547。

年不吉」、「滿身不祥」、「主凶」的封號，在自認「有罪」的情形下，認命地接受各種責難，甚至將一切苦厄都視爲理所當然的懲罰，以今日眼光來看，這些堅毅刻苦的優點，不也正是馬蘭性格上最大的致命傷，讓她始終無法擺脫傳統價值對人無形的束縛。至於秦／程冠群則在臺灣改名爲林志興娶妻生下林金木，根據 1950 年代《馬蘭自傳》版本，林金木的母親原是福建第三代移民，但是在《馬蘭的故事》中卻改爲日本人，使小說增添中日聯姻族群融合的背景，相對降低了抗日色彩。中日混血的安排使得林金木一角更見複雜深刻，當父親病死後，他和母親不只失去依靠，更失去了「故鄉」、「祖國」，成爲無根飄零的存在。在馬蘭眼中，林金木甚至比她這個主凶煞星更加可憐與不幸。

　　總之，「紅粳米」事件牽扯出諸多罪與罰，不論是程堅的無心之罪或秦／程冠群的因果報復，兩人都因此承受一輩子的良心譴責與自我懲罰。同時，更將自身的罪感意識傳交給下一代，讓馬蘭與林金木承擔最後的結果——替父贖罪、共同承受命運的捉弄。馬蘭與林金木也因爲「紅粳米」進而在小說中成爲命運共同體：共同植樹、作夢、探險，更同時目睹地痞惡霸／共黨匪諜的越獄犯罪而相約保密，以致於無法及時制止犯罪，最後付出的代價是：馬蘭的父親再次弄丟工作，林金木則失去母親成爲真正的孤兒。因此，「紅粳米」對馬蘭與林金木來說，是牽涉兩人一生罪與罰的象徵，更是無法逃避的宿命，《馬蘭的故事》無疑成爲了記述贖罪、還債的過程。

　　《馬蘭的故事》背後敘述的正是一個龐大關於「罪」、「罰」、「贖罪」與「替罪」的結構，只要和「紅粳米」相關的人物，一生顯然都脫離不開罪與罰。《馬蘭的故事》裡關於罪、罰的暗示更比比皆是，顯然潘人木對於罪、罰的建構，是刻意經過一系列精心佈局完成。以下，即以人物爲綱，分項敘述彼此的關係，以及角色所擔負的罪的內容，由此點出潘人木在《馬蘭的故事》中按下的種種伏筆，以及她是如何利用「紅粳米」織綴出一張罪與罰的命運之網。

（一）程堅

在老鄭說給馬蘭的「紅粳米」事件版本中，雖然看不見程堅的影子；但是，潘人木透過許多小細節的描述，勾勒出程堅對於「紅粳米」的又愛又恨。例如第一次聽見老鄭在趕車提到「紅粳米」，程堅奪下趕馬的鞭子，「用力抽打路旁的高粱，半紅的穀粒紛紛下落，像是爸在怪罪它們不該長在那裡」[12]。

小說中程堅絕口不提「紅粳米」三個字。過年寫年紙，「別寫粳米，就寫白米」[13]，而下面出現的物件，潘人木特別安排一系列的紅色：紅緞子鞋面、紅絨花、紅頭繩……，暗示「紅粳米」的禁忌色彩。因此，「紅粳米」對程堅而言，是祖先留下的珍寶，卻也是一生擺脫不了的罪與懲罰。

程母過世前，告訴馬蘭關於程家、秦家與紅粳米的故事，「紅粳米」不再是神秘禁忌的存在。程堅也在馬蘭的母親過世後，性格逐漸產生轉變，開始接受命運的安排，承認「命裡該然」。當程堅第一次對馬蘭提到「紅粳米」時，它的意義更從「罪」轉化爲「愛」的象徵：

> 如今我要是有紅粳米，我就有一樣別人沒有的東西，腰板挺得直，你們的陪嫁也容易辦了。你媽在世，天天發愁沒東西給你們壓箱底兒。[14]

程堅逐漸變成了母親的角色。對程堅而言，罪與罰的枷鎖能否得到救贖，全然繫乎能不能「放下」外，顯然還跟程母有極大的關係。

（二）程母

程母和「紅粳米」是間接的關係，她身爲程堅的妻子知悉事件過程，對於「紅粳米」造成的種種結果無權過問，只能默默地承擔所有責任，對

---

[12] 《馬蘭的故事》，頁 16。
[13] 《馬蘭的故事》，頁 236。
[14] 《馬蘭的故事》，頁 429。

秦車把留下的三個小孩視如己出，任馬蘭遭受兩位姊姊的嘲諷與指使。然而，程堅角色的轉變、「紅粳米」對他的影響，小說卻是透過程母的角度與父母關係的對應，才慢慢浮現出來。在程母眼裡，「紅粳米」事件徹底改變了程堅的性格，他從一個原先在棉花田裡盯盯看著程母的英俊少年，一夕間變成背負家族大業成敗責任的父親角色，成為法官後，程堅不僅審判他人也時刻審判家人與自己，唯有程母知道程堅一輩子都在承擔良心譴責、自我審判的罪與罰。

「紅粳米」使程堅從種田變成法官，從純真美好的英俊少年變成頑固剛愎自用的父親角色；程母過世後，程堅性格又經過另一次轉換，角色中也有了父代母職的成分，變得溫和內斂。這兩回人格特質、身分角色的細微轉變，都是透過程母的旁觀敘述才得以呈現，突顯了小說中程母沉默旁觀卻掌握全局的關鍵地位。

（三）秦車把

替罪。潘人木在此運用報應罪愆的俗世觀念，將秦車把一家的遭禍營造成一種懲罰、遷過的印象，加深「罪」的影響。

（四）程（秦）冠群（後改名林志興）

「滅種」／盜米報復；同時，又象徵「留種」／林金木，「蓋二十歲為立事之年，可以負擔父過去之錯誤而對程翁有所彌補耳」。[15]他在程家為了輾死人的官司散盡家產後，更直接導致程家的衰敗，間接造成馬蘭的不幸，也因此遠走他鄉，死後將此「罪」遺留給自己的兒子林金木，希望藉由他向程堅懺悔、贖罪。

---

[15]《馬蘭的故事》，頁 548。

（五）林（秦）金木

　　身爲秦冠群之子，這個身份成爲林金木的宿命，他身上掛有藏著「紅粳米」種子與秦冠群遺書的錦囊，正是林金木宿命之罪的象徵，也是最後用以「贖罪」之物。潘人木刻意描繪一個溫暖明亮、充滿包容性可塑性的角色來完成《馬蘭的故事》中重要的贖罪部分，讓林金木的出現和「種子」、「種下」的意象相連。

　　圍繞著「紅粳米」與馬蘭，程堅與林金木形成了一組相當重要的對位關係：不許種／種下、舊紅粳米／新紅粳米、罪／贖罪、中國（故土）／臺灣（新故鄉）。[16]

　　不許種／種下方面，程堅強調「除非有——那個，今生絕不種地」[17]，「不許種」不止一次出現在馬蘭的敘述中，程堅的禁令從住過老鄭的院落到法院裡的宿舍皆徹底執行，導致馬蘭的生活空間灰色單調，馬蘭對植物的知識一竅不通，有的全是不實際的幻想：

> 空氣清新而飽和著光明，陽光一條薄帶似的，玩弄著奔躍的灰塵，經過光禿禿的院落，射進屋子，將媽洗臉盆裡的水影照在棚頂上，不斷的飄動，刹那間，我幾乎以為才一夜的功夫，院子裡就長滿了迎風搖曳的花草。[18]
>
> 林金木的故事彷彿攝取了百草的幽香，陽光的溫暖，使我聽來感到又芬芳，又安慰。[19]
>
> 出了院落，我深信這片荒草即使被馬兒不斷的吃，仍會留下許許多多，

---

[16] 陳瑗婷在〈譬喻揭祕——《馬蘭的故事》的植物與土地想像〉一文中，對程父、林金木與紅粳米之間的譬喻關係，分析道：「因著紅粳米的原生地點，結合程堅的父親身分，產生中國大陸『父土』象徵意義。再從程堅、林金木之間非血緣的祖孫關係，映射出臺灣、東北／中國大陸之間血脈的聯繫。」收入《興大人文學報》第34期，2004年6月。

[17] 《馬蘭的故事》，頁308。

[18] 《馬蘭的故事》，頁97。

[19] 《馬蘭的故事》，頁113。

在不久的將來，成熟結子，明年又長出滿院子綠色的東西。[20]

這些幻想全來自於林金木。林金木的出現對馬蘭而言，是「希望像金色的穀子，滾進我們的家」[21]，因此和林金木相關的意象都充滿綠色植物與金色陽光，例如：

稻子一片青綠，風一吹，滿眼的波浪。臺灣的土好，什麼東西都長得好。

好東西（紅粳米）應該到處都能長。[22]

綠色的東西很奇妙呢，你看它，它什麼事也不發生，你不看它，它就偷偷的開花結果。[23]

程堅「不許種」的禁令，與象徵「種子」、善於栽種農業知識豐富的林金木，形成一個強烈的對比。同時意味著，程堅曾經以禁令圈限馬蘭的生活，他交在馬蘭手上的大鑰匙是不折不扣的枷鎖，象徵程堅將內心的罪罰遺傳給馬蘭；但是，林金木卻將鑰匙「點鐵成金」送還馬蘭，「世界上除了爸所謂的地獄之外，一定還有比較可愛的地方，等待它去開啟吧」。[24]

舊紅粳米／新紅粳米部分，在林金木出現之前「紅粳米」是一個帶有神祕色彩的傳說或禁忌，不可說、不可種。但是當他將「紅粳米」帶到臺灣復育成功後，「紅粳米」從只能種在陳家堡地上的珍稀物，變成「抗旱、抗澇、抗蟲害」的品種，在小說最後終於脫去罪的色彩，回復珍寶的價值，並且，利用「紅粳米」植於臺灣土地的象徵性，完成程、秦兩家三代人之間罪與贖罪的關係，程堅一生的心願由林金木完成，並將希望種子

---

[20] 《馬蘭的故事》，頁 114。
[21] 《馬蘭的故事》，頁 89。
[22] 《馬蘭的故事》，頁 149。
[23] 《馬蘭的故事》，頁 289。
[24] 《馬蘭的故事》，頁 86。

從中國故土移植到臺灣新家園。從罪與罰到原諒與救贖、從赤土荒地到沃土綠地，小說家也同時利用時空的轉移，完成了一組反共的政治隱喻符碼。

（六）程馬蘭

和程堅、秦家人比較起來，馬蘭和「紅粳米」亦是間接關係，她探尋「紅粳米」原是爲了取悅父親，事後才慢慢演變成對家族之謎的追尋。

馬蘭強烈的罪感意識來自兩個原因，一是「生年不吉」，二是弟弟小良的死。關於「生年不吉」的罪，在馬蘭自己的敘述中往往和父親有關：

> 打從我懂事那天起，就知道自己滿身不祥：走路走不穩（爸硬說我是跛子），肚子上有一條「青記」，出生年月又不吉，就是那一年，我們的家變窮的，所以爸爸一看我就討厭，按討厭的程度，輪流的罵我「廢物」，「討債鬼」或「討命鬼」，罵已罵慣了。[25]

馬蘭肚子上的「青記」，留下一個暗示，正是當年秦車把應當在陳家少東／程堅身上輾過的車軸痕跡，這個「青記」是「紅粳米」事件留下的印記，正象徵著馬蘭生來即帶有的原罪，所以，「紅粳米」對馬蘭的意義便隱含了對身世之謎的探尋（和林金木的關係）。

小說中馬蘭的罪連同身體的缺陷，多半是給父親說出來的，程堅對馬蘭「百煉成鋼」的訓練，不時對她進行審判式教育的結果，就是造成馬蘭對於「罪」有相當深刻、甚至過於敏感的體認。因此，當三歲的弟弟因爲麻疹引發肺炎而死時，她視爲己過；但更糟的是，她無法懺悔，面對父母親與家人，她過於膽小以致不能說出黃禮春的馬嚇了弟弟，自己又是如何跑顛、摔了弟弟。小說寫到她想去城郊的城隍廟懺悔，去了才發現連城隍

---

[25]《馬蘭的故事》，頁 35。

廟也被拆除準備改建成工廠，「事實擺在眼前，沒有任何偶像準備接受我的祈求」[26]，整部小說中，無法懺悔可能是馬蘭最大的哀愁，此罪無從告解，「從此，我的耳邊總是隱隱約約響著馬蹄聲，無時或停」[27]。當程堅將馬蘭許配給黃禮春時，馬蘭聽見的也就是這馬蹄聲，而且愈來愈清晰：

> 我——程馬蘭就成為黃禮春的未婚妻了。他們有無數的好理由，其中最莫名其妙，而被認為最動人的理由，居然是「一個殘了腳，一個殘了手，真是天作之合。」
>
> 他實實在在是殘了手，我何嘗是殘了腳？
>
> 父親的命令不可違抗。遙遠的馬蹄，已經變得清晰規律，得得的向我奔馳而來了。
>
> 奔馳吧！馬蘭草總是在它應在的地方，你不要踐踏了別的！[28]

「你不要踐踏了別的」／你莫驚了我的弟弟，這句話馬蘭可能已在心裡迴盪無數次了。馬蘭無法替弟弟受死罪，她對黃禮春雖然感到憤恨；但是，在「雪裡紅」闖進院子驚嚇小良事件上，膽小加上謊言，便使他們倆成為了「共犯結構」／「天作之合」。因此，馬蘭轉而將許配黃禮春一事，視為自我懲罰、罪有應得：

> 和黃禮春這樣的孩子訂婚，照理說，我應該感到痛不欲生。事實卻不然，一個自己絕對無法防止的創傷，倒使我心理上有了進一步的改變。它像是有人用皮鞭猛力抽打我，使我在極度痛苦中獲得自己處分的發洩之快。『文定』的是另一個馬蘭，而我只是一個旁觀者。[29]

---

[26] 《馬蘭的故事》，頁41。
[27] 《馬蘭的故事》，頁45。
[28] 《馬蘭的故事》，頁188～189。
[29] 《馬蘭的故事》，頁195。

在罪與罰的結構中，馬蘭正是採取心理轉化以因應悲痛與罪行。接受父母之命的婚姻，或許是傳統女性的宿命觀，但是對馬蘭來說，更深一層的意涵卻是：她必須對弟弟有所贖罪，而死者已矣，自我懲罰就成了最後的解脫之道。黃禮春過世時，馬蘭對這一段婚姻作了註腳：

> 這一輩子和禮春在一起，好像不是在生活，而是在完成一件辛苦的工作，這個工作已中途而廢。他對我沒機會舉行第二審了。[30]

一直到黃禮春的死，馬蘭才真正地擺脫囚居生活和內心的牢籠，獲得自由。

弟弟小良的死，真正落實了馬蘭對於罪的感受，此後程家遷入衙門內的空屋居住，小說場景從老鄭家轉爲衙門獄所後，馬蘭也開始進入一連串自我審判的心路歷程：

> 我踏進衙門第一步，有如踏進城隍廟的感覺，直覺的以爲兩旁站崗的兵，必也像廟門的小鬼，一動不動的。[31]
> 我並未犯下什麼重大的罪過，只是出生的年月不吉，又把弟弟摔了一下，並不是我故意的，怎麼這衙門裏的一切，都像爲我而設？一草一木都像獄卒？[32]

衙門／城隍廟，是罪與審判的象徵；監獄／地獄，意味著自我懲罰，這些空間意象具體刻劃了馬蘭的懺悔意識以及步步築起的心牢。對於衙門新居的格局，潘人木特別細膩地描繪道：

---

[30] 《馬蘭的故事》，頁 530。
[31] 《馬蘭的故事》，頁 59。
[32] 《馬蘭的故事》，頁 66。

繞過這道門，經過一條盛夏也陰涼的走廊，走出來才再見陽光，那種感
覺有如地獄歸來，又有如穿過虛無的黑暗，到達了另一個溫暖的星球。
若正值心裡有某種罪惡感，定會得到慶幸此身無恙的安慰。
但這種感覺不會持久，因為右側就是法庭，庭內永遠陳列著各種刑具。[33]

　　空間的變化說明心牢的格局是一重一重無有止盡，罪惡感無法消解，
因為自我譴責正是所有懲罰中最難解脫的一種。從城隍廟、衙門到衙門內
左拐右彎的陰暗甬道，潘人木正透過這些空間隱喻敘說馬蘭內心的罪感意
識及自我審判。

　　值得注意的是，這樣細膩的空間描述，在《馬蘭的故事》中前後只出
現兩次，前者是衙門監獄，後者則是小說中馬蘭最後的家──臺灣臺北，
如同萬同畫家的眼光、筆觸，潘人木也在小說裡畫下一幅有著雅致閑靜、
充滿桂花香氣的院落：

我四下一瞥，那是一棟「八，六，四個半」的日式房屋，八蓆客廳間
改了地板，前面有一道寬寬的走廊，裝著落地的格子玻璃窗。[34]

　　當萬同對馬蘭介紹房子時，就充滿了嘩啦嘩啦的開門開窗聲。如果仔
細閱讀這前後兩個空間，就可以看見潘人木如何透過精巧的對照具體描繪
馬蘭的心境與生命狀態[35]，如：衙門是深黑的大門洞，似城隍廟，日式房屋
的門是「妙門」（廟門），四通八達，前者是進去了就出不來的心牢，後者

---

[33]《馬蘭的故事》，頁 61。
[34]《馬蘭的故事》，頁 536。
[35]范銘如在〈臺灣新故鄉──五○年代女性小說〉一文中，從「空間閱讀法」切入五○年代的女性
小說，探究文本中的空間（大陸／臺灣；故鄉／異地）背後呈顯的特殊意涵，她認為：「在為數
可觀的女性文本中，臺灣代表一個療傷止痛的空間，沉澱洗滌過往的錯失與罪愆；更重要的是，
它象徵一個希望的溫床，對女性而言，尤其是再出發的起點。」見范銘如，《眾裏尋她──臺灣
女性小說縱論》，頁 25。相關論述亦見梅家玲，〈五○年代臺灣小說中的性別與家國〉一文。觀
察《馬蘭的故事》中透過空間呈現的心理狀態象徵，臺灣臺北正代表了馬蘭期待已久的重生與安
頓。

則是敞通明亮的空間，象徵自由與解脫。又如：衙門裡光禿禿的不許植樹，植物因為「紅粳米」全成了禁忌，因此衙門獄所象徵罪、虛無和受難，而臺北的日式房屋裡，植滿榕樹、美人蕉、扶桑花、桂花樹，敘說著愛、豐富盈滿與安頓的情感。這前後兩種空間描繪與對應心理狀態的種種隱喻，正是馬蘭罪感意識之建構與消解。

「紅粳米」貫穿全書，對應角色的不同，使得「紅粳米」有了不一樣的意義。「紅粳米」是罪或是珍寶，全在一念之間，程堅無法放下時，米是罪；一旦放下米頓時成為珍寶。所以，「紅粳米」在《馬蘭的故事》中是一個相當完整的意象，它也是解開馬蘭故事的一把鑰匙，讓每個角色的罪感意識與懺悔管道得以舒張，它宛如一面鏡子，映照每個人物內心底蘊的罪與罰。經由人與物的隱喻、罪與罰的象徵重新詮釋反共文學經典《馬蘭的故事》，小說中獨特的懺悔與罪感意識躍然紙上，另現一頁新風景。

關於懺悔意識，圍繞著這幾位人物的罪與罰關係，可以分殊出三層不同的意涵：

第一層是「犯錯／有罪」，必須提出補償或贖罪。程堅駕車輾過小孩，雖然是無心之過，但是不論在法律或道德良心上都有罪，程堅無法提出相對的補償作為贖罪，於是一生深受內心的自我懲罰。又如程冠群盜米報怨，事後懊悔寫下遺書表達懺悔，並叮嚀林金木必須代其向程堅贖罪。程堅與程冠群都屬於第一層次的懺悔。

第二層是「不罪之罪／擔負其罪」，林金木在 20 歲後曾經找過程堅三次（找爺爺），同時遵照父親遺願將新種紅粳米復育成功，林金木承擔的即是不罪之罪，為了父親甘負其罪。此外，馬蘭（自認為）害死弟弟小良，亦是一「不罪之罪」，唯其良心的不安更甚於林金木，因此罪感意識與日加深，以致於最後是接受與黃禮春的婚約作為自我懲罰。從罪與罰的結構看《馬蘭的故事》以及馬蘭性格與命運的描繪，可以發現潘人木不僅是訴說一個傳統女性婚姻無法自主的悲劇，更是娓娓道出此岸渡不過彼岸，生命無從救贖的悲涼。

　　第三層是「愛、貢獻／悲天憫人」，這部分的懺悔與贖罪最是幽微，更是觸及靈魂深處展現人性光輝。《馬蘭的故事》中符合這一層次的懺悔意識者，便是始終全然貢獻的程母、以及與黃禮春完婚後處處展現母親特質的馬蘭。在罪與罰的結構中，程母始終是一位沉默的贖罪角色，她終其一生都在償債，替程堅償還對秦車把一家的愧歉，同時也償還程堅對自己女兒馬蘭的虧欠，程母所用的方式正是以一個母親所能付出的愛與無盡包容。這部分容後做進一步論述。

　　在《馬蘭的故事》中，令不少讀者、批評家疑惑的是，馬蘭何以甘心於自己和黃禮春的婚姻、同時步入母親的後塵成為家庭中的犧牲與替罪角色，不論是程堅對程母的指責嘲諷，或是黃禮春對馬蘭的欺凌謾罵，在潘人木的小說中女性似乎常常是婚姻家庭裡父權下柔弱無力的「受害者」，並且在她們的人格特質中都被按入了容易自責、習慣罪己的性格。如同梅家玲所言，「它關切的是婚姻愛情歷程中的個人遭遇」，是「大我讓位於小我，關乎千萬人身家性命的神魔之爭，於是被置換為尋常家庭男女的婚姻暴力與危機處理」[36]，此情況下除了思考潘人木反共書寫的表現外，或許經由《馬蘭的故事》之罪與罰的探討中，還可以進一步深掘潘人木以愛與包容、替罪與贖罪的母親書寫傷痕乃至跨越傷痕的用意。

　　不論是《蓮漪表妹》與《馬蘭的故事》，我們不能忽略的是，其背後畢竟述說了一個時代的悲劇，人物的流離失所、困頓失據和國共內戰終究脫不了干係，因此，反共小說中最大的罪──不論政治立場是國是共──其實是戰爭，這實為普天下人的罪。劉再復於《罪與文學──關於文學懺悔意識與靈魂維度的考察》一書中提到，傷痕文學的困境往往在於過度強調傷痕、敵我對峙，最後往往流於平面單向的譴責小說，惟有超越敵我兩方、包容正邪，體悟因戰禍帶來的種種血腥罪惡而懺悔，同時成為所有人的替罪之身，挺身承擔雙方的罪罰，為所有人贖罪，才能真正展現懺悔文

─────────────────

[36]梅家玲，〈五○年代臺灣小說中的性別與家國〉，《性別還是家國？》，頁77。

學的精神，以及作家深刻的人道關懷。[37]在反共論述當道下，分殊敵我、演
述正邪，正是反共書寫最重要的精神與目的，因此絕難出現這一層次的懺
悔意識，控訴都來不及了，怎可能握手言和、彼此祈福禱告！然而，當潘
人木在改寫了《馬蘭的故事》時，從她刻意降低國共對立色彩、突顯大時
代下小人物面對命運的種種態度，不難看出潘人木以關注人性轉換反共議
題、以包容代替控訴的用心，因此小說中展現的是母親們對家國大義的時
代責任，實無承擔的興趣與機會，她們企求的僅是現世安好、和平溫飽，
正因爲對於時代悲歡的再無所求，反而以最卑微、尋常的心願，對戰爭或
是歷史悲劇下受難的人（子女）產生悲憫同情之心，因此，《馬蘭的故
事》中即便是可惡之人如黃禮春，潘人木仍是藉由馬蘭的角色對其性格中
的懦弱、卑微投以悲憫關懷。

　　所以在《馬蘭的故事》與《蓮漪表妹》中，除了可以看見潘人木刻畫
了一個替罪與贖罪的母親身影，更可體會潘人木在書寫中透顯的人性關懷
與深刻的懺悔內涵。

三、替罪與贖罪：母親

　　潘人木筆下的「母親」形象，相當一致地呈現出接受種種安排而靜默
無聲、對自身乃至丈夫子女的命運皆無從掌握或改變的傳統典型。

　　在《蓮漪表妹》與《馬蘭的故事》中，主要的母親有四位：白蓮漪的
母親、表姊卜碧琴之母，以及馬蘭的母親與林金木的母親林氏，這四位母
親在小說中都沒有名字，她們是母親、舅媽或是林氏，顯然在家族中都得
不到尊重、不具備獨立自主的地位與自由發言的空間，在《馬蘭的故事》
中林氏甚至被安排禁聲，連爲自己辯護的能力都喪失了。她們都善於縫
紉、繡花、作衣鞋，在日復一日重複的縫補針繡中，企圖弭平時代的傷口
拼補破碎的生命，蓮漪的母親始終相信苦命人的一針一線都有個心願，邀

---

[37]劉再復、林崗，《罪與文學：關於文學懺悔意識與靈魂維度的考察》（香港：牛津大學出版社，
　　2003 年）。

天垂憐，誰得了就能獲得幸運與保護。她們一生不斷上香與禱告，馬蘭的
母親爲這些同命女性發聲，說道：「我這一輩子，就是想，哭，上香！」[38]
在和平溫飽的年月裡，她們燒香祈福代所有人感謝上蒼；可是，一旦戰亂
烽火遍地時，她們就得用眼淚與懺悔來祈禱，承擔所有人的罪愆過錯，以
最卑微的生命祈求蒼天神明的原諒。因此，在這一類戰爭動亂主題的書寫
中，母親，儼然是替罪與贖罪的角色。她們在文字中沉默孤單地承受苦難
罪罰，沒有名字，沒有精采跌宕扣人心弦的敘事，連她們臨了、訴說生命
的失落，那嗟嘆都顯得相當尋常：

> 媽是聰明溫柔的婦人。她一生所要的，就是她在閨閣中作姑娘時所企求
> 的──成器的兒子，體貼的丈夫，和平溫飽的日子。但她全部落了空，
> 她不再要別的了。[39]

　　潘人木安靜低調地刻劃出平凡而傳統的中國女性，如何連生命中最起
碼「和平溫飽的日子」都得不到，甚至受著丈夫、子女的牽累，駝負苦
難、承擔罪罰，變成一個戰禍苦難下得不到／等不到救贖的母親。

　　和《蓮漪表妹》比較起來，潘人木在《馬蘭的故事》中對母親的角
色、夫妻應對與母女情感的描繪著墨較多。程母不時得忍受丈夫的揶揄嘲
諷和無端由的咒罵，她還時刻燒香拜佛以淚祈禱，在程母身上確實可以看
見《蓮漪表妹》中蓮漪的母親白氏以及姑母卜氏的影子，潘人木藉由程母
一角，將母親形象做了完整、更爲深刻的敘述。

　　小說中，程母默默承受程家的失敗、家道中落，以及程堅內心糾雜的
罪與罰，扶養秦車把遺下的兩名女孩視如己出，爲她們縫衣製鞋，這些作
爲是程母代替程堅贖罪的方式。和《蓮漪表妹》不同的是，程母除了是傳
統母親典範的延續外，潘人木還進一步寫出傳統女性追求經濟自主的努

---

[38] 《馬蘭的故事》，頁 264。
[39] 《馬蘭的故事》，頁 369。

力，例如：

> 媽近來說話，口氣全都比以前強硬，自從鄭大叔接姐姐那天，把賣豬分
> 的錢交給她，她就像一株將枯的植物忽然得到了適宜的養分那樣，枝葉
> 繁茂起來。[40]
>
> 春天的律動並不能鼓舞我們。我們在焦急而煩躁的等待，等待上峰對爸
> 的處置。他已經根據被捕人的供述，檢同證物，說明經過，同縣長一起
> 自請處分了。
>
> 不過，春天的滿眼新綠，卻給媽另外一個啟示。她覺醒似的以為「我們
> 的命運也許還在土地上」！
>
> 「馬蘭哪！看現在的樣子，我們不能全指望你爸了，我們得想法兒弄一
> 點錢。……」[41]

　　養豬賺了小錢，小錢就有了小用處，潘人木在不經意處描述程母一點
一滴累積自己絕地逢春的能力，這「啟示」、「覺醒」卻也是無可奈何下
不得不的作為。當程堅執著於「紅粳米」無它絕不種地時，程母卻在土地
上找到新出路，偷瞞著程堅種植黑色大煙，「爸絕對想不到家裡一老一小
的女人背叛他了」。[42]因此，在《馬蘭的故事》中潘人木對父母的形象作了
一個精彩且獨特的對比：

> 「紅粳米」──程堅／父親／興族大業／國家根本／大我之義
> 「罌粟果」──程母／母親／禍國殃民／動搖國本／小我之利

　　與「紅粳米」指涉莊稼種子、程家珍寶與進貢物品的意涵相對照，

---

[40]《馬蘭的故事》，頁238。
[41]《馬蘭的故事》，頁278。
[42]《馬蘭的故事》，頁280。

「罌粟果」貽毒、禍國殃民象徵清末外強侵略的民族悲劇，兩者形成一組正、負面價值強烈對比的意象。然而，母親經濟自主的希望、為女兒存點嫁妝的卑微努力，就全寄託在這小小一包黑色煙土，「罌粟果」、一包小煙土成為母女在亂世安身立命的最後一點依據。在母親形象的隱喻中，潘人木翻轉了傳統對母親形象正面象徵的作法，藉「罌粟果」的負面意象暗喻經濟獨立的罪惡與禁忌，甚至對家族造成危害——違逆父權、挑戰父親的絕對地位[43]，這是另一種代表不賢良的「罪」，獨歸中國傳統女性所有。此外，明知大煙的毒害與罪孽，仍為了攢下最後一點私房錢在身後為女兒留點遺物，母親不惜背上違逆父親正直形象、枉顧民族國家大義的罪名，在亂世戰禍中用小我姿態承擔歷史時代的悲哀，寧願親身作為罪人，用「替罪」的形式保全子女後代。潘人木藉由種大煙的程母，突顯了戰爭動亂下傳統女性苦難而無奈的孤單身影。

另外，《馬蘭的故事》中戲劇性的「割煙」收成過程，如果將此段置入母親形象的隱喻中閱讀，其飽含張力的敘述，深具言外之意：

> 割煙是精細的工作。一個鋒利的薄片小刀套在拇指上，繞著煙桃輕輕一轉，一股雪白的濃漿就會滲出（重了可能流出多些，但以後再割就沒漿了）。於是用手指抿入掛在胸前的容器。如此割過一刀的煙桃兒，明天還可以割，直割得它「體無完膚」，最後漿汁流盡了，表皮乾枯了，夏天也過去了。[44]

「繞著煙桃輕輕一轉」的意象，正是丈夫子女不斷用各種方式日復一日擷取／刀割母親的關愛與勞動，當母親血淚／漿汁流盡、蠟炬成灰後，往往才又想起母親的諸多好處，所以，母親總是在懷念和懺悔中才開始得

---

[43]例如馬蘭見母親在鴉片煙地上展露出來的指揮能力，不禁懷疑「若是媽早從經營方面發展她的才能，說不定我們已經很富有了」，見《馬蘭的故事》，頁298。

[44]《馬蘭的故事》，頁297。

到應有的尊重。例如《蓮漪表妹》中白蓮漪始終對母親輕視不耐，直到
「蓮漪手記」中，白蓮漪才用懺悔的形式對母親表示懷念，即使是形象較
深思成熟的表姊卜碧琴，也常常受不了自己母親日日燒香禱唸的情景。[45]在
《馬蘭的故事》裡，程堅對程母的嘲諷叨唸，對程母一輩子含辛茹苦的奉
獻視若無睹，直到程母病重時刻才終於透過馬蘭的觀察與揣想，出現複雜
的情感：

> 爸不能，也不會，甚至不願安慰媽，他始終認為人不到七十歲是不會死
> 的，尤其是他的妻子，還沒享過一天福，更不可能這樣就死去。⋯⋯
> 店裡工作完畢，回家來不是咒罵，就是踱著急步，好像恨媽的病為什麼
> 還不快點好，別人的病吃兩服藥就好了。又好像他這輩子從未為媽分
> 勞，為了補償，他要代她走完自己沒有力氣走完的最後的路。[46]

程堅連對程母最後的懺悔都無法說出口，可見在中國傳統權威下身為
一個父親，其壓抑之深。這些壓抑更使中國母親至死還等不到救贖，往往
就帶著無奈失落與遺憾而終。程母臨死前沒有體貼的丈夫、成器的兒子，
更因為程堅的個性使她對馬蘭還有「一連串的認錯」，她說：

> 你爸是個好人，就是太倔，脾氣不好，唉！我走以後，叫你一個人照顧
> 你爸，和他單獨過活，是我最後的過錯了！有我活著，替你擋風遮雨總
> 是好一點！[47]

---

[45]在《蓮漪表妹》再版序〈我控訴〉中，潘人木自述母親在文革中的遭遇：「可憐我的老母，她終
　生吃齋唸佛，救人危困，她有什麼罪？」見《蓮漪表妹》（臺北：爾雅出版社，2001 年），頁 9。
　隱藏在《蓮漪表妹》文本背後還有另一位母親：潘氏，潘人木不啻是藉由書寫母親作為自我救贖
　之道，抒發內心的懺悔、不安。
[46]《馬蘭的故事》，頁 374。
[47]《馬蘭的故事》，頁 382。

　　潘人木形容程母死前最後的光彩，竟是兩滴晶瑩的眼淚，「她的手從被上扯拉著一條長長的縫線，宛如她的痛苦仍在懸掛著」[48]，眼淚與縫線不正是潘人木小說中所有母親共同的象徵。程母一輩子都是替罪犧牲的角色，以血淚向上蒼懺悔，用愛與包容不斷贖罪，對馬蘭「一連串的認錯」，也許就是被罪化的「罌粟果」最後的一滴漿汁。

　　在母親過世、馬蘭和黃禮春成親以後，馬蘭亦變成另一個「母親」的角色，她與黃禮春的關係，從弟弟小良之死事件上的自我懲罰，轉變為視黃禮春為一種責任，正像一個母親面對兒子不成材時的無奈。從替罪與贖罪的角度看《馬蘭的故事》25 章以後的馬蘭，就不難理解她為什麼願意忍受黃禮春的傲慢嘲諷與精神折磨。程母是分擔程堅「紅粳米」之罪罰，在家庭中成為替罪的母親；馬蘭則是接納黃禮春的性格卑微懦弱、不得不受制李禿兒，深知其苦，因而願意「共負其罪」，馬蘭一直是黃禮春的「替罪」，黃禮春將所有責難不幸歸咎於馬蘭身上，便能減輕己罪。

　　黃禮春每一回的惹禍都和政治活動共匪密謀行動有關，最後也都由馬蘭為他收拾殘局，值得注意的是，馬蘭在改寫後的小說中卻是不涉及任何政治活動，她甚至比《蓮漪表妹》中的表姊卜碧琴對政治表現得更加疏離。一二九、一二一六兩次學運，馬蘭完全缺席，當卜碧琴因為自己在學運的缺席，對白蓮漪與其他同學深感內咎不安時，馬蘭身邊甚至沒有心宜、小唐、婉如、胡學禮這些熱血青年的同學可以讓她歉疚、懺悔。在後來學運爆發流血逮人時，馬蘭心思所繫只是黃禮春的安危，學運事件的落幕，完全和政治無關，她是在醫院偷偷塞錢給醫生，保住黃禮春的面子也順便醫好殘了的手。當她為了供給黃禮春的生活做起「職業婦女」在街上賣報時，時局動盪，竟讓她發起小財：

　　由於時局緊張，很多機關、學校、家庭都做南遷的準備，有的甚至已經

---

[48]《馬蘭的故事》，頁 383。

開始行動了。人心惶惶，買報紙的人比以前多了好幾倍，我的收入漸漸增多。每天我都把零錢在油鹽店換成整票，小心收起來。有一天數一數，居然積了兩百多元。眼淚不自覺的奪眶而出。一個 17 歲的女孩，賺了自己的生活，幫助了丈夫的生活，這究竟該驕傲呢？還是該憐憫？眼淚就是這兩種情緒激盪的浪花。[49]

　　這眼淚是少女、妻子的淚水，和政治抱負、國共立場無關。李禿兒與黃禮春談政治、密謀活動，她樂於躲出去種花。到了臺灣，她沉浸在個人小天地裡：

時局是一團糟，共產黨席捲大陸。逃來的人越來越多，中央政府也遷來了，但是我們的小天地卻異常寧靜。……這是我婚後最好的一段日子……對於一件大案子某某主犯在逃，各電臺請求民眾協助的呼籲，覺得事不關己的饒有興味。[50]

　　這些極為生活化、甚至替換不同時空環境亦可能出現相同內容的婚姻敘寫，是後來論者批評女性創作反共小說「私情化」、「瑣屑化」的例證。但是，從另一個角度來看，這些內容正是在在突顯馬蘭根本無意涉入政治。她和白蓮漪有一個根本上的不同，白蓮漪自詡為新時代下新女性的代表，潘人木透過這個角色關懷的是女性知識青年在時局變動下自我成長的不易；至於馬蘭則始終就是一個大時代下傳統中國女性「平凡」的典型，說反共──或許太沉重。

　　正因為馬蘭只是一個中國傳統的母親，所以潘人木安排她為黃禮春做的任何事，都是以妻子、母親的角度去寫。李禿兒與黃禮春在臺間諜活動被揭露時，也是黃禮春對馬蘭最後的折磨與求救：

---

[49] 《馬蘭的故事》，頁 449。
[50] 《馬蘭的故事》，頁 505。

他折磨我的口氣改變了。憤怒、掙扎化為潮湧的自白，語調嗚咽而絕
望。「馬蘭！你對不起我，我饒不了你，你要補償我，你要救我！馬
蘭！」他幾乎是低低哀泣著。[51]

馬蘭所做的是極其簡單的曉以「大義」——越有勇氣面對事實，痛苦
越小。然後，給兩人枕頭、棉被，守他們一夜而不敢眠，這似乎也就是一
個「母親」最後能做的事了。黃禮春死後，馬蘭感到「活了半輩子，忍受
這麼多痛苦，從未像失去禮春感到如此的痛澈心肺，我的小復從今是無父
的孤兒了」[52]，這個心痛也是以身為母親的身分表達。這是前債已了——對
丈夫、後債才開始——對兒女。欠債／替罪、還債／贖罪，而這種屬於
「三從」的觀念，正是中國傳統女性的宿命。如同潘人木在〈當圍巾也嗚
咽〉一文對「馬蘭」角色所述：

就是這樣天天散步，天天寫我的馬蘭，寫那個背著沉重包袱上山的馬
蘭，那個百煉金鋼的馬蘭，那個可能是創造這個時代許多幸與不幸的人
的愛人、母親或祖母的馬蘭。[53]

馬蘭正是這麼一位傳統而平凡的女性，是任何一個妻子、母親的角
色。因此，《馬蘭的故事》所刻畫的是一個中國「母親」的馬蘭，而不是
「反共」的馬蘭。

四、餘論：小說改版

從罪與罰的角度重探《馬蘭的故事》，或許可以在視《馬蘭的故事》
為《蓮漪表妹》之延續、重複揭發共黨罪惡，以及故事中私情化、家庭化

---

[51] 《馬蘭的故事》，頁 526。
[52] 《馬蘭的故事》，頁 530。
[53] 收入《馬蘭的故事》書前序，頁 8。

崩解反共意圖等論述之外，呈現潘人木以超越國共色彩去書寫傷痕、用平凡的中國母親形象超越傷痕的創作用心，並從潘人木深化人性特質、掘發生命內在底蘊之意圖，肯定《馬蘭的故事》之小說價值。

此外，在批評家論《馬蘭的故事》女性成長的角度中，往往較多著墨於馬蘭遭受的苦難、和父親不合情理的責罰，而從罪、罰的面向來看，她和黃禮春的結合其實不僅是時代悲劇或父權下的犧牲，馬蘭最根本的苦難還是來自於她的生命中不得不選擇的自我懲罰，她的原罪宿命——生年不吉、周身不祥和弟弟小良之死讓她背負的良心自責，才是她一生成長的歷程，這部分是許多人略而未論之處，然而小說的深度正是在馬蘭的自我審判、替罪與贖罪乃至自我救贖中呈現。

本文可以用罪與罰的角度切入《馬蘭的故事》，呈現反共書寫之外的詮釋觀點，潘人木對小說的改寫是相當重要的因素。改寫後刪去《馬蘭自傳》中「我是中國人」一段所強調的「懷念祖國」，以及涉及二二八事變省籍衝突、馬蘭被指控匪諜等內容，大幅降低了馬蘭的政治色彩，將國共論述中「反共的馬蘭」轉化為「罪與罰」內容裡「母親的馬蘭」，使本文的論述有所著力。因此，潘人木對小說的改寫、及其衍生的相關問題，是本文最後想探討的議題。

《蓮漪表妹》於 1950 年代出版，1980 年代潘人木應林海音女士的要求在純文學重新整理出版，潘人木因而更動部分人物情節，改變後半段「蓮漪手記」的敘事角度，加強蓮漪現身說「共」的可信度與感染力。另一反共著作《馬蘭自傳》，亦在 1980 年代同樣由純文學第一次單本發行，潘人木並在修訂後更名為《馬蘭的故事》。一個作家在 30 年後重新面對過去的作品，在時空背景、社會環境與文藝潮流幾經轉變物換星移的情況下，潘人木的書寫狀態，令人好奇。

推敲潘人木在《蓮漪表妹》前的自序〈我控訴〉一文，可以發現她對這三十幾年來評論家對反共文學的論述、將《蓮漪表妹》、《馬蘭的故事》歸類為抗戰反共小說，頗有意見。主要原因是她對政治有「根深蒂固

的免疫性」，對照王德威的一個觀察，確實符合其判斷：反共文學作家往往因為厭共、恐共，最後導致恐政、反政的情結。[54]《蓮漪表妹》故事中表姊「我」對政治的疏離，或許可視為現實中潘人木的自我寫照。那麼，隔了三十多年，〈我控訴〉又是對誰提出控訴、告什麼狀？誰還介意八百年前的老帳？潘人木的控訴，或許正是對已經遺忘或準備淡忘歷史傷痕的人提出的批判（不論他們以何方式遺忘），30 年前寫作《蓮漪表妹》的動機，或許只是單純記下一段青春生命的歷程，是「不記下不甘心」；30 年後的控訴，卻是因為確實誰也不再算那八百年前老黃曆裡的帳，所以：

> 我控訴的目的，只想記下這一筆生死帳，因為原諒是一回事，忘記是另一回事。[55]

很明顯的，潘人木已經重新著手再書寫一次《蓮漪表妹》背後已然不見的歷史傷痕創痛記憶。只是，這一回的重寫不見任何意識形態的表述，倒是在控訴中隱隱然浮現自我的懺悔，字字血淚。在〈我控訴〉一文中，潘人木提到 1980 年後拜兩岸開放協商大門所賜，她收到一疊遲至的家書，發現當年留在大陸的父母兄嫂在文革期間因為她遭到清算處死，結果「是四條人命，六個孤兒和全體文盲的姪輩」，錐心之痛，她如是寫道：

> 我不停的含淚責問自己，父親被打死的時候，我在幹什麼？坐在冷氣房間，欣賞武打電影，以別人的流血為樂？母親挨餓的時候，我在幹什麼？挑肥揀瘦，不吃這個，不吃那個？哥哥被殺的時候，我在幹什麼？擁枕高臥，計畫當天如何消遣？而在全中國十億人受盡凌辱、百般折磨的時候，我在幹什麼？住二十坪的房子嫌空間太小，坐公共汽車嫌太擁擠，吃白米飯怕發胖，遊山玩水，飛來飛去嫌不自由？我！我！我！我

這個沒有心肝的東西！[56]

　　她坦承自己曾經一度被「潮流」沖滑了，以爲三反五反、文革武革總不會落到自己身上，更別說那些安分守己平凡度日的家人；然而，一疊書信讓她成爲歷史傷痕的見證者、受難家屬，這些創痛對她來說不再是虛構的故事，因此她必須對文革提出控訴，對自己成爲罪難中的「旁觀者」懺悔，同時對自己在至親遭難時一再「缺席」懺悔。

　　〈我控訴〉應該可以視爲 1980 年代的另一篇反共文學。2001 年，潘人木又寫下一篇〈不久之前〉作爲《蓮漪表妹》在爾雅出版的序文，睽隔15、16 年，潘人木將《蓮漪表妹》裡再現的當年時空與種種記憶，名之爲「青春」，並選擇輕輕「放下」了——「時空隱去，化爲青春。我與青春對坐。無語。」[57]文字中瀰漫著一股淡淡的惘然，或許正爲反共文學千禧年後的歷史意義作下註腳。從 1950 年代的《蓮漪表妹》與《馬蘭自傳》、1980 年代二書的改寫和〈我控訴〉一文以及 2001 年的〈不久以前〉，對潘人木而言，此一書寫現象本身不正演述了她所經歷的反共文學之過去、現在以及可預見的未來。雖然潘人木在這方面留下的文字敘述並不多，但是我們仍然有幸看到一個作家對單一文本以長達 47 年、近半世紀之久的持續書寫。今日再思索反共文學的歷史功過與美學價值時，或許，《蓮漪表妹》的改寫與出版現象，可以提供我們在政治小說、傷痕寫作、國族與家園想像以及女性文學領域之外，憑添一筆關於作家創作心志、書寫樣態的觀察。

---

[56] 《蓮漪表妹・我控訴》，頁 9～10。
[57] 《蓮漪表妹・我控訴》，頁 4。

參考資料：

專書

- 王德威，《小說中國》，臺北：麥田出版社，1993 年。
- 王德威，《如何現代，怎樣文學？》，臺北：麥田出版社，1998 年。
- 古繼堂，《臺灣小說發展史》，臺北：文史哲出版社，1989 年。
- 東海大學中國文學系主編，《戰後初期臺灣文學與思潮論文集》，臺北：文津出版社，2005 年。
- 邱貴芬，《後殖民即其外》，臺北：麥田出版社，2003 年。
- 范銘如，《眾裡尋她──臺灣女性小說縱論》，臺北：麥田出版公司，2002 年。
- 張小虹，《性／別研究讀本》，臺北：麥田出版公司，1998 年。
- 張誦聖，《文學場域的變遷：當代臺灣小說論》，臺北：聯合文學出版社，2001 年。
- 梅家玲，《性別，還是家國？》，臺北：麥田出版公司，2004 年。
- 淡江大學中文系，《中國女性書寫國際學術研討會論文集》，臺北：學生書局，1999 年。
- 陳義芝主編，《臺灣現代小說史綜論》，臺北：聯經出版社，1998 年。
- 彭瑞金，《臺灣新文學運動四十年》，臺北：自立晚報社，1991 年。
- 葉石濤，《臺灣文學史綱》，高雄：文學界雜誌社，1987 年。
- 齊邦媛，《千年之淚》，臺北：爾雅出版社，1990 年。
- 劉再復，《罪與文學》，香港：牛津出版社，2003 年。
- 潘人木，《馬蘭自傳》，《文藝創作》第 46～49 期，1955 年 2 月～5 月。
- 潘人木，《馬蘭的故事》，臺北：純文學出版社，1987 年。
- 潘人木，《蓮漪表妹》，臺北：爾雅出版社，2003 年 4 月。

期刊論文

- 王開平，〈並不是很久以前──訪作家潘人木〉，《聯合報》讀書人，2001 年 5 月，14 日。
- 朱介凡，〈論《馬蘭自傳》的風格與德性〉，《文藝創作》第 14 期，1952 年 6 月。

・朱西甯,〈論反共文學〉,《中華文化復興月刊》第 10 卷第 9 期。

・林武憲,〈縱橫於小說創作與兒童文學之間──潘人木研究資料目錄〉,《全國新書資訊月刊》,2001 年 1 月。

・張素貞,〈五十年代小說管窺〉,《文訊》第 9 期,1984 年 3 月。

・陳良真,〈潘人木小說中父母形象分析研究──以《蓮漪表妹》與《馬蘭的故事》爲例〉,《東方人文學誌》第 3 卷第 2 期,2004 年 6 月。

・陳良真,《潘人木小說研究》,屏東師範學院語文教育系碩士論文,2004 年 6 月。

・陳瑷婷,〈譬喻揭秘──《馬蘭的故事》的植物與土地想像〉,《興大人文學報》第 34 期,2004 年 6 月。

・曾鈴月,《女性、鄉土與國族──戰後初期大陸來臺三位女作家小說之女性書寫及其社會意義初探》,靜宜大學中文研究所碩士論文,2001 年 6 月。

・琦君,〈一棵堅韌的馬蘭草──《馬蘭的故事》所顯示的道德情操〉,《中央日報》副刊,1989 年 4 月 16 日。

・黃錦珠,〈性格與時代的悲愴交響──讀潘人木《蓮漪表妹》〉,《文訊》第 195 期,2002 年 1 月。

・趙淑敏,〈巨浪──重讀潘人木《蓮漪表妹》〉,《明道文藝》第 299 期,2001 年 2 月。

・鄭雅文,《戰後臺灣女性成長小說研究──從反共文學到鄉土文學》,國立中央大學中國文學所碩士論文,2000 年 6 月。

・諦諦,〈潘人木的寫作生活〉,《婦友月刊》,1959 年 11 月。

・鐘麗慧,〈「蓮漪表妹」潘人木〉,《文藝月刊》第 177 期,1984 年 3 月。

──選自《資深兒童文學家潘人木作品研討會論文集》

臺北:中華民國兒童文學學會,2007 年 2 月

書寫新疆
潘人木《哀樂小天地》

◎應鳳凰*

　　潘人木於 1944 年前後西北邊塞之行，留給她難以磨滅的鮮活記憶。除了描繪母性之光，也從冰雪大漠沐浴異民族風情，領略少數民族心性之純樸善良。

　　基於語言優勢，1949 年前後來臺女作家創作質量可觀，長期活躍於臺灣文壇。過去文學史書給她們的評語，說是「社會性觀點稀少」，題材狹窄，「脫離不了女人、家庭、情愛的範圍」。歷經數十年時間掏洗篩選，慢慢顯出這樣的刻板印象，一部分來自大男性觀點，一部分來自史家閱讀範圍的狹窄，不夠全面。

　　她們作品題材多元，不只寫心裡思念的故鄉、眼裡看到的臺灣，也寫各人走南闖北的特殊經歷。例如一位文筆極好的主婦作家，來臺前隨丈夫在新疆短暫停留。她初到物資匱乏的臺灣，料理家務之餘埋頭寫作，以稿費貼補家用。抗戰時期在重慶她是大學英文系高材生，遍讀中外名著。此番廚檯邊寫作，小說頻頻獲得大獎。以後數十年她擔任兒童叢書主編，成果優異揚名出版市場，大家卻淡忘她早期小說的亮麗成績──你大概知道這位作家是誰了。不錯，正是與林海音、琦君、張秀亞等同時期活躍於文學舞臺，互相都是親密文友的潘人木。她第一部短篇小說集《哀樂小天地》，就是由「純文學出版社」林海音親手為她編輯出版的。

*臺北教育大學臺灣文化研究所副教授。

一、從東北到大西部

潘人木原名潘佛彬，1919 年出生於遼寧省法庫縣。取自「本名偏旁」的筆名，似乎有意告訴別人，「寫作的她，只是一部分的她，而非全部」罷。

人生際遇真是難以意料。中國對日抗戰，她隻身離開東北家鄉，遠赴西南（當時稱大後方）的重慶讀大學。1942 年畢業後結婚，隔年隨丈夫工作前往新疆，而有了一趟西北之旅。回北平不久遇上國共內戰，這次與夫婿隨國民黨政府由北平到東南海島臺灣。料不到在島上一停留竟是大半輩子，一住便超過 50 年。

更想不到竟然走上寫作之路。1943 到 1945 兩年多，旅居新疆，曾在新疆女子學院執教。停留西北時期不論教書、生活，與當地住民如白俄人、維吾爾人、哈薩克人等頻繁往來。其間遭遇一連串驚險故事，留給她深刻印象，也成為她創作的豐富資源。

《哀樂小天地》出版於 1981 年，是發表於 1953 年至 1967 年的精選小說。全書 17 個短篇，除了一部分以臺灣為背景，精采之作如〈烏魯木齊之憶〉、〈玉佛恨〉、〈夜光杯〉等，文字優美，人物鮮活傳神，把當年塞外天然景物及社會狀況描繪得栩栩如生，是華文文學裡少見優異的新疆題材小說。

二、可貴的赤子童心

也許與本身的女性身分有關，她喜愛的題材不是母親便是兒童。

先看她如何描寫孩子的無邪與天真。潘人木初臨新疆，便遇見她最喜愛的東西，那是小孩的童真。她從兒童眼裡，看到人世間最美的光彩。她把初遇見混血兒「阿麗亞」的印象，形容為「冰封雪地裡的藍色火焰」：

在黃昏與雪當中，我覺得她的小小的合身的大衣，她的圍巾，她的

包頭全是黑的。唯有兩隻眼睛，在當地當時我的心情下，不能說它們像水，像海，像秋日的天空，對我而言，它們簡直像液體的藍色火焰。因為我打了一天一夜寒戰，才第一次看見可以喜愛的東西。

——〈阿麗亞〉

　　兒童的純真單從外觀穿著起筆即入木三分，而唯有作者打從心裡喜愛孩童，方能敏銳細膩地，同時用水、火、天空形容他們熱情的眼睛，捕捉他們真摯純潔的精神形貌。哪怕是冰天雪地、大漠荒原，只要有兒童的地方，就有純潔與光彩。童真有如陽光，任何時地只要存在赤子，便不顯荒涼。她也從心底欣賞少數民族的女性之美——不論是外表形貌，或內在的勤勞忠貞、熱情果敢。整體而言，新疆題材小說呈現的「少數民族風情」與「女性之美」，都兼及外表與內在。

三、母親是勇者形象

　　潘人木新疆題材小說的「母親角色」，是她最常出現的主題與設計。其中以〈捉賊記〉裡的小母親最讓人印象深刻，或許與作者本人同樣身分年紀有關係。這位單獨抱著「五個月大嬰兒」的漢人母親，爲了陪丈夫，也爲了怕孩子支持不了長途跋涉，而留在「謠傳著哈薩克要來洗劫」，風聲鶴唳的迪化城裡。無巧不巧，在一個風雪聲、馬嘶聲混合，讓人脊樑骨都發冷的寒夜裡，於丈夫出門後，母親竟不小心把一個小偷——滿臉鬍鬚的維族男子，反鎖在自己屋子裡。他是通緝犯，名叫「阿不都拉」：

年紀三十多歲左右，滿臉黑色的鬍子，面孔蒼白，兩眼像兩隻利刃一般望著我。那時我的感覺好似屋子突然下陷，變爲深不可測的毒潭，而我抱著孩子，正慢慢下沈。

　　驚懼中的母親，一邊面臨著極大的內心交戰。「爲了我和孩子的暫時

安全，應該打開門讓他走路」，但放走了他，誰知以後這逃犯還會犯下什麼樣的罪？小偷出不去，盛怒下用冷水猛潑母親和嬰兒，到處翻找鑰匙。當時是零下 12 度，母親急驟間所能作的，是把濕了的衣服扭乾，解開自己的皮袍扣子，把奶瓶、尿布、棉襖等一股腦塞在自己懷裡，企圖用自己的體溫，溫乾這些衣物。

阿不都拉轉身看見「我」正在扣皮袍的鈕子，以爲鑰匙就藏在那兒，一個箭步衝過來一把將母親身藏的東西全部掏挖出來。面對地板上大堆嬰兒用品，還微微冒著熱氣時——歹徒廢然坐在椅上，深受感動。原來他看見女主角把「這麼冷的東西放在懷裡」，忽然間便想起了自己的母親：

> 我媽以前給俄國人修油井，把我就擺在她懷裡，……俄國人叫她把我扔下來，她說野地太冷，俄國人打她，天下雪，罰她站在那些冰冷的鐵管子上，可是我還是暖暖和和的。
>
> ——〈捉賊記〉

這篇小說就由母親下意識的護嬰動作，意外化解了一場暴力事件。小偷在說這些話的時候，「臉上突然變得非常純靜而善良。女主角原是膽小弱女子，「母親形象」的遽然展現，一下子揭去了賊人兇惡的外衣。小說透過短短一則「賊人入侵」事件，一箭雙雕地同時讚頌了兩位母親：一個漢人和一個維族人的母親。換句話說，不論哪一種族，母親「角色」的「護子天性」全是一模一樣的。小說爲我們點出「普天之下同樣的勇者」形象，也說明了，不論西北塞外，或者天涯海角，「母親角色」其實超越了族群、性別與階級，散發著人性光輝。雖然停留新疆只短短三年，24 歲方新婚的她，正是一生腦力體力的黃金時期。1944 年前後西北邊塞之行，留給她難以磨滅的鮮活記憶。除了描繪母性之光，也從冰雪大漠沐浴異民族風情，領略少數民族心性之純樸善良。

綜觀潘人木寫作生涯，除了半生心血貢獻給兒童叢書，由「純文學出

版社」印行的三本小說皆爲當代文學佳構；一是她的成名作《蓮漪表妹》，以抗戰時期大學校園爲背景；其二《馬蘭的故事》，追憶東北家鄉成長歲月。最後便是前述《哀樂小天地》，橫跨塞外及臺灣生活題材。從書名看得出來，「女性」既是主角名，也是小說主題之所在。

　　2005 年潘人木在臺北去世。如果活著，今年正好 90 歲。可惜潘人木這些塞外小說絕版多年，好些小說剪報甚至從未出書，這類佳作未能廣爲流通叫人扼腕。趁此機會，忍不住要呼籲眼光遠大的出版家們印行這批作品，造福全世界華文讀者，特別在新疆發生動亂的新世紀。

──選自《文訊》第 291 期，2010 年 1 月

神槍手吳宗甫

潘人木寫清苦家庭的哀樂故事〈老冠軍〉

◎保真

　　潘人木女士的〈老冠軍〉，寫的是一個清苦家庭的哀樂故事：吳宗甫是一間小學的老師，與妻兒一家五口租屋居住在一個大雜院裡，每月花費不貲，生活很是拮据。孩子們缺少書桌，吳宗甫就利用肥皂箱釘釘鋸鋸，勉強做一張桌子。

　　缺少書桌還是小事，更糟的是居住空間太小，只有兩個房間，三個孩子只好在起居間打地鋪。所以，他們這一家一直期盼能分配到學校的宿舍。一天，吳宗甫回家說學校空出一棟宿舍，有三間房間。吳太太興匆匆的問先生有沒有向校長說我們想要這棟宿舍，吳宗甫說：「想住房子的，有19個人！」吳太太感嘆自己到下星期的校慶，等宿舍就已經等了七年了。

　　忽然，吳宗甫神秘兮兮的從學校帶回一把長槍。在妻兒驚喜追問之下，吳宗甫才說出原委：「校長讓所有申請那棟宿舍的人，都參加射擊比賽，誰勝利了，房子就配給誰。」所以吳宗甫才借了軍訓用槍來練習。

　　這件事傳開了，同事都說射擊比賽只有吳老師和教體育的馬老師是勁敵，其中更看好馬老師，因為他身體好，視力更好。馬老師給吳宗甫取了一個諷刺的外號「老冠軍」，因為他認為吳宗甫一定會輸。

　　校慶日到了，吳家上下都很緊張興奮。吳太太除了為孩子們準備野餐食物，還把先生的眼鏡擦得很亮。

　　校長碰見吳宗甫一家人，突然想起上次學校遠足的照片洗好了，吳宗甫夫婦跟進校長室去看相片。吳宗甫摘下眼鏡，想細看小相片。他順手把眼鏡遞給太太，吳太太一個失手，眼鏡竟然掉在地上，鏡片「摔得粉碎」。

校長黯然，吳太太更是情緒激動得不能自己：「我的無助和苦痛，好像立刻和陽光混合，到處飄動。」

吳宗甫卻是很鎮定，他戴上沒有玻璃的鏡框，囑咐太太別告訴孩子們，以免他們著急。然後，他出場比賽。

三次射擊之後，宣布吳宗甫老師第一名！四周掀起一陣不平的抗議聲浪。校長接著說出原因，因為他親眼目睹吳老師的眼鏡摔碎了。這下子，不但馬老師很有風度的過來握手認輸，學生們也熱烈鼓掌。三個孩子也摟著媽媽，吳太太哭了。

這是一個艱苦時代的故事，它寫出小老百姓的平凡願望與夢想。這一家人多麼親密，他們的願望多麼卑微。當他們的夢想幾乎「摔得粉碎」時，爸爸沒有臨陣氣餒。他表現了好成績，但仍然需要一位公正的校長做出最好的裁決。這是一篇富戲劇性的小說，每位人物都展現了小人物的真情，因此溫情流露。

——選自保真《保真領航看小說》
臺北：九歌出版社，1999 年 5 月

人前亮三分的生命之歌
潘人木後期的文藝創作

◎張素貞

　　本論文以潘人木 1980 年代後的小說及散文創作為討論的對象。她早期
的作品都是小說創作，筆者曾撰寫〈五、六〇年代潘人木小說面面觀〉[1]，
就知見作品做全面的觀察。1965 至 1982 年，潘人木擔任兒童叢書的主
編，編寫的重點在兒童文學，成績斐然，另有專家學者研究；筆者僅就個
人研究範疇，再研討後期的文藝創作——五篇短篇小說及二十多篇散文，
並綜合歸納，嘗試在文學史上為潘人木的文藝創作定位。

一、時代的印記——後期小說

　　1980 年代潘人木的《蓮漪表妹》與《馬蘭自傳》由純文學出版社再
版，以嶄新的姿態出現，經過相當幅度的改寫。[2]新版的書序〈我控訴〉[3]，
反映了當時現實親人離散的衝擊。中共政權的整肅鬥爭，濫及無辜，使作
者的親人因為海外關係而蒙受死亡、離散與六口孤兒不僅流落無依、而且
受盡凌虐的悲劇。〈有情襪〉中父親被羅織罪名，鬥爭而死，顯然是實寫
善良父親的悲苦下場；〈鳥事〉中五名孤兒的悽慘遭遇，則明顯是大哥一
房悲慘的映照。

---

[1]2003 年 11 月 30 日「戰後臺灣文學與思潮——以五、六〇年代為主」國際學術研討會論文（東海
　大學主辦）。見《戰後初期臺灣文學與思潮論文集》（臺北：文津出版社，2005 年 1 月），頁 547～
　576。
[2]詳見上文中〈創作改寫的參差對照〉，頁 560～562。《馬蘭自傳》還改名為《馬蘭的故事》。
[3]《蓮漪表妹》新版（臺北：純文學出版社，1985 年；爾雅出版社，2001 年）自序。

（一）揭示共產統治的悲慘

　　走過亂離的歲月，小說有不少成分是潘人木個人經歷的映照。〈有情襪〉中的父親也是慈悲的法官，把刑房改爲住房，一如《馬蘭自傳》設教養工場安置輕刑罪犯。過去，潘人木在《哀樂小天地》大部篇目及一些短篇零篇裡，曾把視角紮實地放置在眼前現實的生活情境描寫上。這樣的現實觀照，也反映在她的 1980 年代小說選材上，背景是東北老家、北京與臺北，那是文化大革命之後訊息傳來，小說家以真實的人物遭遇作爲鑑照所書寫的時代印記。即使早年就以能掌握小說蘊藉技巧備受讚揚，1980 年代的小說儘管只是順筆帶出，或點到爲止，她有意揭示共產世界統治的殘酷與悲慘，明眼的讀者是感受深切的。

　　〈有情襪〉以第一人稱自知觀點寫成，幼年的回溯與 1980 年代的勾勒綰合，用幾雙襪子牽引出女兒對父母的孺慕，父母的積善慈愛，幼童的嬌痴活潑，聽差的憨厚純良。幼年的記憶，細描對布襪、洋襪與鍾仁對包腳布的情感，她建議父母也送洋襪給鍾仁，小女童眼中的父母與鍾仁寫得飽滿靈動，一些細節，爲 1980 年代父親被鬥爭死亡，有個老人出面爲父親穿上一雙洋襪做了完美的鋪墊。在有理說不清的年代，那鄉野出身的老大爺竟敢爲「罪人」穿上洋襪，讓他「不至於赤腳走向另一個世界」。有情襪被有情人珍藏多年，終究物歸原主，盡到最大的功用！作者揭露無情無理的世界，幸好大鄉野仍然保存了有情人生的一些情義。

　　〈鳥事〉背景設在解放兩年以後，以九歲男童紀明的有限觀點寫成。原本美滿的家庭，父親被抓去處死，母親上吊自殺，五個孤兒，沒人敢幫助。常被誣賴偷竊，藉故來家中搜尋，順便取走有用的東西。紀明是唯一的男孩，挺身承受酷虐的拷打。「就差沒破開五個孤兒的肚子搜贓了。要真能破開肚子，倒也一了百了，還他們一個清白。」妹妹們吃的是蚯蚓。張支書的兒子小虎丟了一隻紅殿頦兒，紀明拾獲一隻受傷的麻雀，把麻雀用春聯紙染紅冒充，跟小虎換了兩張烙餅。烙餅被追究起來，張支書懸空把紀明提到門外，嚇得四歲小女娃光了屁股下地，追著喊：「你們別殺我

哥，別吃我哥呀！」此之謂「鳥事」。

〈西屋傻子〉像篇傳記體小說，以第一人稱旁知觀點撰寫西屋傻子的事蹟。開筆就說：海峽兩岸通信以後，知道見過的一輩人，老死、鬥死、餓死、無緣無故的死，都死光了，唯獨西屋傻子還活著，好好兒的活到九十歲。「我」講述了兩種版本的西屋傻子故事以後，急急要開支票，希望一向能吃量大的西屋傻子可以吃飽吃好。多數人都悲慘地死光了，西屋傻子是因為傻而能夠活存下來的嗎？

（二）幼少時期的溫馨回憶

〈西屋傻子〉敘描了幼時對西屋傻子有趣的記憶，寫受盡捉弄仍玩得開心的西屋傻子，善良而體貼，曾救過「我」。〈有情襪〉費了不少文墨描摹父母如何鍾愛女兒，母親如何委婉哄誘、教導女兒，女兒如何深深感受到母親無盡的慈愛。「我很享受媽給我焐被的時刻，更享受她的眼光。——那眼光使我離開她以後，一想起來就流淚，做夢做到，都會哭醒。」[4]

母女依戀的深情，在〈綵衣〉裡有進一層的刻畫。敘述者採行老婦的視點，今昔交錯。居住臺北建國南北路高架橋不遠的梁太太沈媛 68 歲，兒女都已離家，有了孫兒女。在先生被邀去打例行麻將的這個黃昏，獨自拉緊窗簾，在室內翻箱倒櫃，取出以往穿著的特具意義的衣服，對鏡逐件試穿，塗脂抹粉，「綵衣娛親」，全繫聯在思念母親一條線索上。母親是排難解厄的高手，所以即使沈媛做了祖母，當 60 歲丈夫居然有外遇的時候，她去應徵義女，尋求一個替代的母親。〈綵衣〉思慕母親、實寫臺北，選材有些奇特，飽經離散苦楚，68 歲老婦的敏感脆弱，從來也沒有人探討。兒女出外的空巢反應，來自彼岸家鄉傳來的政治悲劇，都是強烈的刺激；而時代的刻印，除了外遇問題，也包括父母留美而把孩子交由外婆在臺照顧等等。這篇小說掃描的臺北情境非常具有現代感。

---

[4] 見《中華現代文學大系・小說卷一》（臺北：九歌出版社，1990 年），頁 33～34。

（三）無可奈何的離散、疏離

〈北京下午兩點半〉是離散文學。孤身的老吳即將在三日後的北京下午兩點半與離散 39 年的兒子、媳婦、孫子見面。他興奮地規劃，要展現文革時學得的木工手藝，親手爲孫子做一樣別緻的見面禮物。小說以老吳的有限敘述觀點呈現，他刨木板之前，先把窗戶糊起來，以防鄰居窺伺。妻子接信，知道兒子從臺灣去了美國，大有出息，「突地如久監的犯婦」跪地望藍天磕頭；他們吃大滷麵慶祝，唱起：「毛主席，像太陽，照到哪兒哪兒亮。」歌唱了 40 年，這時才感覺「太陽照著我們。」細品這些對話，句句在理，自然而又巧妙，詼諧卻又帶著創痛，不是真的讚美，含著多少反諷意味！

兒子只不過托人來傳訊，請老父去飯店會面。前頭細膩經營的美好幻象，此刻擊破，衝撞力特別大。失望和無奈，在眾目睽睽之下，他脫口說要在這裡等兒子來。車子走了，又有點後悔，孤獨地坐在蹺蹺板的一端。離散，不僅因時空的隔絕而造成不能理解的知識懸殊，也因不同的生活環境而思維不同，人際關係變得無法盡如預期，即使是自己的骨肉，即使自己也曾經扮演過離散的兒子領了妻兒回家跪拜父母。時代不同了，又何況是更長久的時間，更廣闊的懸絕的空間？

二、懷人抒情小品——後期散文之一

潘人木在 1980 年代以後撰寫了許多篇深婉、細緻、精采的散文，她的散文創作一直延續到辭世之前，那篇〈「一」關難渡〉（2005 年）[5]，見者讚論傳閱，驚爲世外天韻。可惜未曾出版散文集，因此成爲許多散文選的遺珠。[6]

---

[5] 刊於《人間福報》副刊，2005 年 10 月 24～25 日。.由於討論的散文篇目不少，發表的報刊雜誌、年份月日，請參見附錄；以下行文論及，都只標明創作發表年份。

[6] 張春榮，《散文廣角鏡》（臺北：爾雅出版社，2001 年）選論的是「創作不輟，猛志精進者」的散文集；鍾怡雯編的《天下散文選》（臺北：天下遠見出版公司，2001 年），選文「鎖定兩本（散文集）以上的作家」。

（一）懷母

　　前文論及小說〈綵衣〉、〈有情襪〉，其實就富含戀母、懷母的情節，〈綵衣〉標題尤其明顯，行文也近似散文化小說。〈綵衣〉採行老邁女兒與（記憶中）年輕母親對話的口吻，每件衣服都飽滿母親的關愛與女兒的思念，「在異國停留時，我曾把人家一整條『胡桃街』獻給你，我叫它『思母路』。——我也把整排七里香獻給你了，我叫它『思母樹』。」最素樸的白描，寫出長遠的孺慕，精神的依託，無論身在何處，思母情懷如此深重。

1. 童年，母親與曾祖父

　　〈笑的距離〉（1990 年）巧於命題，是三歲多近四歲的孩童期盼母親永遠留在適可的短距離，可以看到對方向自己微笑的距離，是精神的，是抽象的。幼稚女童的視角，背景移置在東北老家曾祖父的老屋，融入城鄉新舊的差距，三代、四代人的異常觀感。散文呈現出老式大家族沉肅的家規與新時代年輕母親嬌寵小兒女的衝突：初見曾祖父，小丫頭裝扮與一般鄉下孩子不同，剪髮，「穿褲腳一排洋扣子的緊腿小馬褲，不繫褲帶而有過肩背帶，背帶的扣環是『康熙通寶』大銅錢。別人裹腳，兩隻玉米棒兒走路『他他他』；我是天足，兩片大腳丫像抹灰板，走路『叭達叭達』。」母親與孩子戲要，又編了曾祖父不中聽的兒歌。於是母女被留在鄉下，要求孫媳婦每天一早到上房伺候，卻不准帶小曾孫女進入，因為生肖屬性相剋。一向親昵的母女等於生生被隔離。幼童忍不住孤單寂寞，終於放膽跨步，冒險踅到太爺的上房去窺伺。新舊價值觀的殊異難免。離去時，才知道原來孩子「看媽」的行為起始就全在母親與太爺的了解與默許之中。這篇散文時序錯綜，單一視點增強了閱讀的懸念，事件中包含傳統風土的展現。母親的溫柔慧美，曾祖父的保守威嚴，小女孩的天真愛嬌，甚至郎二叔的風趣勤謹，都纖微畢露，妙肖傳神，是非常靈活具有美感的童年記趣。

2. 青年，母親

〈想我的紅邊灰毛毯〉（1997 年），記述從念初中到大學畢業就職，一張紅邊灰毛毯跟著自己歷盡滄桑。離鄉時母親說要準備新毯子，卻有些不如預期；九一八事變很想丟棄了它；七七抗戰開始，輾轉到大後方讀大學，仍是這一張毯子，母親巧語安慰，道盡紅邊灰毛毯的好處，一家人出外都虧了它。「把輕愁變爲輕鬆」，簡約的文墨，寫出母親的體貼、風趣，「不管有什麼難處，都沒什麼大不了的。」則讓亂世在外的女兒大半生受用。

（二）童年，祖父

同樣以東北老家爲背景，也記敘老輩教育的，是描寫爺爺的〈沒人看見我上砲臺了〉（2002 年）。[7]好奇，膽大，忍不住犯了長輩的禁忌。上了砲臺，並丟下瓦片，驚動大樹下抽菸的爺爺，「平常戴在手腕上的銀製小羊」也掉下去，卻找不到。童心童想，希望這回平安過關，「那個砲臺彷彿跑到我的背上來，讓我揹著它到處躲避爺爺的眼光。滋味像是個做賊的。」被爺爺約見，爺爺因她膽大，決定讓她上省城升學，兩年半後臨行，爺爺給她一塊銀元和那丟到砲臺外的指甲大小的小銀羊。如此寫出老者威嚴中的慈愛，維護孩子的自尊，讓孩子自省。

另一事件，則是上省城讀書不久，曾爲爺爺保管名貴華麗的俄國長毛毯，不慎倒翻了墨水，爺爺來取毯子，又掏出一塊銀元給「我」，「我」心生愧悔，追上去認錯，要退還銀元。爺爺笑著交代：「再買一瓶墨水就是了，記得時時把蓋子扭緊。」輕描淡寫，化解了緊張氣氛，讓人不能不佩服長者處世的智慧，智慧的背後是滿心的慈愛。

（三）悼亡

潘人木的夫婿黨宇平先生在毫無預警的情況下突然去世，半世紀多鶼鰈情深，潘女士難以承受深沉的痛苦，在許多篇章裡，雖然都巧妙安排一

---

[7]這篇〈沒人看見我上砲臺了〉，收入《孔雀魚之戀》（臺北：幼獅文化公司，2002 年），可能先前發表過，也可以看作是兒童文學。寫作時間當在 1999 年（作者 80 歲）之後。

二敘描重心，但筆鋒常自然帶出悼亡的沉重傷痛。

　　她特意架構某些特殊情節，以小說筆法娓娓道來。〈當圍巾也嗚咽〉（1987 年）作爲改寫版《馬蘭的故事》的序文，交代改寫過程，卻是以黨先生在美東長女家拓闊散步的甬道作平行插入敘描。夫妻倆各自努力重大工程，彼此有打招呼的方式。他們散步，憑創意爲不同的路徑命名。當走「鎌刀把兒」去看「馬蘭草」（巧妙與小說關聯）之後，她要單獨爬坡去一間小店買東西，潘人木寫出短暫分手的不安不捨，以襯托現今人去影空的悲傷無奈。那條向來鋪在大石上的圍巾，見證黨先生從夾克口袋「一次一小把」給老婆零食的情景，圍巾怎能不嗚咽？

　　〈共飲一杯芬芳午後〉（1988 年），題目新巧，起結明白交代了祭悼，正文則描寫一隻杯子引發的細膩思維。從冷戰到逐步突破，見出作者女性的敏感纖細，與黨先生的機智、幽默、包容，夫妻相知之深切，相愛之誠篤。夫妻倆分頭逛跳蚤市場，藉一隻玫瑰色杯子作穿綴，太太一眼判斷丈夫必然喜歡，先藏在不起眼處，不料回頭已被買走；丈夫出價買來，在停車場向太太獻寶，太太卻一語不發，直到次日午休仍在生悶氣。文章採小說限知視角，透過對話以及往事的提述穿插，文末才全貌勾勒完畢。丈夫果然喜歡那杯子，幸虧是他買了來，但作者注意的是過程。找不到杯子時的慌亂、焦慮，以及由此而受到的嘲諷，陸續鋪陳出來。總算談到年輕時在新疆星星峽把被子縫成睡袋，縫得過緊，以致連著睡袋起身倒水，被誤認爲天山大妖的趣事，才大笑了之。

　　〈林中故事〉（2001 年）敘寫在美東獨自享受品茶閱讀或寫稿的逍遙。知道有花栗鼠在偷窺、在說故事：「無非是說她的家住在樹林邊上幾棵春天開黃色小花的迎春花下，可憐那搬石挖土的種花人沒見到第一次開花」，憐惜悵痛的其實是作家，寂寞地向花栗鼠訴說。午後陣雨，次日誤看成林中大白花的一張稿紙「掛在迎春的枝蔓上。——正像爲它拭淚的手帕，」那種花人正是常遞送手帕給她拭淚的呀！物我渾融，擬人移情，飽和的傷痛仍要故作冷靜處理。

〈舊物有新情〉（1990 年）寫的是檢視丈夫的收存的物品，看到民國 27 年自己大專聯考的榜單，名字畫了三個小圈兒，心中「五味雜陳」，「它的邊緣戳到我的眼睛，並未流血，只有幾滴清淚。我沒事，用手一抹就沒事了。」「戳」字精切入微，從切身經驗生活中淬取而來，口說無事，淡化了，反倒覺得深濃。

〈失去的花序〉（1998 年）追憶民國 53 年國慶閱兵的電視轉播，孩子們到鄰居家看電視，排坐在地上有如花序。後來家中買了電視，花序依然；中視、華視相繼成立，選臺有爭執，「我家這朵大紅花，就漸漸失色，變成了多事花。」最後一次形成緻狀花序看電視，是民國 58 年 7 月看太空人登陸月球。兒女出國後，曾在民國 63 年 10 月某日下午，發現他在看自己的訪問節目，大談集郵樂趣，「神情落寞。——他大概也想起了往日的花序。」文末轉述：「自從失去了他，也失去了所有的花序。」思念之情，不言而喻。

美東女兒住所的左側那座樹林是一處寶藏，〈多情最是山中花〉（1992年）描寫：「自他離世，好長一段時間，孤獨使我懼怕，不敢走進那座樹林。那種感覺好像快要在孤獨中溺死了，而抓不住一根水草。」喪偶之無助，如將沒頂，形容切身的感受極其貼切。她自救的辦法是帶著書中的詩或人或動物作伴侶進入樹林。透過一隻狐狸，她發現了野生山茱萸的雪白小花，感受到「它們多情的存在」，「感到不再是一段枯木了。」對自然界美景的感動，使無望無助的傷心人能產生活力，山中花果然最是多情。

〈不信老來只是伴〉（1989 年）描寫目睹一對美國九十幾歲的老夫婦甜蜜相愛的形影，夫妻倆相約要重回漢中平原去尋找那肩扛長槍的年輕人，與那雙腿沾滿黃色花香的女孩；不料他竟然失約，她則「天天責怪他而涕零如雨。」〈尋找茱花田〉（1998 年）是續篇。由一個夢境描寫起，追尋 60 年前一個約會的處所，情侶專屬的一片茱花田。浪漫的情懷，荒誕的可能，橫越 60 個年頭，「少男已消失，少女思念得苦。」不惜一切犧牲，竟能驅車直達陝南，當年的人事，當年的情景，拚命地奔跑，只顧尋找那

片春日下的油菜花田，卻怎麼也記不起分手時的「密語」。夢醒時記起，牢牢記著，但願再有夢，「於是，夜夜將房門留一小縫，讓夢進來。」痴情的未亡人，漫漫長年，期待跨越時空，一種不可知的可能。

（四）懷念海音

　　林海音過世近四年，潘人木寫過三篇悼念好友的文章。她慣例選好敘述的重點，謀篇極其考究。〈以為還有很多，其實沒有了〉（2002 年）說海音「是永不放棄，永遠追求快樂、予人快樂的人。」從探病、擔心、做夢，談到幾個好友聚會打麻將、唱老歌、表演兒童歌舞劇的情形。〈無媒寄海音〉（2005 年）則憶述二人在美髮院巧會而深交的契緣，林海音爽朗活潑、即興創發地導演了「朝為青絲暮成雪」[8]的遊戲。直到她失智多年，一次去吃完喜愛的小吃，經過此地，儘管面目全非，海音居然小聲喃喃：「這裡有家新開張的理髮廳。」五十多年了，她竟能記得。海音擅養植物，「清楚看見一翠綠枝條懸掛窗外。」花木有知，與海音天天照面，對這麼可愛的人，又怎能不想？

　　另一篇〈好夢一場〉（2005 年）[9]，用書信對話方式，以童話思維，為夏、林繼續七世之緣在另一世界構築美好的未來。想像豐富，憑海音的長才，為他們編織比前世更完美的「今世」，至少加入「蜜月旅行」，「不再做在蒼茫中加快腳步趕路的人[10]，而是趁朝露從容出發的愛侶。」顯然「今世」可以活得更愜意，除了廣交歷代文友，夏家照樣高朋滿座之外，還可以把潘、林兩位好友創造的永恆的童話動物召喚來做伴。寫得認真，煞有介事地交代：「只要在臺北行天宮的香爐裡留下你 HY 的小腳印，我便知道你收到這封信了。」潘人木的主旨其實在安慰自己：「此生曾與你為友，便是好夢一場。天上人間都應該想開一點。」但縱橫馳想，也確實

---

[8]改動李白〈將進酒〉的「如」作「為」，剛好形容她們以洗髮粉把青絲再變一次雪白的遊戲。

[9]潘人木過世之後，《中央日報・副刊》於次日（2005 年 11 月 4 日）刊出她的遺作〈好夢一場〉，副題仍是「無媒寄海音」。它是五四文藝節懷念好友完稿的作品，比〈無媒寄海音〉寫於八月的時間還要早。

[10]「在蒼茫中加快腳步趕路」，是何凡（夏承楹）自勵的名言，懸掛在夏家客廳醒目的地方。

開拓了懷人小品的無限書寫空間。

三、詠物小品——後期散文之二

懷人小品中常見穿綴物的無窮妙用。〈想我的紅邊灰毛毯〉以一張毯子貫串起十來年的亂離歲月，〈無媒寄海音〉以一包洗髮粉貫串五十幾年的時光，〈尋找茉花田〉由一個夢境更穿越 60 年前的青春。其中〈想我的紅邊灰毛毯〉裡的那條毛毯曾用來打鋪蓋，捆得像一條灰豬。她大學畢業後要工作而搭船渡江時，被一位士兵當軍用品沒收了。零碎的物品散落滿地，她勇敢地應變，大熱天套上四件「寶衣」，把自己穿成人繭，闖過難關，作者說：「它是一個亂世女孩的成長史，也是一頁國難史。」這篇文章不僅懷人，也是詠物。其實，在感性濃度極高的懷人小品之外，潘人木也曾條理分明地以較「清朗」的理性暢敘記憶中的故鄉風物。

（一）飲食散文

逢年過節，作者也寫些緬懷家鄉年景小吃等應景文字，難免在墜回幼少時期的回憶中，寫出了淡化不了的故鄉情。但作家向來不隨波逐流，她寫的是自我特殊的經驗。〈童年異食〉（1988 年）副題是：「記我吃過的罌粟果、對蝦、繭蛹子」，這些異食的特異，「一是毒植物，一是名貴海產，一是醜陋的小東西，一個小孩能吃到這些東西，更可稱之為異了。」〈蝎子大餐之外〉（1992 年）則憶述幾十年前北京老舊房子中的三種可怕動物：蛇、蜈蚣和蚰蜒、蝎子，然後轉筆細寫蝎子之毒，北京老婦利用蜘蛛吸吮蝎毒，再敘北京晚輩推薦吃「炸蝎子」以治療腿酸。活潑的文筆把詭異的情節渲染得更引人欲一窺究竟。

至於〈夢亦無蹤的東北年菜〉（1991 年）則精緻周密地細描東北年菜的製作與口味，堪稱飲食散文之佼佼者。首先交代故鄉東北「年關期近，走親戚拜東家送禮的人，手裡提的禮物跟別處有點不同。」一般的點心、水果、酒之外，還要有一對野雞，及幾個蒲包裝著銀魚或蠣蟥或冰蟹，這些都跟年菜有關。「忙年菜有個前奏曲，就是殺豬宰羊做豆腐。」臘月多

半吃酸菜白肉火鍋，過年的火鍋更考究，「鍋子裡放進蠣蟥、銀魚、冰蟹、大蝦米墊底兒，」她介紹「老燜子」和樣腸兒、皮凍兒、炸野雞脖兒。還有年節媳婦兒們別出心裁的「供菜」，細描母親的「吉祥如意」、「五福臨門」、「花開富貴」，當年都贏得了長輩及親友的讚美。

（二）童玩童趣

　　〈豬腳沙包〉（1990 年）[11]先具體比論當代的經濟消費環境，再介紹「幾樣廢物利用的玩具」。利用有方孔的兩三個滿清銅錢，拴在三尺長的錢繩或細麻繩上，就能一邊唸兒歌，一邊踢出遊戲來。其次，孩子們收集香煙包裝的錫紙或「洋煙畫片兒」。男孩集中錫紙鎔鑄成「鉛鉈子」，用來玩「扔坑兒」。收集「洋煙畫片兒」，可以累積湊全一系列主題，也可以攤開亮相。女孩子玩的則是「豬腳沙包」，於是詳敘這樣玩具的形狀、製作及玩法。有的孩子能玩出許多花樣，孩童的創意不能小覷；再細細描寫孩子們熱熱鬧鬧地玩，展現童年東北豐饒溫馨的景象。

　　另一篇〈二跳〉（1988 年）分別描寫自動跳動的「跳豆」和自動沾指的「咬人仙人掌」。創作由生活中得來，民國 63 年與 73 年她分別和長、次女出遊，竟遇到了「二跳」。而且「跳豆」純是由於主編「中華兒童百科全書」而有的概念，童心大發，別人到墨西哥一心想吃海鮮，她卻想親眼目睹「會跳的豆子」。如今百科全書中的「跳豆」照片，就是作者提供的。遇到「咬人仙人掌」，也是因為主編「中華兒童百科全書」，知道「約書亞紀念公園」遍布了約書亞樹，我們中譯為「龍血樹」或「短葉王蘭」，又有仙人掌公園，「見滿地都是掉落的小刺球，十分可愛，想看個仔細。才一伸手，一個小刺球忽然『自動』跳到我的手指上。」

四、理趣小品──後期散文之三

　　潘人木有一些論議的文章，旨在說理，卻是敘事手法，層層剖析，條

---

[11]潘人木的童書《滾球滾球一個滾球》（臺北：民生報社，2001 年 6 月），自序〈走到人前亮三分〉中，也曾介紹「豬腳沙包」這種童玩，並有副註及吳鴻富的模擬繪圖。

理井然，而又富涵哲思，耐人品玩，姑且另歸一類，稱之為理趣小品。

　　她配合魚夫的漫畫特別寫出的林海音的素描文字，相當理性而幽默。〈三功作家〉特意用文言，假託「改造神」之口，列舉林海音的三項專才：磁鐵功，吸引人；鑽石功，勇往直前；孟嘗功，慷慨好客。論述切要，而以夢貫串，幽默風趣，令人莞爾。其他可歸類如下兩項：

（一）愛與感激

　　〈重拾感激心〉（1992 年），潘人木先舉事例，繼之以討論，最後交代當事人的解決方法，便是平靜地「重拾感激心」。一位寡母由職場退休，擬赴美依親，「老來無所求，但求朝夕見」；兒子回覆一信，寄來兩萬元美金支票，「超額」奉還撫養費用，「希望母親打消去美國的念頭，從此也不必寫信囉嗦了。」次段的議論一者指出這可能是特例，一者指明這還不盡「無情無義」。進而分析形成這種世風的因素，實是由於許多人有這樣的觀念：一是以為萬事皆可以金錢解決；一是妄自尊大，目中無人。接著馳騁議論，展現了理性的滔滔辯才。這篇論說文不枯燥，得力於所舉事例具有時代性，而提出的化解方法又能緊扣論題。那位錯愕、傷心的母親利用兒子寄來的一部分錢，「去大陸西北旅行了半個月。回來以後容光煥發，傷痛已復原。」原來旅途中她寫了一封信給兒子，交代收到支票了，想「補寫前信未寫的話」，強調「你是我一生的感謝」。在「黃沙漫漫的塞外」，記起曾教兒子朗讀「黃河遠上白雲間，一片孤城萬仞山……」覺得悲苦消盡了，感謝詩人，感謝河山，感謝一切。這位母親「重拾感激心」，也重拾了快樂。

　　另一篇〈愛的列車空亦滿〉（1991 年）從高中同學錄中有人綽號「火車頭」說起，年輕人的語言，「簡單而豐富，一句話就是一首生命之歌。」然後鋪陳不同階段的人生，有不同的內容，因此而有不同的因應態度：快樂的人生觀、奮鬥的人生觀、愛的人生觀。人生如一列車，老衰離散，情何以堪？作者摯信的是愛，並特別提示女性莫過分重視男女情愛，以免失去平衡，可以提倡工作之愛，這樣愛的人生觀，也許是多情的作者

長年爲情愛所苦有感而發。

（二）嘆老傷獨，救老抗獨

　　潘人木說：「一輩子沒把歌唱好，倒是唱了一輩子的歌。」她已唱走了快樂的童年、在家之日、在校之日、青春、滿腔熱情。[12]她寫了〈向老歌致敬〉（1992 年），老歌有什麼可敬？爲的是人可以借助老歌的哼唱，走入時光隧道，唱了老歌，也能「帶著微笑，享受淚流滿面。」領悟到「有歌同老，有老同歌，都是一種『老快樂』。」對於歲月流逝的感傷，她找到以唱老歌的「老快樂」作爲對解之道。

　　最後，我們來細品潘人木的絕唱〈「一」關難渡〉（2005 年）。齊邦媛教授看到這篇文章，「大爲驚喜，影印贈友，好文共讀。」[13]作者感傷老衰離散，細膩描摹了從青春到老邁的無奈。這篇是抒情兼具理趣的小品。〈懸吊湖〉（1992 年）中，獨自在美東女兒家，「午睡只覺心有千千結，煩躁不安。……整幢房屋，洪荒一般寂寞。」〈向老歌致敬〉不諱言孤單、寂寞。到了〈「一」關難渡〉竟是把孤單、寂寞與老衰離散結合在一起，拿孤獨與年老細細剖解。

　　這篇散文扣緊「腳步聲」，運用各種擬聲詞描摹出人生各階段的狀貌。少年負氣，是「匆匆然，急急然」的「他他他」；老了之後，「伴侶西歸，子女遠離」，腳步是「空空空」。孤獨來襲，無所不在，再怎麼調適，也艱辛難受：「孤獨的腳步聲，……即使穿著軟底鞋、便鞋、拖鞋，也常常聽見足下鏗鏗。」再來，腳下竟是「拖拉拖拉，窸窸窣窣」。「空空空」、「鏗鏗」、「拖拉拖拉」都兼具諧音取義的作用。不僅精神空寂，身體也開始衰病，前頭說：「青春是藏也藏不住的。」此刻說：「原來孤獨與年老也是藏也藏不住的。」類疊呼應，也拈出嘆老傷獨的主題。爲什麼老得這麼快？是別離，是別離引致孤單，加速了年老。然而潘人木

---

[12]《蓮漪表妹》第一部的總標目就是「在校之日」。《蓮漪表妹》（爾雅出版社，2001 年），頁 7。
[13]見〈蓮漪表妹，你往何處去？〉，《聯合報》副刊，2005 年 11 月 20 日。

從小被教導「絕不懦弱」[14]，她要「救老」，要「打倒孤獨」。先把看慣一家人別離的那盆龍爪花連土倒掉，於是跟年輕人一般獨自去看電影，日夜開了電視和收音機，關起門來試穿高跟鞋。[15]幾個「也曾」的嘗試都告無效，空洞寂寞而尚稱健康的步履不可再得，老病也已使作家一貫的日記書寫不得不改爲重點記事。

這一天「輕風……宛如一隻始祖鳥，將攝呐我入洪荒。」出外覓食，赫然發現是端午節，餐館全休息。胭脂花「張口結舌地注視我，『怎麼一個人過節啊！』……不識相……總在你淒涼無侶時，出現眼前。」「洪荒」預示一個無助的蒼涼世界，「淒涼無侶」的孤單心境遷怒於胭脂花，花何其無辜？想起童年被母親寵護的端午，嬉戲與朗讀，〈弔古戰場文〉？那女童「早已投入戰場，打了半世紀的糊塗仗，只落得孤單又孤寂。」現實中進入餐館，大聲喊出「一位」，拋下感情包袱，「不會想以夢，不會想與伴侶同度的端午，更不會想萬里外的兒女此時在想父母嗎？」暫時超脫了，於是「輕呼女侍，叫了三菜一湯，同他在日。竟然吃了久違了的一頓飽飯。」是「久違了」的情景，他已西歸近二十載，思念又當如何？萬里外的「三捆快樂」[16]各有自己的生活，「但求朝夕見」（〈重拾感激心〉）事實上不可能，不放下，又當如何？要闖過「一」關，早就領會其艱難[17]，如今再能放下思念，也就戰勝孤獨了。飯後，訝異自己竟然大步踏踏踏，慢步登登登，快步咔咔咔，驚喜！快樂！「無人可訴，無人能懂，無人信以爲真。」只好尷尬地抱一棵樹來傾訴，畢竟戰勝孤獨了。前此醞釀的淒涼氛圍到此稍微露出光亮，她也知道這只是短暫的快樂，「因孤獨雖敗，老年仍在，但我至少不再絕望。」不肯絕望，唯有自救，「世上沒有真正的

---

[14]〈想我的紅邊灰毛毯〉如此說：「我是天生，也是被教導的，決不懦弱的戰時大學畢業生。」

[15]〈綵衣〉的情節正是關起門來試穿舊時衣。

[16]潘人木說：「三個兒女是她的『三捆快樂』」，見〈我的「三捆快樂」〉，《剛毅中的溫柔——當代女作家潘人木先生追思特刊》（臺北：中華民國兒童學會，2005 年 11 月 20 日），首頁。

[17]黛先生逝世一年，潘人木接受探訪，提及「一個人」是很難適應的身分，說：「連上館子都自覺是異類。」見黃美惠，〈潘人木重新走過從前〉，《民生報》「一本書的故事」專欄，1988 年 3 月 18 日。

孤單，只要有勇氣創造另外的自己為伴。」怎麼落實呢？在〈多情最是山中花〉裡，她示範了把童話帶進樹林中散步；在〈向老歌致敬〉裡，她借助老歌映現過去。這樣勇於面對孤獨與年老的五四國寶[18]，給人的印象是清明、健朗的強者，「既不服老，也不顯老，頭腦始終清清楚楚，全無老邁之態。」[19]文友們可知潘人木內心世界曲折婉轉為「救老抗獨」費了多大的功夫！本文細膩描摹，鮮活深刻地剖析了她的寂寞孤獨、她的憂傷慌亂，但作家也展現了堅強的意志，克服了生命中的無奈，留下不老的強者典範。

五、結論──譜寫生命之歌

齊邦媛教授曾讚許潘人木寫作《蓮漪表妹》：「將近四十年前，當西方的現代批評理論尚未在中國流行傳播之時，潘人木已摒除感傷主義，用相當冷靜的觀察和簡潔卻涵蘊深意的文字寫活了一個龐大的主題──人與時代的關係。」[20]點出潘人木寫作的兩大特色：一者冷靜而簡潔，二者與時代映照。筆者曾評價潘人木的作品是「現代主義的先驅」[21]，她的後期作品仍當之無愧。她譜寫生命之歌[22]，與時代關係密切，冷靜而簡潔的小說，不免揭露共產統治下的悲慘，仍然延續「與時代映照」的特色。看來後期小說似乎比以往更為直露了，但採用限制觀點，敘描深入細微，著重心理刻畫，善於營造氛圍，飽含餘韻，她的技巧可不曾踰越冷靜客觀的鐵律，也符合現代主義的高標。

整體而言，潘人木的後期散文創作，大多為緬懷系列的抒情小品，而

---

[18]潘人木是五四運動那年出生的「五四寶寶」，丘秀芷曾在 2004 年重陽敬老節為她做「人木長青」的專訪，她參加活動時，「仍穿二吋高跟，挺拔的背脊。」見〈念人木大姐〉，《剛毅中的溫柔──當代女作家潘人木先生追思特刊》（臺北：中華民國兒童學會，2005 年 11 月 20 日），頁 18。

[19]張依依，〈強人難再得〉，《剛毅中的溫柔──當代女作家潘人木先生追思特刊》（臺北：中華民國兒童學會，2005 年 11 月 20 日），頁 36。

[20]見《聯合報》副刊，1988 年 7 月 7 日.收入《千年之淚》（臺北：爾雅出版社，，1990 年），頁 71。

[21]同註 1。

[22]潘人木，〈愛的列車空亦滿〉說：「一句話就是一首生命之歌。」

各篇事件敘描極有創意；詠物、理趣小品則映照生活，蘊涵了許多人生的智慧。抒情懷人小品佔了大量的比例，也具見作者深厚的功力與獨特的風格；「悼亡」數篇在哀悽的氛圍中依稀可見黨先生的寬和純厚與機變幽默。作者曾有意整編《哀樂小天地》中「吳宗甫」系列文章，專寫「《天才老爹》式的家庭喜趣」[23]，可惜原型過早辭世，作家的計畫終究沒有實現。藉由她的散文，可以透視她的心靈：敏感、纖細、內斂、深婉，而命題精巧，自有機杼，善用明喻，擬人移情，她的文筆簡潔而意象豐富，精緻而周密貼切，構思往往別出心裁，以集中描摹特殊事件來突顯主題。

她的散文不脫生活寫真，技法也曾渲染一些魔幻寫實，如爾雅新版《蓮漪表妹》的序文〈不久以前——校書有感〉（2001 年）[24]，便是作者與自己創造的小說人物蓮漪跨越虛實界域、今昔時空進行了對話。她的小品也不乏超現實描寫的技法[25]，如：〈尋找菜花田〉是以夢境鋪展，〈以為還有很多，其實沒有了〉是以夢境輔成。〈懸吊湖〉中天花板的幻影，讓她想到是否為「來自另一個星球的訊號」，擔心「會不會是異形災害。」而〈好夢一場〉更是以童話的思維，想像虛幻未來的可能，拓展寫作無限的空間。較為明顯的是，作者以第一人稱或第三人稱的限制觀點、今昔時空交錯、著重情節描寫、客觀冷靜的小說筆法，大量運用在散文小品的書寫上，使散文增強了懸疑、扣人心弦的效果。〈共飲一杯芬芳午後〉是個典型的範例。〈「一」關難渡〉則是修辭的極致，她的許多作品都可以做為印證，此作可以視為潘人木散文的精華版。作者從事兒童文學的編寫，使她的散文敘述多做兒時的憶想，生動靈活，美妙無比；〈多情最是山中花〉、〈好夢一場〉也都借助童話的聯想，引領讀者進入美麗的世界；詠物小品〈二跳〉，可以說就是童書的副產品。

---

[23]見王開平，〈並不很久以前——訪作家潘人木〉，《聯合報》「讀書人」，2001 年 5 月 14 日參拙作〈五、六〇年代潘人木小說面面觀〉，同註 1。

[24]同註 3。

[25]鄭明娳，《現代散文構成論》（臺北：大安出版社，1989 年 3 月）論及散文的描寫類型，從風格論，有：寫真式、印象式、魔幻寫實式、超現實描寫式等，頁 159～173。

　　潘人木引述慈母的話語：「心裡有歌扎了根，走到人前亮三分。」[26]潘人木多采的一生，閱歷豐實，作品內蘊而想像豐富，運筆精潔，融合與時俱進的高妙技法。她後期的創作，既映照時代與生活，也創意十足，獨具個人的丰采，而且亮麗出色，在現代文學史的長河中熠熠生輝。感謝作家留給我們許多「人前亮三分」的「生命之歌」。

參考資料：（引述潘人木後期文藝作品）

小說類

・〈有情襪〉，《中央日報》副刊，1985 年 12 月 16 日。

・〈綵衣〉，《中央日報》副刊，1988 年 3 月 31 日。

・〈鳥事〉，《中央日報》副刊，1989 年 1 月 10 日。

・〈西屋傻子〉，《中央日報・副刊》，1989 年 6 月 29 日。

・〈北京下午兩點半〉，《聯合報・副刊》，1989 年 9 月 20～22 日。

散文類

・〈我控訴〉，《蓮漪表妹》（臺北：純文學出版社，1985 年；臺北：爾雅出版社，2001年）。

・〈當圍巾也嗚咽〉，《中央日報》副刊，1987 年 12 月 21 日。收入《馬蘭的故事》為序。

・〈做國旗的人〉，《聯合報》副刊，1988 年 1 月 13 日。

・〈三功作家（林海音）〉，《中國時報》副刊，1988 年 7 月。

・〈童年異食〉，《聯合報・繽紛版》，1988 年 4 月 1 日。

・〈二跳〉，《聯合報》副刊，1988 年 7 月 6 日。

・〈共飲一杯芬芳午後〉，《聯合報》副刊，1988 年 12 月 3 日。

---

[26]見童書《滾球滾球一個滾球》（臺北：民生報社，2001 年 6 月）自序〈走到人前亮三分〉，頁 7。

- 〈不信老來只是伴〉，《聯合報》副刊，1989 年 12 月 25 日。
- 〈舊物有新情〉，《聯合報》，1990 年 1 月 11 日。
- 〈豬腳沙包〉，《中央日報》副刊，1990 年 1 月 29 日。
- 〈笑的距離〉，《聯合報》副刊，1990 年 5 月 13 日。
- 〈夢亦無蹤的東北年菜〉，《中央日報》副刊，1991 年 2 月 14 日。
- 〈愛的列車空亦滿〉，《聯合報》副刊，1991 年 3 月 8 日。
- 〈懸吊湖〉，《聯合報》副刊，1992 年 7 月 19 日。
- 〈蝎子大餐之外〉，《中華日報》副刊，1992 年 3 月 31 日。
- 〈多情最是山中花〉，《中央日報》副刊，1992 年 8 月 31 日。
- 〈重拾感激心〉，《中央日報》副刊，1992 年 12 月 1 日。
- 〈想我的紅邊灰毛毯〉，《中央日報》副刊，1997 年 12 月 17～18 日。
- 〈尋找菜花田〉，《聯合報》副刊，1998 年 7 月 6 日；《世界日報》，1998 年 7 月 26 日。
- 〈失去的花序〉，《中央日報》副刊，1998 年 7 月 21 日。
- 〈林中故事〉，《聯合報》副刊，2001 年 6 月 26 日。
- 〈不久以前——校書有感〉，《蓮漪表妹》新版自序，臺北：爾雅出版社，2001 年。
- 〈走到人前亮三分〉，《滾球滾球一個滾球》自序，臺北：民生報社，2001 年 6 月。
- 〈沒人看見我上砲臺了〉，《孔雀魚之戀》，臺北：幼獅文化公司，2002 年。
- 〈以為還有很多，其實沒有了〉，《中華日報》副刊，2002 年 1 月 8 日。
- 〈向老歌致敬〉，《聯合報》副刊，2002 年 7 月 10 日。
- 〈無媒寄海音〉，《中央日報》副刊，2005 年 10 月 17 日。
- 〈「一」關難渡〉，《人間福報》副刊，2005 年 10 月 24～25 日。
- 〈好夢一場〉，《中央日報》副刊，2005 年 11 月 4 日。

專書

- 張春榮，《現代散文廣角鏡》，臺北：爾雅出版社，2001 年。
- 鄭明娳，《現代散文縱橫論》，臺北：大安出版社，1986 年。

- 鄭明娳，《現代散文類型論》，臺北：大安出版社，1987 年。
- 鄭明娳，《現代散文構成論》，臺北：大安出版社，1988 年。
- 鍾怡雯，《天下散文選》，臺北：天下遠見出版公司，2001 年。

單篇文獻

- 王開平，〈並不很久以前──訪作家潘人木〉，《聯合報‧讀書人》，2001 年 5 月 14 日。
- 丘秀芷，〈念人木大姐〉，《剛毅中的溫柔當代女作家潘人木先生追思特刊》，中華民國兒童學會，2005 年 11 月 20 日。
- 張素貞，〈五、六○年代潘人木小說面面觀〉，「戰後臺灣文學與思潮──以五、六○年代爲主」國際學術研討會，（東海大學主辦），《戰後初期臺灣文學與思潮論文集》，臺北：文津出版社，2005 年 1 月。
- 張依依，〈強人難再得〉，《剛毅中的溫柔──當代女作家潘人木先生追思特刊》，臺北：中華民國兒童學會，2005 年 11 月 20 日。
- 黃美惠，〈潘人木重新走過從前〉，《民生報》「一本書的故事」，1988 年 3 月 18 日。
- 齊邦媛，〈烽火邊緣的青春──重讀《蓮漪表妹》與《未央歌》〉，《聯合報》副刊，1988 年 7 月 7 日。收入《千年之淚》，臺北：爾雅出版社，1990 年。
- 齊邦媛，〈蓮漪表妹，你往何處去？〉，《聯合報》副刊，2005 年 11 月 20 日。

──選自《資深兒童文學家潘人木作品研討會論文集》
臺北：中華民國兒童文學學會，2007 年 2 月

潘人木的兒歌世界

◎林武憲

一、前言

潘人木是資深的兒童讀物編輯,也是兒童文學作家,她編寫了五百多本書,是臺灣兒童文學的「掌門人」,對臺灣兒童讀物水準的提升,有很大的影響與貢獻。她不只是編得好,也寫得好。她的創作是多方面的,無論是童話、故事、散文、小說、科學讀物,還是兒歌,都寫得又多又好,可惜很多人都不知道,以為她作品不多,不是重要作家。在各類創作方面,她最喜歡寫兒歌,「已經到了『欲罷不能』的地步」[1],她「越寫越有趣,越有趣越覺得有意義,因此寫得越辛苦。」[2]二十幾年來,她為孩子創造了一個可愛的兒歌世界。

潘人木的兒歌世界到底有多大,表現的手法怎麼樣,有哪些特色,與傳統兒歌有什麼關係,是這一篇文章想要探討的。

二、潘人木的兒歌資料

潘人木出版的兒歌集有五本:

《數數兒》 省社會處 民國 63 年 9 月(以「曼怡」名字發表)

《小胖小》 信誼基金出版社 民國 74 年 1 月

《走金橋》 信誼基金出版社 民國 74 年 1 月

---

[1]見《老手杖直溜溜》「給爸爸媽媽的話」。
[2]同前註。

拍花籮　信誼基金出版社　民國 84 年 3 月

老手杖直溜溜　臺灣麥克　民國 87 年 2 月

另外，信誼基金出版社於民國 74 年 4 月、12 月及民國 75 年 12 月出版《我會讀》三冊，每冊有 18 首配合看圖識字的兒歌，她創作約 40 首。

親親出版公司於 77 年 12 月印行《好朋友學習圖畫書》，這是配合幼稚園教學使用的教材，其中潘人木為 20 個主題、活動而寫的 20 首兒歌。

除了這九本正式的、非正式的集子以外，潘人木還為《巧連智》、《親親自然》、《國語日報週刊》寫兒歌，數量在 40 首以上。[3]

五本正式的兒歌集以外，其他的兒歌數量超過 100 首。這些兒歌各式各樣，有催眠歌〈催眠歌〉、遊戲歌〈拍花籮〉、數字歌〈數數兒〉、故事歌〈到果園去〉、〈小胖小〉、謎語歌〈猜謎〉、急口令〈上上下下〉，還有不少生活歌、知識歌，種類很多，內容很豐富。

三、表現手法的探討

潘人木兒歌的表現手法，多樣而活潑，試做整理、歸納如下：

（一）直敘法（直接而明白的把要做的說出來，不走彎路）

我把秋千盪起來，

我把花兒種起來，

我把痛痛包起來，

我把氣氣吊起來，

我把好話想起來，

我把好夢凍起來，

我把難過哭出來，

我把「愛」字說出來。

---

[3]《巧連智》部分，見民國 80 年 4 月～民國 81 年。《親親自然》部分，見第 50 期～第 54 期，有〈蝴蝶〉、〈鹽〉、〈黃金鼠〉、〈猜謎〉、〈雨林〉。《國語日報週刊》部分，見第 105 期～第 205 期。

喂！現在你覺得怎麼樣？

現在的我啊，真痛快。

——〈我把〉，《巧連智》1991 年 11 月

（二）問答法

誰在照鏡子？

我小琪。

照鏡子幹麼？

穿新衣，

穿新衣幹麼？

給爺爺奶奶拜年去。

叫我看看。

看就看！

哎呀呀！

漂亮吧？

——〈漂亮〉，《國語日報週刊》

顛顛顛，顛顛顛，

騎白馬，上高山。

什麼山？阿里山。

什麼樹？大神木。

什麼花？月桃花。

什麼湖？姊妹湖。

姊妹湖邊照一照，

我的腦袋像個大葫蘆。

——〈童玩馬〉，《國語日報週刊》

（三）對比法

老手杖直溜溜
我和爺爺過水溝。
以前，
爺爺拿著手杖的前頭，
我拿後頭；
現在，
我拿著手杖的前頭，
爺爺拿著後頭——還得
繞著水溝走。

——《老手杖直溜溜》

這首兒歌有時間的對比。在另一首〈我和奶奶翻箱底〉裡，「我在這邊哈哈笑，／奶奶那邊閃淚光。」有心情的對比。

（四）起興法

楊柳風，吹三里，
我和奶奶翻箱底，

——〈我和奶奶翻箱底〉

日頭落，月光光。
好收成，全家忙。

——〈豐年慶〉

高山高，明月明，
母親過節我高興。

——〈母親節〉

　　這些兒歌的開頭，都是先敘述景物，再利用韻腳、意義的相關，引出要說的事物，並引發小讀者吟詠的興趣。

（五）回文法

點點天燈，

天燈點點，

點點天燈飛上天。

天黑黑，

黑黑天，

黑黑天上，

天燈點點。

我也想

飛上天。

——〈放天燈〉

花蝴蝶，蝴蝶花，

蝴蝶花開在蝴蝶家。

——〈花蝶〉

酸酸又甜甜，

甜甜又酸酸，

吃了一片又一片。

——〈鳳梨〉

好時光，時光好，

我在青草地上跑，

不穿外套光著腳。

——〈好時光〉

（六）複疊法

清清的淡水河邊，

清清的淡水河邊，

初升的太陽紅又圓。

彎彎的西螺橋邊，

彎彎的西螺橋邊，

稻秧兒插滿了水田。

藍藍的墾丁海邊，

藍藍的墾丁海邊，

浪花兒打著那

白色的沙灘。

——〈清清的〉，《巧連智》1991 年 12 月

這首寫臺灣風光的兒歌有句的反覆，很有韻味、詩趣，充滿了色彩，實在很難得。

星期天，好太陽，

我陪奶奶上菜場。

魚肉青菜很多樣，

花了鈔票一張張。

買了豆腐皮兒一張張，

水餃皮兒一張張，

蔥油餅兒一張張，

忘記了粉皮兒一張張。

匆匆忙忙上了車，

發現車票少一張。

奶奶說：

你幹麼那麼慌慌張張？

車票就在你的嘴上！

　　　　　　　　——〈星期天〉，《老手杖直溜溜》

　　這首兒歌「一張」、「一張張」、「張張」的運用，很特別，很有意思。

（七）比喻法

你聽這音樂多麼好。

好像水兒流，

好像蟲兒叫，

好像火車開，

好像馬兒跑，

　　　　　　　　　　　　　　——〈好聽的音樂〉

小鹽粒，罐裡裝，

樣子有點像砂糖，

妹妹吃了一大口，

鹹得眼淚往下淌，

鹹得心裡直發慌，

害怕自己就要變——

　　　　變臘腸。

　　　　　　　　　　　　　　——〈鹽〉（之二）

（八）轉化法

頭戴綠纓帽，

身穿格子袍。

——〈猜謎〉

紅大姊，綠大哥，

站在路口笑呵呵，

肚子裡的信兒有好多。

有的坐飛機，

有的坐飛車。

有的到鄉下，

有的到外國。

——〈一封信的旅行〉，《好朋友學習圖畫書》

冬天過的日子很節儉，

包起好東西送給春天。

春天打開包兒看一看，

倏地春風吹上了臉，

倏地出來個黃太陽，

倏地風車兒不停的轉，

倏地百花兒齊開放，

倏地鳥兒蝴蝶飛滿天，

倏地小孩兒往外跑，

綠了水、樹、山、田。

這時候春天發了愁，

「我拿什麼更好的東西送給夏天？」

——〈春風〉，《國語日報週刊》

〈猜謎〉和〈春風〉把鳳梨、冬天、春天當人來寫，化無情爲有情。

（九）連鎖法

潘人木的兒歌，用連鎖法寫的很多，如〈小胖小〉、〈走金橋〉等都是，這裡舉一首較短的：

秋風起，我盼望，

盼望中秋看月亮，

月亮圓，月餅甜，

甜得嘴巴笑連連。

——《我會讀》第三本

（十）幻想法

我有一個夢想，

蓋一座童話城，

在樹林的中央。

也許魔燈不照，

也許鳥兒不唱，

也許公主變巫婆，

也許王子變惡狼。

把好聽的故事，

倒過來講一講，

看看結果怎麼樣，

你可以隨便的講，

在這樹林中央的中央。

——〈童話城〉，《國語日報週刊》

西瓜西瓜開開，

裡頭坐個阿呆；

阿呆出來買書，

裡頭坐個花豬；

花豬出來炒菜，

裡頭坐個妖怪；

妖怪出來梳頭，

裡頭坐個小猴；

小猴出來騎狗，

汪汪咬兩口。

——〈西瓜西瓜開開〉，《巧連智》

（十一）層遞法

一歲愛睡覺，

兩歲到處跑，

三歲穿件大花袍，

四歲就想上學校，

五歲天天盼，

盼到六歲上學了。

——《快樂的一天》

　　這首兒歌把幼兒一歲到六歲有先後層次關係的情況，由小到大，依序排列呈現出來。

（十二）婉曲法

頭戴綠纓帽，

身穿格子袍。

橫片兒是圓，

豎切的片兒是橢圓，

拿起一片嘗一嘗，

味兒酸酸又甜甜。

（猜一種水果）

──〈猜謎〉，《親親自然》第 53 期

這首兒歌用謎語的方式呈現從形狀、味道的提示，間接表現鳳梨的特點，引發兒童思考。〈水真好玩〉就是用對比和婉曲的手法來表現的。

四、潘人木兒歌的特色

（一）題材廣泛，內容豐富

潘人木的兒歌，寫童年，寫幼兒生活的種種，寫〈誰跟我玩〉、寫〈小弟要出門〉，寫各行各業有趣的特色（見〈王小嬌〉），寫〈放天燈〉，寫熱帶雨林，寫臺灣風光，寫〈星空〉，寫〈鹽〉，寫跳沙發（見〈跳跳跳〉），她寫作的題材，領域寬廣，寫人所未寫，表現了她探索各式各樣題材可能性的努力，開拓了題材的領域。

在《老手杖直溜溜》這本兒歌集裡，寫〈我和奶奶翻箱底〉、〈姥姥的抽屜〉、〈跟姥姥生氣〉，寫陪奶奶上菜市場（見〈星期天〉），寫陪爺爺散步（見〈紫葡萄一嘟嚕〉），寫跟爺爺種桑樹（見〈爺爺一鏟我一鋤〉），寫跟爺爺過水溝（〈老手杖直溜溜〉），從祖孫之間相處的各種情況，來表現祖孫的感情，寫得深入、細緻，很是難得。

（二）構思巧妙，很有創意

一般的兒歌，寫春夏秋冬、蝴蝶、端午的很多，同樣的題材，如果構思不同，就會寫出角度、效果不一樣的作品來。

潘人木寫「冬天過的日子很節儉，包起好東西送給春天」。在〈龍舟

競渡〉、〈蝴蝶的話〉和〈囍厝〉裡，潘人木以端午龍、蝴蝶和紅喜鵲的立場來寫作，她寫端午龍吃了粽子以後，變成一條龍舟，「被人划著往前衝」，「太陽晒，頭烘烘，／汗水流，濕溶溶。／有誰注意我苦痛／錦旗、獎金對我都沒用，／只想喝那甜甜、涼涼、冰冰、冒泡兒的，辣嗓子眼兒的，／可口可樂一大桶！」她從一個新的角度來構思，給人新鮮感，引發一些思考，是作品成功的一個關鍵。

（三）語言鮮活，充滿情趣

潘人木兒歌語言的鮮活，從題目就開始了，像〈清清的〉、〈漂亮〉、〈跳跳跳〉、〈接龍的下午〉、〈好久〉、〈我把……〉。她把「躲避球」、「魯肉飯」、「芭樂」、「可口可樂」、「拜拜」（再見）寫進了兒歌裡。句式則自由多變，錯落有致，而且不避長句，有時候還故意用長句。從三字句到十八字、二十七字的都有。像〈小弟要出門〉裡，「出門又回來，原來是忘記了／奶瓶、果汁、尿布、餅乾的大包包」。

呼嚕呼嚕，

哪來一隻小豬？

不是小豬，

是弟弟打呼。

——見《我會讀》第三本

當心哪！

舞破了褲子可沒人補

——〈舞獅〉，《國語日報週刊》

一隻蝸牛上樓梯呀，

四方的招牌沒有字呀，

七隻野狼抱小雞呀，

八腳的章魚坐沙發呀

——見《拍花籮》

等他們來偷採，

我們裝做不知道。

——〈爺爺一鏟我一鋤〉

在〈好戲上演〉裡頭，小五小六想吃魯肉飯、豆腐乾等。可是「口袋沒錢乾瞪眼，老闆說，吃罷，吃罷，明天跟你爸爸算。」實在富有人情味。

（四）追求詩意，重視韻律

一般兒歌，因為注重實用而忽視了詩意的追求，缺少藝術性。潘人木的兒歌，有豐富的想像，生動的形象，不會太直太露。以〈星空〉為例，就是很有詩味的歌，每一行都有動詞，有畫面。

乘天風，

騎天馬，

快把星星趕回家，

待會兒太陽一冒頭，

放出金箭咻咻咻，

星星啊，一個也不留。

——《國語日報週刊》

潘人木的兒歌，很重視韻律與節奏，她說：「為什麼寫『紅草地呀，綠馬車呀』？因為『綠』是四聲比較重，重的聲音安排在對句的第一個字，比較『有勁』，試將紅和綠對調，讀來就有軟軟的感覺。」[4]

有時候，她會利用襯字、虛詞或標點符號來增加韻律感。如「雨林的家呀真美好」，「裙子上的蝴蝶倒有七呀七十七」，「星星啊，一個也不

---

[4]見〈拍花籮〉「給爸爸媽媽的話」。

留。」「嘿！光著兩隻腳」「哎呀呀！漂亮吧？」、「那才叫人受不了，那才叫人受——不——了！」、「害怕自己變——變臘腸。」

在音樂性的經營方面，她利用連鎖、重疊、反覆、回文、摹聲、押韻來表現。押韻，她不只押尾韻，還有頭韻、行內韻，頭尾交互押韻和多字韻。為了避免押得太勉強，她就換韻，可以說是想盡辦法，表現音韻之美。

（五）配合陶版創作，展現功力

潘人木在國語日報週刊上，為趙國宗製作的陶版畫，配上兒歌，這性質接近題畫詩，比題畫詩還要難，因為趙國宗的陶版畫是半抽象的，兒歌的內容要來自畫面，但又不能受到畫面的限制，自由迴旋施展的空間很小。她要以畫的內容來醞釀詩情，讓詩情跟畫意能夠融合，這實在是很大的挑戰。潘人木不怕挑戰，寫出 24 首很精采的兒歌。看她好像寫得一點也不費力，很輕鬆、很自然的樣子，展現了她的技巧、功力。這些兒歌看來平易、自然，好像不用技巧，沒有技巧，其實是最高、最大的技巧。她好像忘了技巧，也忘了性情，而性情，技巧都在兒歌裡頭了。因為她的功力，已到爐火純青的境界了。

（六）有畫面，有動感

潘人木的兒歌，大都歌中有「畫」，有動態，可能在構思的時候，心中就有畫面；動筆的時候，注意動詞的運用，所以她的兒歌，多富有色彩感和動感。如〈清清的〉、〈星空〉等，再來欣賞一首〈到果園去〉：

> 三隻小豬逛果園，
> 看見葡萄一大片。
> 你一筐，我一籃，
> 吃了葡萄臉色變。
> 一隻變紫臉，
> 一隻變白臉，

一隻的肚子疼三天。

——《好朋友學習圖畫書》

五、潘人木的兒歌與傳統兒歌

潘人木的兒歌，吸收了傳統兒歌的優點，去粗取精，推陳出新。現在以〈走金橋〉和〈什麼酸，什麼甜〉作例子，與傳統兒歌比較。

走金橋，
過銀橋，
銀橋底下烈火花瓢。
烈什麼烈？豬八戒。
「豬什麼豬？耗子哭。
耗什麼耗？兒馬叫。
兒什麼兒？張家墳。
張什麼張？五桿槍。
五什麼五？牛皮鼓。
牛什麼牛？戈蛋球……
豆什麼豆？粳米乾飯白片肉。」

——遼寧〈走金橋〉

貓來了，狗來了。
老虎背了鼓來了。
什麼鼓？牛皮鼓。
什麼牛？革爛球……
什麼豆？老娘割了二斤肉，
請他姥姥和舅舅。
「先來的吃塊肉，

後來的啃骨頭，

再來的喝湯兒，

晚來的，聞香兒。」

——遷安〈貓來了〉

走，

走，

走金橋，

走銀橋。

橋底下，

種葡萄。

種什麼種？

豬打的洞。

豬什麼豬？

耗子哭

耗什麼耗？

黃狗叫。

黃什麼黃？

去放羊。

去什麼去？

蔥心兒綠……

游什麼游？

躲避球。

豆什麼豆？

白飯竹筍燉雞肉。

先來的，

啃骨頭。

後來的，

吃不著，

鑽進爸爸的大棉袍。

　　　　　　　　　　　　　——潘人木〈走金橋〉

〈走金橋〉利用兩首傳統兒歌的句法、形式，寫出新的內容。

什麼圓圓圓上天？

什麼圓圓在水邊？

什麼圓圓街上賣？

什麼圓圓姑娘前？

太陽圓圓圓上天，

荷葉圓圓在水邊，

燒餅圓圓街上賣，

鏡子圓圓姑娘前。

什麼方方方上天？

什麼方方在水邊？

什麼方方街上賣？

什麼方方姑娘前？

風箏方方方上天，

魚網方方在水邊，

豆腐方方街上賣，

手帕方方姑娘前。

　　　　　　　　　　　　　——〈什麼圓圓圓上天〉

什麼酸　　什麼甜

什麼酸酸在農田？

什麼酸酸在高山？
什麼酸酸街上賣？
什麼酸酸在心間？

菠蘿酸酸在農田，
梅子酸酸在高山，
酸菜酸酸街上賣，
看不見媽媽——
我的酸酸在心間。

什麼甜甜在農田？
什麼甜甜在高山？
什麼甜甜街上賣？
什麼甜甜在心間？

甘蔗甜甜在農田，
泉水甜甜在高山，
冰淇淋甜甜街上賣，
看見了媽媽——
我的甜甜在心間。

──〈什麼酸什麼甜〉

　　〈什麼圓圓圓上天〉從形狀出發，〈什麼酸什麼甜〉從味覺出發，進一步寫到心裡的感受，還有感覺的對比，傳統兒歌的什麼圓圓、方方、彎彎、尖尖，都各自獨立，彼此沒有關聯。

六、結語

　　潘人木的兒歌，題材廣泛，內容隨著時代的發展而變化，貼近幼兒的生活，適合幼兒的需要。在表現手法方面，能吸收、借用傳統兒歌的優點，在傳統的基礎上推陳出新，掌握了兒歌的特性，從題材、內容到形式，從構思、立意到語言，都能有所突破，走出自己的路，形成自己的風格，創造出一個兒歌的新世界！

參考資料：

・陳正治，《中國兒歌研究》，臺北：啓元文化，民國 73 年。

・朱介凡，《中國兒歌》，臺北：純文學出版社，民國 66 年。

・馬景賢等，《認識兒童文學》，臺北：中華民國兒童文學學會，民國 84 年。

——選自《資深兒童文學家潘人木作品研討會論文集》
臺北：中華民國兒童文學學會，2007 年 2 月

又會彈又會唱

◎潘人木

「後來呢？」

幾個孩子已經聽完了一個故事。講故事的年輕母親回答了一次後來怎樣怎樣，可是聽故事的孩子還問「後來呢？」

他們聽到的故事大略是這樣的：王家的兒子娶了一個美麗的媳婦。這媳婦一連生了三個女兒，個個長花朵兒似的，做媽媽的又會彈又會唱，就買一把琴，自己編曲兒彈唱，也教女兒們彈彈唱唱。屋子裡充滿琴聲、歌聲和笑聲。偏那王先生的母親王老太太想抱孫子不得，便怪罪她的媳婦，看她不順眼，說她只會玩，不會生兒子；說她懶惰、浪蕩，將來一定會跟一個彈弦子賣唱的私奔，不如先把她除掉，免得日後丟人現眼，便逼著兒子休妻。妻子無端受辱，一時想不開就上吊自盡了。王先生娶了新妻子，不出一年，果然生了個男孩，那三個沒媽的女兒處境越來越可憐，後母趁丈夫出外做生意，百般虐待這三個小女孩，挨餓受凍的還不許彈琴不許唱歌，三姊妹想念母親，連續著一個一個的死去。

爸爸回來責問後母：「我的女兒們呢？」那女人說：「沒走遠！」然後把他帶到一棵大樹旁邊說：「就在這地下呢。」到了這個地步，爸爸雖然想念女兒，也沒有辦法叫她們死而復生。

「後來呢？」

「後來爸爸把她們的琴掛在那棵大樹上，永遠陪伴著她們，不久，地上長出三棵小草，開出三朵小花兒來。」

聽故事的孩子們不太滿意，所以還問「後來呢？」

講故事的年輕母親最會加油加醋在老套的故事裡。她想了一會兒說：「後來有一個白鬍子老頭，在月亮最圓的夜裡，走過那棵大樹，看見地上

的三棵小花，變成三個三寸半高的小人兒，又會彈又會唱的。」

那講故事的年輕母親，正是我的母親。她的神情，她的聲音，融入「又會彈又會唱」六個字裡，變為有感情、有畫面、有想像的整體，激動著我小小的心靈。小小心靈中的失落有了補償；悲傷有了撫慰。孩子們有的長吁一口氣回房睡覺，有的跟我一樣，悄悄抹去眼角帶笑的淚痕。

寥寥的六個字「又會彈又會唱」，引起了我許多想像，許多感動，後來我才知道，母親講的這六個字就是六顆文學的種子，在那樣早的歲月，便深植在我心田裡。從此，我心田的土壤便有了變化。種子要發芽，要水份、要日光，其來源是無止境的渴望讀書，以「胡思亂想」為樂，以觀人行動為有趣。

從此，對於小小的事情開始留意，越留意，心中越有幸福的感動。看見布店小伙計大冬天凍紅了鼻子，肩上扛著五顏六色的幾疋布，走向買主家裡；聽見父親騎馬的馬蹄聲尋找回家的路；老貓輕輕地叼著小貓脖子上的鬆皮，遷往孩子們找不到的安全地方；甚或母親烙的餅，快熟時竟先鼓起來了，這許許多多小事，都可以問「後來呢？」

太多的答案，太多的想像，太多的情感。

於是我想擁有一棵自己的樹，安放它們。最方便的是把母親故事裡的樹連同那三朵小花據為己有，使它成為一棵特別的樹，庇護著所有的花草。每片樹葉都藏著我的所想、所夢，荒謬的、美麗的、流淚的、臉紅的、可笑的，讓這些東西在裡面行「光合作用」，永遠青綠，隨時摘取。

它是一棵特別的樹，枝條無限伸展，能夠把我的好聽、難聽的歌送到天上。我可以隨便地爬上去，看著葉子花朵果實的生長，枝條掉落留下的疤痕。

我喜歡坐在樹上往下看。看孩子們又玩又打架；看父親們口袋裡揣著糖果、花生加快腳步回家去。

這棵特別的樹會變。不單是樹葉會變色，果實也隨我的心願而變。要蘋果就結蘋果，要桃子就結桃子。

我請三朵小花教這棵樹彈唱。

這樣的一棵好樹，無疑會繁殖很多，我要把它們栽種哪裡呢？

於是我想擁有一座山，自己的山，小山就行。不像愚公那樣把門口的山移走，我要將我的山搬到門前來，不，搬到我的心裡。它是我的一部分，我是它的一部分。然後把我的樹栽滿山坡，山坡上開遍小花。小小動物來聞花香，小小鳥兒在樹上唱歌。也有涓涓泉水，有時候一隻花鹿來喝水，有時候好幾隻。

我可以採一枝蘆葦做笛，拔一棵野荸薺嘗它的酸，聽蟋蟀說「秋天的話」。

這山是我的寶庫。它鎖著我失去的、想要的、得到的、想創造的，我的童年以及現在和未來的時光。

這山也有情有義。任我摘取它的所有。慷慨地贈我以山中小屋，冬日的火爐。我在裡面讀、寫、看、聽，為所欲為地享受山的情意。我雖不斷地向它索取，也不斷的為它堆積滋養，作為回報。

這山還溫柔地關懷我。當我孤獨時，它竟然吃力地跑到外面來，與我對坐，如同李白的〈敬亭山〉，相互無厭的看。

突然間，它會拋給我童年時丟失的，上面有許多齒痕的鉛筆。於是我用它寫我的快樂童年，也許這山一時興奮起來，天搖地動的唱一首「山歌」，於是我想起另外一首歌，是一首天搖地動的軍歌，那些身經百戰的兵士，一面行走一面唱的：「黃族應享黃海權，亞人應種亞洲田……一、二、三、四！」不知不覺震動得我淚流滿面。於是我寫小小的兒歌和故事。這山看我寫得呆板，便偶爾扔給我一兩個閃亮的鈕釦，讓我綴在小小兒歌和故事的背心上。

這樹這山皆由母親給我「又會彈又會唱」的文學種子而來，所以它們是會彈唱的樹和山。

你有這樣的樹嗎？

你有這樣的山嗎？

你想有就有。

我有，但我仍在向它學習彈唱。

——選自潘人木《鼠的祈禱》

臺北：民生報社，1999 年 11 月

科學知識文學化

論潘人木科學類童書的敘事與意識形態

◎張嘉驊*

　　潘人木於 1965 年～1982 年擔任臺灣省教育廳兒童讀物編輯小組的編輯和總編輯。此一期間，她以各種筆名爲「中華兒童叢書」寫了約 40 本的科學讀物。[1]與潘人木長期共事的畫家曹俊彥曾用「以文學的方法處理科學讀物」一語來概括潘人木在這方面的創作原則，[2]證之於這些科學讀物在處理科學知識時大多具有文學化的傾向，知其所言不虛。

　　這種文學化傾向最明顯的特徵就是故事性的融入，例如介紹沙漠的生態環境是以跳鼠尋找回家的路來帶出議題（凌雲美《跳鼠要回家》，1976年），探索貓科動物的特徵是以貓媽媽找尋貓家不見的大貓爲情節（安迪

---

*作者現爲作家。

[1]潘人木（1919～2005）本名爲潘寶琴，又名潘佛彬。關於潘人木的著作，林武憲與周慧珠等人都曾著其目錄。本文資料來源爲：林武憲著，〈縱橫於小說創作與兒童文學之間——潘人木研究資料目錄〉，《全國新書資訊月刊》，臺北市，全國新書資訊網，2001 年 1 月。這份報告著錄潘人木爲中華兒童叢書所寫的科學讀物共 37 冊。然而根據林武憲先生於 2006 年 5 月中旬告知，後來陸續有所發現，潘先生在中華兒童叢書所出版的科學讀物應不只 37 冊，至少得增補《哪裡來》（唐茵，1971 年）、《一二三的故事》（雲俐，1976 年）、《小鯨游大海》（簡光臬，1975 年）等三冊。鑒於調查工作還在進行，本文以大約數字標示，不作定論。又，本文指稱的科學類童書實爲中華兒童叢書科學類與健康類兩類創作的統稱，在引文時標明使用筆名、出版年與頁數，不另註明出版處。2006 年 11 月 19 日在臺北市立圖書館召開的研討會上，陳兆禎女士指出潘先生所用的筆名中，其實有些是他人名字，實有其人，如黨一陶、凌雲美、朱蒂娜和簡光臬等，會後我求教於曹俊彥先生，經曹先生證實無誤。29 日再向林武憲先生商榷，探其原委。據了解，中華兒童叢書當時的編輯工作存在著年度固定出書量的壓力，但稿源不足或約稿不盡完善。在此情況下，對作品要求嚴格又深知創作要領的潘先生只好親自動手撰寫或將約稿大幅修改，幾近於新作。由於身爲編輯，作品不便以本名或慣用筆名潘人木標示作者，乃便宜行事，使用其他筆名或經他人同意冠以其姓氏。今從林先生說法，仍以其著錄作品爲潘先生作品，唯事實或許因人因時之故而有不同解釋，猶待進一步考查或祈方家指正。

[2]中央社，〈對兒童文學有卓越貢獻作家潘人木病逝〉，原載於《中國時報》2005 年 11 月 3 日，http://www.epochtimes.com/b5/5/11/3/n1107571.htm。曹俊彥並用一句話「以科學態度來對待文學」來概括潘人木的文學類創作原則，因與本課題關涉不大，姑且不論。

《貓家的大貓》，1981 年）。這樣的做法引發我們思考一些值得討論的問題，即：它會不會因為虛構成分的加入而違背科學知識的傳播原則？其合法性（legality）如何取得？在學理上我們該如何理解其創作實踐？科學知識一旦被加以文學化，在敘事過程中是如何保證其科學性？它的敘事（narrative）是否帶有明顯的意識形態（ideology）？科學與想像之間又具有何種關係呢？這些問題作為本文探索的重點，形成本文的綱領。藉此研究，我們將闡述一種注重文化心靈啟發的教育觀念，並證明潘人木這些科學童書創作所具有的價值，以瞭解一位畢生致力於童書工作的傑出作家留給我們的是一份什麼樣的珍貴遺產。

一、科學與敘事

該如何進行科學知識的表述？這是從事科學研究和教育的人往往會遇到的問題。要回答這個問題並不容易，尤其當我們考慮接受科學知識的對象是兒童，相形之下這個問題會顯得更複雜，因為兒童的思維方式和接受能力畢竟跟大人不一樣。在大學課堂上以方程式正經地講解的化學現象，在小學教室中可能得變成魔術表演才會引起孩子的注意。而科學的述說方式不僅涉及接受對象的問題，更根本的是它涉及我們如何看待科學的問題——所謂的科學，是否只能是一堆精確的數字和定理？在科學的認知活動中，人又是擺在什麼位置呢？

關於這些問題，早在 1960 年代，童書作家潘人木就已經給了我們一個不平凡的答案：科學的知識可以用文學的方式來說，它或許不需要什麼精確的數字和定理，但是能夠讓孩子在閱讀過程中感受豐富的科學意象，並激發孩子對於科學的想像力。然而，潘人木用以達致這種效果所掌握的利器卻很尋常，不外乎我們在一般故事中所見的「敘事」。

這裡有必要先以潘人木的一部作品來當作解讀的案例，以建立討論的基點。在《畫月亮》（黨一陶，1969 年）故事中，小強畫了一幅題名為「月亮上的景致」的畫，想送去參加比賽。把畫拿給爸爸看，爸爸卻指出

畫面許多不合情理的地方。月亮上沒有空氣，所以不能把月亮上的天空畫成藍色，而必須畫成黑色。沒有空氣就沒有氧，火根本點不著，畫個老頭兒坐在那裡抽煙是不對的。想讓一組小樂隊在月亮上頭吹奏樂器，那也行不通，因為沒有空氣就無法傳遞聲音。儘管──糾正畫面的錯誤，爸爸卻沒有叫兒子抹去那些人物，只是叫他為他們穿上特製的衣服和裝備，以適應月球上的特殊環境。應注意這個故事的背景設定在「沒有人真的到月亮上去過」（頁 6）的年代。爸爸告訴小強：「**到月球去探險，是我們人類幾百年以來最大的願望。總有一天，人們可以到月球去旅行，就跟到美洲或是歐洲一樣方便。**」（頁 24）根據這些話，我們可以說，對於小強的畫作，爸爸還原了科學事實，卻也保留科學想像。這種想像若依科學的發展是有其實現的機會，不是憑空捏造的。事實上，就在《畫月亮》這本書出版後，同一年，人類便首度成功地登上月球。

　　從以上分析，我們發現《畫月亮》這個故事具有以下幾項特質：1.它的想像方式不同於科幻小說，不像威爾斯（H. G. Wells）《最先登上月球的人》（*The First Men in the Moon*）那樣虛構出現實中不可能存在的月球怪獸和小如螞蟻的月球人。2.它在文學化過程中仍在意科學知識的正確性，不做過度的延伸，不像李白那樣把月亮說成「又疑瑤臺鏡，飛在青雲端。」（〈古朗月行〉）3.它注重描述主題與相關事物的類聚性，如月球上由於沒有空氣而產生的各種現象俱在行文的聯屬之中。這幾項特質貫穿了潘人木整個科學類童書創作，似乎成為一個通則。如《天黑了》（潘逐，1970年）以媽媽哄寶寶睡覺為情節，介紹「日行性動物」在夜裡棲息的「睡相」。它的情態描寫雖屬軟調，卻不背離科學事實，而涉及的動物有馬、大象、老虎、猩猩、鵪鶉、野豬和吳郭魚等，形成一個類聚，並且在故事一開始的時候，敘事者便將描述主題與貓頭鷹、蝙蝠和錢鼠等「夜行性動物」加以區隔。又如《小鳥找家》（立德，1970 年）藉由述說小鳥三三找樹搭巢的過程，探討樹木學的相關知識，逐一的談到樹木形態、樹種和林相等問題。諸如此類，不勝枚舉。凡此種種都顯示出潘人木在進行的是一

項有原則的工作，體現出一種將文學性與科學性調和統整的努力。

史密斯（Lillian H. Smith）在《心甘情願的歲月：兒童文學的批評探索》（一譯《歡欣歲月——李利安・H・史密斯的兒童文學觀》）一書中提到，爲兒童寫知識書（informational book）有三種方法，第一類是以給予知識作爲單獨的目標，第二類是在給予知識的同時還解釋那本書的主題，第三類是不只給予知識和解釋，而且還把它處理成文學作品。[3]以上三類，史密斯認爲第三種寫法最不容易，也比較少見。史密斯強調爲兒童而出版的博物書，不一定得用科學專門術語，但應遵守所有好的兒童知識書的規則。尤其是那些描寫動物生活及其習性的書，使用虛構形式來傳達知識，很需要再加上一些必要條件以滿足於好的故事的講述規則。[4]我們不知道潘人木的科學類童書創作是否受到史密斯觀念的影響，但是她將科學知識文學化的嘗試卻相當符合史密斯此處所說的第三種寫法，並且也獲得了顯著的成果。

深入一點的說，這種嘗試反映出一種教育觀念的更迭，標誌著用更多的詮釋性眼光來看待科學。它並非只是交代一套已知的知識就算了事，毋寧更在意知識的理解過程及其效果。這種理解過程不要求知識量的多寡，也不要求傳播的標準程序，但要求面向精神層次的解釋和體會，要求將討論的課題聯繫到理解者自身的生存處境。它開拓了理解的視野，產生的是向文化領域深耕的理解效果，從而讓自然的科學知識能夠轉化成爲文化的科學知識。

關於這一點，我們可以在學理上找到一些說明以作爲參驗和佐證。美國心理學家布魯納（Jerome S. Bruner）原屬於皮亞傑（Jean Piaget）認知心理學派。1980 年代末期，受到維高茨基（Lev Vygotsky）的學說影響，其思想發生重大改變，轉而提倡一種奠基於文化論（culturalism）的文化心理

---

[3]Smith, Lillian H. *The Unreluctant Years: A Critical Approach to Children's Literature*, Chicago: American Library Association, 1953, p.181。
[4]同註 3，頁 183。

學（cultural psychology）。在《教育的文化》一書中，布魯納區分了兩種
對於心靈的看法：一種是「計算機的觀點」，其所關切的是資訊處理的問
題；一種是「文化論的觀點」，認爲心靈受文化所形塑，能對不同場合的
各種事物進行意義的生成（meaning making）。關於學習與思考，計算論要
求的是「程序」和「規則」，文化論雖不排除資訊的接收和整理，但更強
調「個體之置身於文化情境」。[5]布魯納指出，「**文化論的意義生成和計算
論的資訊處理不同之處，乃在於原則上它是詮釋性的、充滿模稜含混的性
質。**」[6]由於對文本的理解總帶有不乏偏見的前理解，同時它也是一種從整
體掌握部份或從部分掌握整體的往復運動，爲此，布魯納發展出一套「螺
旋式課程」（spiral curriculum）理論以合理解決意義在生成時可能面臨的
「詮釋循環」（hermeneutic circle）問題。這種課程理論認爲知識是建構出
來的，而知識總處在不斷的建構之中。關於知識的組織，有樣東西能對它
起到莫大的作用，那就是敘事，尤其在科學範疇裡更是如此。

　　所謂的敘事，包含了虛構與非虛構的故事。鑒於一般人總把科學定義
爲「求真」的知識系統，布魯納特別突出科學的「虛構性」，舉例如光的
原形既非微粒狀也不是波狀，但在理論中卻被視爲微粒和波，[7]進而說明過
去的科學沒有排除敘事，現在的科學也不應排除敘事。布魯納說：「**科學
建構的過程本身就是敘事法。其中包括編織出關於自然的假設，予以考
驗，修正假設，然後確定自己的方向。**」[8]並且呼籲著：「**我建議把我們努
力要談的科學理解換算成敘事的形式，或說是『敘事的啟迪法式』**
（narrative heuristics）**吧。**」[9]

　　潘人木在科學類童書中的創作原則與布魯納文化心理學的理念若合符

---

[5]Bruner, Jerome. *The Culture of Education*, Cambridge: Harvard University Press, 1996, pp.1～5。另見
　宋文里譯，《教育的文化》（臺北：遠流出版社，2001年1月，初版一刷），頁27～31。
[6]同註5中譯本，頁32～33。
[7]同註5中譯本，頁191～192。
[8]同註5中譯本，頁195。
[9]同註5中譯本，頁193～194。

節，彷彿爲其前導。她對於科學知識的傳播正是採取了文化論的觀點，每每將文化情境置爲理解科學知識的前提，如《沙子變玻璃》（黨一陶，1969年）介紹玻璃的製作，是以玻璃對我們的生活有何用處作爲探討的起點，如《一二三的故事》述說數字符號的來源與演變，十分重視每個時代和每個民族在數字觀念上的差異。她避免了枯燥的數據，而懂得運用生動的比喻來點明事物的科學特性，如以「地球的記事本」來比喻「岩石」（朱蒂娜《岩石——地球的記事本》，1969年），以「土塊兒進城」來比喻「土石流」（凌雲美《土塊兒進城》，1975年）。她不怕題材的重複，但會根據不同層級的隱含讀者（the implied reader）來設計不同的敘事文本，如同樣以「太空」爲主題，給低年級看的《天空的謎語》（蔣凱倫，1980年）就比較簡單，但可以引發好奇，給中年級看的《太空大艦隊》（唐茵，1973年）就比較複雜，但具有高度的概括性。這其實就是螺旋式課程的精神所在，如布魯納所言：「知識的範圍乃是打造出來的，而不是就地發現的：你可以把它建構得簡單或複雜，抽象或具體。我們也很容易在某一興趣的界線之內證明：所謂『較高級』的知識範圍，比起『較低級』的知識來說，一定是可以包含、取代其全部特徵，乃至使得更爲精準有力。」[10]由此觀之，可以說潘人木的科學類童書蘊含著深刻的創作機制，絕非文學家在科學知識範疇內的即興之作，換個角度來說，布魯納的文化心理學也爲其做法提供了合法性的保證。

二、科學角度與聚焦作用

潘人木在科學類童書創作中所展現的文學才能是毋庸置疑的，至少在體裁的設計上給了一個多樣化的展示。《天黑了》如同《畫月亮》，可歸入生活故事。《小鳥找家》由於使用了擬人法，和《絨寶兒》（夏小玲，1980年）、《貓家的大貓》等作品應歸入（科學）童話。其他如《石頭多

---

[10]同註 5 中譯本，頁 187。

又老》（王求實，1975 年）和《二人比鐘》（蔣凱倫，1981 年）是以詩歌的
手法來表現，《天空的謎語》借用謎語的形式，《寫給太陽公公的信》（愛
麗，1981 年）用了書信體，《岩石——地球的記事本》和《一把土一把
金》（朱文生，1975 年）像是調查報告，《玩玩空氣》（朱蒂娜，1975 年）
和《玩玩水》（朱蒂娜，1975 年）好似說明書，而以「海邊的清道夫」、
「『蜜』探」和「蒙面盜」等諸多比喻來描寫鳥類的《這些鳥兒真有趣》
（簡安迪，1980 年）則透露出隨筆小品的散文氣息。倘若不經專家研究指
明，一般人很難察覺這些面貌迥然不同的作品皆出自一人之手。

　　然而在敘事分析中，一些遠比體裁形式更令人關注的問題是：誰在
看？看什麼？怎麼看？這些問題之所以重要，是因為它們可以幫助我們瞭
解一個文本所要突顯的焦點以及突顯的方式，使我們的閱讀不至於擴散。
這些問題和一般敘事學所提到的角色（character）、情節（plot）、主題
（theme）、視角（perspective）及觀點（point of view）等都有關，但更為
密切相關的是聚焦（focalization）——這個詞就像它在攝影中所表示的意
涵，指的是我們的視覺和可感知事物的關係，充滿著技術性的意味。根據
米克・巴爾（Mieke Bal）《敘事學：敘事理論導論》一書的提法，「誰在
看？」「看什麼？」「怎麼看？」的問題分別涉及敘事的聚焦者
（focalizer）、聚焦對象（focalized object）和聚焦層次（levels of
focalization）。[11]

　　以潘人木的《小鳥找家》為例，這個故事雖然以「小鳥三三一路覓樹
築巢」作為情節，但總體來說（相對的、不是絕對的）它要我們觀看的焦
點既非小鳥三三，也非旅途的轉折和尋覓的辛苦，更非鳥兒所築的窩，而
是那些樹木，並且是從一種「科學的角度」來看。它的聚焦者有時是小鳥
三三，有時是其他動物，有時是敘事者，並不一定。它的聚焦對象時而闊

---

[11] Bal, Mieke. *Narratology: Introduction to Theory of Narrative,* Toronto, Buffalo, London: University of Toronto, 1985, pp.102～13. 另見譚君強譯，《敘事學：敘事理論導論》（北京：中國社會科學出版社，1995 年 11 月，初版一刷），頁 113～132。

葉樹，時而針葉樹，時而常綠樹，時而落葉樹。它的聚焦層次或為外聚焦
（external focalization），[12]如敘事者以第三人稱述說小鳥三三在飛往高山
時所見的景象：「這裡的樹和下面的樹，樣子有很大的不同。大多數的樹
都是直直的，高高的，有些樹像一座尖塔似的。最特別的是，它們的葉子
都生得非常的細，樣子像針，其中有些樹的葉子像綠色的鱗片兒。」（頁
20）敘事中只給出樹木的形態描述，由外部觀察，彷彿不知其為何物。或
為內聚焦（internal focalization），[13]如小鳥自言自語：「這是些什麼樹
呢？」這時候出現了一隻松鼠，對小鳥三三說：「吱吱吱，這些樹你不認
識？是紅檜，松樹，柏樹，杉樹。歡迎你來做窩。」（頁 21）敘事中的兩
段話都以第一人稱來表述，由自己來看，不假他人眼光，而松鼠的話更指
明上一段所見的是什麼樹。這兩種聚焦方式存在著一種關係，即外聚焦總
能讓內聚焦插入其中。[14]

　　對任何敘事文本來說，聚焦都是一個非常重要的作用，它能讓作者傳
遞想要傳遞的主要訊息，也能讓讀者讀到該讀到的重要訊息。

　　不過，如同攝影者調整照相機的焦距，敘事文本也有該調到什麼程度
才算聚焦清晰的問題。在潘人木的科學類童書裡，是「科學角度」的具備
與否影響著敘事文本的聚焦清晰度，而它也保障了這些創作的基本科學
性，使科學知識免於在文學化過程中過於被文學性所覆蓋。

　　《六隻腳的鄰居》（朱蒂娜，1975 年）這個文本表明潘人木在以文學
手法處理科學知識時是相當注意「科不科學」的問題的：

　　要是有人問你，

　　一隻獅子和一隻昆蟲，

　　分別在哪裡？

---

[12]外於故事角色所提供的觀察，多由敘事者承擔，描述較為客觀。
[13]透過故事角色的想法與說法所提供的觀察，描述較為主觀。
[14]同註 11 英文本，頁 112；中譯本，頁 129。

你會說獅子大，昆蟲小。

這句話沒錯，

可是並不太「科學」。

貓、狗、老鼠，都比獅子小，

他們卻不是昆蟲。

你也許會說昆蟲會飛，獅子不能飛，

這也不太「科學」，

蝙蝠，老鷹，都能飛，

牠們也都不是昆蟲。

如果你說昆蟲有六隻腳，

這就對了，

這就很「科學」了，

因為所有的昆蟲，

都有六隻腳。

──六隻腳的鄰居・頁 9～10

　　關於昆蟲的判別，身體的大小、會不會飛等都不是可依據的區分標準，然而一旦鎖定在腳的數目，昆蟲的生物特徵便很清楚。在這裡，「昆蟲有六隻腳」是立於科學角度的描述，也是文本聚焦所在。

　　再以《快腿兒的早餐》（沙漠，1978 年）為例，故事述說一隻名叫快腿兒的蜥蜴出外覓食，不幸遇到大黑貓追獵，只好斷尾求生。逃命回到家中，快腿兒向太太說起這件事，太太惋惜先生失掉美麗的尾巴，但是快腿兒勸太太別擔心，「過幾天還會長出新的。新尾巴會跟舊尾巴一模一樣。」快腿兒太太說：「可是再也不會有舊的那麼漂亮。」（頁 33）依照科學角度而論，蜥蜴尾巴能夠再生是這份敘事文本的聚焦所在，至於長得有沒有原來的漂亮則不是。尾巴長得漂不漂亮，那是主觀的審美問題，並不涉及科學事實。回過頭來看《小鳥找家》，這個故事寫小鳥三三最後回

到父母兄妹居住的大榕樹老家、在舊枝上築巢的結局，同樣的，它也不是整個敘事文本的聚焦所在，因爲它沒有舉出任何科學上的理由以說明一隻小鳥爲什麼會飛回舊居築巢，並且所敘述的也跟樹木學的知識毫無關係。它所反映的只是一種擬人化的動物親情，或者說是一般童書經常以之爲結構的「在家—離家—回家」模式。[15]它是文學性的，而非科學性的。

在潘人木的科學類童書裡，科學角度的確是決定聚焦的關鍵性因素，但其中同樣也涉及程度的問題。科學角度較不精確的，相對而言，文學性就比較高。例如，比較起來，《快腿兒的早餐》的文學性就高於《小鳥找家》，而整份文本只突顯著「天冷要穿衣，不多穿衣服會生病」的《愛漂亮的蝴蝶》（潘逐，1973 年），其文學性又高於前兩者。我們研究潘人木的科學類童書，應知道這些創作作爲敘事文本，其聚焦作用是怎麼進行的。瞭解科學角度與聚焦作用的關聯性，有助於我們認識這些創作是如何保障它的科學性，不至於將它的科學性與文學性過度混爲一談。由於這一點能夠建立成爲觀察一般類似創作的普遍原則，因此我認爲它是很重要的。

三、奠基於生活世界——一個交互主體性的科學世界

潘人木的科學類童書創作有一個明顯的特色，那就是在敘事過程中總會觀照到日常生活，乃至以其作爲立論的起點。可以說，它的科學世界（science world）是奠基在生活世界（life world）的。

以《認識原子》爲例，一開始，敘事者對於原子的介紹建立在一個與生活貼近的觀察角度：「每天每天，你都看見許多許多不同的東西。看見你的床，你的衣服，你的鬧鐘，你的書。不同的東西是不同的材料做的。床是木頭做的，衣服是布做的，鬧鐘是鐵做的，書是紙做的。這些材料，我們平常就叫它物質。」（頁 2）床、衣服、鬧鐘和書都是日常所見的物

---

[15]Nodelman, Perry. *The Pleasures of Children's Literature*, 3nd ed., New York: Allyn and Bacon, 2003, p.201。

品。以這種貼近生活的方式述說出來的物質帶有「生命」的氣息，而非冷冰冰的。同樣的，在介紹分子、原子和粒子（含質子、中子和電子）時，敘事者也都盡可能運用在生活中所熟悉的物象來比喻它們的面貌，如：「這些小點子，一刻也不休息，總是在跳舞。」（頁 12）「電子在外圍，圍繞著原子核不停的轉，就像蒼蠅要吃一塊糖，在旁邊繞來繞去似的。」（頁 24）而討論原子分裂所釋放的能量，其敘事焦點仍擺在如何利用這種能量以豐富人類的生活。

　　在《石頭多又老》這本書裡，敘事者仍是立足於生活世界來觀看石頭。首先點出石頭的數量龐大與隨處可見：「山上有石頭，水裡有石頭，地上有石頭，地下有石頭，到處都有石頭，石頭好多啊！」（頁 3）其次點出石頭存在的歷史悠久：「一張桌子，用了好幾年，桌子很老了；一棟房子，住了好幾年，房子很老了；一棵大樹，活了幾百年幾千年，大樹很老了；可是石頭比它們都老。在世界上還沒有一棵樹的時候，就有石頭了，石頭好老啊！」（頁 9）敘事者彷彿把石頭當成一種能夠感知能夠記憶的物體，不斷地聚焦在石頭和許多事物的關係：澱積在海床的石頭「一定知道很多海洋的故事。」（頁 13）經過地表變化而起皺紋或產生斷裂的石頭「一定知道很多地球改變的故事。」（頁 14）留有螃蟹、恐龍和大樹化石印子的石頭「一定知道很多動植物的故事。」（頁 19）接著，敘事者聚焦在石頭供給人類所用的事實，如造房子、修路、造橋、提供煤鐵等豐富的礦產……最後表明中心主題：「石頭是人類的好朋友，沒有石頭，人類就不能生活了。」（頁 35）由於這些敘事話語把石頭納入在生活世界之中，作為科學觀察對象的石頭看起來也就沒有那麼「生」那麼「硬」。

　　這裡涉及一個問題，即生活世界與科學世界的實質關係為何，為什麼它能夠作為科學世界的奠基？關於這個問題，可以藉助現象學大家胡塞爾（Edmund Husserl）的一些說法來加以答覆。胡塞爾指出現代歐洲科學的發展危機在於對存在之物總抱持著一種客觀化和理想化的認識態度，過度講究實證與技術，而忽略了人在自然研究中的價值和意義。這種客觀化和理

想化的認識態度，最明顯的表徵就是數學化，在排除主觀意念的情況下要求測量的精確性，以期達到在因果關係上能有具體而普遍的說明。然而就算再精密的數量化，我們都不能忘記一個事實，即：「科學是一種人類的精神功能，歷史地看，即使對每個學習的人來說，它也都是以作為存在者而被普遍地預先給予出來的、直觀生活周圍世界的開端為前提的，但是對科學家來說，它在其自身的練習和繼續進行中，也同樣是不斷地以存在於它自己的自身給予活動的各自當下性中的這個周圍世界為前提的。」[16]科學世界離不開生活世界，甚至必須以之作為科學自身發生的前提。是以胡塞爾把生活世界規定為科學世界的根基，認為「所有的科學都是建立在生活世界的不言而喻的基礎上的，因為它們都要從生活世界出發來利用那種對於生活世界的每個目的來說總是必需的東西。」[17]胡塞爾所要證明的不外乎一點：科學、哲學與生活意義原本就具有高度的統一性，不可拆解，也無從拆解。

倘若科學僅僅意味著一道道構造精巧的公式，那麼接受這種科學教育的心靈很可能只會更枯萎，而不會更豐盈。胡塞爾的提法為我們建立起積極的科學解釋之道，以此觀察潘人木的科學類童書創作，也讓我們明白這些作品之所以經常表露出在哲學方面的內涵以及對生活意義的闡釋其實並不是件偶然的事。這是因為一個作者當她／他洞悉科學不是只有研究自然現象、同時也在表達精神思想，就必然要以哲學和生活來當作科學敘述的參照面，以尋求科學知識在文化系統中的定位。潘人木的做法顯示了她對科學的直觀能力。

然而以生活世界為基礎的科學世界是一個什麼樣的世界呢？根據胡塞爾的說法，與「生活世界」最密切相關的概念是「交互主體性」（intersubjectivity，或譯為主體間性），意指著主體與主體之間所存在的交

---

[16]埃德蒙德‧胡塞爾著，克勞斯‧黑爾德編，倪梁康、張廷國譯，《生活世界現象學》（上海：上海譯文出版社，2005 年 5 月，初版一刷），頁 263。
[17]同註 16，頁 268。

互作用。這種交互作用首先不是唯我論（solipsism）的，不是唯我存在、唯我認知，而是亦有他人存在、亦有他人在認知，其次是能使任何一個自我與其他自我進行經驗的交易（transaction），即使這個與自我進行交易的其他自我是所謂的「陌生主體」或交易的經驗是所謂的「陌生經驗」都不能阻斷其交易過程的發生。它指稱「一種在各個主體之間存在著的共同性（或共通性），這種交互主體的共同性使得一個『客觀的』世界先驗地成為可能。」[18]交互主體性的概念表明我與他者的關係必定是互為隱含的：我的存在是為他者的存在，而他者的存在也是為我的存在，正由於我們的存在相互地指涉，這個客觀世界的意義才得以被構造也才得以被理解。胡塞爾說：「一個交互主體性的世界，是為每個人在此存在著的世界，是每個人都能理解其客觀對象的世界。」[19]以此觀之，奠基於生活世界的科學世界也必然是一個以交互主體性為其條件的世界。在這個交互主體性的科學世界裡，基於各個主體將經驗的共體化，並對其構造進行關聯性和原初性的探索，關於自然之物的認知才有可能成為有效的事實乃至成為真理。

　　潘人木在其科學類童書中所表現出來的，就是一個既有「我」存在也有「你」存在和「他」存在，但這些存在又能夠彼此交織在一塊的屬於交互主體性的科學世界。以《珊瑚》（立德，1971 年）一書為例，在一開始，敘事者使用一個中國成語來比喻珊瑚蟲死後聚集骨頭以成為礁石、島嶼或海岸的自然現象：「我們中國有一句老話，說是『聚沙成塔』，你聽說過沒有？沙土雖然是一小粒一小粒的，但是把沙土聚集起來，也可以變成高塔，意思就是說：積少能成多，小東西能變成大東西。」（頁 3）敘事者與「你」之間關於珊瑚的知識建構是藉由一個傳統詞語來聯繫的。「聚沙成塔」這個成語隸屬一個特定的文化知識集（cultural repertoire），由於它的所指具有和珊瑚蟲生物本能的行為共通性，是以能夠在這裡作為自然

---

[18]倪梁康著，《現象學及其效應——胡塞爾與當代德國哲學》（北京：三聯出版社，1994 年 10 月，初版一刷），頁 141。
[19]同註 16，頁 156。

現象的描述語。敘事者的敘事行為暗含一個用意，即認為在經過解釋之後，作為敘事接受者的「你」可以理解這個成語的意義和珊瑚蟲生態兩者之間的關聯性。這種關係一經建立，其他人也可循此模式而認識珊瑚蟲。「我」和「你」和「他」原本都擁有認識自然現象的認知主體性，這意味著我們每個人可以從不同的管道去認識自然現象，但此刻我們共享著「聚沙成塔」這個成語對於珊瑚蟲生態的意義指涉，我們的主體性於是產生了交融情形，而這就是交互主體性的表徵。

　　布魯納把交互主體性理論視為文化心理學的一個內在必要成份，但同時也指出交互主體論主張並沒有一套單純的程式可資利用，這是因為它的主張會因為不同的實踐主體而變易。[20]可確定的是，交互主體性宣示了「相互學習社群」的可能，而這一點對一個兒童的心靈成長來是具有重大意義的。[21]「原則上，兒童是透過和他者的互動才發現文化之為物，以及文化如何理解世界。」[22]在對兒童進行科學知識的傳播時，我們顯然不能忘記這些提醒。然而截至目前，本文所談的交互主體性都止於「人與人之間的關係」。關於交互主體性，有沒有一種可能是指向「人與自然之間的關係」呢？我們之所以提出這個疑問，是因為潘人木的科學類童書有不少作品似乎具有這種傾向。

　　以《寫給太陽公公的信》為例，故事中，小明給太陽公公寫了十封信，每封都涉及科學性的認知。太陽作為一個自然之物，不僅被人格化，也被主體化：

　　　　古人這麼崇拜您，依靠您，卻不瞭解您，因為他們天天看見日出日落，
　　　　就以為您是動的。這也難怪，要是您不動，怎會出來又落下呢？他們
　　　　說，您不但是動的，而且是繞著地球動，地球是中心，它是不動的。這

---

[20]同註 5 中譯本，頁 49～51。
[21]同註 5 中譯本，頁 49～51。
[22]同註 5 中譯本，頁 48。

真是對您天大的誤會！謝謝波蘭的科學家哥白尼先生，您的冤枉到了他
才算弄清了。他認為您是恆星──不動的星，您有一個行星家庭，您的
家庭的每一分子都繞著您，不停的轉圈子，我們人居住的地球就是一
個。

──寫給太陽公公的信・頁 10～12

　　此處涉及科學史上「地心說」與「日心說」的典範轉移（paradigm
shift），不過卻是從日常生活所見的日出日落現象來著手討論的。在這段
敘事文本中，太陽被描述得彷彿具有感情和感知的能力，似乎聽得懂小明
所說的一切。依此，我們能不能說太陽就是一個與小明在起交互主體作用
的認知主體呢？再以《蜘蛛我問你》（安迪，1980 年）一書為例，敘事文
本中的蜘蛛更加的被人格化、被主體化，甚至能夠跟提問者進行問答：

蜘蛛蜘蛛我問你，
你織的網很美麗，
是誰教給你的？
織網的蜘蛛，
天生就會織；
不織網的蜘蛛，
怎麼教也不會。
我們的網，
有各種形狀，
弔床網，布片網；
漏斗網，三角網，
最多的是八卦網。
看了網，就知道是什麼蜘蛛織的。

──蜘蛛我問你・頁 8～9

　　根據這段描述，我們是否也能說提問者與蜘蛛之間具有交互主體性？

　　從學理上來說，這的確是個值得討論的問題。在胡塞爾之後，交互主體性學說歷經了很多變化，在範疇上出現一種理解取向，即所謂的交互主體性不再只局限於人與人之間的關係，而可以指向人與自然之間、人與物之間、甚至是人與上帝（超驗主體）之間的關係。王曉東不贊成這種泛化的理解模式，在人與自然這部分，他認為自然既缺乏立於主觀意識的自為性，也無法提出自身在倫理方面和精神方面的訴求，根本不能成為主體，又怎麼能夠成為交互主體性的對象？[23]王曉東的批判十分具體而有道理，但由於關心的主題是哲學的理解形態，所以並未把敘事關係考慮進去。事實上，當我們把敘事關係作為考量的基點，我們會發現這個問題的答案並不是那麼單純。

　　澳大利亞著名的兒童文學理論家約翰・史蒂芬斯（John Stephens）在《兒童虛構文本中的語言和意識形態》一書中提出一個模式，用以說明訊息是如何在「作者／文本／讀者」這一過程中進行交易：

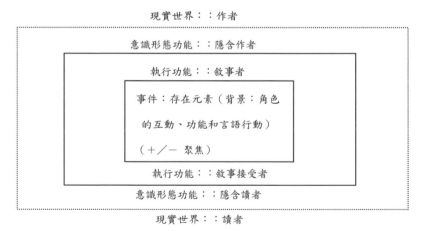

現實世界：：作者

意識形態功能：：隱含作者

執行功能：：敘事者

事件：存在元素（背景：角色的互動、功能和言語行動）

（＋／－　聚焦）

執行功能：：敘事接受者

意識形態功能：：隱含讀者

現實世界：：讀者

圖1：史蒂芬斯「敘事交易的框架」（frame of narrative transactions）[24]

---

[23]王曉東著，《西方哲學主體間性理論批判──一種形態學視野》（北京：中國社會科學出版社，2004年12月，初版一刷），頁49～51。

[24]Stephens, John. *Language and Ideology in Children's Fiction,* New York: Longman, 1992, p21。

　　根據這張圖，我們可以瞭解訊息的傳遞從作者到讀者的過程中必須歷經四種不同層面的交易，而每個層面都有不同的交互主體，不可混爲一談。仍以《寫給太陽公公的信》爲例，現實作者「潘人木」所對應的主體是每個在閱讀這本書的現實讀者（不一定是兒童），不是「太陽公公」；對應於「太陽公公」的主體是故事主角「小明」，但這個太陽卻不是現實中我們所見的那個太陽。同樣的，發生在這四個層面的交互主體性也不能被視爲同一種交互主體性，雖然這些交互主體性彼此之間仍有所關聯。[25]就文本核心「角色的互動」而言，小明和太陽公公之間的交互主體性的確是存在的，並且容許較多的虛構，因此就算太陽公公在故事中回了一封信給小明，說它聽得懂小明所說的一切，我們也不能指責這種情節是錯的。然而在「現實作者──現實讀者」這一層面，由於是以科學知識正確性作爲訊息交易的準則，其交互主體性的內容就不容許太多的虛構，倘若讀者在讀完整個故事後認定太陽會寫信給人類，那麼這樣的訊息交易便不算成功。我想，潘人木在進行整個文本的虛構時或許對這不同層面的交互主體性已有所評估，爲了避免現實讀者誤解故事角色所傳遞的訊息，所以只讓小明寫信給太陽公公，而不讓太陽公公回信給小明。

　　不論如何，潘人木在這些創作中所展現的是不同於傳統科學的認知態度。傳統科學十分突出人的認知能力和地位，如希臘哲學家普羅達哥拉斯（Protagoras）說：「人是萬物的尺度。」（Man is the measure of all things.）或如近世哲學家笛卡爾（R. Descartes）說：「人是自然的主人和所有人。」（Man as master and possessor of nature）都強烈的顯示出人類中心主義（anthropocentrism）[26]，是以認知態度必以人類爲主體，以自然爲客體。在這種「主體─客體」的認知模式裡，「自然科學的認識客體沒有思

---

[25]交互主體性並不是一個系統化而具封閉性的概念，在胡塞爾的現象學裡，它就散布在各個課題的領域，但彼此相互關聯，形成制約。見倪梁康著，《胡塞爾現象學概念通釋》（北京：三聯出版社，1999 年 12 月，初版一刷），頁 255。

[26]彭國棟著，《認識自然的深層價值》，《自然保育季刊》43 期，行政院農業委員會特有生物研究保育中心，2003 年 9 月 1 日。http://tesri.coa.gov.tw/files/tesri_nature/736/43-alls.pdf。

想、不會說話，它不能『告訴』自然科學家它是否和為什麼像主體觀察到的那樣行動。」[27]然而一旦換成交互主體性的認知模式，作為認識對象的自然之物就有可能會「思想」、會「說話」，並且「告訴」我們它們所有行動的成因和價值。就算帶點「泛靈論」的虛構色彩，那又何妨？起碼我們已經改變我們看待自然的方式，並且努力的從其中學習自然的真正運作之道，如同《小獅子的話》（求實，1975 年）所說的：

> 不管人們對獅子怎樣批評，是溫柔，是兇惡？是自私，還是合群？是心狠，還是正直？是王，還是兇犯？我們也不在乎了。但是人們不該把批評「人」的標準用在我們獅子身上。他們也不應該用這個標準去批評別的動物。只能用動物的標準衡量動物。如果這樣，說我們獅子是百獸之王，我們就當之無愧了。

——小獅子的話・頁 47

四、潘人木科學類童書的意識形態——共同體意識及其他

在人類的社會裡，意識形態無所不在。史蒂芬斯指出，所有的敘事話語（narrative discourse）都必然銘刻著意識形態，不論其為隱含或顯然。[28]分析文本的敘事話語有個工作很重要，就是找出其中的意識形態，並瞭解它對整個文本的敘事構成起了什麼樣的作用。這裡涉及一個問題，即意識形態在敘事文本中處於什麼樣的結構性位置。要先知道意識形態在文本中的側身之處，才有可能明白意識形態對於文本的作用。關於這一點，前文舉出的「敘事交易的框架」一圖可以提供我們在理解上的幫助。在這張圖裡，意識形態功能位於「隱含作者——隱含讀者」這一層，而這一層一邊

---

[27]孫小禮主編，張增一副主編，《科學方法中的十大關係》（上海：學林出版社，2004 年 5 月，初版一刷），頁 2。
[28]同註 24，頁 2。

緊挨著現實世界，與現實因素相互滲透（是以兩者界線以虛線表示），一邊概括著整個文本，使意識形態能夠藉由「敘事者——敘事接受者」的執行功能而貫穿和散布在整個文本之中。正是基於這個緣故，我們才能從故事的情節、角色、背景乃至一句話讀出文本所蘊含的意識形態。作為一種現象描述，這個通則及於所有的敘事文本，當然也包括了潘人木經過文學化的科學類童書。

　　意識形態的表現琳瑯滿目，絕非只有一類形式，而潘人木的科學類童書又是如此之多，我們如何探索這些作品在敘事話語中所蘊含的意識形態呢？這個問題其實不難答覆。由於我們已經證明這些作品所展現的是一個奠基於生活世界的科學世界，以此作為分析的前提，我們很容易就能推導出一個命題，即潘人木的科學類童書呈現著一個十分明顯的意識形態，那就是與生活世界形成呼應的共同體意識（sense of community）。

　　共同體意識意指每個個體擁有共同存有的一體感。一般認為，共同體意識是構成國家、民族、社會、團體、階級和性別等人類存在形式的一個必要條件。在潘人木的科學類童書裡，除了人類存在形式，共同體意識的指稱範圍還延伸到自然。就像《森林王國》（蔣愛麗，1981 年）一書把森林形容成一個國度，描述這個國度的每個「國民」如樹木、動物和微小的細菌等，都意識到自己是森林王國的一分子：「這些森林王國的國民，各盡自己的本分，互相幫助，互相依賴，大家共同維持森林王國的生存。」（頁 11）故事最後點出森林王國最大的敵人就是人，因為人會砍樹，剝奪動物們的生存環境，有時候一個香煙頭所引起的大火，也能讓森林亡「國」。作者呼籲大家應該保護森林王國，因為不只動物們依賴森林，我們人類同樣也依賴它，「因為我們很多吃的用的都是從森林王國來的。」（頁 33）可以看得出來，敘事文本在這裡還保有人與自然的界線，但卻把人與自然都納入在一個共同體。這層意思也可以在談「共生」的《生物的伙伴》（沙漠，1978 年）裡找到相關的表示：「你天天澆花，花開了給你看，你不澆花，花會枯死，你也沒花可看了，你和花是互相幫助的。仔細

想想，世界上的人、動物、植物，彼此之間都要互相幫助，大家才能活得下去。」（頁 3）在《岩石——地球的記事本》一書中也有相當明確的表現：

> 你想到過沒有，你的家，我的家，他的家，都是一個「小家」，我們每個人除了這個「小家」，還有一個「大家」？這個「大家」可真是大得不得了，我們全人類都住在上面，所有的動物，所有的植物，也都生活在上面，這樣一說，大概你已經曉得了，那就是地球。
>
> ——岩石——地球的記事本・頁 2～3

引文中，這段以「大家」來比喻地球的描述，其意識形態的基礎就是共同體意識。

統觀潘人木整個科學類童書創作，我們發現這種共同體意識至少蘊含著三個方面的意義指涉：

（一）設身處地的理解

在這個共同體當中，人類不是唯一的存在。人們在認知自然的時候不能一直站在人類本位，應常常變換位置從自然的角度來想，因為自然的作為也有它們自身的道理。就像我們在前面曾經舉過的例子：「人們不該把批評『人』的標準用在我們獅子身上。他們也不應該用這個標準去批評別的動物。只能用動物的標準衡量動物。」小獅子的話就是在呼籲人類要以設身處地的理解來看待動物。而在《我拔了一棵樹》（于慎思，1975 年）的故事中，這個意義的指涉獲得了更大的發揮。「我」有一天拔了窗邊的一棵橘子樹，只因它好幾年都沒結過一個橘子。但是爸爸要「我」從另一個角度看：這棵不結橘子的橘子樹及其根連的泥土，不就是蜘蛛、蝴蝶和蚯蚓等小動物們的家？拔掉了這棵樹，不就是毀掉了那些小動物的家？爸爸一一舉證解釋那些小動物是怎麼依靠著這棵樹在生活。這激起了「我」對那些小動物的同情，願意站在小動物的立場來看事情。經過與爸爸的一

番思辯，「我」把橘子樹又栽回到泥土去，「希望那些依靠它生活的小動物，再回到牠們原來的地方。」（頁 34）

（二）利用厚生的觀念

利用厚生一詞意指妥善運用物資、改善生活品質。人類與自然屬於一個共同體，自有取用萬物以增進本身福祉的正當性。在這過程當中，人類應該對物質的物性多多加以思考和研究，以使物能盡其用。《玉蜀黍》（立德，1970 年）一書提到玉米不僅可以作爲食物，還可以在工業上有許多用途，如提油，做染料，做油漆，做尼龍，做清潔劑，煉酒精，造橡皮，等等。（頁 15）《白色的寶藏——鹽》（黨一陶，1968 年）一書指出鹽的化學成分是氯和鈉。氯和別的東西化合在一起，可以做出漂白粉、滴滴涕等有用的東西；鈉和別的東西化合在一起，也可以做出玻璃、肥皂等有用的東西。（頁 11）這些例子在在都說明人類要懂得利用物資以豐富自己的生活，而科學在這其中正可展其長處。科學是講方法的，在《土塊兒進城》一書中，作者就以故事點明了「等高耕作」的耕種方式對山坡地水土保持的重要性。

（三）愛物惜物的態度

人類之所以能夠生存在地球上，是因爲自然界供給我們所需的一切。人們可以取用萬物來發展生活，但不能濫取濫用。對於作爲共同體一部分的自然，我們仍應秉持珍惜與愛護的態度。《森林王國》呼籲保護森林是個顯著的例子。此外，還有《一把土一把金》（朱文生，1975 年）強調「能用的土地越來越少了」，所以我們要「好好的對待土地」。（頁 11～12）在《阿才打獵》（立德，1971 年）一書中，阿才跟爸爸去打獵，看到小狐狸在玩，不忍心開槍，於是空手而回，其故事也不無愛物惜物的意味。在這本書後頭所列的問題裡有一個問題問道：「阿才看到野獸，為什麼不肯開槍打？」（頁 36）就是要讀者想想，動物那麼小又那麼可愛，你捨得獵取牠們的性命嗎？

以上的分析讓我們看到共同體意識在潘人木科學類童書中的一些重要

運作形式。在這裡我們必須指出，是共同體意識的這些意義指涉使潘人木的科學類童書創作和人文思想產生聯繫，讓它們的內涵免於停留在科學技術層面的介紹。這種人文思想以人與自然的關係作為思考的主題，強調在共有的環境中彼此依存、相互幫忙。它反覆宣揚一點，即人類並不能因為掌握了開發自然的科學能力就可以驕傲，相反的得謙卑的向自然學習。在潘人木這些科學類童書裡，我們經常可以發現敘事者對於自然的由衷致意，例如對太陽的禮讚：「我們有一個好太陽。它剛好那麼大，它剛好那麼遠，它剛好那麼熱。一切都合乎理想。」（唐茵《有個太陽真好》，1975年，頁 34）以及對土地使用程度的關切：「千萬不能對土地太貪心，太貪心的話，可能會得到壞結果。」（《一把土一把金》，頁 54）或者對動物行為的闡發：「不一會兒，那條死魚就被吃得精光了。所以我們說海鷗是人類的好朋友，牠們把海灘清理得乾乾淨淨的。」（《這些鳥兒真有趣》，頁23）或者對時間的體悟：「這麼說來，天是鐘，地是鐘，日是鐘，月是鐘，花是鐘，鳥是鐘，你是鐘，我是鐘，咱們兩人都是鐘，握握手，做個鐘朋友。」（《二人比鐘》，頁 30～31）這些敘事話語都被寄予了人類與自然和諧相處的深切希望，期盼著從「物我交融」起始以達到「物我合一」的境界。

　　共同體意識即為潘人木科學類童書所呈現的一個主要意識形態。除了共同體意識，這些作品還蘊含著一些其他的意識形態，舉例如下：1.對倫理親情的維護。如《小鳥找家》的小鳥三三最後回到老家，和家族成員住在一塊。如《哪裡來》（唐茵，1971 年）追索事物的來源，最後提到「媽媽的笑容是她的健康的、快樂的孩子給她的。」（頁 19）2.在科學的探索活動中融入遊戲精神。如《玩玩空氣》、《玩玩水》以遊戲的方式來進行實驗，而在《阿才打獵》一書也提到了一些動物的「玩法」。3.為政府政策背書。如《認識原子》認同當時十大建設中的核能發電廠，多著墨於核能發電的好處，較少談它的壞處。這自然與當時的政治環境以及作者在省教育廳的身分有關。這些意識形態並非不重要，但總不如共同體意識那麼突

顯。限於篇幅，我們在這裡就不多談。

五、潘人木科學類童書的價值——以文學的敘事手法廣泛地開拓科學中的想像

潘人木的科學類童書涉及天文學、地理學、地質學、海洋學、動物學、植物學、礦物學、考古學、物理學、數學、化學、醫學、農學和精神分析學等多種科學領域，但採用文學的方法來處理科學知識，而其內涵時時以哲學為參照，顯示出豐富的人文性。這些作品所介紹的都屬於「常態科學」（normal science）的基本知識，並不難懂，但由於它們的表現形式是如此的多樣活潑，使得它們十分經得起閱讀。即使在出版後經過數十年，以今天更為挑剔的眼光來看，它們依舊能夠提供讀者盎然的趣味。

這些科學讀物之所以擁有這樣的功能，如同本文前面分析的，其關鍵處就在於它們運用了關注於文化情境的敘事手法。岩石為什麼是「地球的記事本」？因為岩石一層一層的重疊著，在很長很長的歲月裡為地球留下各種變化的痕跡，藉著科學家對岩石的研究，我們可以從岩石讀出很多很多關於地球的歷史。基於這個理由，岩石能得到「地球的記事本」這個稱號。燕子、知了、白鷺和花蛇為什麼是「季鐘」？因為這些生物都有季節性的習性，一到某個季節便會有所行動，或築居，或鳴叫求偶，或遷徙，或冬眠，其本能就像時鐘一樣循環運作，所以叫牠們「季鐘」。（《二人比鐘》，頁 21）科學知識在這裡被編為一則則具有情節的故事，讓人們在閱讀的時候能跟著敘事者的描述去組織自己對觀察對象的概念。這種活動讓我們清楚地看到兩點：第一，科學知識都帶有觀點，從而表達出某種意向（intention）；第二，科學知識都是經由建構而成的，並非本來就是那樣。誠如布魯納所說：

> 故事都是由敘事者所產生，而敘事者都帶有觀點，就連敘事者自稱為「事件的目擊者」時亦然。現在，我們回頭來看科學，會發現它也是這

麼回事，雖然科學的語言上面覆蓋著客觀修辭的斗篷，它處處遮掩，不
讓這種觀點現身，只有在要表現這領域中的「基礎」之時才有例外。發
生在科學革命年代裡著名的「典範轉移」已經把這種遮掩的情狀反映出
來，因為它顯現的事實是：科學中所謂的資料素材，其實都是取自心靈
之某種觀點所設計而成的建構觀察。[29]

　　科學知識之所以能夠被加以文學化，其原因就在於它們同時都依賴敘
事的手法，同時都需要故事的形式。不過，科學與文學儘管可以進行化
合，在一個文本當中，兩者仍有其不同的聚焦作用。科學性與文學性之間
畢竟還是得遵守一些最基本的界線，不可混淆，以免科學知識在傳播的過
程中產生種種令人無法解決的困擾。從書寫的效果來說，敘事的手法有高
有低，故事的形式有優有劣，我們又怎麼知道一本被寫成文學作品的知識
書能符合「好的故事的講述規則」（如同史密斯所提到的）？其中一個重要
的檢測標準就在於文本發展了什麼樣的想像。在這方面，潘人木的科學類
童書的確有著超乎一般的表現，而我們在先前的討論裡也多有觸及。

　　杰拉爾德‧霍爾頓（Gerald Holton）探索科學的心靈活動，指出一流
的科學家在研究時經常運用到三種與想像有關的工具：視覺想像（visual
imagination）、隱喻想像（metaphoric imagination）和主題想像（thematic
imagination）。[30]第一種工具的功能在於將科學意念或不可見的科學現象予
以視覺化；第二種工具的功能在於使用隱喻和類比進行科學概念的推測；
第三種工具的功能在於提出一個基礎性的假設，以之作為科學研究的嚮
導。[31]這三種工具在運用時並不是一開始就能為研究者找到正確的道路或答
案，但是少了它們，科學研究就可能會淪為機械化和僵硬的思維操作。霍
爾頓強調，懂得運用想像的科學心靈其實與藝術心靈有著共通之處，並且

---

[29]同註 5 中譯本，頁 191。
[30]杰拉爾德‧霍爾頓著，劉鵬、杜嚴勇譯，《愛因斯坦、歷史與其他激情——20 世紀對科學的反叛》
　　（南京：南京大學出版社，2006 年 1 月，初版一刷），頁 74。
[31]同註 30，頁 84、88、90。

都能呈現為對事物的洞察力。在解說科學家們如何找到粒子運動軌跡的例證裡，霍爾頓更指出科學家們對於粒子運動的描述，「使用了戲劇抑或民間故事那熟悉而又原始的修辭風格，彷彿它們就是那樣在時空中展開的；就像是一個關於出生、冒險和最後死亡的故事。」[32]

潘人木是文學家，不是科學家，然而她以文學手法來進行科學中的想像卻毫不遜於專業的科學研究人員，儘管她處理的只是科學的基本知識。

在《一二三的故事》裡，為了能夠讓小讀者明白人類最初是如何以「數」來指稱實物，潘人木以「兔」、「鹿」和「果」為組成成分生造出像「林」、「森」那樣的合體字，並且在行文裡直接穿插兔子和水果的圖案。（頁 6～8）在《森林王國》裡，她以「艹」、「彡」、「彳」、「森」、「虫」的組合外加兩重方框，生造出一個怪字，用以表示人類對森林及其生物的保護責任。（頁 33）在《有個太陽真好》一書中，她提到沒有太陽就沒有白天，世界變成一片漆黑，而配合的畫面就是一片漆黑。（頁 8～9）她要我們從高空往下看森林，以理解分子與原子的大小關係，「那在高空看不見的樹，好比分子，而那些飄動的葉子，就好比原子了。」（《認識原子》，頁 21）諸如此類，都是視覺化的想像，十分具有效果。

《土塊兒進城》討論如何做好水土保持，以「給山坡圍上好幾圈圍巾」來比喻等高耕作，以「給山坡戴了一個瓜皮帽」來比喻順坡耕作。接著敘述兩隻田鼠在戴「瓜皮帽」的山坡上玩，像溜滑梯，一下子就滑到了底，而在圍「圍巾」的山坡上玩，就只能一圈一圈的跳，很費勁。（頁 12～15）用一連串的比喻讓讀者明白等高耕作對水的阻留作用之優於順坡耕作，這是所謂的隱喻想像。在《二人比鐘》裡，這種想像工具獲得了更為妥善的運用。透過「鐘」的各種比喻，我們從這本書的故事瞭解了人類對於人工時間與自然時間的感知，並且從翁老龍和龍老翁兩位主角的鬥嘴中也察覺到時間的相對性。作為一本優秀的兒童科學讀物，它顯露的其實不

---

[32]同註 30，頁 82。

只文學性,還有強烈的哲學性。

關於主題想像方面,我們可以用《岩石——地球的記事本》來當作範例。這本書有個部份在討論如何測知地球的年齡。最先用的一個方法是追問海水為什麼那麼鹹?它假設地球上的海洋最初是由天上的落雨所積成的,因此全是淡水,所以不含鹽分。落在地表的雨水也是淡水,順著山坡流下來,溶解岩石裡的少許鹽分,然後帶走,流入大海。海水被太陽蒸發,變為水蒸氣,但鹽分留在海裡。如此情形周而復始,以致海裡的鹽分越積越多。這個方法的想像力聚焦在:已知海水含鹽量約為百分之三,我們又能測知河流每年帶進海裡多少鹽分,用簡單的除法便能推算出要經過多少年,海水才能到達現在這樣的鹹度,而這大約就是地球的年齡。但這裡存在著兩個不可靠的因素:1.以前的河流,其流速和溶解鹽分的力量未必跟現在的一樣。2.自開天闢地以來,河流送進海裡的鹽分至今未必都保留在海裡,或許成了岩鹽,或許到了陸地,無法精密估算。所以這個方法並不可行。後來科學家又想了其他辦法,如從沉積層的厚度或從地球冷卻所需的時間來加以計算,但都不太有效。直到發現岩石中的放射性物質具有「半衰期」現象,憑藉對它的研究,科學家才掌握了地球大致的年齡。(頁 26～28)主題想像的特點是「大膽的假設,小心的求證。」一開始的時候有錯並無妨,但若不帶點冒險的精神去想像,很可能就無益於課題的推展。

以文學的敘事手法廣泛地開拓科學中的想像,我認為這是潘人木科學類童書創作最難得的可貴之處。我們不能因為這些書是寫給小孩子看的就抹煞這種想像的價值。事實上,呈現在這些作品中的想像,其運作的原則都和科學大師們的研究立於同樣的基礎。它們都依賴敘事,涉及視覺化、隱喻、類比和主題設計。當愛因斯坦運用「光速火車」的比喻來解釋他的相對論,他所玩的便是一種頗具孩子氣的想像遊戲,就像我們會用「阿波羅馬車」的神話或「光陰似箭」的成語故事來跟孩子談論光的性質,只不過這輛「光速火車」負載的是一套高深的理論系統。據說愛因斯坦小時候

對光的現象產生興趣，心裡有個奇怪的想法：「要是我手拿著鏡子，飛得跟光一樣快，那我還能看到鏡中的自己嗎？」之所以會有這個問題，是因為當時的科學界已經測出：「不論什麼情況，光速都以每秒 30 萬公里在行進。」愛因斯坦假設他的行進若能和臉上發出的光是等速的，那他不就無法看清在鏡中的自己？年少時期的想像成為愛因斯坦繼續鑽研光之現象的資糧。愛因斯坦以日後發明的相對論為自己解開了這個問題的謎底：我仍然可以看到鏡中的自己，這是因為我的飛行速度和臉上發出的光的速度相加起來仍然等於每秒 30 萬公里，而非每秒 60 萬公里。時間是相對的，而非絕對的。愛因斯坦的「雙胞胎悖論」就描繪出一種令人不可思議的情景：當一個人以光速在太空中旅行，他的時間會變慢，以致在年齡上會跟他待在地球上的雙胞胎兄弟相差越來越遠，顯得更為年輕。

想像比知識重要。能想像的心靈必定充滿好奇，對事物總有不同的看法，而這也是許多科學大師的特質。

從愛因斯坦的例子回過頭再來看潘人木的科學類童書，我們會有更深刻的體會。在日常生活中所見的越是簡單的事物，其所蘊含的道理越是不簡單，也越值得我們用心去觀察。

太陽，月亮，星星，泥土，水，空氣，石頭，沙子，玻璃，樹木，森林，珊瑚，玉蜀黍，袋鼠，獅子，鳥兒，魚兒，貓，跳鼠，昆蟲，蜥蜴，蝴蝶，蜘蛛，數字，鐘，以及許許多多潘人木想寫而一生終究未能寫下的研究對象，讓我們明白這個世界是我們共同擁有的世界。倘若我們能夠認識到以上這一點，那麼我們將一如潘人木所期望的，更懂得去品味一顆鹽的滋味。當我們對兒女解釋過汗水為什麼是鹹的、眼淚為什麼是鹹的、血液為什麼是鹹的，再把《白色的寶藏——鹽》這本書最後幾句看似平常其實並不平凡的話慢慢地讀給他們聽：

但是，

鹽還有更多的秘密，

　　誰也不知道，

　　那就等著你長大的時候去發現了。（頁 34）

參考資料

潘人木科學類作品

・于慎思，《我拔了一棵樹》，臺北：臺灣省教育廳，1975 年 12 月。

・王求實，《石頭多又老》，臺北：臺灣省教育廳，1975 年 12 月。

・立德，《小鳥找家》，臺北：臺灣省教育廳，1970 年 5 月。

・立德，《玉蜀黍》，臺北：臺灣省教育廳，1970 年 5 月。

・立德，《珊瑚》，臺北：臺灣省教育廳，1971 年 10 月。

・安迪，《蜘蛛我問你》，臺北：臺灣省教育廳，1980 年 11 月。

・安迪，《貓家的大貓》，臺北：臺灣省教育廳，1981 年 6 月。

・朱文生，《一把土一把金》，臺北：臺灣省教育廳，1975 年 4 月。

・朱蒂娜，《六隻腳的鄰居》，臺北：臺灣省教育廳，1975 年 2 月。

・朱蒂娜，《地球是我家》，臺北：臺灣省教育廳，1980 年 11 月。

・朱蒂娜，《岩石——地球的記事本》，臺北：臺灣省教育廳，1975 年 11 月。

・朱蒂娜，《玩玩水》，臺北：臺灣省教育廳，1975 年 12 月。

・朱蒂娜，《玩玩空氣》，臺北：臺灣省教育廳，1975 年 12 月。

・李卻存，《張老爺子有塊地》：臺北：臺灣省教育廳，1975 年 12 月。

・求實，《小獅子的話》，臺北：臺灣省教育廳，1975 年 12 月。

・沙漠，《生物的伙伴》，臺北：臺灣省教育廳，1978 年 5 月。

・沙漠，《快腿兒的早餐》，臺北：臺灣省教育廳，1978 年 8 月。

・胡麗麗，《沙漠的一天》，臺北：臺灣省教育廳，1982 年 10 月。

・凌雲美，《土塊兒進城》，臺北：臺灣省教育廳，1975 年 7 月。

・凌雲美，《跳鼠要回家》，臺北：臺灣省教育廳，1976 年 12 月。

- 唐茵，《哪裡來》，臺北：臺灣省教育廳，1971 年 12 月。
- 唐茵，《太空大艦隊》，臺北：臺灣省教育廳，1973 年 8 月。
- 唐茵，《有個太陽真好》臺北：臺灣省教育廳，1975 年 7 月。
- 唐茵，《認識原子》，臺北：臺灣省教育廳，1975 年 12 月。
- 夏小玲，《我們的行星——地球》，臺北：臺灣省教育廳，1981 年 3 月。
- 夏小玲，《動物的祕密》，臺北：臺灣省教育廳，1981 年 1 月。
- 夏小玲，《絨寶兒》，臺北：臺灣省教育廳，1978 年 10 月。
- 曼怡，《恐龍》，臺北：臺灣省教育廳，1980 年 8 月。
- 雲俐，《一二三的故事》，臺北：臺灣省教育廳，1976 年 12 月。
- 愛麗，《寫給太陽公公的信》，臺北：臺灣省教育廳，1981 年 6 月。
- 潘逐，《天黑了》，臺北：臺灣省教育廳，1970 年 5 月。
- 蔣凱倫，《二人比鐘》，臺北：臺灣省教育廳，1981 年 6 月。
- 蔣凱倫，《天空的謎語》，臺北：臺灣省教育廳，1980 年 12 月。
- 蔣愛麗，《森林王國》，臺北：臺灣省教育廳，1981 年 6 月。
- 簡光枲，《小鯨游大海》，臺北：臺灣省教育廳，1975 年 7 月。
- 簡安迪，《這些鳥兒真有趣》，臺北：臺灣省教育廳，1980 年 1 月。
- 簡安迪，《睡眠和夢》，臺北：臺灣省教育廳，1979 年 1 月。
- 黨一陶，《白色的寶藏——鹽》，臺北：臺灣省教育廳，1968 年 6 月。
- 黨一陶，《沙子變玻璃》，臺北：臺灣省教育廳，1969 年 2 月。
- 黨一陶，《畫月亮》，臺北：臺灣省教育廳，1969 年 6 月。

專書

- Bal, Mieke. *Narratology: Introduction to Theory of Narrative,* Toronto, Buffalo, London: University of Toronto, 1985
- Bruner, Jerome. *The Culture of Education,* Cambridge: Harvard University Press, 1996
- Nodelman, Perry. *The Pleasures of Children's Literature,* 3nd ed., New York: Allyn and Bacon, 2003

· Smith, Lillian H.. *The Unreluctant Years: A Critical Approach to Children's Literature,* Chicago: American Library Association, 1953

· Stephens, John. *Language and Ideology in Children′s Fiction,* New York: Longman, 1992

· 王曉東,《西方哲學主體間性理論批判——一種形態學視野》,北京:中國社會科學出版社,2004 年 12 月。

· 布魯納,《教育的文化》,宋文里譯,臺北:遠流出版社,2001 年 1 月。

· 米克·巴爾,《敘事學:敘事理論導論》,譚君強譯,北京:中國社會科學出版社,1995 年 11 月。

· 林武憲,〈縱橫於小說創作與兒童文學之間——潘人木研究資料目錄〉,《全國新書資訊月刊》,臺北:全國新書資訊網,2001 年 1 月。

· 杰拉爾德·霍爾頓,《愛因斯坦、歷史與其他激情——20 世紀對科學的反叛》,劉鵬、杜嚴勇譯,南京:南京大學出版社,2006 年 1 月。

· 倪梁康,《現象學及其效應——胡塞爾與當代德國哲學》,北京:三聯出版社,1994 年 10 月。

· 埃德蒙德·胡塞爾,《生活世界現象學》,克勞斯·黑爾德編,倪梁康、張廷國譯,上海:上海譯文出版社,2005 年 5 月。

· 孫小禮主編、張增一副主編:《科學方法中的十大關係》,上海:學林出版社,2004 年 5 月。

參考網路

· 中央社:〈對兒童文學有卓越貢獻作家潘人木病逝〉,原載於《中國時報》2005 年 11 月 3 日。http://www.epochtimes.com/b5/5/11/3/n1107571.htm

· 彭國棟:〈認識自然的深層價值〉,《自然保育季刊》,43 期,行政院農業委員會特有生物研究保育中心,2003 年 9 月 1 日,http://tesri.coa.gov.tw/files/tesri_nature/736/43-alls.pdf。

備註

　　本文在寫作過程中承蒙馬景賢先生、林武憲先生指點，周惠玲女士惠借藏書，謹此誌謝。

——選自《資深兒童文學家潘人木作品研討會論文集》
臺北：中華民國兒童文學學會，2007 年 2 月

論潘人木先生的編輯理念
對臺灣兒童文學發展的影響

◎嚴淑女*

一、前言

　　1964 年聯合國兒童基金會和臺灣省教育廳合作，成立了兒童讀物編輯小組，希望對臺灣的兒童讀物創作者有幫助，因此要求出版原創性的作品，來培養兒童讀物的本土創作人才，《中華兒童叢書》因而誕生。而這些書是派送到臺灣各個學校，對臺灣兒童的閱讀及兒童文學的發展有深遠的影響。

　　而潘人木先生從 1965 年～1982 年擔任兒童讀物編輯小組編輯，之後升任為總編輯，主持編輯了長達 17 年，約四百多本的《中華兒童叢書》、11 本《中華幼兒叢書》和規劃國內第一套純自製的《中華兒童百科全書》等，她的編輯理念和方向必定會深刻的影響臺灣兒童文學在創作、編輯及出版的方向。筆者認為潘先生扮演的角色就像日本福音館書店的前會長——松居直先生一樣的重要。

　　松居直先生在 41 年的童書編輯生涯中，提出「本土的」、「創作的」、「每個月送一本故事性的繪本」到家庭的《小朋友之友》月刊的企劃概念，至今也屆滿 50 年，其編輯理念影響日本兒童書籍的編輯方向。因為他多方尋覓作家、劇作家為孩子寫故事，而且他邀請許多新興、前衛的畫家為日本「本土繪本」作畫，更培育了許多日本戰後的重要繪本作家，

*發表文章時為臺東大學兒童讀物研究中心研究員，現為臺東大學兒童文學研究所博士候選人。

如：安野光雅、赤羽末吉、林明子、長新太等人。《小朋友之友》草創之期，文字和圖畫作者幾乎都是 20、30 歲的年輕人。這股充沛的活力，奠定了現代日本創作繪本出版的歷史。[1]

而潘先生在 1965 年進入兒童讀物編輯小組，負責編輯本土的創作《中華兒童叢書》也和松居直對於日本的童書界有同樣的歷史意義。因爲她強調本土的創作、邀請不同領域的成人作家、畫家來參與創作，而這套書更培養了本土兒童文學界重要的文字與插圖的創作者，像是林良、馬景賢、林鍾隆、陳木城、謝武彰、林武憲、曹俊彥、趙國宗、洪義男、奚淞、徐素霞⋯⋯等人。而其參與規劃和授課的「兒童讀物寫作研究班」更培養了很多很重要的兒童文學工作者，因此潘先生對於臺灣兒童文學發展有深遠的影響。

本論文旨在從歷史資料整理出潘先生對於兒童文學的編輯理念和其身爲兒童讀物編輯小組的總編輯，在企劃、執行及人脈上的運用，同時也梳理出這位臺灣兒童文學出版、創作的推手的理念，如何影響臺灣兒童文學編輯的過程，也爲其在臺灣兒童文學發展史上的重要性做定位。

二、潘先生擔任總編輯的背景

潘先生原本從事成人文學創作。當子女上學後，她有感於坊間兒童讀物甚少，兒童沒有優良的兒童讀物可以閱讀。1964 年，聯合國兒童基金會和臺灣省教育廳合作，成立兒童讀物編輯小組，編輯《中華兒童叢書》，當時缺少健康類讀物的編輯，教師研習中心的陳梅生找她擔任健康類讀物的編輯，1965 年進入小組工作，當時缺乏健康類的稿子，她自己就寫了一本《吉吉的營養歌》。從此她開始爲兒童編輯適合他們閱讀的讀物，踏進兒童文學編寫工作。後來接任文學類編輯，一直當到總編輯。[2]

---

[1] 游珮芸，2006 年，頁 21～22。
[2] 洪曉菁，〈兒童文學的常青樹──潘人木專訪〉，《兒童文學工作者訪問稿》（臺北：萬卷樓圖書有限公司，2001 年 6 月），頁 30。

　　潘先生在成人文學創作上的成果輝煌，其著名的作品有《蓮漪表妹》、《馬蘭的故事》等，曾獲得「第三屆文藝獎章文學小說創作獎」、文訊雜誌「五四獎」文學貢獻獎。潘先生在成人文學的創作經驗，對她後來在兒童文學編輯與創作影響深遠。因爲她文學的根柢深厚，又時時保持一顆童稚之心，很容易掌握兒童心理與遣詞用字的原則，這使得她在兒童文學的編輯、創作領域，皆能揮灑自如。[3]因爲本身是作家，文筆好，可以用韻文、散文、小說的形式來創作兒童文學，也可以利用淺語、修改文字，達到好的文字水準，豐厚的文學素養，讓她非常適任總編輯的角色。

　　而當時的外在環境，由於 1964 年聯合國教育科學文化組織爲協助中華民國發展國民教育，由聯合國兒童基金會提撥 100 萬美金與臺灣省教育廳共同推動四項五年計畫，包括兒童讀物出版計畫、國教輔導計畫、科學示教車計畫與國民學校兒童就業性向輔導計畫。其中兒童讀物出版計畫獲撥 50 萬美金，由臺灣省政府教育廳配合，向全省學童徵收兒童讀物費、設置兒童讀物出版資金管理委員會，並成立兒童讀物編輯小組，從同年八月開始編印《中華兒童叢書》。

　　其中經費來源：印刷費用由聯合國捐助，紙張、油墨由日本捐贈進口，底片由美國捐贈進口，人事方面的費用才由教育廳支付。紙張是進口的，紙張和油墨品質很好，許多印刷廠願意事前打樣三次以上，以求成品的品質完美。此外，《中華兒童叢書》委由國內十幾家較具規模的大印刷公司用彩色平凹版印刷。此舉對國內兒童讀物之水準提高，關係甚鉅。其中《中華兒童叢書》可以說是帶動讀物進入高品質彩色印刷的火車頭。這一波經由官方系統帶動的創新，一方面爲臺灣的兒童讀物揭示進入彩色時代，臺灣兒童讀物製版技術有因《中華兒童叢書》的開發而進入照相分色階段，傳統的手工分色逐漸淘汰。[4]

---

[3]林淑苓，《潘人木兒歌作品研究》，臺北市立師範學院應用語言文學研究所碩士論文，2003 年 6 月，頁34。
[4]曹俊彥，2000 年；賴素秋，2002 年，頁 62；洪文瓊，1994 年，頁 26。

　　由於目標對象固定，總編輯不用擔心經費來源、市場行銷等問題，只要專心做出好書，送到孩子的手中。加上強調以原創作品為主，總編輯可以實驗並策劃出版不同類型的作品。同時由於印刷、裝訂品質的提升，讓這套書中的「圖」能有更好的表現。加上 1960、1970 年代時東方出版社、國語日報社的兒童文學作品多以翻譯為主。因此潘先生擔任兒童讀物編輯小組總編輯時的原創需求、特殊背景及個人文學素養，使得她展現出來的編輯理念更具有歷史的特殊意義。

三、潘先生的編輯理念

　　總編輯為出版社人事層級金字塔結構最頂端之一員，對公司的組織運作而言，總編輯不僅掌控出版的方向、內容等事務，也管理領導下層的人員；以圖書為經營項目的出版業，圖書無疑為其命脈，握有編選決策權的總編輯對出版社而言，等於掌握了出版社的發展與成敗。對社會而言，圖書出版總編輯則扮演「守門人」（"gatekeeper"）的角色，也就是說圖書出版總編輯可說是掌握圖書呈現形貌的守門人，也是位居讀者將接觸到什麼圖書的重要關鍵。[5]而總編輯也是出版社編選決策人，兒童讀物要呈現什麼內容在兒童眼前，主要就掌控在他們手中。[6]

　　而臺灣童書總編輯在接受蔡佩玲[7]訪談時，也提出總編輯這樣的角色和老師之間的相似性：

　　　童書總編輯其實跟老師很像，因為他們都喜歡小孩，而且對小孩很瞭解，都具有教育的理念，他們都教小孩，不同的僅僅是他們教導小孩所透過的方式不一樣，老師是透過親身的教學，而童書總編輯則是透過圖

[5]吳適意，《圖書出版業總編輯人格特質與決策風格之關係研究》，南華大學出版學研究所碩士論文，2003 年 6 月，頁 4。
[6]蔡佩玲，《臺灣地區童書出版社總編輯職業角色之研究》，臺東師範學院兒童文學研究所碩士論文，2000 年 6 月，頁 1。
[7]同前註，頁 72～73。

書去傳達他們所要教的東西。

　　因此總編輯就像教師的角色一樣，她的理念和要給孩子什麼東西，就
充分表現在她編輯的作品中。要編輯出這些好作品，圖書出版總編輯還另
外需要具備管理、企劃和人脈三項條件，因為總編輯不僅必須管理出版事
務，也必須管理下層的人員；企劃指的是「選擇與決定出什麼書」，對以
圖書為命脈的出版社而言，企劃不僅主導出版社形象與風格，更攸關出版
社經營的成敗；人脈則是企劃執行成功與否的關鍵，例如，能否找到適當
的作者、譯者等，有充沛的人脈可資運用的話，出版的工作的進行必然較
順利。[8]

　　因此潘先生擔任兒童讀物編輯小組的編輯長達 17 年，扮演臺灣童書守
門人的角色，其具備的企劃能力、人脈及管理編輯人員的能力，最重要的
是她的編輯理念，想要透過圖書去傳達她想交給孩子的東西，勢必影響臺
灣兒童讀物的編輯方向和出版的發展。

　　以下就根據收集的資料，試著整理出潘先生的編輯理念。

（一）採用新式的編輯概念

　　提到潘先生的編輯理念，必須先談論到《中華兒童叢書》出版的相關
規定。

　　《中華兒童叢書》經費來源係自聯合國兒童基金會（UNICEF）的贊
助，其服務對象為兒童，對兒童的健康與衛生都很重視，所出版的兒童讀
物必須符合科學、兒童文學及營養與健康三方面的計劃規定，所以編印
《中華兒童叢書》的文類，主要分為文學類、科學類、健康類三大類，再
依內容程度分為低、中、高三個年段。[9]本系列叢書統一為 20 開本、分齡
化、將出版內容分成三類，是主要的規則。其他在內容設計、版面安排就

---

[8]孟樊，《臺灣出版文化讀本》，臺北：唐山出版社，1997 年。
[9]林文寶、趙秀金，《兒童讀物編輯小組的歷史與身影》，臺東大學兒童文學研究所，2003 年 10
月，頁 58。

可以由總編輯來策劃製作。

　　當時的編輯理念，無非是希望摒棄 1960 年代以前，臺灣兒童文學處於交替停滯時期，兒童讀物多半富教訓意味，強調民族英雄功績或偉人傳奇故事等較爲傳統刻板的類型，擺脫教訓主義，轉而重視以兒童爲主體，從兒童熟悉的生活事物、周遭經驗出發，以期能符合兒童真正的興趣與需要。[10]而當時加入編輯小組的潘先生，除了了解這樣的編輯理念，也正好接觸到教育部邀請來我國訓練各師專教師研究兒童文學（讀物）的編寫、插圖等專業知識，以便在各校設置兒童文學等課程的外籍專家，如 1965 年先後來臺的海倫・史德萊（Helen. R. Sattley）和孟羅・李夫（Monro Leaf），因此獲得許多很現代的兒童讀物編輯概念。

　　比如海倫・史德萊在講習中介紹許多圖畫書觀念，談「低年級兒童讀物編寫」時，以 Dr. Seuss 的作品爲例，介紹兒童喜歡這類「故事簡單，字母簡單及圖畫多」，讀物的插畫及文字的配置應該配合適宜，這正是當時臺灣編輯兒童讀物缺乏的。孟羅・李夫以圖畫書創作者的身分，講解插畫畫面「連續性」概念。兩位美國專家所帶來的新編輯觀念、創作理念，使得《中華兒童叢書》採用大膽使用圖片、強調空間留白、全彩印刷等創新的編輯方式。[11]正如洪文瓊（1999）在〈影響臺灣近半世紀兒童文學發展的十五樁大事〉一文中所說：

　　　　由於經費充裕，加上兒童基金會派有專家指導，兒編小組在當時可說擁
　　　有相當超前的現代兒童讀物編輯概念。大膽使用圖片、強調空間留白，
　　　以及採用近乎正方形的二十開本和全面彩色印刷的方式，在在是臺灣兒
　　　童讀物出版界所少見。臺灣的兒童讀物編印，真正有比較大幅度的提
　　　昇，確實起於省教育廳兒童讀物編輯小組，然而此種編輯理念的革新，

---

[10]同前註，頁 73。

[11]邱各容，《兒童文學史料初稿 1945～1989》（臺北：富春文化事業股份有限公司，1999 年 1 月），頁 192～193；賴素秋：《臺灣兒童圖畫書發展研究（1945～2001）》，臺東師範學院兒童文學研究所碩士論文，2002 年 6 月，頁 61

一直到西元 1970 年代以後，才逐漸普遍民間。這一波經由官方系統帶動的創新，一方面為臺灣的兒童讀物開啟彩色的世界，臺灣兒童讀物製版技術也因中華兒童叢書的開發而進入照相分色階段，傳統的手工分色逐漸淘汰。一方面則為臺灣的兒童文學界引入西方系統（或應更正確的說是美式系統）的創作理念與編輯概念，而且隨著西元七十年以後留美學生回國服務增多，而逐漸加大影響力。[12]

　　洪文瓊所提到美式系統的創作理念和編輯概念對於潘先生後來在擔任總編輯時應該有一定程度的影響，開始注重圖片與文字內容的編排、插畫技巧的表現等。所以我們可以看到後來編輯的作品，如《中華幼兒叢書》不管在大膽使用十二開本的規格，在故事本身、版面設計、編排上，文圖搭配、運用畫面連續性來說故事的特質，都具有相當的水準。在歷經三十幾年的考驗，信誼基金會在 2006 年 6 月保留原貌，重新出版其中五本《小紅鞋》、《你會我也會》、《太平年》、《顛倒歌》、《小蝌蚪找媽媽》，我們仍可看到像國外經典的圖畫書一般具有高水準的演出。

（二）有趣味性、提供給孩子們他們應該看的東西，並不百分之百迎合孩子

　　有關潘先生對兒童讀物的編輯理念，我們還可以從洪曉菁[13]專訪後整理出的文章〈兒童文學的常青樹——潘人木專訪〉看出。

Q：請問您編輯兒童讀物的理念為何？
A：因為兒童讀物編輯小組受聯合國補助，所以他們訂了幾個原則：
第一個原則就是要創作，不要翻譯。第二就是要經過他們的審查。我的理念是：很多人認為童書必須迎合小孩的興趣，但我認為編輯兒童讀物有兩個方向，第一要有趣味，也就是看他們要的是什麼；第二就是看應

---

[12]洪文瓊，《臺灣兒童文學史》，臺北：傳文文化事業股份有限公司，1994 年 6 月，頁 70～71。
[13]同註 2，頁 31~32。

　　該給他們什麼，他們應該要知道什麼，並不是百分之百迎合他們的興
　　趣，因為我們要給小孩的東西是由大人來決定的。

　　由於潘先生知道兒童最不喜歡枯燥的敘述和乏味的故事，他們追求趣
味新奇的事物。因為死板、教條式的兒童讀物，兒童往往一看就知道結局
是什麼，便失去繼續閱讀的動力。因此為了吸引兒童的注意，達到閱讀的
目的，趣味是必要的。因此在編輯理念上第一原則就是有趣味。但是她提
到「所謂的趣味並非指表面可笑的情節而言，而是從作品本身散發出來的
魅力，讓人讀了覺得好快樂。」[14]這種心靈上的愉悅，就必須要作家能掌握
文字表達技巧和適度的幽默感才能達到潘先生的理念。

　　此外，潘先生認為我們要給小孩的東西是大人決定的，加上她自身的
閱讀經驗和在編輯工作所累積的經驗，她對於兒童讀物的分齡有純熟的概
念，也堅持有分齡的必要性。因為她認為再優秀的作品仍需適合閱讀的對
象，不僅內容需經揀取，表達方式也該配合兒童的心智發展，要讓孩子實
際了解、領會，才能達到閱讀的功效。尤其在兒童時期，成長階段的經驗
往往會在心裡烙下深刻的印象，甚至會影響一生[15]。

　　因此她落實的實施分類、分齡制度。在每本《中華兒童叢書》背面都
會清楚標示類別和適讀年級。她更根據兒童發展的階段給予適合的內容，
更重要的是採用適合該年齡發展的表現手法來撰寫。

　　以潘先生創作的作品來看，同樣是「郵政」的主題，她用兒歌〈紅大
哥，綠大姐〉透過謎語歌的形式，藉由生活中隨處可見的郵筒，為幼童建
立郵筒與信件的概念；《小寶寄信》則以簡單的故事情節，為低年級學童
介紹郵政的大致流程，了解郵票的用途與使用方法；在《郵政和郵票》
中，她採報導文學的手法，為高年級的學童介紹郵政在中西方發展的歷史

---

[14]中華民國兒童文學學會編：《中華民國臺灣地區兒童文學工作者名錄》，臺北：中華民國兒童文
學學會，1992 年 11 月 29 日，頁 6。
[15]同註 3，頁 51。

[16]。從她示範的創作作品，充分展現她在編輯概念上強調分齡的重要性和適切性。

在她在任期間的《中華兒童叢書》，文學類佔大多數，其中包含童話、民間故事、小說、神話、傳記故事、兒歌、童詩等多種文體。同時她也在一些健康類和科學類叢書中，運用文學的筆法，以故事化的方式，呈現知識性、教育性及趣味性的兒童讀物內容，使《中華兒童叢書》整體更貼近兒童的生活經驗，適合其身心接受程度，也利於生活與健康的指導。內容著重引導啓發，以兒童爲本位，摒棄以往兒童讀物單向教條式的灌輸方式，藉以引發兒童的閱讀興趣[17]。這種以孩子每個階段的需求爲主，提供不同作品的編輯理念，讓孩子能獲得不同類別、文學及知識的涵養，來貫徹潘先生認爲應該給兒童看什麼，兒童應該要知道什麼，並不是百分之百迎合兒童的興趣的編輯理念。

（三）讓孩子看到真善美的作品

潘先生曾言：「我們盼望給孩子們一些出色的兒童讀物。切勿在不知不覺中教導他們詐欺、兇殺；我們盼望教導她們一些美麗的事物，用優美正確的文字，表達他們的思想和幻想。」[18]這樣希望我們有好的兒童文學讀物的呼籲，也正傳達她對於兒童讀物高標準的要求。潘先生自己也曾說：「我這個總編輯成了一個怪胎形的守衛者──自覺渾身長著長長的觸角，四個不同用途的大眼睛，手裡拿著一隻大筆，一個放大鏡，把守讀物小組的大門，不准在內容上、形式上、文字上有不良影響的稿件進入。」[19]這也反映她對於兒童讀物編輯的理念及擔任守門員的謹慎態度，這樣才能確保出版的讀物，能在文字、內容、圖畫中教導我們的孩子正確美麗的事物。

因此她對於文字和圖畫的要求都很嚴謹。以文字要求爲例，潘先生提到：

---

[16]同註 3，頁 52。
[17]同註 9，頁 58。
[18]同註 11，頁 248。
[19]潘人木，頁 259。

　　《中華兒童叢書》的第二個特色就是我很要求文字的高雅，也就是要符
合邏輯、合於文法，文字要乾乾淨淨，我希望孩子讀這套書的時候，能
在潛移默化中吸收文字的美。我並不敢說我編的每一本書都是好的，但
是每一本都是我的心血。
　　只要遇到不佳的稿子，我就大聲唸給同事聽，問他們有沒有問題，他們
通常就能發現其中有哪裡不對勁。我改的部分首先是文法，看表達方式
有沒有太陳腐，若有，就想辦法改。……其次要改的是，把囉唆的句子
改簡潔，再來就是挑出一些不適合在兒童讀物中出現的字或句子……。
我自認為在兒童文學這個領域裡，我做編輯比做作者勤快，影響也較
多。[20]

　　而且潘先生對文字、內容的要求是有名的。因為一個好的兒童讀物編
輯，一定會注意自己對孩子和社會的責任，堅持編輯的原則，該退的退，
該改的改，一點也不「寬容」[21]。曾在編輯小組擔任編輯的張依依（2005）
提到：

　　潘先生對用字特別注意，例如狗嘴裡「叼」東西，絕對不能寫成「咬」
東西，因為這兩個字的意涵完全不一樣，她也很不喜歡現代人濫用
「著」這個字，認為中文除了某些時候之外，並沒有胡亂加「著」代表
進行式的用法。除了你們、我們以外，她也不喜歡以「們」字表示多
數，例如學生們、乘客們，她認為一個詞如果本已有複數的意涵，則
「們」字能省就省，她也要我們統一用「大都」而非「大多」，諸如此
類都是我從未想過的，所以至今都忘不了。[22]

---

[20]洪曉菁，〈兒童文學的常青樹──潘人木專訪〉，出自《兒童文學工作者訪問稿》，臺北：萬卷樓
　圖書有限公司，2001 年 6 月，頁 32。
[21]林武憲，〈兒童文學的「掌門人」〉，出自《鼠的祈禱》，臺北：民生報社，1999 年，頁 283。
[22]同註 20，頁 35。

　　潘先生這種嚴格規範編輯去遵守中文字正確的用法，讓孩子可以從作品中讀到正確的用法和進而學習如何使用正確的文字。這種對於文字的要求，重視文字用法的正確和精鍊，就像松居直（1995）在《幸福的種子》一書中提到圖畫書是「聽覺的體驗」，父母必須透過孩子的「耳朵」，向他們傳輸感情洋溢的豐富語言。從耳朵獲得的豐富體驗，能成為未來學習的基礎。而且「圖畫書裡的文字都經過精心的挑選與整理，字字包含藝術家們豐富的感性和理性。父母親用自己的口，將這些文字依序的說給嬰兒聽，就像一粒一粒的播下語言的種子。」（頁 17～22）而如何呈現這些經過精心挑選的文字，就必須由總編輯來嚴格的把關。

　　潘先生對於美術編輯的要求，在胡怡君（2002）訪問曹俊彥老師中問到在兒童讀物編輯小組時畫家和作家的溝通方式為何？他提到：

> 「當時潘人木先生負責文字編輯部分，我負責圖畫編輯部分；因為她是總編，包括整本書完成的感覺都要關照，要是她覺得整體感覺不對，會提出討論。一般而言，畫家和作家之間是透過我們兩個溝通的。」[23]

> 由於《中華兒童叢書》大部分是以插畫的形式表現的比較多，插畫本身的創作空間也很大，在造型和編排上都可以作出豐富的變化。在當時插畫本大多以中高年級為對象，圖畫書則多以中低年級為對象，因為依照預算低年級印刷條件及文字的量比較適合作成圖畫書的形式，……。[24]

> 那時候總編是潘人木先生，她在跟文字作者邀稿時，都會要求他們分節。而在分節時，節與節之間份量的平衡性，幾乎已經考慮得非常好了。[25]

---

[23] 胡怡君，《曹俊彥與臺灣圖畫書研究》，臺東師範學院兒童文學研究所碩士論文，2002 年 6 月，頁 115。

[24] 同前註，頁 116。

[25] 同註 23，頁 117。

　　可見潘先生在對於美術設計上還是掌握圖畫書分節的概念，使得美術編輯可以根據分節的文字和畫面，再與插畫家溝通，最後才能設計出圖文配合極佳的作品。

　　2006 年 6 月信誼基金會出版社重新出版由潘先生編輯的《中華幼兒叢書》中的五本，《你會我也會》、《小紅鞋》、《太平年》、《小蝌蚪找媽媽》和《顛倒歌》。由這五本三十多年書齡的圖畫書看來，當時的編輯、作者、繪者從起初就充分掌握圖畫書的形式和內容，了解圖畫書不但能幫助孩子語文和閱讀的發展、讓孩子對人生有初步的體會，還能開啓孩子的美感經驗。這些圖畫書的作者與繪者原來從事成人文學創作、藝術創作、美術教育、設計工作，把他們豐富的人文素養、純熟的繪畫手法帶進了圖畫書領域，又用活潑的童心把厚實的技巧化爲親近孩子的文字和圖畫[26]。可見一部編輯好的作品，是能禁得起時間的考驗。

　　對於給孩子真而正確的作品，她的態度是非常謹慎的。她是以科學求真的精神去面對編輯工作。曹俊彥（1989）在〈我所知道的潘「先生」〉一文中提到潘先生是個「凡是都要說得通、要合道理」的人。他回憶潘先生在審稿時，爲了證明書中的角色真的能如作者所言的那樣活動，她拿著筆在紙上又塗又畫，用心實際的演練一番。在編寫《中華兒童百科全書》時，她更常爲確實了解內容，動手玩起飛機模型，做臘染、版畫及其他科學實驗。

　　由以上分析，可見潘先生對於要給予孩子真善美的作品，充分的表達她在對於編輯作品的態度、理念，並呈現在每一本作品當中。

（四）企劃性出版

　　總編輯的編輯理念、出版規劃會影響到出版方向，也會提供給許多新人創作的機會。正如潘先生在接受訪談中被問及《中華兒童叢書》的特色時所說：

---

[26]宋珮，〈爲我們的孩子建立經典〉，出自《永恆的童趣——童書任意門導讀手冊》，2006 年 6 月，頁 8～9。

這套叢書的第一個特色就是有前瞻性。……。我想從低年級編到高年
級，因為任何一本書出來，我都有一套的計畫，它並不是單行本，將來
編完了以後，都可以成為一套。

　　潘先生這種企劃性出版的概念，使她在擔任總編輯期間企劃了幾個系
列的書，有系統的介紹我國的歷史故事、國劇常識及介紹故宮博物院的國
寶。另外，還有鄉土系列，如：《臺灣歷史上的名人》、《鄉土神話》、
《山地神話》、《雅美族人的船》、《布農族的獵隊》等。環保系列，
如：《地球是我家》、《垃圾》、《一把土一把金》、《土塊兒進城》等
[27]。這些編輯企劃將要介紹給兒童的概念、觀念整合起來，結合作家、插畫
家完成作品，其企劃的主題，至今仍是非常重要的議題，可見其前瞻性的
編輯理念。

　　其中《中華兒童叢書》低年級文學類「汪小小」系列是很特別。這是
《中華兒童叢書》第一次以一個固定人物為主題發揮的故事，是潘先生擔
任總編輯時企劃性的編輯理念下產生的作品。包括周菊（潘人木）《汪小小
學醫》、《汪小小尋父》（1976 年 10 月 31 日）、夏小玲（潘人木）《汪小
小養鴨子》（1978 年 8 月 31 日）、林良《汪小小學畫》（1978 年 6 月 30
日）及嚴友梅《汪小小照鏡子》（1980 年 6 月 30 日）等五本。其中《汪小
小學醫》、《汪小小尋父》和《汪小小養鴨子》都是潘先生以筆名發表
的。當時擔任美術編輯的曹俊彥（2006）提到：

多年以後，當時的總編輯潘人木女士表示這三本都是她以筆名發表的作
品，並表示，之所以以這樣的方式編寫，除了提供有趣的故事給小讀者
外，並創造一個一再出現的主角，讓小讀者熟悉「他」，使這個角色
「好像真的」活在小讀者的心目中，而成為一個精神上的朋友。

---

[27]林武憲，〈縱橫於小說創作與兒童文學之間──潘人木研究資料目錄〉，出自《全國新書資訊月
刊》，2001 年元月號，頁 27～28。

當時會有這樣的想法，是因為在這期間，潘人木女士多次在諸如教師研習會以及民間舉辦的兒童文學研習營講課，接觸到許多兒童文學寫作新手。而想到自己編輯的中華兒童叢書，展現計劃性與出版規劃的模式，供學員參考。[28]

潘先生率先以這些作品為示範，並邀請其他作家一起進行創作。這次的規模雖然不大，但是展現她的編輯理念具有相當前瞻性，並與國際兒童出版接軌，因為國際上如彼得兔、大象艾瑪、小老鼠波波都是以同一主角創造系列故事。潘先生展現企劃性出版的理念，提供臺灣兒童文學出版、創作的方向。

（五）翻譯少一點，盡量朝本土化發展

潘先生對本土的理念希望朝原創性發展，加上聯合國兒童基金會希望以加強本土創作為主，因而有了製作本土作品的機會。

一個總編輯對於而何謂「本土」的編輯理念會影響編輯的方向和作品的呈現方式。

如洪曉菁在專訪潘人木先生時，問到「請您談談什麼是你心目中本土的兒童文學？」

我認為不管寫什麼，寫山也好，寫水也好，寫風俗習慣也好。愛臺灣的人不要把愛臺灣成天掛在嘴上，你要為臺灣做一些事才算數。從我住在臺灣以來，一直到後來我進編輯小組，我就注意到這件事，所以編了好多本土的書。現在很多人提倡本土本土，我認為用不著強調本土，只要我們把我們的環境，我們的精神生活寫出來，就是本土。……。但是我們要把我們居住的地方寫的淋漓盡致，我們的好山好水都要寫，我們好的風俗人情都要寫。……。我覺得要把本土的東西寫得很柔和，讓大家

---

[28]曹俊彥，〈論「特定主角的系列圖畫書」之編輯策略——從汪小小說起〉，出自《繪本棒棒堂》，第四期夏季號，2006 年 6 月，頁 10。

都能接受才好，因為文學的本質是含蓄，文學要用曲折的方法來表現。

從這段話就可以看出，潘先生對於所謂本土的創作的方向、精神、寫法和其編輯的想法。這可以從其編輯的《中華兒童叢書》的題材看出來，她策劃一系列介紹中國歷史、表現臺灣文化特色的書籍。如：《冒氣的元寶》、《快樂中秋》、《雅美族的船》等。以中國的餃子、中國節慶為主題，更關注臺灣本土風景、人物、地方特色及原住民的文化和風俗，再用文學的手法呈現出來。

關於堅持翻譯少一點的理由，是因為潘先生相信不管外國的作品如何的好看，它是發揚不了中國心的。為了發揚中國心，她強調本土作家不僅要堅持創作的道路，更要發掘我國古老、過去的故事，才能讓我們的孩子抓緊自己的文化，了解自己的文化，以自己的文化為榮（潘人木，1992）。因此她除了企劃本土的題材、邀請本土兒童作家之外，更希望已經成名的成人作家也能投入兒童文學的寫作陣營。所以她邀請鄭清文、羅青、張曉風、心岱、劉克襄、鍾梅音、劉其偉等來為《中華兒童叢書》撰寫故事或繪畫。這樣對於引進不同領域的作者、插畫家的編輯理念，讓在潘先生擔任總編輯的指導下，作品呈現多樣的面貌，也更透過文學作品來發揚中國固有文化和本土的精神。

四、潘先生對於臺灣兒童文學發展的影響及貢獻

因為總編輯的職業角色就是一個「守門員」，從潘先生編輯的作品就可以看出她想要傳達的理念和想法，以及她想要給孩子的是怎樣的作品。經過以上整理潘先生的編輯理念之後，提出她對臺灣兒童文學發展的影響及貢獻。

（一）培養本土創作人才及大量本土作品

潘先生在編輯理念上大量朝向本土的內容去製作，因此網羅了本土兒童文學界重要的文字與插圖的創作者，像是林良、馬景賢、林鍾隆、陳木城、謝武彰、林武憲、曹俊彥、趙國宗、洪義男、奚淞、徐素霞……等

人，多不勝數。這些人一直到現在都是臺灣兒童文學創作中非常重要的生力軍。而潘先生邀請成人作家參與兒童作品的創作，也豐富了兒童作品的多樣性，留下精采的作品。其中像劉克襄之後更出了許多兒童文學作品。

因為潘先生的堅持，經過了 17 年的編輯歲月，根據不同的年齡層、類別編出了數百本好書，以總編輯的身分在內容、文字、圖畫和編排上嚴格把關，同時大量的採用本土作家、畫家，編輯適合本土兒童的內容，將臺灣的山水、風土民俗、文化特色藉由編輯的作品，帶給孩子真善美的作品。而這些書被派送到臺灣各個學校，給學生閱讀，對於兒童在成長時獲得的心靈養分和文學素養的養成有很大的幫助。一本本由本土兒童文學名家創作的精美圖書，陪伴無數學子快樂成長，他們從中吸收了許多科學、營養衛生和語文方面的知識，成為今日國家發展過程中不可或缺的棟樑。這是一個總編輯對於臺灣兒童文學發展中播下的種子和貢獻。

（二）影響臺灣兒童文學寫作、編輯和研究的觀念

潘先生除了總編輯的角色之外，更在培養臺灣創作、編輯及研究人才上有極大的貢獻。如參與「兒童讀物寫作研究班」的規劃。此研究班的構想，源自陳梅生擔任臺灣省政府教育廳第四科科長時提出的：「教育廳計畫：第一是大量出版兒童文學書籍，第二是訓練兒童文學作家及插畫家；第三是訓練專人設計兒童圖書館及管理工作」因此教育廳藉由成立兒童讀物編輯小組出版《中華兒童叢書》來達成第一項計劃。「兒童讀物寫作研究班」的開辦，是由教育當局做有計劃、有目的的來培養兒童讀物的作家[29]，就發掘和培養寫作人才，編輯小組和寫作研究班有相同的功能，為臺灣兒童文學發展上培養許多創作人才。

而潘先生曾兩度參與教師研習會兒童讀物寫作研究班的課程設計會議，並四度（136、141、171、177 等四期）應聘為授課講師。負責兒童讀物人物描寫研究、兒童科學讀物的寫作、教育廳兒童讀物編印計劃、兒童

---

[29]同註 11，頁 322。

讀物評鑑、習作指導等課程[30]。她對於兒童讀物的寫作、插圖、刊物編輯的
概念和對讀物的評鑑、寫作理論、對國外兒童文學發展的狀況，也透過這
些課程傳遞給新一代的兒童文學工作者。

　　這些觀念上的影響不僅直接對於當代的兒童文學工作者而已，更影響
他們培養新人的態度。如：陳正治[31]提到他參與第一次「小學教師兒童讀物
寫作班」經驗，除了兒童文學相關課程之外，更分組教學實際指導兒童文
學創作，潘先生有計畫的教他們尋找寫作題材、設計大綱、敘述技巧。並
且嚴格要求文字的妥切性和藝術性，主題不直露等概念，對於文字的修改
更是字句斟酌。當知道他要進入師專服務時，告訴他：「師專生應該加強
兒童文學教育，將來畢業後當小學老師，才能勝任語文教學工作。」受到
潘先生的鼓勵，陳正治全心投入兒童文學研究和工作，並且輔導學生寫作
兒童文學作品和研究兒童文學。

　　就是這些對眾多兒童文學工作者觀念的啓迪，讓臺灣兒童文學在創
作、編輯和研究能夠結合一起，在眾多人努力下奠立臺灣兒童文學發展的
基礎。

五、結論

　　潘先生曾獲得中國婦女協會「資深編輯獎」、亞洲兒童文學大會臺灣
地區「最佳翻譯獎」楊喚兒童文學獎的「特殊貢獻獎」，2003 年信誼基金
會的「幼兒文學特別貢獻獎」，這些獎項肯定她對於臺灣兒童文學發展的
重要貢獻。而更重要的是潘人木先生長期從事兒童讀物的編輯，被推崇爲
臺灣兒童文學界最資深、最有貢獻的總編輯，她字斟句酌的嚴謹態度，爲
孩子提供趣味的書籍、真善美的作品的編輯理念爲臺灣兒童讀物的編輯樹
立了可以遵循的典範。也爲臺灣兒童文學發展史中培養本土創作的人才、

---

[30]同註 11，頁 248。
[31]陳正治，〈望之儼然，即之也溫——懷念潘人木老師〉，出自《剛毅中的溫柔——當代女作家潘人
　木先生追思特刊》，臺北：中華民國兒童文學學會，2005 年 11 月 20 日，頁 25～26。

影響臺灣兒童文學編輯的理念，同時更是培養兒童文學研究者的推手，其重要的影響和貢獻，足以在臺灣兒童文學史中留下輝煌和重要的一頁。

參考資料

・中華民國兒童文學學會編：《中華民國臺灣地區兒童文學工作者名錄》，臺北：中華民國兒童文學學會，1992 年 11 月 29 日，頁 6。

・林淑苓，《潘人木兒歌作品研究》，臺北市立師範學院應用語言文學研究所碩士論文，2003 年 6 月。

・吳適意，《圖書出版業總編輯人格特質與決策風格之關係研究》，南華大學出版學研究所碩士論文，2003 年 6 月。

・宋珮，〈為我們的孩子建立經典〉，出自《永恆的童趣——童書任意門導讀手冊》，2006 年 6 月，頁 8～9。

・孟樊，《臺灣出版文化讀本》，臺北：唐山出版社，1997 年。

・林文寶、趙秀金，《兒童讀物編輯小組的歷史與身影》，臺東大學兒童文學研究所，2003 年 10 月。

・林武憲，〈兒童文學的「掌門人」〉，出自《鼠的祈禱》，臺北：民生報社，1999 年，頁 283。

・林武憲，〈縱橫於小說創作與兒童文學之間——潘人木研究資料目錄〉，出自《全國新書資訊月刊》，2001 年元月號，頁 27～28。

・松居直，《幸福的種子》，臺北：臺灣英文雜誌社有限公司，1995 年 10 月。

・邱各容，《兒童文學史料初稿 1945～1989》，臺北：富春文化事業股份有限公司，1999 年 1 月。

・洪文瓊，〈影響臺灣近半世紀兒童文學發展的十五樁大事〉，出自《臺灣兒童文學手冊》，1999 年 8 月，頁 26。

・洪文瓊，《臺灣兒童文學史》，臺北：傳文文化事業股份有限公司，1994 年 6 月。

・洪曉菁，〈兒童文學的常青樹——潘人木專訪〉，出自《兒童文學工作者訪問稿》，臺北：萬卷樓圖書有限公司，2001 年 6 月，頁 27～52。

- 胡怡君，《曹俊彥與臺灣圖畫書研究》，臺東師範學院兒童文學研究所碩士論文，2002年6月。
- 張依依，〈強人難再得〉，出自《剛毅中的溫柔——當代女作家潘人木先生追思特刊》，臺北：中華民國兒童文學學會，2005年11月20日，頁35。
- 曹俊彥，〈我所知道的潘『先生』〉，出自《文訊》第四期，1989年5月1日，頁109～110。
- 曹俊彥，〈論『特定主角的系列圖畫書』之編輯策略——從汪小小說起〉，出自《繪本棒棒堂》，第四期夏季號，2006年6月，頁10～13。
- 陳正治，〈望之儼然，即之也溫——懷念潘人木老師〉，出自《剛毅中的溫柔——當代女作家潘人木先生追思特刊》，臺北：中華民國兒童文學學會，2005年11月20日，頁25～26。
- 潘人木，〈讓孩子也能從自己作家那裡得到快樂〉，《聯合報》，1992年7月2日，第25版。
- 潘人木，〈下雪的十七年〉，出自《鼠的祈禱》，臺北：民生報社，1999年，頁259。
- 蔡佩玲，《臺灣地區童書出版社總編輯職業角色之研究》，臺東師範學院兒童文學研究所碩士論文，2000年6月。
- 賴素秋，《臺灣兒童圖畫書發展研究（1945～2001）》，臺東師範學院兒童文學研究所碩士論文，2002年6月。

——選自《資深兒童文學家潘人木作品研討會論文集》
臺北：中華民國兒童文學學會，2007年2月

潘人木

蓮漪哀樂，馬蘭如夢

◎應鳳凰

人、木合起來是「休」字，有人認為取這個筆名就「休想出頭」了，但潘人木認為「休」字也有快樂的意思，而且她希望能與大家「休戚與共」，果不其然，潘人木的小說陪伴讀者至今，她注入最多心血的兒童文學，也持續發表出版，絲毫不因年齡的限制而失去她的童心，就如她所言：「好文章不舊不老，有如醇酒，越陳越香。」

一、與文學創作的不解之緣

　　潘人木，1919 年生於遼寧省瀋陽市，原名潘佛彬，筆名潘人木乃是取佛彬的偏旁得之。在那個民風保守的時代，潘人木幸而生長在一個作風開明的家庭，她短髮、天足，小學時還站在台上演講由父親擬稿的「纏足之苦」，講得頭頭是道。由於是家中長女，潘人木比同年齡的孩子早熟懂事，有時弟弟因為任性而哭鬧，做姊姊的她就常被母親誤會而遭到責罵，委屈的她就學古時的人告官那樣，將事情原委利用暗喻的方式寫在狀紙上，向父親申訴，通常也會得到滿意的回應，這一寫竟也寫出興趣來，奠定她日後作文用詞通順、善用譬喻的基礎。生於新舊文學交替的年代，潘人木幸運地能靈活運用文言文與白話文，這需歸功於父親的支持。她用文言文寫狀紙，並且遍讀家中新舊文學書籍，父親知道她喜歡閱讀，總是到處借書以解她閱讀的渴望，既使是風雪交加的夜裡，為了一本新書，父女

倆仍不辭辛苦地踏著積雪到朋友家中借書,由此可見潘人木對閱讀的執著與熱愛。

　　不安定的時代,連年戰火不斷,潘人木的求學也很不平靜,初一親歷九一八事變,高中畢業又遇七七事變,勝利後又經國共內戰。但學業一直未輟,數學與物理十分拿手的她原本以清華大學物理系為第一志願,可惜因七七事變倉皇逃難,沒有攜帶太多書籍,最後選擇考文科,1942 年畢業於國立中央大學外文系。潘人木大學時期開始正式寫文章參加徵文比賽,也獲得不錯的名次,但是促使她寫作的動機卻是口袋缺錢零花。日後會持續文學創作則是基於一股特殊的使命感,八年抗戰期間她與家人分散,彼此不知生死安危,但母親有次去市場買花生米,意外發現包裝花生的紙是潘人木離家前,在北平讀書時學校留成績的作文紙,而紙上署名的便是「潘佛彬」,家人認為這是神明暗中送信息給他們,安慰因戰亂而失聯的他們。這件事給潘人木很大的感觸,因此也將寫文章這件事看得很嚴肅。

二、蓮漪哀樂,馬蘭如夢:潘人木的四部小說

　　大學畢業後,潘人木進入重慶海關總署工作,一年後與任職中央銀行的黨恩來先生結婚,恰巧中央銀行欲在新疆開設新分行,需要有經驗的職員前往開墾,嚮往邊地風情的潘人木得知後,便慫恿先生前往新疆分行任職,於是舉家遷往新疆,在迪化居住了兩年多的時間。居住在新疆的潘人木並沒有因邊地悠閒的生活而荒廢了她的筆,這段時間她以新疆為背景寫了〈妮娜、妮娜〉、〈烏魯木齊之憶〉等多篇短篇小說,但是對創作出書不積極的她並沒有打算出版這些小說,一直遲至 1981 年經林海音女士再三催促,潘女士才慢條斯理地將 1953 年至 1967 年寫作的 17 篇短篇小說集結成《哀樂小天地》一書,並親自校對、修改,由此透露出潘女士對於書籍出版的慎重。邱秀芷將此書分為以新疆為背景、以大陸某些小城小鎮為背景、在臺灣以公教人員為背景的三類,潘女士以輕鬆的筆法,細膩的描寫刻劃各年齡層女性心理,極富趣味又耐人尋味,林海音說:「文筆幽默機

智是她爲文的特色。讓人一口氣兒讀下去，痛快淋漓，掩卷回味，還會啞然失笑。」

1949 年潘人木隨國府避戰來台，在反共的愛國情懷之下寫了《蓮漪表妹》一書（1952 年出版），並獲得中華文藝獎金委員會第一獎，該書與紀剛《滾滾遼河》、王藍《藍與黑》、徐鍾珮《餘音》並列四大抗戰小說，然而書中並沒有一字批評共產黨，作者僅如實地將女主角白蓮漪一生悲慘的遭遇寫下來，特別著力於人性的刻劃，沒有善惡的評價，讓讀者自行判斷孰是孰非，故事中充滿緊張、鬥智、詼諧和深深的感慨，行文順暢清新，不似一般制式的反共小說，文獎會負責人張道藩先生說：「這部長篇……描敘的筆鋒，如精鍊醫師手中的解剖刀，在悠閒不迫之中處處見到細膩和敏捷。行文如一脈清泉，流過花草繽紛的巖壑，淙淙汩汩，一步一個新天地，一轉一個新境界。」難怪在經過半個世紀之後，多數的反共文學早已被時代淘汰，沒入歷史的洪流之中，而《蓮漪表妹》卻獲爾雅出版社的青睞，於 2001 年改版重印，讓莘莘學子有此機緣可以拜讀。潘人木的小說創作僅《如夢記》、《蓮漪表妹》、《哀樂小天地》、《馬蘭的故事》四部，量少卻質精，除《哀樂小天地》外都獲得文獎會大獎。

三、筆的兩端：創作與編書左右開弓

潘人木的筆一端是創作，另一端是編書，1965 年至 1981 年她任職於臺灣省教育廳兒童讀物編纂小組編輯、總編輯，主編《中華兒童叢書》、《中華兒童百科全書》及數百冊兒童讀物，也自行創作各種兒童讀物，於推動兒童文學不遺餘力，1995 年獲女作家協會資深編輯獎，2000 年獲頒楊喚兒童文學獎特殊貢獻獎。退職後又替台英社主編(Child Craft)《世界親子圖書館》翻譯 16 巨冊，其中《愛蜜莉》一書於 1996 年獲第一屆小太陽獎最佳翻譯獎，1999 年又獲亞洲第五屆兒童文學大會台灣地區最佳翻譯獎，獲獎無數，難怪作家劉枋忍不住稱她爲「獲獎專家」。對於兒童文學的編輯及創作，潘人木以一顆嚴謹的心看待之，從來不敢輕忽怠慢，兒童是未

來的棟梁，一位曾經為聯合國兒童基金會編寫兒童讀物的孟羅李夫來臺演講時曾說：「看一個國家的兒童讀物出版情形，可以看出這個國家的未來。」因此一本好的兒童讀物是十分重要的，所以每次編書時，潘人木總要親自看過每一篇文章，並刪除其中不合宜的文句，或者改寫不恰當的劇情，她要求文章用字要高雅，要合邏輯、文法，文字又乾乾淨淨，如此一來，小孩在讀這套書的時候，便能在潛移默化之中吸收文字的美，她認為「有怎樣的讀者，便有怎樣的書籍」，對於編書嚴格的把關，她自言：「自覺渾身長著長長的觸角，四個不同用途的大眼睛，手裡拿著一隻大筆，一個放大鏡，把守讀物的大門，不准在內容上、形式上、文字上有不良影響的稿件進入。」她認真的態度為自己贏得「潘先生」的敬稱，編輯部的同仁們不管男女老少，對潘女士認真執著的行事風格都感到十分敬重，兒童文學作家林武憲先生也尊稱她為兒童文學的「掌門人」；林海音女士見她如此拼命，也忍不住讚美：「這套書雖不是她一個人的功勞，但她擺下去的心血最多。潘人木是這樣一種人，工作認真，不求名利，真正的名士派。」

潘人木平時最喜歡臥讀，總是拿著一本書、一盤零食就進入書中世界，渾然忘我，她也參加婦女寫作協會，但卻甚少出席，比起外面的繁華世界，她更享受寧靜的生活，不居功也不貪圖名聲，將編兒童書歸功於大家共同努力的成果。1987 年黨恩來先生於談天中悄然去世，痛失愛侶的潘女士強忍著悲傷，將心力投入《馬蘭的故事》的修改，以及後來童書的創作。潘女士是個左撇子，但是右手也能寫，左右開弓就像她筆的兩端一樣，一手寫小說，一手編書、寫兒童文學，她對小說及兒童文學的努力和用心獲得文壇的肯定，於 2003 年獲頒五四文學貢獻獎，可說是實至名歸。

2005 年 11 月 3 日下午二時，潘人木因肺癌病逝於臺大醫院，享年 86 歲。

【延伸閱讀】

- 鐘麗慧：〈「蓮漪表妹」──潘人木〉，收錄於《織錦的手──女作家素描》，臺北：九歌出版社，1987 年，頁 165～177。
- 洪曉菁：〈兒童文學的長青樹──潘人木專訪〉，收錄於林文寶主編《兒童文學工作者訪問稿》，臺北：萬卷樓出版社，2001 年，頁 28～52。
- 王德威：〈蓮漪表妹──兼論三〇到五〇年代的政治小說〉，收錄於《小說中國：晚清到當代的中文小說》，臺北：麥田出版社，1993 年 6 月 1 日，頁 71～93。
- 《馬蘭的故事》，臺北：純文學出版社，1987 年。
- 《蓮漪表妹》，臺北：爾雅出版社，2001 年 4 月 20 日。

──選自應鳳凰《文學風華──戰後初期 13 著名女作家》

臺北：秀威資訊科技，2007 年 5 月

潘人木先生的文學成就

◎林良*

　　大家好！很高興能有機會跟大家見面，並利用這個機會跟大家問好。這次大會給的題目是「潘人木先生的文學成就」，根據這個題目，我擬出四個重點來跟大家分享：1.潘人木先生的生平和為人；2.潘人木先生的文學創作；3.潘人木先生對兒童文學的貢獻；4.結論。這四個重點有重有輕，為避免說的時候大家會感受到時間上的負荷，每完成一個重點時，我會告訴大家目前的進度，使大家放心。

一、潘人木先生的生平和為人

　　潘先生的出生年很好記，1919 年，正好是民國 8 年，那年發生了有名的五四運動。五四運動本來是知識分子譴責日本侵略的一次行動，後卻發展成新文化運動。潘人木就是在這樣的環境中成長。她的老家在遼寧省西北部的法庫縣。關於她的生平，我用比較人性化的紀年，也就是用她的歲數來敘述。

　　潘人木 24 歲在中央大學畢業，唸的是外文，主修英文。畢業後任公務員將近三年。在 24 歲之前，潘先生有一段幸福的童年，還有一段顛沛流離、努力求學的青年時代。到了 27 歲，抗戰勝利後，她到了新疆擔任女子師範學院的英文教師；31 歲跟夫婿黨先生來臺定居，32 歲中篇小說《如夢記》得到中華文藝獎；34 歲《蓮漪表妹》又得到文藝獎；37 歲〈馬蘭自傳〉在《文藝月刊》連載，獲得好評。以後就有一段時間甚少寫作，雖然

*兒童文學工作者。

沒有脫離文壇，卻很少寫作，有人甚至認為那是她停筆的 10 年。

到了 47 歲時，潘人木又出來工作，任臺灣省教育廳兒童讀物編輯小組的編輯，直到 64 歲退休。退休以後仍然繼續為兒童文學盡力了 23 年，直到 87 歲過世。她在人間活躍的日子有 87 個年頭，可以說是一個有福氣的長壽人。

潘人木先生在文壇上享有盛名，但本人其實卻淡泊名利，甚少跟人談起自己寫的三部小說，更不會去提到得獎的事。有一張潘人木自己親筆寫的簡介，裡面談到她大學畢業後擔任公務員，接著一跳就寫到她 47 歲擔任教育廳兒童讀物編輯小組的工作，當中並未提及得獎的往事，可見她並不把虛名看得很重要。

潘人木曾經談過一件往事，有一次有人將她介紹給一位官員，而那時她頭上已頂有長篇小說作家的光環。那位官員一開口就說：「久仰、久仰，妳寫的《婉君表妹》我最少讀了三遍。」（婉君表妹是當時流行的電視連續劇。）因此有一次她就表示：「虛名來去像浮雲一樣，隨時都可以張冠李戴」。

潘人木先生個性滿幽默的，平常卻給人不苟言笑的印象。她喜歡真誠，而不喜歡虛假的人。如果有朋友被她打了勾勾，她就會樂於把生活上點點滴滴的感想與朋友分享。

潘先生做人很率直，說話也很率直。我記得有一次國語日報的社慶，晚輩們把會場布置得很花俏（按潘人木先生的說法），邀請許多學者及兒童文學作家來共同慶祝。主持節目的人事先沒有告知就臨時邀請潘人木上臺致詞。她想了想就說：「國語日報最需做的就是把報紙編好，像今天耍猴兒似的，沒什麼意思⋯⋯。」大家聽了都一愣，後來想想是好意，趕快給她鼓掌。

潘先生的個性獨立，也喜歡自由，當歲數大了一些，在參加晚上的兒童文學活動時，有的晚輩說要送他回家，她都拒絕並說：「人住在臺北，坐計程車回家算不了什麼，不用那麼嚴重說要送我回家。」而她的先生過

世後，子女們一直很希望接她到家中去住，以便有個照應，卻也被潘先生婉拒，因為她比較喜歡自己一個人居住，一來覺得獨居比較自由；二來覺得獨居不會連累別人，什麼時候喜歡寫作就從事寫作，而不會讓人覺得她怪怪的。因為喜歡自由，潘人木也要付出相當的代價，那就是忍受孤獨。待會兒會談到她寫過一篇提及這件事的散文。

潘人木曾寫過三部長篇小說以後就停筆了，當時大家都覺得很納悶，到底是為什麼。根據她的朋友女作家劉枋女士表示，潘人木停筆跟她的心臟不好有關。當時每天早上都可以看見潘人木穿著晨跑裝在新生南路上慢跑，因為慢跑對心臟的復健很好。此外，也可能是因為家事使她不得不停筆。當只有先生和一個孩子的時候，都還適合寫作，但有了三個孩子的時候就難免會造成干擾。雖然潘先生的子女都很獨立自主，很少讓人操心，可是身為媽媽的潘先生，總會有一些事情讓她分心。覺得她不可能再有黃金時間可以從事長篇小說的寫作。這是我們外人對她之所以停筆的看法。

不過，潘人木先生最好的朋友之一周慧珠女士，在幫忙整理潘先生遺物的時候，曾發現一部未發表的長篇小說，可見她生前仍努力寫作。可能因為自我要求比從前更高，或是時間不比從前自由而認為這篇作品還不到可以發表的時候，只有暫將這篇小說擱置。從以上這幾點，我們可以大概地了解潘先生的為人和性格。我跟潘先生相識多年，發現她有時候也喜歡說笑話，通常是說給別人笑，自己不笑。

二、潘人木先生的文學創作

第二部分，談談潘人木先生的文學創作，包括中長篇小說、短篇小說和散文。這次舉辦的研討會有 12 篇論文即將發表，可以說是歷年來發表最多的，且當中有一半以上是在討論潘人木的長篇小說。潘人木的長篇小說有三篇：《如夢記》（接近中篇）、《蓮漪表妹》、《馬蘭自傳》都得到好評，前兩部還曾連續得獎。

關於她的長篇小說，引用一般的評論可歸納出她的小說成就有三點：

第一點，我們寫作常常是受到想像活動的引導，有一種是概念化的想像，另一種是圖像化的想像。潘人木的想像傾向於後者。她看得見她的想像，這就是她的作品生動的原因。第二點，潘人木的描寫和敘述像拍電影，運鏡非常靈活而且常常出現美妙的鏡頭。第三點，她的文字能抓得住她的描寫對象，很精確生動，如同一則電視廣告詞所說：「它抓得住我！」

文學評論家齊邦媛教授提到她對潘人木長篇小說的評價，她讀《馬蘭自傳》中寫到東北家鄉村鎮風光一段，她認爲是近代寫景文字最好的代表作。另外，她的好友劉枋女士讀過潘人木的小說以後表示，她認爲潘人木是天才超過功力，她的成就像是來自她的天份，有一種引人入勝的韻味，意思是說潘人木的小說有一種可以令人駐足欣賞的吸引力。

一般的小說有兩種類型，一種是用心經營情節的小說，讓讀者常常忽略其中的文字，而比較想知道主角的下場；但是潘人木小說給人的感覺是可以停下來尋味，這是大家對她的小說的看法。

上個月臺北書店出現一本書，書名是《毛澤東——鮮爲人知的故事》，作者是張戎女士，她是英國籍的中國人，這是她與她先生合作的一本有關毛澤東生平的書。在這本書之前，張戎女士寫過一本書《鴻》，內容是描寫三代中國女人的故事，除了她自己外，還包括她的母親和外祖母，敘述的是在大陸動亂時期，三代中國女性所過的荒謬、扭曲的生活。

張戎女士花了兩年半的時間來寫《鴻》。她描述當時寫作的情形是：她在二樓書房，而先生在一樓做自己的研究，兩人互不干擾。她常常一坐下來就是一整天，只有吃晚餐時才互相交換幾句話，而且常常熬夜或忘記吃飯，一鼓作氣、一氣呵成，這在寫作上是一種快樂，若無法這樣就會感到很痛苦。小說寫完之後的感覺是無悔，意思是弄得面容憔悴不後悔，有黑眼圈也不後悔。她在書中所附的照片，就是有黑眼圈的。可見寫長篇小說時，時間必須是不被割裂的、不能有事情來干擾而讓人分心的；同理，潘人木寫三篇長篇小說，我相信也是很累的，之所以停筆不寫長篇小說，也是情有可原。

　　潘人木對短篇小說的寫作，一直有很濃厚的興趣，代表作就是《哀樂小天地》。長、短篇小說有很多不同的地方，最普通的是以字數來區分。短篇小說通常是一萬字，最多到三萬字，長篇通常是幾十萬字，甚至到百萬字。此外，長篇小說中的人物非常多，情節複雜，像《紅樓夢》的一波未平一波又起，在手法上則非常細膩；但是短篇小說的人物大概集中在一、兩個，情節較單純，寫作手法上則很精簡。如大家都知道美國短篇小說作家歐‧亨利，他的短篇小說經營的是令人錯愕的結尾，代表作像《耶誕節的禮物》、《最後一片葉子》。

　　關於潘人木的短篇小說，我找了兩個人的說法來印證，一篇是齊邦媛教授所欣賞的《有情襪》，寫的是大陸動盪時期，有一個僕人到自己的主人被公審，被群眾吊起來、光著腳丫。僕人覺得主人不穿襪子，非常不體面；又覺得主人的歲數大，卻得要光腳忍受天寒地凍，令人不忍。因此僕人就不顧死活的拿了一雙襪子，去給主人穿上。

　　另一篇比較有趣的短篇小說是劉枋女士所欣賞的，內容寫的是茶葉的故事，敘述有一位放假的中學生在父親的茶葉店裡幫忙看店，有一天看到一個來店裡買茶葉的女孩子，外表非常清秀，就猜想她的父親很可能是一位作家，而她來買茶葉應該是給她父親當寫作的飲料。他認為作家通常很窮，所以動了憐憫心，悄悄的給那女孩高級的龍井茶，當作對作家致敬；然而到了隔天，一個賣茶葉蛋的帶了女孩來抗議，責問中學生給的是什麼壞茶葉，害他做出來的茶葉蛋變得很苦，無法入口。讀了這篇小說後，不禁令人想起鄭愁予的詩句「一個美麗的錯誤」。

　　再說潘人木的散文。通常小說寫的好，寫散文一定沒有問題，潘人木的散文確實吸收了很多小說的本質，常常用敘述和描寫來代替抒情，運鏡非常靈活，而且常常出現美妙的鏡頭。可惜的是，她沒有出版過任何一本散文集。實際上她一直在寫散文。就在她過世前，恰好連續發表了兩篇散文，可以當做潘人木散文的代表作。

　　其中一篇是去世前三個月，潘人木人在美國寫的，刊出日期是去世前

的 18 天，寫的是對林海音的懷念。標題爲〈無媒寄海音〉，意思是一封無法投遞的信要寄給林海音，內容寫的是她和林海音不約而同的到同一家理髮店去洗頭，發現兩人用的是同一種牌子的洗髮粉。這大約是 50 年前的事。林海音過世後，潘人木不曾去參加她的喪禮或追思會，也沒有寫下任何一篇文章紀念林海音，硬是把悲傷忍受了四年。突然有一天在家中的舊鐵盒找到了一包洗髮粉，也就是使二人由初識變成知交的那種牌子。她的情感堤防崩潰了，因而寫出了這篇作品來哭海音。在這篇文章裡，潘人木寫林海音說的話，每一句如同林海音就出現在讀者面前，唯妙唯肖，如聞其聲。

另外，還有一篇是潘人木回到臺灣，在發病之前寫的〈「一」關難渡〉。這篇散文寫的是不跟子女一起居住的她，一天三餐得自行打理。有天是端午節，她外出想買飯盒卻遇到所有小吃店都關門休息，只好來到一間稍具規模的餐館用餐。當裡面的服務生問「幾位？」時，她很勇敢地說出「一位」。這一關不好過，因爲孤獨，讓她一直很消極，像是個戰敗者。而當她能夠很有自信地說出「一位」時，那一刻讓她覺得自己已經過關了。

齊邦媛教授讀後，認爲這篇文章證明潘人木寫散文的時候一直想要創新。這篇作品裡用「胭脂花」當象徵，因爲胭脂花是沒有人理睬卻能自己成長得很茂盛。此外，文中也運用了「蒙太奇」手法，把童年往事一件件勾起來回憶。齊教授對這篇散文讚美得不得了，稱爲文學家的精品，譽爲「天鵝之歌」。我們通常把詩人比喻做天鵝，齊教授把這篇散文比喻作詩人的吟唱，推崇備至。

雖然潘人木很少發表散文，但她寫的散文一直追求創新。散文在臺灣是很發達的文類，不僅寫的人多，讀的人也多。我們發現一個事實：因爲很少人出面爲散文立法，也就是沒有人主張散文該如何寫作，所以使散文可以得到自由發展，這反倒是散文的福氣。

三、潘人木先生對兒童文學的貢獻

現在要談談潘人木對兒童文學的貢獻，包括：認真負責的編輯態度、主編大部頭書的才能、提倡兒童文學、提倡兒童散文、寫兒歌、寫圖畫故事書及翻譯。

潘人木自 47 歲起擔任臺灣省教育廳兒童讀物編輯組的編輯，給人的印象是她把人生的前 40 年奉獻給長篇小說，以後 40 年奉獻給兒童文學。五年前，潘人木恰好有四本兒歌集由民生報出版，民生報為她舉辦了一場新書發表會，當時齊邦媛教授在會場上表示，長篇小說寫得那麼好的作家投入兒童文學的行列實在很「可惜」。但是兒童文學界的想法，卻認為這是一件「可喜」的事。「可惜」跟「可喜」之間，是很不相同的感受。

自成為兒童讀物編輯後，潘人木建立了很多良好的典範，比方說擔任兒童讀物編輯要認真、負責、活躍、主動。她擔任編輯的時候有許多故事，其中包括她認為給兒童閱讀的文字非常重要，讀了錯誤的文字將會對兒童造成很大的影響。她除了自己為文字把關還不夠，更邀請了前國語日報董事長，也是研究國語文法的專家何容先生一起來把關，這使得中華兒童叢書中的錯字非常少。潘人木對自己的工作非常細心，有一次在看大樣的時候，看到有一幅插圖是中華民國的國旗，覺得有些奇怪，就仔細數了數，發現只有 11 道光芒，馬上要求把畫退回重畫；我還記得有一次是潘人木邀我寫《給爸爸的十六封信》。我們歷經三次詳細會談才敲定。像這樣密切溝通的編輯非常少見。我們之所以稱潘人木為典範，因為她不止要為作家發表好作品，也為作家催生好作品。

潘先生具有大部頭書的才能。當時她主編一部「中華兒童百科全書」，工程浩大，有幾十個步驟，且有一定的程序，需懂得如何規劃及控管。這部百科全書的優點是既具備國際觀又不遺漏本土材料，如告訴小朋友玉山的高度、什麼是濁水溪等。因為有了這樣的經驗，後來她幫臺英社出版了「親子圖書館」系列，主持了相當龐大的一個翻譯群。她也曾幫光

復書局出版「幼兒成長百科」系列，擔任監修。

我跟潘人木曾有過一次合作經驗，當時曹俊彥、馬景賢先生也一同參與，我們合作翻譯了一本書叫做《小矮人》。小矮人是北歐民間傳說中的神秘族群。那本書假定小矮人的存在，並對小矮人的生活環境及生活方式做了很科學化的描述，那是一本需要四人分工合作才能完成翻譯的書。在潘人木的帶領下，我們順利的做出《小矮人》的中文版，大家合作得非常愉快。

在兒童文學的提倡方面，53 歲時的潘人木受到板橋教師研習會的邀請，擔任講師。當時研習的重點有三個：聽講、閱讀和寫作。由於潘人木有寫作小說的經驗，所以負責教導學員如何編故事。當時有位大約 60 歲的學員，誤解了兒童文學寫作班的目的和意涵，以為那是教小朋友寫作文的課程，所以當潘人木拿了一本《小琪的房間》當教材，說明這本書如何創作時，那名學員很不以為然，表示只要教小孩子背《唐詩三百首》、《古文觀止》，作文就可以拿高分。他認為編故事不難，甚至一口氣可以編十本。潘人木請那名學員只要編一本當作業。到了交作業那天，她發現那學員把《小琪的房間》拿來照抄，只是把小琪的名字改作小蘭。可見編出一個完整、讓人心服的故事並不容易。潘人木很費苦心地把編故事的學問傳授她的學生們。

在兒童散文方面，潘人木曾在民生報編過兩本兒童文集，選輯文友們的散文作品，供兒童閱讀。由於潘人木對兒童散文採取開放的態度，不嚴格的為散文立法，所以她的散文寫得非常靈活、有新意。

此外，她也寫兒歌，而且創作量非常豐富，這應該與她在美國教孫兒學中文有關係，因為兒歌是最佳的中文教材。值得一提的是，我們發現潘人木寫兒歌時內心都有一種感動。她唸兒歌時會頻頻搖頭微笑，像是想到自己幸福的童年。在她 67 歲時於信誼基金會出版了《小胖小創作兒歌集》，73 歲時為民生報社出版了四本兒歌集，包括《一隻貓兒叫老蘇》、《你的背上背個啥？》、《滾球滾球一個滾球》、《小五小六愛看戲》。

同一年，又在國語日報出版了五冊兒歌集。

現在就選一首兒歌，請大家聽一聽：

> 小鳥樹上嘰嘰喳，
>
> 小貓喵喵要抓牠，
>
> 小狗汪汪去阻止，
>
> 老牛哞哞看笑話。

這首兒歌聽起來讓人覺得很愉悅、舒服。潘人木也注意到兒歌的教育性，希望讓孩子認識如何說出動物的叫聲。她常說中國文字中狀寫聲音的文字太貧乏，如牛的叫聲是「哞哞」，羊的叫聲是「咩咩」。但是馬的叫聲呢？潘人木常常努力克服其中的困難，設法寫出想寫的聲音。前面提到〈「一」關難渡〉的那篇散文中，她就嘗試寫出了八種自己的腳步聲，包括「他他」、「空空」、「登登」、「喀喀」、「答答」、「鏗鏗」、「拖拉拖拉」、「窸窣窸窣」，令人佩服。

潘人木也提倡寫圖畫書，包括了科學類、健康類等，都很嚴謹。同時她注意到小朋友都喜歡國外童話中當主角的小人兒，如《小人國遊記》、《拇指姑娘》、《拇指仙童》、《騎鵝旅行記》等，她認為我們也可以創造自己的小人兒，她創造了一個人物叫做「汪小小」，並邀文友們一起來寫作汪小小的故事，這系列共出版了五、六本。可惜後來她面臨退休，使汪小小剛剛露臉，尚未成大器的時候，就掉了線。

此外，潘人木也翻譯很多外國作品，一方面希望拓寬國內兒童的國際視野，另一方面也提供國內出版社參考。她的翻譯，不偏重直譯，也不偏重意譯，我稱她的態度是「適度的意譯，也是適度的直譯」。她堅持的是，翻譯出來的中文一定要像中文，讓人讀起來自然順口，而不是用中國發音來說外國話。

四、結論

　　十幾年前，兒童文學界曾爲年長的兒童文學作家辦了一次聚餐。由於當時受邀的年長作家總歲數加起來超過一千歲，所以那次餐聚命名「千歲宴」。當時潘人木受邀致詞時表示，她要把每一天當作新的生活啓動，她歡迎每一個來到她面前的日子。由此可見，潘人木的人生態度一直是樂觀積極的。現在，我爲這場「潘人木先生的文學成就」下一個結論：長篇小說創作代表潘人木先生的寫作成就，而她對兒童文學的熱心參與及推動，代表她對文學的回饋和奉獻。

　　編按：本文整理自林良先生於「資深兒童文學家潘人木作品研討會」的演講內容。

——選自《資深兒童文學家潘人木作品研討會論文集》
臺北：中華民國兒童文學學會，2007 年 2 月

「一」關難渡

◎潘人木

自小我對腳步聲就很敏感。即使在半睡半醒之間，由腳步聲就知道是誰來了，誰走了，誰生氣了，誰穿新鞋了。

倒是沒聽過自己的腳步聲。

有一次，的確聽到自己的腳步聲了。11歲那年，在讀小五的時候，大考算數做錯了一題，老師叫我到前面黑板上再做一次。這是丟臉的事，走路的腳步聲亦應如此，輕輕的走，而我卻由座位騰然而起，邁開大步，衝往講台。這時候課堂裡鴉雀無聲，只有我的腳步匆匆然，急急然，「他他他他」。

題目是做對了，站在講台上等待老師誇獎一番。不料老師卻笑著說：「剛才我以為你要飛過來呢。以後走路放輕些。」

他何嘗知道，青春健康是藏也藏不住的。

「光陰似箭，歲月如梭」，一年又一年，青春到老年，只是一眨眼。伴侶西歸，子女遠離，從此聽見的腳步聲居然都是自己的，走進這個屋子空空空；走到那個屋子空空空。孤獨的腳步聲，落在髮上，牆上；落在穿窗而入的陽光上，與之共舞。即使穿著軟底鞋、便鞋、拖鞋，也常常聽見足下鏗鏗。

有一天，我那僅存的空空腳步聲也忽然聽不見了。取而代之的是拖拉拖拉，窸窸窣窣。原以為這可憐的空空剩餘，也可以伴隨我餘年，它怎麼在一夕之間就棄我而去了？憂傷之極！慌張之極！我究竟做了什麼背天害理之罪，讓老年掩忽而至？我的雙腿不聽支使了，上下樓梯，有如膝蓋骨兩相脫離，舉輕若重。必手扶欄杆，彎腰駝背、跋涉上下，若將鏡頭拉遠，豈不像多眠剛醒，餓得無氣無力的老熊一隻？夜裡入眠，每一翻身，

便以雙手抬一腿，輕輕移動之，否則便痛徹心腑。如此一來，雖然還能走，腳步聲卻完全沒了章法，欲再獲空空而不可得。西洋人說：「看牠怎麼飛，就知牠是什麼鳥。」今依樣畫個葫蘆，改說：「看他怎麼走，就知他有多老。」庶幾近矣。

原來孤獨與年老是藏也藏不住的。

作夢也不曾想到，到了老年，所求者卑微到只是自己的空空腳步聲而已。

但我並不失望。失望使人脆弱。我無法不接受自然的老年，卻決不願接受心裡的脆弱。我去看醫生，按時，認真。但吃藥並不見有效。

我反覆地想，除了年老，是什麼推手，除了年老，置我於如此境地？很快，答案便出來了，是別離！

與親愛的人重重別離使我孤單；而孤單加速我的年老。

哥倫比亞籍大作家「馬奎斯」在其不朽名著《百年孤寂》裡寫：「年老就是與孤獨結盟」。我喜歡他的書，卻不信他這一套。我才不要結這個盟。我要與孤獨作戰來「救老」，我決定狠下心來，軟硬兼施地打倒孤獨。

首先，我把置於玄關的一盆龍爪花連土倒掉。因它二十多年來，聽盡家人的腳步聲，目睹一個一個的遠去，故而長著茂盛的別離。

我應允自己，若空空順利歸來，以後我一定珍惜，並在我日記本改造的「年度慶祝日」手冊裡，記上一筆「空空回歸日」。上一條是「獨立擒鼠成功日」。

也曾單槍匹馬去看下午七時電影。混在雙雙對對青少年當中，腳穿平底鞋，手拿潛水艇三明治、可樂、爆米花。悠悠然吃吃，喝喝，看看，卻不知銀幕上進行何事。散場時，故意走路回家，給我的腳步一個機會，讓它在微黃的夜色中，悄悄回到我的腳下。佇足在所經過的電視牆前，多給它一些時間，結果仍是擦拉擦拉，直到家門。

也曾日日夜夜開著電視和收音機。因聞科學朋友講，電磁波可以

「載」音波，我那蹺家的空空或可搭個「便波」回來吧。自是幻夢一場。

也曾關起門來，穿上新買的高跟鞋，在地板上「硬走」，不信它永遠捨我而去。剛走上三五步，便疼得廢然頹坐。無情的枉費心機。

如是者兩年之久。

那天傍晚，滿室蒸騰著六月的悶熱。巷子裡出奇的靜。每日此時賣癩糬的嗒嗒嗒敲出聲也沉默。一陣輕風吹起白色窗簾的舊痕斑紋，呼打作響，宛如飛來一隻始祖鳥，將攫呐我入洪荒，這才感覺到腹中轆轆，正如洪荒。

經過小公園旁數株「胭脂花」，上百朵的小紅喇叭花，張口結舌地注視我，「怎麼一個人過節啊！」這種花全世界都長得一樣，其不識相也一樣，總在你淒涼無侶時，出現眼前。

端午，媽用粽子味的手，嘩啦啦撩起蒲艾水，給我洗臉。抹擦一面銅鏡般繞著圈兒說：「丫頭，你越長越白，一年都不會長癬！」現，不是那樣的端午！

掛上葫蘆香包，繫上五彩絲線，用粉紅的指甲花瓣加蒜搗爛，染上本就粉紅色的指甲。現，不是那樣的端午！

是獨自一人找飯吃的端午！

平日燈火通明的大街暗了。

平日擁塞的大街空了。

一片透著暗綠的粽葉，無牽無掛地從我腳下沙沙而過，探戈著穿越馬路，停在對面的公車站，左顧右盼，等駛入時光隧道的班車？茫茫然的端午！

模糊中聽見一女童的嬉戲聲，陽光鋪滿的院子，高粱編成柵欄旁，手提一縷絲線拴著的「嘉慶通寶」，踢著唱著：「一根線兒，踢兩半兒，打花鼓兒，繞花線兒，裡踢，外拐，八仙過海，九十九，一百。」

也聽見那女童讀書聲：「浩浩乎平沙無垠，迥不見人……鳥飛不下，獸鋌亡群，亭長告余曰，此古戰場也，往往鬼哭，天陰則聞。」

什麼是古？什麼是戰場？鬼吠是什麼聲音？

日月交替中，那女童卻不知不覺早已投入戰場，打了半個世紀的糊塗帳，只落得孤單又孤寂。

只有一家高級餐廳亮著燈。他們不是賣便當的。只好，硬著頭皮走進去。開門處、，一夥勾肩搭背的爛醉男女走出，剩出裡面空空。

「幾位？」

居然，我楞在當場，紅暈紅上我的臉。一生中回答過多少複雜的問題，卻從未回答過如此簡單的問題。原來向人公開宣稱自己的孤獨，是我的生命中最難闖過的一關！

我不能不吃飯，我不能退卻。於是，孕育十來年的勇氣之果，適時爆裂。

「一位！」聲音大的把自己嚇了一跳。

字典上最難學的兩個字原來在這裡！我說出來了。

懷抱一身輕鬆，靠窗坐下。燈光輝煌處外望。孤獨的街燈下，古端午在縮小、淡出。

不會想以前，不會想與伴侶同度的端午，更不會想萬里外的兒女此時在想父母嗎？

從從容容。面對當前。攏攏頭髮，輕呼女侍，叫了三菜一湯，同他在日。竟然吃了久違的一頓飽飯。

走出餐廳，夜色已深，忽聞一女與我同行。登登登的腳步何其均勻流暢！是誰？不禮貌的回首，無人。環顧四周，亦無人。此跫音來自自己腳下，卻渾然不知。

喜不自勝，驚不自勝，怎麼可能？身體竟如一舟橫野渡，完全的自由。

不是真的吧。試試看。邁開大步往前走，踏踏踏；慢步走，登登登，快步走咔咔咔。是真的！腿不疼腰不酸。是我捨出了「一位」，換來了「雙腳」。

翻天的快樂，可惜無人可訴，無人能懂，無人信以爲真。

於是抱住眼前的一棵管它是什麼樹，認作知己，淚滴紛紛告訴它，我能夠又聽見自己的腳步，就足以原諒十多年的艱苦歲月了。

我知道，此樂不可能永遠爲我所有，因孤獨雖敗，老年仍在。但我至少不再絕望。

黑暗中帶著微笑，快快樂樂往回家的路上走。不識相的胭脂花迎我以濕淡的香。

世上沒有真正的孤單。只要有勇氣創造另外的自己爲伴。

仰望天邊，那顆孤單的金星，好似向我慢慢走來。

——選自《人間福報》，2005 年 10 月 24～25 日，11 版

輯五◎
研究評論資料目錄

作家、作品評論專書與學位論文

專書

1. **周慧珠，陳珊珊編　　剛毅中的溫柔——當代女作家潘人木先生追思特刊　臺北　中華民國兒童文學學會出版　2005 年 11 月　45 頁**

本書為紀念潘人木逝世之紀念特刊，收入生前創作及至親好友的懷念文章，從中一窺潘木人的生平處世、創作熱誠，以及對後世的深刻影響。全書分 3 類：1.潘人木先生作品集，收錄〈我的「三捆快樂」〉、〈「一」關難渡〉、〈看見我上炮臺了〉；2.家人回憶之作，收有黨一陶〈憶母〉、黨千千〈最後的離別〉、黨英臺〈等妳入夢〉；3.友人懷念之作，收有丘秀芷〈念人木大姐〉、林良〈她離開，帶著三代的愛〉、隱地〈剛毅中的溫柔〉、陳正治〈望之儼然，即之也溫——懷念潘人木老師〉、華霞菱〈悼念教育廳兒童讀物編輯小組主編潘人木先生〉、張杏如〈我心中永遠的潘先生〉、沙永玲〈敢愛敢恨的潘阿姨〉、張依依〈強人難再得〉、周慧珠〈俠骨柔情潘先生〉。正文後附錄〈潘人木小檔案〉。

2. **中華民國兒童文學學會編　　資深兒童文學家——潘人木作品研討會論文集　臺北　中華民國兒童文學學會　2006 年 11 月 18 日　296 頁**

本書為潘人木逝世一周年紀念，所舉辦研討會之論文集。全書共 12 篇論文：謝鴻文〈一九五〇年代遷臺女作家對傳統文化的眷戀——從潘人木《鼠的祈禱》談起〉、嚴淑女〈論潘人木先生的編輯理念對臺灣兒童文學發展的影響〉、卓淑敏〈談圖畫書中傳統中華文化的再現——以《龍家的喜事》為例〉、張素貞〈人前亮三分的生命之歌——潘人木後期的文藝創作〉、朱嘉雯〈花園裡的秘密——《蓮漪表妹》的成長記事〉、黃慧鳳〈以女性的敘事觀點看《蓮漪表妹》〉、陳良真〈潘人木小說的情節構設與語言特色〉、張嘉驊〈科學知識文學化——論潘人木科學類童書的敘事與意識形態〉、陳兆禎〈論潘人木創作的兒童科學文藝作品〉、應鳳凰〈〈烏魯木齊之憶〉——論潘人木新疆題材的小說〉、曾萍萍〈馬蘭花吐露芬芳——論潘人木《馬蘭的故事》〉、彭婉蕙〈論《馬蘭的故事》之罪與罰——兼論潘人木小說中的母親身影〉。正文前有李瑞騰〈前言——潘人木，五四的女兒〉，正文後附錄 95 年度大專院校兒童文學研究獎學金得獎論文：鐘尹萱〈兒童電影裡的空間建構——以《有你真好》、《小鬼當家》及《早安》為例〉、劉瑋婷〈臺灣兒童圖畫書插畫創作者之現況調查研究〉。

3. **中華民國兒童文學學會編　　資深兒童文學家潘人木作品研討會論文集　臺北　中華民國兒童文學學會　2007 年 2 月　428 頁**

本書為潘人木逝世一周年紀念，所舉辦研討會之論文集出版。全書共 5 輯，各篇論文後均附有「特約討論」：1.輯一：謝鴻文〈一九五〇年代遷臺女作家對傳統文化的眷戀——從潘人木《鼠的祈禱》談起〉、嚴淑女〈論潘人木先生的編輯理念對臺灣兒童文學發展的影響〉、卓淑敏〈談圖畫書中傳統中華文化的再現——以《龍家的喜事》為例〉；2.輯二：張素貞〈人前亮三分的生命之歌——潘人木後期的文藝創作〉、朱嘉雯〈花園裡的秘密——《蓮漪表妹》的成長記事〉、黃慧鳳〈從敘事觀點的運用看《蓮漪表妹》〉；3.輯三：陳良真〈潘人木小說的情節構設與語言特色〉、張嘉驊〈科學知識文學化——論潘人木科學類童書的敘事與意識形態〉、陳兆禎〈論潘人木創作的兒童科學文藝作品〉；4.輯四：應鳳凰〈烏魯木齊之憶——論潘人木新疆題材的小說〉、曾萍萍〈馬蘭花吐露芬芳——論潘人木《馬蘭的故事》〉、彭婉蕙〈論《馬蘭的故事》之罪與罰——兼論潘人木小說中的母親身影〉；5.輯五：95 年度大專院校兒童文學研究獎學金得獎論文：鐘尹萱〈兒童電影裡的空間建構——以《有你真好》、《小鬼當家》及《早安》為例〉、劉瑋婷〈臺灣兒童圖畫書插畫創作者之現況調查研究〉。正文前有李瑞騰〈前言——潘人木，五四的女兒〉，正文後附錄〈研討會議程表〉。

學位論文

4. **曾鈴月　　女性、鄉土與國族——戰後初期大陸來臺三位女作家小說作品之女性書寫及其社會意義初探　靜宜大學中國文學系　碩士論文　邱貴芬教授指導　2001 年 1 月　116頁**

本論文以「女性、鄉土、與國族」為重點，分別從性別位置、鄉土意義與國族打造三方面來分析徐鍾珮、潘人木、孟瑤作品。全文共 5 章：1.緒論；2.戰後初期大陸來臺女性小說（家）的社會意義；3.流亡女性身分的「鄉土」意義；4.性別論述與國族建構；5.結論。正文後附錄〈戰後初期大陸來臺女性小說家訪談記錄〉。

5. **林淑苓　　潘人木兒歌作品研究　臺北師範學院應用語言文學研究所　碩士論文　陳正治教授指導　2003 年 6 月　241 頁**

本論文主要探討潘人木的兒歌作品，透過人生經歷、寫作歷程、創作理念的外緣探討為基礎，進而針對兒歌作品的內容與形式進行主要的內緣研究，全文共 5 章：1.緒論；2.潘人木的人生經歷與創作世界；3.潘人木兒歌的內容探析；4.潘人木兒歌的形式藝術；5.結論。正文前有〈作家身影與作品書影〉，正文後附錄〈潘人木兒歌作品

得獎紀錄〉、〈潘人木研究資料目錄〉、〈潘人木兒歌作品分析統計表〉。

6. 張詩宜　　反共文學之外的另類書寫——以五、六〇年代三位女作家爲分析對
　　　　　　象　成功大學臺灣文學系　碩士論文　應鳳凰教授指導　2004 年 6
　　　　　　月　118 頁

本論文以潘人木、徐鍾珮、鍾梅音 3 人爲例，探討作品的表現脫離官方文藝政策——
—「反共文學」、「戰鬥文藝」的範圍，突顯出 3 人與「反共文藝」不同的地方，
以新的角度重新思考女性作家在 1950 年代文壇上的意義。全文共 6 章：1.緒論；2.
國家文藝體制下的臺灣文壇；3.筆的兩端——縱橫小說創作與兒童文學的潘人木；4.
新聞的心、文學的筆——徐鍾珮的文學世界；5.摯愛人生、鍾情文學——鍾梅音的創
作世界；6.結論。正文後附錄〈三位女作家著作年表（以五、六〇年代出版爲
主）〉。

7. 陳良真　　潘人木小說研究　屏東師範學院語文教育學系　碩士論文　余崇生
　　　　　　教授指導　2005 年 6 月　257 頁

本論文以短篇小說爲主要研究範圍，從時代的因素探討其小說主題及內涵，分析人
物塑造及藝術表現。全文共 7 章：1.緒論；2.五〇年代的臺灣文壇概況；3.潘人木的
人生經歷與小說創作；4.小說的主題與內涵；5.小說人物研究；6.小說藝術技巧；7.
結論。正文後附錄〈潘人木研究資料目錄〉、〈潘人木得獎紀錄表〉、〈小說家潘
人木訪談實錄〉。

8. 賴碧珠　　潘人木兒童文學作品研究——以《中華兒童叢書——文學類》作品
　　　　　　爲例　新竹教育大學人資處語文教學碩士班　碩士論文　黃雅莉教
　　　　　　授指導　2007 年 12 月　233 頁

本論文以現有的兒童文學理論爲基礎，對潘人木《中華兒童叢書——文學類》作分
析與整理，期望對潘人木《中華兒童叢書——文學類》作品特色有更進一步的瞭
解，以界定她在臺灣兒童文學史上的成就與地位。全文共 8 章：1.緒論；2.潘人木與
兒童文學；3.潘人木童話研究；4.潘人木兒童散文研究；5.潘人木兒童故事研究；6.
潘人木圖畫書研究；7.潘人木兒童文學作品特色；8.結論。正文後附錄〈潘人木的著
作〉、〈潘人木得獎記錄〉。

9. 林益秀　　潘人木《馬蘭的故事》研究　銘傳大學應用中國文學系碩士在職專
　　　　　　班　碩士論文　游秀雲教授指導　2008 年 12 月　206 頁

本論文探討潘人木的生平、創作歷程及《馬蘭的故事》的主題思想、人物刻劃、寫

作特色。全文共 6 章：1.緒論；2.潘人木與《馬蘭的故事》；3.《馬蘭的故事》的主題思想，以新舊衝擊下的女性成長、離鄉背井的懷鄉念土、魂牽夢繫的倫理親情、國仇家恨下的抗日反共 4 方面，論述《馬蘭的故事》所呈現的主要思想內容；4.《馬蘭的故事》的人物刻劃；5.《馬蘭的故事》的寫作特色；6.結論。正文後附錄〈潘人木年表表〉、〈《馬蘭的故事》章節分析表〉、〈潘人木著作表〉。

10. 王素真　　潘人木短篇小說書寫中的地域圖像與歷史記憶——以五、六〇年代作品為例　中興大學臺灣文學研究所　碩士論文　徐照華教授指導 2010 年 6 月　175 頁

本論文以潘人木 1950 年代和 1960 年代的短篇小說為研究對象，析論其作品中的地域風情、作者的生命情調、族群的衝突融合，以及現代化的衝擊，以空間置換書寫歷史流變，並比較潘人木以大陸、臺灣兩地為書寫背景的作品之異同，對其短篇小說作一客觀評價。全文共 6 章：1.緒論；2.寫作背景及創作歷程；3.地域圖像；4.歷史記憶；5.小說書寫特色與藝術技巧；6.結論。正文後附錄潘人木〈自傳〉、「潘人木短髮圖」、〈潘人木尚未結集成書的五、六〇年代其他小說〈一念之差〉等 8 篇〉、〈潘人木五、六〇年代短篇小說外文譯作首尾之節錄〉。

11. 邱蕙如　　潘人木及其《蓮漪表妹》小說研究　銘傳大學應用中國文學系碩士在職專班　碩士論文　徐亞萍教授指導　2011 年 12 月　288 頁

本論文以潘人木長篇小說《蓮漪表妹》為研究對象，先探索其生平經歷及寫作歷程，再根據小說理論分析其小說內在意涵及寫作手法，歸納出《蓮漪表妹》的創作特色。全文共 6 章：1.緒論；2.潘人木與《蓮漪表妹》的書寫；3.《蓮漪表妹》的主題意識；4.《蓮漪表妹》的人物刻劃；5.《蓮漪表妹》的寫作技巧；6.結論。正文後附錄〈潘人木大事紀〉、〈潘人木小說著作表〉。

作家生平資料篇目

自述

12. 潘人木　　筆的兩端　純文學　第 1 期　1981 年 4 月　頁 28

13. 潘人木　　筆的兩端（後記）　哀樂小天地　臺北　純文學出版社　1981 年 4 月　頁 289—290

14. 潘人木　　我控訴——我寫《蓮漪表妹》（上、下）　中央日報　1985 年 10 月 22—23 日　11，12 版

15. 潘人木　我控訴（代自序）　蓮漪表妹　臺北　純文學出版社　1985 年 11 月　頁 1—13

16. 潘人木　我控訴（代自序）　蓮漪表妹　臺北　爾雅出版社　2001 年 4 月　頁 5—14

17. 潘人木　當圍巾也嗚咽（序）　馬蘭的故事　臺北　純文學出版社　1987 年 12 月　頁 3—9

18. 潘人木　當圍巾也嗚咽　一又二分之一　臺北　林白出版社　1988 年 11 月　頁 123—132

19. 潘人木　焐被窩兒　走過歲月　臺中　晨星出版社　1988 年 3 月　頁 85—91

20. 潘人木　縱橫小說創作與兒童文學之間　中央日報　1988 年 6 月 20 日　16 版

21. 潘人木　讓孩子也能從自己作家那裡得到快樂　聯合報　1988 年 7 月 2 日　25 版

22. 潘人木　潘人木答編者問　文訊雜誌　第 43 期　1989 年 5 月　頁 101

23. 潘人木　如銀河傾瀉而下的感覺——我的寫作歷程　精湛　第 10 期　1989 年 10 月　頁 24—25

24. 潘人木　如銀河傾瀉而下的感覺——我的寫作歷程　如銀河傾瀉而下的感覺　臺北　石頭出版公司　1990 年 8 月　頁 102—107

25. 潘人木　我愛詩，詩也愛我　出版界　第 36 期　1993 年 4 月　頁 46—47

26. 潘人木　從「告狀」開始　精湛　第 23 期　1994 年 9 月　頁 120—123

27. 潘人木　舊雨的滋味（序）　好吃的小東西　臺北　民生報出版社　1999 年 10 月　頁 1—4

28. 潘人木　關於《烏煙公公》和《好吃的小東西》　好吃的小東西　臺北　民生報出版社　1999 年 10 月　頁 6—13

29. 潘人木　「告狀」——這就是我寫作的開始　民生報　1999 年 11 月 21 日　5 版

30. 潘人木　又會彈又會唱（序）　鼠的祈禱　臺北　民生報社　1999 年 11 月　〔8〕頁

31. 潘人木　下雪的十七年　鼠的祈禱　臺北　民生報社　1999 年 11 月　頁 249—261

32. 潘人木　走到人前亮三分[1]　一隻貓兒叫老蘇　臺北　民生報社　2001 年 4 月　頁 3—8

33. 潘人木　走到人前亮三分——序《兒歌四冊》　民生報　2001 年 5 月 13 日 A6 版

34. 潘人木　我怎麼寫兒歌　一隻貓兒叫老蘇　臺北　民生報社　2001 年 4 月　頁 121—122

35. 潘木人　不久以前——《蓮漪表妹》　爾雅人　第 1 期　2001 年 5 月　1 版

36. 潘人木　我的「三捆快樂」　文訊雜誌　第 235 期　2005 年 5 月　頁 72

37. 潘人木　我的「三捆快樂」　剛毅中的溫柔——當代女作家潘人木先生追思特刊　臺北　中華民國兒童文學學會出版　2005 年 11 月　頁 1

38. 潘人木　「一」關難渡　剛毅中的溫柔——當代女作家潘人木先生追思特刊　臺北　中華民國兒童文學學會出版　2005 年 11 月　頁 2—5

39. 潘人木　看見我上炮臺了　剛毅中的溫柔——當代女作家潘人木先生追思特刊　臺北　中華民國兒童文學學會出版　2005 年 11 月　頁 6—9

他述

40. 諦　諦　潘人木的寫作生活　婦友　第 62 期　1959 年 11 月　頁 11—13

41. 黨小三　寫媽媽潘人木　純文學　第 9 卷第 1 期　1971 年 1 月　頁 100

42. 朱西甯　作家速寫——非才女型的才女　朱西甯隨筆　臺北　水芙蓉出版社　1975 年 4 月　頁 30—31

43. 朱西甯　作家速寫——非才女型的才女　微言篇　臺北　三三書坊　1981 年 1 月　頁 36—37

44. 夏祖麗　潘人木的慢跑哲學　家庭月刊　第 32 期　1979 年 5 月　頁 42—44

---

[1]本文後改篇名〈走到人前亮三分——序《兒歌四冊》〉。

45. 黨宇平　　「作家」「做家」總相宜——潘人木和她的寫作　聯合報　1980 年 3 月 8 日　8 版

46. 〔純文學〕　　作家動態：潘人木——計劃退休下來好好寫些東西　純文學 第 1 期　1981 年 4 月　頁 23

47. 林海音　　筆的兩端　聯合報　1983 年 7 月 1 日　8 版

48. 林海音　　筆的兩端　剪影話文壇　臺北　純文學出版社　1984 年 8 月　頁 70—72

49. 林海音　　潘人木／筆的兩端　林海音作品集・剪影話文壇　臺北　遊目族文 化公司　2000 年 5 月　頁 68—70

50. 齊邦媛　　潘人木　中國現代文學選集・小說卷　臺北　爾雅出版社　1983 年 7 月　頁 59

51. 劉　枋　　得獎專家——記潘人木　非花之花　臺北　采風出版社　1985 年 9 月　頁 51—55

52. 劉　枋　　得獎專家——記潘人木　非花之花　臺北　采風出版社　2007 年 8 月　頁 51—55

53. 孫瑞芳　　潘人木說要寫跟小孩生活情境接近的東西　幼獅文藝　第 388 期 1986 年 4 月　頁 28—29

54. 黃美惠　　潘人木重新走過從前　民生報　1988 年 3 月 18 日　9 版

55. 郭晉秀　　關愛兒童，記錄時代的潘人木　文訊雜誌　第 43 期　1989 年 5 月 頁 102—103

56. 劉　枋　　伊是好命人　文訊雜誌　第 43 期　1989 年 5 月　頁 104—105

57. 林武憲　　兒童文學的「掌門人」　文訊雜誌　第 43 期　1989 年 5 月　頁 106—108

58. 林武憲　　兒童文學的「掌門人」　兒童文學與兒童讀物的探索　彰化　彰化 縣立文化中心　1993 年 6 月　頁 266—270

59. 曹俊彥　　我所知道的潘「先生」　文訊雜誌　第 43 期　1989 年 5 月　頁 109—110

60. 莊秀美　兒童文學的掌門人　國語兒童畫報　1991 年 5 月 4 日　6 版

61. 吳月蕙　大江南北的深情故事——潘人木筆畫人生　婦友　革新號第 79 期　1992 年 11 月　頁 80—87

62. 吳月蕙　大江南北的深情故事——潘人木筆畫人生　筆耕心耘見良田：女作家群像　臺北　中國生產力中心　1995 年 6 月　頁 87—106

63. 小　民　優雅與高貴——給潘人木大姐　臺灣日報　1995 年 6 月 10 日　11 版

64. 王琰如　左右開弓一能人——記手執兩隻彩筆的潘人木[2]　青年日報　1995 年 8 月 9 日　15 版

65. 王琰如　左右開弓——潘人木　文友畫像及其他　臺北　大地出版社　1996 年 7 月　頁 75—83

66. 高惠琳　潘人木理想待實現　文訊雜誌　第 138 期　1997 年 4 月　頁 79

67. 徐開塵　潘人木名字特別趣事多　民生報　1999 年 11 月 29 日　4 版

68. 曹俊彥　關於潘人木　鼠的祈禱　臺北　民生報社　1999 年 11 月　頁 287—292

69. 佟希仁　有童心的人永遠年輕：臺灣兒童文學作家潘人木　文藝報　2000 年 6 月 6 日　4 版

70. 〔編輯部〕　有關本書作者　蓮漪表妹　臺北　爾雅出版社　2001 年 4 月　頁 458

71. 李令儀　潘人木發表新書唱〈春郊〉　聯合報　2001 年 6 月 17 日　14 版

72. 陳紅旭　寵愛自己，盡情過活——83 歲的潘人木，70 多歲時還嘗試開飛機　向新鮮挑戰　中華日報　2002 年 12 月 19 日　19 版

73. 應鳳凰，鄭秀婷　戰後臺灣文學風華——五〇年代女作家系列（八）——會寫書的姥姥與歷久彌新的作家——潘人木[3]　明道文藝　第 354 期　2005 年 9 月　頁 107—112

---

[2] 本文後改篇名為〈左右開弓——潘人木〉。
[3] 本文後改篇名為〈潘人木——蓮漪哀樂，馬蘭如夢〉。

74. 應鳳凰　　潘人木——蓮漪哀樂，馬蘭如夢　文學風華：戰後初期 13 著名女作家　臺北　秀威資訊科技公司　2007 年 5 月　頁 81—87

75. 陳宛茜　　作家潘人木病逝——《蓮漪表妹》列身臺灣四大抗日小說，最關注兒童教育，著譯兒童文學數十種　聯合報　2005 年 11 月 4 日　C6 版

76. 賴素鈴　　兒文界長輩，潘人木走了　民生報　2005 年 11 月 4 日　A13 版

77. 周慧珠　　兒童文學家，潘人木往生——專長小說、兒歌、低幼圖書等，對提升兒童閱讀普及，卓有貢獻　人間福報　2005 年 11 月 4 日　10 版

78. 陳希林　　憶作家潘人木——曹俊彥：她用理性處理感性　中國時報　2005 年 11 月 7 日　D8 版

79. 隱　地　　剛毅中的溫柔，寫出一個時代的潘人木[4]　中國時報　2005 年 11 月 7 日　E7 版

80. 隱　地　　剛毅中的溫柔　剛毅中的溫柔——當代女作家潘人木先生追思特刊　臺北　中華民國兒童文學學會出版　2005 年 11 月　頁 22—24

81. 譚　辛　　戰後五十年之國寶作家潘人木辭世　人間福報　2005 年 11 月 20 日　4 版

82. 齊邦媛　　蓮漪表妹，你往何處去？——再寄潘人木女士　聯合報　2005 年 11 月 20 日　E7 版

83. 齊邦媛　　蓮漪表妹，你往何處去？——再寄潘人木女士　九四年散文選　臺北　九歌出版社　2006 年 3 月　頁 364—367

84. 黨一陶　　憶母　剛毅中的溫柔——當代女作家潘人木先生追思特刊　臺北　中華民國兒童文學學會出版　2005 年 11 月　頁 10—11

85. 黨千千　　最後的離別　剛毅中的溫柔——當代女作家潘人木先生追思特刊　臺北　中華民國兒童文學學會出版　2005 年 11 月　頁 12—13

86. 黨英台，朱筱加，朱筱琪　　等妳入夢　剛毅中的溫柔——當代女作家潘人木先生追思特刊　臺北　中華民國兒童文學學會出版　2005 年 11 月

---

[4]本文後改篇名為〈剛毅中的溫柔〉。

頁 14—17

87. 丘秀芷　念人木大姐　剛毅中的溫柔——當代女作家潘人木先生追思特刊　臺北　中華民國兒童文學學會出版　2005 年 11 月　頁 18—19

88. 林　良　她離開，帶著三代的愛　剛毅中的溫柔——當代女作家潘人木先生追思特刊　臺北　中華民國兒童文學學會出版　2005 年 11 月　頁 20—21

89. 陳正治　望之儼然，即之也溫——懷念潘人木老師　剛毅中的溫柔——當代女作家潘人木先生追思特刊　臺北　中華民國兒童文學學會出版　2005 年 11 月　頁 25—26

90. 華霞菱　悼念教育廳兒童讀物編輯小組主編潘人木先生　剛毅中的溫柔——當代女作家潘人木先生追思特刊　臺北　中華民國兒童文學學會出版　2005 年 11 月　頁 27—28

91. 張杏如　我心中永遠的潘先生　剛毅中的溫柔——當代女作家潘人木先生追思特刊　臺北　中華民國兒童文學學會出版　2005 年 11 月　頁 29—30

92. 沙永玲　敢愛敢恨的潘阿姨　剛毅中的溫柔——當代女作家潘人木先生追思特刊　臺北　中華民國兒童文學學會出版　2005 年 11 月　頁 31—33

93. 張依依　強人難再得　剛毅中的溫柔——當代女作家潘人木先生追思特刊　臺北　中華民國兒童文學學會出版　2005 年 11 月　頁 34—37

94. 周慧珠，陳珊珊　俠骨柔情潘先生　剛毅中的溫柔——當代女作家潘人木先生追思特刊　臺北　中華民國兒童文學學會出版　2005 年 11 月　頁 38—40

95. 林武憲　永遠的潘人木老師　文訊雜誌　第 242 期　2005 年 12 月　頁 32—35

96. 洪士惠　作家潘人木辭世　文訊雜誌　第 242 期　2005 年 12 月　頁 137

97. 冰　子　仙鶴遠去無處尋　中華日報　2006 年 1 月 20 日　23 版

98. 周慧珠　　高潔美麗的靈魂與精鍊豐滿的文采　兒童文學學會會訊　第 22 卷
　　　　　　　第 6 期　2006 年 11 月　頁 17—19

99. 金　容　　資深兒童文學家潘人木作品研討會　文訊雜誌　第 254 期　2006 年
　　　　　　　12 月　頁 122

100.〔胡建國主編〕　　潘人木女士傳略　國史館現藏民國人物傳記史料彙編
　　　　　　　（第三十輯）　臺北　國史館　2006 年 12 月　頁 419—421

101. 趙淑俠　　懷念文壇的大姐們——潘人木（一九一九—二○○六）　傳記文
　　　　　　　學　第 539 期　2007 年 4 月　頁 100—101

102. 趙淑俠　　懷念文壇的大姐們——潘人木（1919—2006）　忽成歐洲過客
　　　　　　　臺北　秀威資訊科技公司　2009 年 4 月　頁 204—206

103. 趙淑俠　　懷念文壇的大姐們——潘人木（1919—2006）　流離人生　江蘇
　　　　　　　江蘇文藝出版社　2010 年 6 月　頁 268—269

104.〔封德屏主編〕　　潘人木　2007 臺灣作家作品目錄　臺南　國立臺灣文學
　　　　　　　館　2008 年 7 月　頁 1250—1251

訪談、對談

105. 莊美華　　文學的絲路之旅——赤子心情潘人木　中央日報　1988 年 3 月 31
　　　　　　　日　18 版

106. 鄭榮珍　　輯卷映童心——訪潘人木女士　學前教育　第 12 卷第 11 期
　　　　　　　1990 年 2 月　頁 14—15

107.〔精湛〕　　小檔案　精湛　第 23 期　1994 年 9 月　頁 122—123

108. 李潼，潘人木，姚宜瑛　　現代散文創作與生活關懷　文學對話錄：與蘭陽
　　　　　　　作家有約（上）　宜蘭　宜蘭縣立文化中心　1999 年 6 月　頁 90
　　　　　　　—131

109. 曾鈴月　　潘人木訪問記錄　女性、鄉土與國族——戰後大陸來臺三位女作
　　　　　　　家作品之女性書寫及其社會意義初探　靜宜大學中國文學系　碩
　　　　　　　士論文　邱貴芬教授指導　2001 年 1 月　頁 78—89

110. 王開平　　並不很久以前——訪作家潘人木　聯合報　2001 年 5 月 14 日　29

版

111. 洪曉菁　兒童文學的長青樹——潘人木專訪　兒童文學工作者訪問稿　臺
　　　北　萬卷樓圖書公司　2001 年 6 月　頁 27—41

112. 洪曉菁　兒童文學的長青樹——潘人木專訪　兒童讀物編輯小組的歷史與
　　　身影　臺東　臺東大學兒童文學研究所　2003 年 10 月　頁 210—
　　　214

113. 陳素芳　潘人木——總也不老的兒童文學掌門人　文訊雜誌　第 209 期
　　　2003 年 3 月　頁 31—32

114. 陳良真　小說家潘人木訪談實錄　潘人木小說研究　屏東師範學院語文教
　　　育學系　碩士論文　余崇生教授指導　2005 年 6 月　頁 248—257

年表

115. 應鳳凰　潘人木年表　文學風華：戰後初期 13 著名女作家　臺北　秀威資
　　　訊科技公司　2007 年 5 月　頁 88—90

116. 林益秀　潘人木年表表　潘人木《馬蘭的故事》研究　銘傳大學應用中國
　　　文學系碩士在職專班　碩士論文　游秀雲教授指導　2008 年 12 月
　　　頁 181—188

117. 邱蕙如　潘人木大事紀　潘人木及其《蓮漪表妹》小說研究　銘傳大學應
　　　用中國文學系碩士在職專班　碩士論文　徐亞萍教授指導　2011
　　　年 12 月　頁 276—281

其他

118. 祝　勤　作家潘人木主持的《世界親子圖書館》翻譯計畫完成　文訊雜誌
　　　第 37 期　1988 年 8 月　頁 18—25

119. 〔自立晚報〕　蘇雪林女士等獲獎〔潘人木部分〕　自立晚報　1996 年 1
　　　月 30 日　23 版

120. 〔臺灣日報〕　第一屆中國婦女寫作協會文藝獎得獎人揭曉　臺灣日報
　　　1996 年 2 月 2 日　16 版

121. 徐開塵　潘人木自許氣死風——新書發表會溫馨，親人、老友、書迷笑語

洋溢　民生報　2001 年 6 月 17 日　A7 版

122. 陸　堯　　掌燈的人〔潘人木部分〕　中央日報　2003 年 5 月 4 日　17 版

123. 林淑苓　　潘人木兒歌作品得獎紀錄　潘人木兒歌作品研究　臺北師範學院
　　　　　　　應用語言文學研究所　碩士論文　陳正治教授指導　2003 年 6 月
　　　　　　　頁 201—204

124. 陳良真　　潘人木得獎紀錄表　潘人木小說研究　屏東師範學院語文教育學
　　　　　　　系　碩士論文　余崇生教授指導　2005 年 6 月　頁 247

125. 曹麗蕙　　冬寒悼念潘人木，文友齊聚追思——在臺創作五十年，對兒童閱
　　　　　　　讀普及兒童文學提升水準，影響深遠，昨辦追思會　人間福報
　　　　　　　2005 年 11 月 21 日　6 版

126. 傅啓倫　　北市圖四季閱讀，推潘人木作品展　中央日報　2006 年 3 月 4 日
　　　　　　　14 版

127. 〔人間福報〕　　蓮漪表妹從傳統走來——資深女作家潘人木作品研討會
　　　　　　　人間福報　2006 年 11 月 26 日　14 版

128. 賴碧珠　　潘人木得獎記錄　潘人木兒童文學作品研究——以《中華兒童叢
　　　　　　　書——文學類》作品爲例　新竹教育大學人資處語文教學碩士班
　　　　　　　碩士論文　黃雅莉教授指導　2007 年 12 月　頁 233

作品評論篇目

綜論

129. 汪　益　　略論潘人木的小說　半月文藝　第 8 卷第 2 期　1953 年 2 月 15 日
　　　　　　　頁 10—16

130. 楊昌年　　潘人木　近代小說研究　臺北　蘭臺書局　1976 年 1 月　頁 577
　　　　　　　—578

131. 何　欣　　三十年來的小說〔潘人木部分〕　中華文化復興月刊　第 10 卷第
　　　　　　　9 期　1977 年 9 月　頁 25

132. 鐘麗慧　　「蓮漪表妹」——潘人木　文藝月刊　第 177 期　1984 年 3 月

頁 8—16

133. 鐘麗慧 「蓮漪表妹」——潘人木 織錦的手 臺北 九歌出版社 1986 年 1 月 頁 165—177

134. 古繼堂 五十年代反共小說的主要代表作家和作品（上）〔潘人木部分〕 臺灣小說發展史 臺北 文史哲出版社 1989 年 7 月 頁 164— 166

135. 小 民 腹有詩書氣自華——潘人木文如其人 臺灣日報 1990 年 4 月 8 日 15 版

136. 邱各容 致力於兒童科學讀物的——潘人木 兒童文學史料初稿 1945— 1989 臺北 富春文化公司 1990 年 8 月 頁 247—249

137. 葉石濤 五〇年代的臺灣文學〔潘人木部分〕 臺灣文學史綱 高雄 文 學界雜誌社 1991 年 9 月 頁 96—97

138. 葉石濤 五〇年代的臺灣文學——作家與作品〔潘人木部分〕 葉石濤全 集‧評論卷五 臺南，高雄 國立臺灣文學館，高雄市文化局 2008 年 3 月 頁 108

139. 皮述民 從反共小說到現代小說〔潘人木部分〕 二十世紀中國新文學史 臺北 駱駝出版社 1997 年 10 月 頁 322—323

140. 杜 子 潘人木兒歌美學 資深作家作品討論會 臺北 中華民國兒童文 學學會 1999 年 10 月 17 日

141. 林武憲 潘人木的兒歌世界 資深作家作品討論會 臺北 中華民國兒童 文學學會 1999 年 10 月 17 日

142. 王靖緩 兒文專家齊聚談資深作家作品〔潘人木部分〕 國語日報 1999 年 10 月 18 日 2 版

143. 洪曉菁 潘人木的科學類兒童讀物 兒童文學學會會訊 第 16 卷第 1 期 2000 年 1 月 頁 9—12

144. 耕 雨 潘人木以結構見長 臺灣新聞報 2000 年 5 月 10 日 B7 版

145. 林 良 潘人木先生與兒童文學 兒童文學學會會訊 第 16 卷第 1 期

2000 年 11 月　頁 7—8

146. 陳芳明　　臺灣新文學史——五〇年代的文學侷限與突破〔潘人木部分〕

聯合文學　第 200 期　2001 年 6 月　頁 170—171

147. 邱各容　　永葆童心的潘人木　播種希望的人們：臺灣兒童文學工作者群像

臺北　富春文化公司　2002 年 8 月　頁 32—35

148. 陳兆禎　　試論潘人木與她的兒童文學作品[5]　霜後的燦爛——林海音及其同

輩女作家學術研討會論文集　臺南　國立文化資產保存研究中心

籌備處　2003 年 5 月　頁 357—381

149. 林淑苓　　潘人木兒歌作品研究　兒童文學資深作家陳千武先生及其同輩作

家作品研討會　臺中　中華民國兒童文學學會主辦　2003 年 11 月

22—23 日

150. 張素貞　　五、六〇年代潘人木小說面面觀　戰後初期臺灣文學與思潮國際

學術研討會　臺中　東海大學中國文學系主辦　2003 年 11 月 29

—30 日

151. 張素貞　　五、六〇年代潘人木小說面面觀　戰後初期臺灣文學與思潮論文

集　臺北　文津出版社　2005 年 1 月　頁 547—582

152. 張詩宜　　戰後初期女性創作中婚戀自主的呈現——以林海音、潘人木、徐

鍾珮為例　國文天地　第 232 期　2004 年 9 月　頁 91—98

153. 丘秀芷　　人木常青　吾愛吾家　第 312 期　2004 年 12 月　頁 34—36

154. 丘秀芷　　人木長青——潘人木　誰領風騷一百年：女作家　臺北　天下遠

見出版公司　2011 年 9 月　頁 79—81

155. 邱各容　　六〇年代的臺灣兒童文學——作家與作品——潘人木　臺灣兒童

文學史　臺北　五南圖書出版公司　2005 年 6 月　頁 93

156. 應鳳凰　　戰後 50 年代女性作家，她第一〔潘人木〕　聯合報　2005 年 11

月 4 日　C6 版

157. 張素貞　　時代的印記——八〇年代潘人木小說（上、下）　中央日報

[5]本文後改篇名為〈論潘人木創作的兒童科學文藝作品〉。

　　　　　　　2005 年 12 月 22—23 日　17 版

158. 陳凱宜　　潘人木兒歌析論[6]　臺灣兒童文學資深女作家作品研討會論文集
　　　　　　　臺北　中華民國兒童文學學會　2005 年 12 月　頁 9—44

159. 應鳳凰　　表妹的烽火歌聲——張愛玲與潘人木（上、下）　中華日報
　　　　　　　2006 年 6 月 5—6 日　23 版

160. 江侑蓮　　潘人木（1919—2005）　2005 臺灣文學年鑑　臺南　國家臺灣文
　　　　　　　學館籌備處　2006 年 10 月　頁 381

161. 李瑞騰　　前言——潘人木，五四的女兒　資深兒童文學家——潘人木作品
　　　　　　　研討會論文集　臺北　中華民國兒童文學學會　2006 年 11 月 18
　　　　　　　日　頁 1—2

162. 李瑞騰　　前言——潘人木，五四的女兒　資深兒童文學家潘人木作品研討
　　　　　　　會論文集　臺北　中華民國兒童文學學會　2007 年 2 月　頁 2—3

163. 嚴淑女　　論潘人木先生的編輯理念對臺灣兒童文學發展的影響　資深兒童
　　　　　　　文學家——潘人木作品研討會論文集　臺北　中華民國兒童文學
　　　　　　　學會　2006 年 11 月 18 日　頁 23—38

164. 嚴淑女　　論潘人木先生的編輯理念對臺灣兒童文學發展的影響　資深兒童
　　　　　　　文學家潘人木作品研討會論文集　臺北　中華民國兒童文學學會
　　　　　　　2007 年 2 月　頁 33—55

165. 張素貞　　人前亮三分的生命之歌——潘人木後期的文藝創作　資深兒童文
　　　　　　　學家——潘人木作品研討會論文集　臺北　中華民國兒童文學學
　　　　　　　會　2006 年 11 月 18 日　頁 59—82

166. 張素貞　　人前亮三分的生命之歌——潘人木後期的文藝創作　資深兒童文
　　　　　　　學家潘人木作品研討會論文集　臺北　中華民國兒童文學學會
　　　　　　　2007 年 2 月　頁 89—113

---

[6]本文探討潘人木多樣的兒歌創作種類及內容。全文共 6 小節：1.前言；2.潘人木兒歌的
創作觀點；3.潘人木兒歌的類型；4.潘人木兒歌的形式藝術；5.潘人木兒歌的特色；6.
結論。

167. 陳良真　潘人木小說的情節構設與語言特色　資深兒童文學家——潘人木作品研討會論文集　臺北　中華民國兒童文學學會　2006 年 11 月 18 日　頁 117—132

168. 陳良真　潘人木小說的情節構設與語言特色　資深兒童文學家潘人木作品研討會論文集　臺北　中華民國兒童文學學會　2007 年 2 月　頁 163—181

169. 張嘉驊　科學知識文學化——論潘人木科學類童書的敘事與意識形態　資深兒童文學家——潘人木作品研討會論文集　臺北　中華民國兒童文學學會　2006 年 11 月 18 日　頁 133—158

170. 張嘉驊　科學知識文學化——論潘人木科學類童書的敘事與意識形態　資深兒童文學家潘人木作品研討會論文集　臺北　中華民國兒童文學學會　2007 年 2 月　頁 185—222

171. 陳兆禎　論潘人木創作的兒童科學文藝作品　資深兒童文學家——潘人木作品研討會論文集　臺北　中華民國兒童文學學會　2006 年 11 月 18 日　頁 159—178

172. 陳兆禎　論潘人木創作的兒童科學文藝作品　資深兒童文學家潘人木作品研討會論文集　臺北　中華民國兒童文學學會　2007 年 2 月　頁 225—256

173. 應鳳凰　烏魯木齊之憶——論潘人木新疆題材的小說　資深兒童文學家——潘人木作品研討會論文集　臺北　中華民國兒童文學學會　2006 年 11 月 18 日　頁 179—202

174. 應鳳凰　烏魯木齊之憶——論潘人木新疆題材的小說　資深兒童文學家潘人木作品研討會論文集　臺北　中華民國兒童文學學會　2007 年 2 月　頁 257—290

175. 林　良　潘人木的文學成就　兒童文學學會會訊　第 22 卷第 6 期　2006 年 11 月　頁 3—9

176. 陳芳明　從反共文學及本土意識看潘人木創作　兒童文學學會會訊　第 22

卷第 6 期　2006 年 11 月　頁 10—12

177. 桂文亞　生命中險被自己忽視的景點——簡介潘人木女士兒歌創作　兒童
文學學會會訊　第 22 卷第 6 期　2006 年 11 月　頁 13—14

178. 李宜涯　從小說遙想潘人木女士　兒童文學學會會訊　第 22 卷第 6 期
2006 年 11 月　頁 15—16

179. 應鳳凰　文獎會、《文藝創作》月刊與出版社——小說作者群之一：如潘
人木、孟瑤、童真、繁露、張秀亞等　五○年代文學出版顯影
臺北　臺北縣文化局　2006 年 12 月　頁 47—48

180. 應鳳凰　戰後臺灣新疆題材小說——潘人木五○年代之異地與異族書寫[7]
新地文學　第 2 期　2007 年 12　頁 64—91

181. 應鳳凰　戰後臺灣新疆題材小說（刪節）——潘人木五○年代之異地與異
族書寫　評論 30 家：臺灣文學三十年菁英選 1978—2008（上）
臺北　九歌出版社　2008 年 6 月　頁 214—237

分論

◆單行本作品

小說

《如夢記》

182. 葛賢寧　評介《如夢記》　火炬　第 1 期　1950 年 12 月　頁 6—7

183. 張道藩　《如夢記》序　如夢記　臺北　重光文藝出版社　1951 年 4 月
頁 1—3

《蓮漪表妹》

184. 張道藩　《蓮漪表妹》序　文藝創作　第 12 期　1952 年 4 月　頁 132—
134

185. 張道藩　《蓮漪表妹》序　酸甜苦辣的回味　臺北　傳記文學出版社

---

[7]本文介紹潘人木以新疆為題材的小說，並加以分析，闡明其文學價值與意義。全文共 6
小節：1.從東北到臺灣；2.新疆女子的善與美：成書六短篇；3.塞外新天地：未成書兩
短篇；4.塞上疑雲：未成書兩長篇；5.新疆小說的主題與藝術；6.新疆題材小說的文學
史意義。

1968 年 10 月　頁 99—104

186. 儻　隱　　一篇描寫性格的傑作——《蓮漪表妹》的讀後感　文藝創作　第
14 期　1952 年 6 月　頁 96—99

187. 王聿均　　《蓮漪表妹》讀後感　文藝創作　第 14 期　1952 年 6 月　頁 100
—103

188. 鄧禹平　　《蓮漪表妹》讀後感　文藝創作　第 14 期　1952 年 6 月　頁 104
—110

189. 鐵　吾　　我對《蓮漪表妹》的欣賞　文藝創作　第 17 期　1952 年 9 月　頁
126—131

190. 謝峻溪　　談談《蓮漪表妹》（評介）　文藝創作　第 20 期　1952 年 12 月
頁 114—116

191. 吳　若　　讀《蓮漪表妹》（評介）　文藝創作　第 20 期　1952 年 12 月
頁 116—119

192. 宣建人　　《蓮漪表妹》讀後（評介）　文藝創作　第 20 期　1952 年 12 月
頁 120—122

193. 〔程大城編著〕　　略論潘人木的小說　文學批評集　臺北　半月文藝社
1961 年 2 月　頁 38—44

194. 上官予　　中國文學的反共性——反共小說的成就〔《蓮漪表妹》部分〕
文學天地人　臺北　黎明文化公司　1981 年 5 月　頁 160—163

195. 郭明福　　問人性何物——我讀《蓮漪表妹》　中央日報　1986 年 3 月 27 日
12 版

196. 趙鴻德　　《蓮漪表妹》讀後　東北文獻　第 18 卷第 2 期　1987 年 11 月
頁 61—62

197. 齊邦媛　　烽火邊緣的青春——重讀《蓮漪表妹》與《未央歌》[8]　聯合報
1988 年 7 月 7 日　21 版

198. 齊邦媛　　烽火邊緣的青春——重讀《蓮漪表妹》與《未央歌》　七十七年

[8]本文後改篇名為〈烽火邊緣的青春——潘人木《蓮漪表妹》〉。

文學批評選　臺北　爾雅出版社　1989 年 3 月　頁 197—218

199. 齊邦媛　烽火邊緣的青春——潘人木《蓮漪表妹》　千年之淚　臺北　爾雅出版社　1990 年 7 月　頁 59—73

200. 李宜涯　《蓮漪表妹》　書海探微　臺北　黎明文化公司　1989 年 3 月　頁 115—118

201. 王德威　《蓮漪表妹》——兼論 30 到 50 年代的政治小說　小說中國　臺北　麥田出版公司　1993 年 6 月　頁 71—93

202. 王德威　《蓮漪表妹》——兼論 30 到 50 年代的政治小說　評論十家　臺北　爾雅出版社　1993 年 12 月　頁 141—169

203. 趙淑敏　巨浪（上、下）[9]　世界日報　2000 年 9 月 20—21 日　H10 版

204. 趙淑敏　巨浪——重讀潘人木《蓮漪表妹》　明道文藝　第 299 期　2001 年 2 月　頁 153—159

205. 張素貞　潘人木的《蓮漪表妹》——從虛矯到沉淪　文學臺灣　第 37 期　2001 年 1 月　頁 55—58

206. 張素貞　潘人木的《蓮漪表妹》——從虛矯到沉淪　現代小說啓事　臺北　九歌出版社　2001 年 8 月　頁 176—180

207. 張夢瑞　《蓮漪表妹》三度與讀者見面　民生報　2001 年 5 月 8 日　A6 版

208. 張誦聖　臺灣女作家與當代主導文化〔《蓮漪表妹》部分〕　文學場域的變遷　臺北　聯合文學出版社　2001 年 6 月　頁 126—127

209. 應鳳凰　潘人木的小說《蓮漪表妹》　國語日報　2001 年 7 月 14 日　5 版

210. 應鳳凰　潘人木的《蓮漪表妹》　臺灣文學花園　臺北　玉山社出版公司　2003 年 1 月　頁 40—43

211. 張素貞　《蓮漪表妹》導讀　日據以來臺灣女作家小說選讀（上）　臺北　女書文化公司　2001 年 7 月　頁 123—127

212. 黃錦珠　性格與時代的悲愴交響——讀潘人木《蓮漪表妹》　文訊雜誌

---

[9]本文後改篇名爲〈巨浪——重讀潘人木《蓮漪表妹》〉。

　　　　　　第 195 期　2002 年 1 月　頁 24—25

213. 秦慧珠講；鄭絹子記　　臺灣小說中的反共小說——主要小說家及作品：潘

　　　　　人木　文化講座——第六輯　臺北　國立國父紀念館　2002 年 5

　　　　　月　頁 90—91

214. 金　　劍　　談女作家的作品〔《蓮漪表妹》部分〕　美學與文學新論　臺北

　　　　　臺灣商務印書館　2003 年 10 月　頁 269—272

215. 陳信元　　臺灣女性小說的發展〔《蓮漪表妹》部分〕　兩岸女性文學發展

　　　　　學術研討會　臺北　中華發展基金管理委員會主辦　2003 年 11 月

　　　　　1—2 日　頁 3—4

216. 陳國偉　　反映人性的一面鏡子——《蓮漪表妹》　文訊雜誌　第 221 期

　　　　　2004 年 3 月　頁 48

217. 應鳳凰　　「反共名著」上臺亮相：入圍「文學史書寫」排行榜十書——潘

　　　　　人木《蓮漪表妹》　五○年代臺灣文學論集　高雄　春暉出版社

　　　　　2004 年 6 月　頁 62—63

218. 蔡玫姿　　潘人木《蓮漪表妹》——反共文藝下的少女成長小說次文類　閨

　　　　　秀風格小說歷時衍生與文學體制研究　清華大學中國文學系　博

　　　　　士論文　劉人鵬教授指導　2005 年 6 月　頁 119—120

219. 陳宛茜　　《蓮漪表妹》，我的控訴——發現父親爲己死，母親含恨逝，作

　　　　　家滿懷冤屈，重新詮釋作品　聯合報　2005 年 11 月 4 日　C6 版

220. 朱嘉雯　　花園裡的秘密——《蓮漪表妹》的成長記事　資深兒童文學家—

　　　　　—潘人木作品研討會論文集　臺北　中華民國兒童文學學會

　　　　　2006 年 11 月 18 日　頁 83—100

221. 朱嘉雯　　花園裡的秘密——《蓮漪表妹》的成長記事　資深兒童文學家潘

　　　　　人木作品研討會論文集　臺北　中華民國兒童文學學會　2007 年

　　　　　2 月　頁 115—136

222. 黃慧鳳　以女性的敘事觀點看《蓮漪表妹》[10]　資深兒童文學家——潘人木作品研討會論文集　臺北　中華民國兒童文學學會　2006 年 11 月 18 日　頁 101—116

223. 黃慧鳳　從敘事觀點的運用看《蓮漪表妹》　資深兒童文學家潘人木作品研討會論文集　臺北　中華民國兒童文學學會　2007 年 2 月　頁 139—160

224. 黃怡菁　純種與異質：《文藝創作》中的作品分析——被收編的女性聲音？《文藝創作》作品中的女性議題——場域中的性別角力：以潘人木《蓮漪表妹》為例　《文藝創作》（1950—1956）與自由中國文藝體制的形構與實踐　清華大學臺灣文學研究所　碩士論文　陳建忠教授指導　2006 年　頁 122—124

225. 應鳳凰　「反共＋現代」：右翼自由主義思潮文學版——五〇年代臺灣小說——潘人木《蓮漪表妹》　臺灣小說史論　臺北　麥田出版公司　2007 年 3 月　頁 157—158

226. 江寶釵　重省五〇年代臺灣文學史的詮釋問題——一個奠基於「場域」的思考：文學場域的消長——以現代主義與女性文學為觀察核心〔《蓮漪表妹》部分〕　臺灣近五十年代現代小說論文集　高雄　中山大學文學院，人文社會科學中心　2007 年 8 月　頁 51

227. 應鳳凰　五〇年代臺灣小說「反共美學」初探〔《蓮漪表妹》部分〕　臺灣文學史書寫國際學術研討會論文集・第二集　高雄　春暉出版社　2008 年 6 月　頁 452—453

228. 應鳳凰，傅月庵　潘人木——《蓮漪表妹》　冊頁流轉——臺灣文學書入門 108　臺北　印刻文學生活雜誌出版公司　2011 年 3 月　頁 84—85

《哀樂小天地》

229. 丘秀芷　雋永的老歌——潘人木著《哀樂小天地》　中央日報　1981 年 6

---

[10]本文後改篇名為〈從敘事觀點的運用看《蓮漪表妹》〉。

月 17 日　10 版

230. 陳恆嘉　　含淚的微笑——介紹潘人木的《哀樂小天地》　書評書目　第 98
　　　　期　1981 年 7 月　頁 58—63

231. 孟靜〔蕭毅虹〕　　人世的溫情——談潘人木的《哀樂小天地》　青年戰士
　　　　報　1982 年 11 月 30 日　10 版

232. 孟　靜　　人世的溫情——談潘人木的《哀樂小天地》　風簷展書讀　南投
　　　　南投縣文化局　1985 年 1 月　頁 129—132

233. 蕭毅虹　　人世的溫情——談潘人木的《哀樂小天地》　蕭毅虹作品選·散
　　　　文、評論集　臺北　絲路出版社　1994 年 4 月　頁 275—278

234. 心　吾　　讀《哀樂小天地》　明道文藝　第 83 期　1983 年 2 月　頁 98—
　　　　100

235. 〔許燕，李敬主編〕　　《哀樂小天地》　感人的書　臺北　希代書版公司
　　　　1984 年 12 月　頁 333—340

236. 朱嘉雯　　小天地大時代　中國時報　2006 年 11 月 25 日　E3 版

237. 應鳳凰　　書寫新疆——潘人木《哀樂小天地》　文訊雜誌　第 291 期
　　　　2010 年 1 月　頁 15—17

《馬蘭的故事》

238. 尼　洛　　《馬蘭的故事》　聯合報　1988 年 1 月 26 日　21 版

239. 李宜涯　　《馬蘭的故事》　書海探微　臺北　黎明文化公司　1989 年 3 月
　　　　頁 119—121

240. 琦　君　　一棵堅韌的馬蘭草（上、下）　中央日報　1989 年 4 月 26—27 日
　　　　16 版

241. 保　真　　萬同的牛肉乾——潘人木的大時代小說《馬蘭姑娘》　中華日報
　　　　1998 年 5 月 26 日　16 版

242. 保　真　　萬同的牛肉乾——潘人木的大時代小說《馬蘭的故事》　保真領
　　　　航看小說　臺北　九歌出版社　1999 年 5 月　頁 222—224

243. 陳瑷婷　譬喻揭秘——《馬蘭的故事》的植物與土地想像[11]　興大人文學報
第 34 期（上）　2004 年 6 月　頁 439—471

244. 黃萬華　臺灣文學——小說（上）〔《馬蘭的故事》部分〕　中國現當代
文學‧第 1 卷（五四—六〇年代）　濟南　山東文藝出版社
2006 年 3 月　頁 455

245. 曾萍萍　馬蘭花吐露芬芳——論潘人木《馬蘭的故事》　資深兒童文學
家——潘人木作品研討會論文集　臺北　中華民國兒童文學學會
2006 年 11 月 18 日　頁 203—228

246. 彭婉蕙　論《馬蘭的故事》之罪與罰——兼論潘人木小說中的母親身影
資深兒童文學家——潘人木作品研討會論文集　臺北　中華民國
兒童文學學會　2006 年 11 月 18 日　頁 229—258

247. 彭婉蕙　論《馬蘭的故事》之罪與罰——兼論潘人木小說中的母親身影
資深兒童文學家潘人木作品研討會論文集　臺北　中華民國兒童
文學學會　2007 年 2 月　頁 335—372

248. 曾萍萍　馬蘭花吐露芬芳——論潘人木《馬蘭的故事》　資深兒童文學家
潘人木作品研討會論文集　臺北　中華民國兒童文學學會　2007
年 2 月　頁 295—330

兒童文學

《小胖小》

249. 洪志明　《小胖小》[12]　臺灣兒童文學 100（1945—1998）　臺北　行政院
文建會　2000 年 3 月　頁 120—121

250. 洪志明　意外的收穫——《小胖小》　國語日報　2000 年 5 月 8 日　6 版

《數學圖畫書》

---

[11] 本文藉由 George LaKoff 的譬喻理論，從植物與人、容器與土地的關係，探討潘人木小
說《馬蘭的故事》的人物型塑及寫作意圖。全文共 4 小節：1.前言；2.植物與人物的譬
喻映射關係；3.容器譬喻的內涵；4.結論。正文後附錄〈人物、植物譬喻與容器譬喻關
係圖〉、〈實體譬喻——馬蘭草／程馬蘭〉。

[12] 本文後改篇名爲〈意外的收穫——《小胖小》〉。

251. 張海潮　　《數學圖畫書》　中國時報　1991 年 1 月 4 日　23 版

《老手杖直溜溜》

252. 洪志明　　《老手杖直溜溜》　臺灣兒童文學 100（1945—1998）　臺北　行
　　　　　　　政院文建會　2000 年 3 月　頁 132—133

《咱去看山》

253. 王庭玫　　揉自然生態於兒童文學　聯合報　1998 年 11 月 30 日　48 版

254. 鄭明進　　《咱去看山》　臺灣兒童文學 100（1945—1998）　臺北　行政院
　　　　　　　文建會　2000 年 3 月　頁 232—233

255. 張瓊文　　輕鬆學習地景知識——《咱去看山》　國文天地　第 236 期
　　　　　　　2005 年 1 月　頁 14—15

《鼠的祈禱》

256. 徐開塵　　潘人木為「鼠」代言，兒童散文令人驚喜　民生報　2000 年 11 月
　　　　　　　28 日　4 版

257. 謝鴻文　　一九五〇年代遷臺女作家對傳統文化的眷戀——從潘人木《鼠的
　　　　　　　祈禱》談起　資深兒童文學家——潘人木作品研討會論文集　臺
　　　　　　　北　中華民國兒童文學學會　2006 年 11 月 18 日　頁 5—22

258. 謝鴻文　　一九五〇年代遷臺女作家對傳統文化的眷戀——從潘人木《鼠的
　　　　　　　祈禱》談起　資深兒童文學家潘人木作品研討會論文集　臺北
　　　　　　　中華民國兒童文學學會　2007 年 2 月　頁 7—29

《龍家的喜事》

**259. 卓淑敏　　談圖畫書中傳統中華文化的再現——以《龍家的喜事》為例　資
　　　　　　　深兒童文學家——潘人木作品研討會論文集　臺北　中華民國兒
　　　　　　　童文學學會　2006 年 11 月　頁 39—58**

260. 卓淑敏　　談圖畫書中傳統中華文化的再現——以《龍家的喜事》為例　資
　　　　　　　深兒童文學家潘人木作品研討會論文集　臺北　中華民國兒童文
　　　　　　　學學會　2007 年 2 月　頁 59—85

◆多部作品

《蓮漪表妹》、《馬蘭的故事》

261. 郭晉秀　　蓮漪與馬蘭　文訊雜誌　第 43 期　1989 年 5 月　頁 104—105

262. 王保生　　兩岸文體風貌〔《蓮漪表妹》、《馬蘭的故事》部分〕　揚子江
　　　　　　　與阿里山的對話——海峽兩岸文學比較　上海　上海文藝出版社
　　　　　　　1995 年 12 月　頁 332

263. 莊文福　　潘人木《蓮漪表妹》、《馬蘭的故事》　大陸旅臺作家懷鄉小說
　　　　　　　研究　中國文化大學中國文學系　博士論文　邱燮友教授指導
　　　　　　　2003 年　頁 38—56

264. 陳良真　　潘人木小說中父母形象分析研究——以《蓮漪表妹》與《馬蘭的
　　　　　　　故事》為例[13]　東方人文學誌　第 3 卷第 2 期　2004 年 6 月　頁
　　　　　　　187—207

《如夢記》、《蓮漪表妹》

265. 莊明萱　　文學的極端政治化和非政治化傾向對它的離棄——「戰鬥文學」
　　　　　　　的高倡及其演變和特點〔《蓮漪表妹》、《如夢記》部分〕　臺
　　　　　　　灣文學史（下）　福州　海峽文藝出版社　1993 年 1 月　頁 34—
　　　　　　　36

266. 秦慧珠　　五〇年代之反共小說——潘人木〔《如夢記》、《蓮漪表妹》部
　　　　　　　分〕　臺灣反共小說研究（一九四九年至一九八九年）　中國文
　　　　　　　化大學中國文學系　博士論文　金榮華教授指導　2000 年 4 月
　　　　　　　頁 51—56

《如夢記》、《蓮漪表妹》、《馬蘭的故事》

267. 王德威　　五十年代反共小說新論——一種逝去的文學？[14]　四十年來中國文

---

[13] 本文探討潘人木小說《蓮漪表妹》與《馬蘭的故事》中父母親形象的塑造，及父母與
　　子女間親情的描寫。全文共 4 小節：1.前言；2.父親形象；3.程馬蘭的父親——程堅；4.
　　結語。

[14] 本文部分論述潘人木的反共小說《如夢記》、《蓮漪表妹》、《馬蘭的故事》以女性
　　在戰亂中的遭遇為重心，鋪陳共黨禍國殃民的主題。

學　臺北　聯合文學出版社　1995 年 6 月　頁 76

268. 王德威　一種逝去的文學？——反共小說新論　如何現代，怎樣文學？：
十九、二十世紀中文小說新論　臺北　麥田出版公司　1998 年 10
月　頁 150—151

269. 王德威　　一種逝去的文學？——反共小說新論　中華現代文學大系
（貳）・臺灣一九八九—二〇〇三評論卷（二）　臺北　九歌出
版社　2003 年 10 月　頁 745

270. 王德威　一種逝去的文學？——反共小說新論　20 世紀臺灣文學專題 1：
文學思潮與論戰　臺北　萬卷樓圖書公司　2006 年 9 月　頁 167
—168

271. 王德威　　一種逝去的文學？——反共小說新論　如何現代，怎樣文學？：
十九、二十世紀中文小說新論　臺北　麥田出版社　2008 年 2 月
頁 150—151

《老鼠的祈禱》、《好吃的小東西》、《烏煙公公》

272. 周芬伶　散文如醇酒，孩子可飲　中國時報　2000 年 1 月 13 日　46 版

《蓮漪表妹》、《馬蘭的故事》、《餘音》

273. 鄭雅文　反共抗日——《蓮漪表妹》、《馬蘭的故事》及《餘音》　戰後
臺灣女性成長小說研究——從反共文學到鄉土文學　中央大學中
國文學系　碩士論文　康來新教授指導　2000 年 6 月　頁 45—56

◆單篇作品

274. 朱介凡　讀〈馬蘭自傳〉　反攻　第 131 期　1955 年 5 月 1 日　頁 20—21

275. 朱介凡　讀〈馬蘭自傳〉　文學評論集　臺北　臺灣商務印書館　1985 年
7 月　頁 82—87

276. 朱介凡　論〈馬蘭自傳〉的風格與德行　文藝創作　第 51 期　1955 年 7 月
頁 109—116

277. 朱介凡　論〈馬蘭自傳〉的風格與德性　純文學　夏季號　1982 年 6 月 1
日　頁 34—40

278. 朱介凡　論〈馬蘭自傳〉的風格與德行　文學評論集　臺北　臺灣商務印書館　1985 年 7 月　頁 88—102

279. 高寶琳　現代與反現代——幾篇早期女作家的小說〔〈寧爲瓦碎〉部分〕　國文天地　第 26 期　1987 年 7 月　頁 54—55

280. 秦　燕　〈哀樂小天地〉作品鑒賞　臺港小說鑒賞辭典　北京　中央民族學院出版社　1994 年 1 月　頁 534—535

281. 保　真　神鎗手吳宗甫[15]　中華日報　1997 年 10 月 28 日　16 版

282. 保　真　神槍手吳宗甫——潘人木寫清苦家庭的哀樂故事〈老冠軍〉　保真領航看小說　臺北　九歌出版社　1999 年 5 月　頁 148—150

283. 樊發稼　臺港澳地區的兒童小說與童話〔〈老冠軍〉部分〕　追求兒童文學的永恆　石家莊　河北教育出版社　2000 年 1 月　頁 144—145

284. 馬景賢　〈淺紫的故事〉欣賞　淺紫色的故事　臺北　幼獅文化公司　2002 年 4 月　頁 98—99

285. 鍾怡雯　散文浮世繪——《九十四年散文選》序〔〈一關難渡〉部分〕　九十四年散文選　臺北　九歌出版社　2006 年 3 月　頁 17—18

286. 鍾怡雯　鳥瞰 2005 年臺灣散文〔〈一關難渡〉部分〕　香港文學　第 258 期　2006 年 6 月　頁 19—20

287. 鍾怡雯　散文浮世繪〔〈一關難渡〉部分〕　內斂的抒情：華文文學論評　臺北　聯合文學出版社　2008 年 12 月　頁 31—32

288. 黃　梅　〈懸吊湖〉編者的話　波光裡的夢影　臺北　香海文化公司　2006 年 9 月　頁 214—215

289. 馬景賢　〈松鼠和我〉　爸爸星　臺北　幼獅文化公司　2007 年 5 月　頁 85—91

◆多篇作品

290. 張素貞　五十年代小說管窺〔〈馬蘭自傳〉、〈蓮漪表妹〉部分〕　文訊雜誌　第 9 期　1984 年 3 月　頁 91—96

---

[15] 本文後改篇名爲〈神槍手吳宗甫——潘人木寫清苦家庭的哀樂故事〈老冠軍〉〉。

作品評論目錄、索引

291. 林武憲　　縱橫於小說創作與兒童文學之間——潘人木研究資料目錄　全國
　　　　　　　新書資訊月刊　第 25 期　2001 年 1 月　頁 27—35，37

292.〔編輯部〕　　潘人木作品評論　蓮漪表妹　臺北　爾雅出版社　2001 年 4
　　　　　　　月　頁 460—463

293. 林淑苓　　潘人木研究論著目錄　潘人木兒歌作品研究　臺北師範學院應用
　　　　　　　語言文學研究所　碩士論文　陳正治教授指導　2003 年 6 月　頁
　　　　　　　205—220

294. 陳良真　　潘人木研究資料目錄　潘人木小說研究　屏東師範學院語文教育
　　　　　　　學系　碩士論文　余崇生教授指導　2005 年 6 月　頁 233—246

其他

295. 彭　歌　　兒童百科全書　作家的童心　臺北　聯合報社　1979 年 11 月　頁
　　　　　　　156—158

296. 林品章　　《起床啦！大熊》　國語日報　1998 年 4 月 1 日　14 版

國家圖書館出版品預行編目資料

臺灣現當代作家研究資料彙編. 17, 潘人木 / 林武憲,
應鳳凰編選. -- 初版. -- 臺南市：臺灣文學館,
2012.03
　面；　公分
ISBN 978-986-03-2101-2(平裝)

1.潘人木　2.傳記　3.文學評論

863.4　　　　　　　　　　　　　　　101004840

【臺灣現當代作家研究資料彙編】17

潘人木

發 行 人／　李瑞騰
指導單位／　行政院文化建設委員會
出版單位／　國立台灣文學館
　　　　　　地址／70041 台南市中西區中正路 1 號
　　　　　　電話／06-2217201　　　　傳真／06-2218952
　　　　　　網址／www.nmtl.gov.tw　　電子信箱／pba@nmtl.gov.tw

總 策 畫／　封德屏
顧　　問／　林淇瀁　張恆豪　許俊雅　陳信元　陳義芝　須文蔚　應鳳凰
工作小組／　王雅嫻　杜秀卿　翁智琦　陳欣怡　陳恬逸
　　　　　　黃寁婷　詹宇霈　羅巧琳
編　 選／　林武憲　應鳳凰
責任編輯／　陳恬逸
校　　對／　陳恬逸　陳逸凡　黃敏琪　黃寁婷　趙慶華　潘佳君
計畫團隊／　財團法人台灣文學發展基金會
美術設計／　翁國鈞・不倒翁視覺創意
印　　刷／　松霖彩色印刷事業有限公司

著作財產權人／國立台灣文學館
本書保留所有權利。欲利用本書全部或部分內容者，須徵求著作財產權人同意或書面授
權。請洽國立台灣文學館研典組（電話：06-2217201）

經銷展售／　國家書店松江門市（02-25180207）
　　　　　　國立台灣文學館—雪芙瑞文學咖啡坊（06-2214632）
　　　　　　文建會員工消費合作社（02-23434168）
　　　　　　南天書局（02-23620190）　　　　唐山出版社（02-23633072）
　　　　　　府城舊冊店（06-2763093）　　　　台灣的店（02-23625799）
　　　　　　啓發文化（02-29586713）　　　　三民書局（02-23617511）
　　　　　　草祭二手書店（06-2216872）　　　五南文化廣場（04-22260330）

初版一刷／2012 年 3 月
定　　價／新臺幣 380 元整
　　　　　第一階段 15 冊新臺幣 5500 元整　第二階段 12 冊新臺幣 4500 元整
GPN／1010100531（單本）
　　　1010000407（套）
ISBN／978-986-03-2101-2（單本）
　　　978-986-02-7266-6（套）

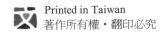